금강에 살으리랏다

- 겨울, 개골산에 살으리 -

김 기 동

KB067885

구름 덮인 금강산 천화대

책 머리에

寶山 金 鎭 嶽

산 하나를 두고 그 명칭이 여럿이다. 춘하추동 네 계절에 따라 그 아름다움이 다르다. 봄이 오면 온산이 새싹과 꽃이 피는 금강산(金剛山), 여름이 되면 계곡과 봉우리에 녹음이 욱어지는 봉래산(蓬萊山), 가을이 와서 만이천 봉이 곱게 단풍이 드는 풍악산(楓嶽山), 마침내 겨울이 다가와 앙상한 바위를 백설이 뒤덮은 개골산(皆骨山)이라 칭송한다. 불교의 영향이었으리라. 이 네 산을 총칭할 때는 '금강산' 이라 한다. 금강산은 백두대간의 중턱을 차지하고 있는 우리 겨레의 영장(靈場)이요, 성산(聖山)이며, 신산(神山)이다. 그 봉우리, 골짜기, 샘, 못, 폭포가 모두 기기묘묘하고 웅장수려하여 실로 조물주의 대실수가 아니고는 탄생할 수 없는 명산이다. 금강산은 우리 민족의 앙모의 대상이며 성지이다.

금강의 웅장함과 미려함이 천상천하의에 짝이 없고 견줄 데가 없어서, 사람이 보거나 느끼거나 할 일이지 감히 필설로 형용할 수 없다. 형용할 수 없는 금강의 숭엄한 미에 심취한 유람객들은 감히 찬사를 아끼지 않고 시를 읊고 화필을 들기도 한다. 그 아름다움은 나라 안팎의 모든 관광객의 심금을 울린다. 송나라의 시성(詩聖) 소동파는 '고려나라에 태어나 금강산을 보는 것이 소원이라' 하였다. 서양 사람으로는 구한말 내한한 영국의 지리학자 이사벨 버드 비숍이 이 산을 보고 하느님이 예언한 '약속의 땅' 이라고 극찬하였다. 또 금강산을 탐사한 스웨덴 왕세자 아돌프 구스

타프는 '하느님께서 천지를 창조하신 엿새 중에 마지막 하루는 오직 이 금 강산을 창조하는데 보내셨을 것이다' 라고 감탄하였다. 금강 미관을 보고 감탄한 객이 어찌 하나 둘 뿐일까? 아지 못게라.

우리 국토에 자리한 금강산을 우리 겨레는 한결같이 기리고 우러러 받들 뿐 아니라 그 아름다움을 글로 쓰고 그림으로 그려서 남겨 놓았다. 천년도 더 먼 신라시대 향가에 금강산이 등장하였다. 고려시대에는 대학자 이제현, 이곡, 안축 등이 금강 기행시를 썼다. 조선시대에 이르면 대문객 김시습, 이율곡, 허균, 박제가 등이 금강산 유람기행시를 합작하였다. 이들은 《풍악행》과 《풍악기행》 등의 시가집을 남겼다. 금강산을 시로 노래한 기행시 뿐 아니라 산문으로 기록한 답사기도 허다하였다. 성현, 남효원, 이정구, 김창엽 등인데, 이들이 남긴 《금강산유기》, 《유금강산기》, 《금강록》 등이 유명하다. 금강을 노래한 천하명문은 정철의 〈관동별곡〉이고, 금강을 화필로 그린 천하명품은 김홍도와 정선의 '금강산도' 라 하겠다. 근대에 이르러서는 대문호 춘원과 육당이 저 유명한 《금강산유기》와 《금강예찬》을 썼다. 노산의 시조 〈금강에 살으리랏다〉가 인구에 회자되고, 요사이는 가곡 〈그리운 금강산〉이 가요무대를 장식하고 있다. 근대 화가로는 청전, 의재, 심전, 고암 등의 금강산 그림이 유명하다.

천상천하 제일명산 금강산을 유람한 객이 무릇 기하이뇨? 금강의 천태만상을 읊은 시가가 무릇 기하이뇨? 금강의 수려강산을 그린 그림이 무릇 기하이뇨? 금강의 만 이천 봉보다 하고 많을 것이다. 여기에 농인(農人) 김기동(金基東) 서백이 금강을 기리는 글을 쓰고 시를 짓고 그림을 그리고 사진을 찍어서 방대한 금강기행문을 더하게 되었다.

농인은 평생 서예에 정진하여 일가를 성취하였다. 전각에도 조예가 깊고 사군자전과 묵란전(墨蘭展)을 열기도 하고 시조 창작에 몰두하기도 하였다. 그는 《한국시조시인협회》, 《한국문인협회》 등의 회원이다. 농인 서백은 전각의 이론과 실제를 천착한 《전각의 이론과 기법》과 《천자문》 등의 방대한 저서도 있다. 시(詩), 서(書), 화(畵), 각(刻)에 능통하다고 해서 금강명산을 가벼이 찬양할 수 없다. 농인 서백처럼 국토를 사랑하는 마음이 간절하고, 금강을 기리는 충정이 감내할 수 없을 때, 이와 같은 방대한 금강예찬문이 탄생한다. 금강 가는 길이 열리자 농인 서백은 겨울과 봄에 걸쳐 금강영산을 두 차례 참관하였다. 이 책의 앞 쪽에 저자의 심정이 적나라하게 표출되고 있다. 고대하던 희망을 성취한 충격이 커서 시흥에 흠뻑 빠지기도 한다.

남녘의 사람들이 북녘의 천하명산 금강산으로 여행을 간다는 것이었다. 실제로 금강산은 한겨레의 영산이었다. 뿐만 아니라 배달 겨레인 한민족과 함께 한결같이 숭상해야만 하는 거룩한 민족의 성산이었다. 구천만 영혼의 고향이요 꿈에 그리던 겨레의 뫼부리였다. 애타게 찾아 해매던 수많은 겨레의 넋이 깃든 제단이었다. 그것도 잘려진 허리춤을 되게 틀어쥐고 근접도 못하게 했던 비운과 격정이 서린 한 숨의 산이었다. 이제는 모든 시름 접고 가슴 내밀고 버젓이 내 집 드나들 듯이 들이닥칠 것이다. 나는 감격했다. 그리고 읊조렸다.

> 내 어릴 적 그리던 꿈
> 금세 이룬 한 핏줄 만남
> 밤새도록 달 붙들고
> 목 놓아 울부짖고 싶어라.
> 살어리!
> 살어리랏다!
> 내 그리던 이 금강에! (제 2연)

농인 서백의 조국애와 국토애가 잘 나타나 있다. 금강산 사랑은 종교의 견지에 이르러 있다. 감정이 용솟음칠 때 시흥이 절로 난다. 그의 금강행은 소망이요 즐거움이기 때문에 쉬운 길 마다하고 개골산의 험난한 산행길을 택했다. 첫 발걸음은 구룡연 폭포를 오르면서 시작되었다. 금강의 명승지인 금강문과 비룡폭포를 관상하고 옥류담과 연주담을 탐방하였다. 마침내 구룡폭포의 어마어마한 물줄기를 보고 고대 이집트와 그리스 로마 신전의 열주를 연상한다. 만물상을 묘사한 문장이 경이롭다.

산악미가 적나라하게 드러난 최고의 가경이요, 공교로움의 또 다른 완벽한 표현이요, 조화미의 부족함 없는 완성이며, 다양한 바위와 봉우리로 이뤄진 개성미의 극치가 바로 만물상인 것이다.

이 금강산 여행기는 독자로 하여금 실제로 산행을 하면서 직접 보고 느끼는 흥취를 불러일으킨다. 농인 서백은 험준한 바위 덩어리와 산봉우리도 빠뜨리지 않았다. 삼선암, 귀면암, 칠층암, 절부암의 웅장함을 모두 묘파한다. 절부암을 그린 문장이 절묘하다.

가로로 세로로 아래로 위로 사선으로 흔들며 아래로 여러 날 달린 칼로 마구 흔들어 낸듯한 바위 주름살은 화사함의 극치가 아니고 무엇이랴?

글을 잘 쓰고, 글씨도 장하고, 그림도 즐기는 농인 서백에게 금강산이라는 커다란 대상을 만난 일은 천행이요 제격이라 하겠다. 그의 글은 그림이요, 그림이 곧 글이다. 만학천봉의 금강이 짝을 만났다고 하겠다. 농인 서백은 그 웅대한 산천을 말하면서도 유머를 구사하는 여유를 부린다. 구룡연폭포에서 마주친 북한 안내원과 수작이 우리를 즐겁게 한다.
"이 엿은 어디서 만든 것입니까?"
"이 예슨 금강산 죠변 마을에 사논 동무들이 직접 농사지오 만돈 거입

네다.”

“맛이 굉장히 좋습니다. 남측 것과는 비교가 되지 않습니다.”

“종말 고로케 맛이 조쌉네까?”

“예 진짜예요.”

유머는 만인의 공통언어다. 엿 하나를 얘깃거리로 삼아서 남북동포의 만단설화를 모두 말하고 있다. 우스갯소리 같아도 우리의 눈시울을 뜨겁게 한다. 이뿐이랴! 농인 서백이 쓴 이 《금강에 살으리랏다》는 독자로 하여금 국토애를 진작시키고 조국애를 불러일으킨다. 육당과 춘원이 금강기행문을 세상에 내놓은 지 백 년이 지난 오늘날, 농인의 거대한 저작이 탄생하였다. 이 책이 펼쳐 보여주는 글이며, 글씨며, 그림이며, 사진이 모두 독자의 심금을 울려준다. 그 문장력의 근원은 어디서 왔는가? 농인 서백은 어린 중학교 시절에 ‘금강산을 보고 죽을 수 있을까?’ 하는 갈망을 품었다. 고등학교 시절에는 국어책에 실려 있는 정비석 작가의 수필 〈산정무한〉을 배우고, 스스로 이와 같은 명문을 쓰리라 다짐하였다. 농인 서백은 어렸을 적 꿈을 이제 이룬 셈이다.

己亥 新春 寶山淸居에서

寶山　金 鎭 嶽　識

없는 글

먼저 하늘을 우러러 하나님께 감사를 드렸다. 내가 금강산 기행문 《금강에 살으리랏다》 겨울 책, 봄 책 두 권을 이렇게 출간하게 해 주셨다고.

나는 원래 재주가 없는 사람이다. 서예도, 시조도, 문인화도, 전각도, 글도, 어느 것 하나 내로라할 만한 분야가 하나도 없는, 늘 비재(非才)를 느끼며 살아가는 사람이다. 재주 없는 나에게 하나님께서 노력하는 마음을 주시어 그나마 이름 석 자 내놓고 서예가랍시고 예술 활동을 하고 있다.

고려와 조선, 개화기를 거쳐 현재에 이르기까지 수많은 시인 묵객들이 금강산과 주변 동해안의 절승을 돌아보고 글로, 시로, 글씨로, 그림으로 그 감동을 표현하였다. 금강산을 여행하고 기록으로 남긴 금강산 유람록은 18세기까지 약 100여 편에 이른다. 그 중에는 이곡의 《동유기(東遊記)》, 남효온의 《유금강산기(遊金剛山記)》, 이명한의 《유풍악기(遊楓嶽記)》, 홍여하의 《유삼일포기(遊三日浦記)》 등이 유명하다. 그리고 율곡 선생은 5언 고시 600구의 《풍악행》을 지어 금강의 아름다움을 노래했다. 특별히 우리글로 노래한 송강의 가사 《관동별곡》은 금강산 유람 기록의 백미로 꼽히고 있다. 개화기에 이르러 육당과 춘원이 우리말로 금강산 유람 기록인 《금강예찬》과 《금강산유기》를 남겼다. 그리고 겸재와 단원과 소정과 고암은 산수화로 금강산의 절승을 그려내었다.

나는 우여곡절 끝에 두 번 금강산 여행을 다녀왔다. 첫 번째는 2005년 한

겨울에, 그리고 2년 뒤 2007년 이른 봄에 두 번째 여행을 다녀왔다. 여행을 마치고 생각했다. 이 시대 누군가는 오늘날 남과 북의 분단현실과 정세, 금강산의 참 모습과 함께 금강산 관광의 역사와 의미, 그리고 그 현황과 여행의 감동을 기록으로 남겨야하지 않을까? 실제로 금강산 명승의 얼을 담은 문자 기록은 거의 없는 형편이어서, 나는 금강산에 걸맞게 상세하고 화려한 문장의 기행문을 써 보기로 마음에 다짐을 하였다.

1998년 11월의 일이다. 남북 화해의 분위기가 무르익으면서 《주/현대아산》이 주관하는 금강산 여행의 길이 열렸다. 꿈도 꿀 수 없었던 북녘 땅 금강산 관광이 현실로 다가온 것이다. 어느 누구도 예상 못했던 금강산 관광은 우리민족에게는 분명 기적이었다. 바람도 통할 수 없는 분단의 현실 속에서, 민간인들이 DMZ를 돌아서 금강산을 자유롭게 여행한다는 것은 경천동지할 사건이었다. 우리 민족 분단의 역사 속에서 이렇게 놀랍고 갑작스런 일은 없었다. 금강산 관광은 전 세계 사람들의 이목을 한반도로 집중시키기에 충분했다.

우리는 이토록 놀라운 여행을 일상에서 이뤄지는 국내여행 쯤으로 생각하고 있었다. 내 주변에 나이 드신 어른들은 거의 다 금강산 여행을 다녀왔다고 해도 지나친 말이 아닐 정도였다. '나도 금강산 관광을 가긴 가야 할 텐데' 라고 생각하며 마음으로만 막연하게 여행 일정을 잡아놓고 세월을 보내고 있었다.

그런 나에게 금강산 여행의 기회가 찾아왔다. 2005년 통일교육의 일환으로 서울특별시 교육청이 주관하는 2박 3일 일정의 금강산 여행이 시행된 것이다. 계절이 겨울이어서 다소 맘에 들진 않았지만 해상으로 가는 유람선 여행이 아니고, 버스를 타고 육로로 휴전선을 넘어가서 여행을 한다는 것이 내 맘에 쏙 들었다. 마치 나라 안팎의 여느 경승지 드나들 듯, 아무 때나 가고 싶을 때 그리고 맘 편하게 여행을 떠날 수 있으니 말이다.

그 때의 금강산 관광은 극히 일부 명승지만 허용하는 제한된 여행이었다.

말이 금강산 관광이지 외금강 구룡연 폭포 이르는 계곡과 만물상, 해금강 주변 그리고 삼일포 지역이 전부였다. 비로봉을 비롯하여 유려하고 경이로운 내금강 봉우리들과 수많은 계곡, 통천의 아름다운 해변과 총석정, 그런 절승을 개방하지 않아 금강의 진면목을 볼 수가 없었다.

하지만 그건 문제가 될 수 없었다. 왜냐하면 금강산 어디든 그냥 간다는 것이 좋았다. 여행 코스를 가릴 여유도 필요도 없었다. 금강산을 내발로 찾아왔으니 '여기가 금강산이로구나' 하고 느끼면 될 일이었다. 어디를 가네 마네는 문제가 되지 않았다. 아무튼 금강의 여러 골짜기와 봉우리들과 폭포들과 금강 미인송을 가까이서 어루만진다는 것만으로도 충분했다.

금강산 여행 코스 중에서 가장 많이 찾는 곳은 구룡연 코스이다. 경사가 완만할 뿐만 아니라 볼만한 구경거리가 연이어 나타나기 때문에 찾는 이가 많았다. 옥류동과 연주담을 거쳐 하얀 얼음으로 뒤덮인 비봉폭포, 그리고 구룡연 폭포와 상팔담에 이르는 계곡은 환상적이었다. 한겨울이라서 산세를 적나라하게 더 자세히 볼 수 있었다. 비록 낙엽은 지고 눈이 덮여 있어도 금강산은 역시 금강산이었다.

다음날 오르는 만물상 코스는 실제로 내가 올라보니 역시 험난한 코스였다. 그렇지만 금강산 최고의 경관임은 물론 온 누리 최극상의 절승이었다. 왜 수많은 세월 동안 많은 시인 묵객들이 만물상을 오르고, 그 감동을 구구절절 노래했는지 그 까닭을 알 수 있었다.

꿈같은 2박 3일의 금강산 관광일정은 이렇게 마무리 되었다. 너무나 짧은 시간이었다. 그래도 금강산에 머물러 있는 동안 나는 행복했다. 어릴 적 소원했던 꿈이 이뤄졌다는 것이 나를 행복하게 만들었다. 내가 금강산에 온 것은 기적이었고, 만물상에 오른 것은 행운이었다. 이토록 기쁘고, 의미 있고, 즐거운 여행은 다신 없을 것이다.

스승의 날 즈음에 은사님이신 보산 김진악 선생님께서 머리글을 보내주셨다. 힘든 것도 잊으시고 어리석은 제자의 졸문을 처음부터 끝까지 한 자 한

자 다듬어 주셨고, 북 디자인까지 다 해주셨다. 어찌 그 은혜를 잊을 수 있겠는가? 선생님께 한없는 감사를 드립니다.

이정수 사백은 우리나라를 대표하는 사진작가이다. 선생은 《주/현대아산》과 북측의 협조로 10년 가까이 금강산에 머물면서 금강의 사계절을 온몸으로 느끼고 담아내는 위대한 업적을 남겼다. 사진 자료가 빈약한 나는 어쩔수 없이 이정수 사백을 찾아뵙고 필요한 사진 자료 제공을 요청하였다. 사백께서는 흔쾌히 허락하시고 모든 명품 사진 자료를 아낌없이 다 주셨다. 마음깊이 감사를 드립니다.

이 책이 나올 때까지 많은 사람들의 노고가 있었다. 제안은 바쁜 중에도많은 섭외를 내일처럼 감당했고, 사진작가 여송, 충인, 화은당은 사진촬영에 많은 도움을 주었다. 사진 전문가 이수암 질우의 조언도 고맙고, 특별히마지막 교정을 맡아서 힘들게 고생한 송석과 청민 질우에게도 고마운 마음을 전한다. 역저 《금강산 유람록》을 보내 주어, 인용은 물론 산수작품에 화제를 쓸 수 있도록 도움 준 이영숙 박사님께 감사를 드린다. 끝으로 언제나내 책의 편집을 위해 고생하시는 원제현 실장님과 이화 송현정 선생께도 감사의 마음을 전한다.

2019년 6월 일

단비 내리는 검단산을 바라보며
김 기 동

금강산 회고

사진작가 **이 정 수**

농인 김기동 선생의 금강산 기행문집 《금강에 살으리랏다》 겨울 책, 봄 책 두 권의 출판을 진심으로 축하드립니다.

금강산은 천하제일의 명산입니다. 예로부터 '금강산을 보지 않고는 천하의 산수를 논하지 말라' 는 말이 있듯이, 절승 금강산의 아름다움은 온 누리에 널리 알려져 있습니다. 중국의 대문호 소동파는 '고려 국에 태어나서 금강산 한 번 보는 것이 소원이다' 라고 금강산의 빼어난 경치를 극찬하였습니다. 이것은 금강산이 온 천하에서 가장 빼어난 절경임을 단적으로 표현한 말이라 생각됩니다.

금강산은 계절에 따라 이름이 다릅니다. 봄에는 금강산, 여름엔 봉래산, 가을에는 풍악산, 겨울에는 개골산이라고 부릅니다. 북측에서는 개골산을 눈이 많이 온다하여 '설봉산' 이라고 부릅니다. 산 중에서 계절에 따라 이름이 다른 산은 금강산이 유일합니다. 네 가지나 되는 이름 그대로 금강산은 천 가지의 얼굴을 가지고 있고, 만 가지의 표정을 자랑하고 있습니다.

금강산은 북한의 행정구역상으로 고성군, 금강군, 통천군의 3개 군에 걸쳐 있으며, 그 면적이 160㎢에 이르는 큰 산입니다.

나는 금강산을 수십 번 다녀도 금강산은 한 번도 같은 모습을 보여준 적이 없었습니다. 그리고 일만 이천 봉 각각 다른 모습으로 장엄하게 솟아 있고, 굽이굽이 고개를 넘을 때마다 채광의 깊이에 따라 금강산은 만 가지 재주를 부리는 신령한 산입니다. 계곡은 계곡대로 아름답고, 봉우리는 봉우리마다 빼어나게 준수하며, 폭포와 금강송과 암자가 최상의 절조를 이루는 세계적인 명산입니다. 금강산은 명산이기에 많은 예술인들이 분야별로 수많은 작품을 남겼습니다. 글로는 남효온, 율곡, 송강 등의 유람록이 유명하고, 개화기에는 춘원과 육당이 금강산 유람기를 남겼습니다. 그림으로는 조선 후기 정선, 김홍도와 근대화가 변관식, 이상범 등의 화가들이 금강산의 아름다움을 그렸습니다.

수차례 금강산 탐방을 다녀온 서예가 농인 김기동 선생님도 시시가각 변모하는 금강산의 아름다움 곧, 대자연의 산악미·계곡미·색채미·골체미 등의 백미에 감동하여 열정적으로 글을 쓰고 산수를 그렸다고 생각합니다.

내가 2015년 이른 봄날 농인 김기동 선생을 처음 만났을 때, 선생은 나에게 금강산의 여러 명승지의 풍경 사진을 자기의 기행문집에 게재하면 어떻겠냐고 물었습니다. 나는 기행문을 쓰게 된 동기와 집필과정의 설명을 듣고, 이것저것 따질 것 없이 '한편으로는 이것도 영광이야'라고 생각하면서 흔쾌히 허락하였습니다.

금강산 관광이 중단된 지금, 기행문집 《금강에 살으리랏다》 겨울 책, 봄 책 두 권의 출판된 것은 매우 의미 있는 일이라 생각 됩니다. 농인 김기동 선생님의 금강산 기행문집이 성공리에 출판되어, 금강산의 아름다움이 세계 방방곡곡에 알려지기를 바라며, 많은 사람들이 읽고 소장하기를 기원합니다.

금강산은 우리 배달겨레 얼이며, 미래이며, 희망입니다. 그리고 금강산 관광은 평화와 화합과 번영의 지름길이 될 것입니다. 남북관계가 불원간에 회복되고, 하루 빨리 금강산 관광이 재개되며, 민족의 영산 금강산을 온 국민이 편안한 마음으로 다녀올 수 있는 그날을 속히 오기를 기원합니다.

감사합니다.

2019년 6월 일

금강에 살으리랏다 - 겨울, 개골산에 살으리 -

목차

17

아 금강산아!

연한 쪽빛 가을 하늘은 유리알처럼 맑았다. 높다란 창공 끄트머리엔 비행기 나는 소리가 모기 우는 소리로 가느다랗게 들렸다. 나래 치며 저 하늘 끝까지 올라가서 꽁무니로 내뿜은 배기가스가 솜사탕이 되어 뭉실뭉실 부풀려지고 있었다. 온 하늘엔 금세 하얀 세모시 긴 헝겊이 펼쳐졌다. 시오리 둑길에 널어놓은 긴 이불 겉 포가 이리저리 나뒹그러지는 바로 그런 모습이었다. 지금 창공에는 몽환의 세계로 빠져드는 신묘한 분위기가 연출되고 있었다. 그것은 마치 목탄으로 스케치북에 칠한 뚜렷하지 않은 색선처럼 퉁퉁하게 불어나고 있었다. 동심이어야 느낄 앙증맞고 재미난 광경이 지금 저 푸른 하늘가에서 펼쳐지고 있는 것이다. 저들에게 푸른 하늘은 그들만의 너른 놀이터였다. 뒤로 젖힌 나의 목이 뻐근하게 저려왔다.

붉을 대로 붉었던 설악산 참 단풍잎 선홍빛도 이젠 거의 다 지워졌다. 계절의 빛이 계절의 흐름 때문에 어쩔 수 없이 떠넘겨주는 서러운 선물이었다. 온 산은 깊어가는 가을의 아쉬운 마음만으로 속절없이 달아오른 가슴을 달래고 있었다. 불난 집같이 그토록 요란하게 불태우고도 성이 차지 않았는지, 몇 잎 남지 않은 게으름뱅이 여린 이파리를 군불처럼 태우고 있었다.

가을걷이도 거의 다 끝나가는 늦은 계절이었다. 넓은 들녘엔 인적이 끊어진 지 오래되었다. 바싹 마른 논 바닥엔 잘린 벼 포기들만이 날줄로 씨

줄로 줄맞추어 끝없이 이엄이엄 늘어져 있었다. 추수가 끝난 가을 들녘은 휑하게 비어 있어 농사짓는 사람들의 섭섭한 마음을 더욱 섧게 하였다. 하지만 볏단을 쌓아놓은 누런 노적가리들은 옹기종기 줄을 지어 도랑 길 양쪽으로 늘어지게 누워 있었다. 그토록 푸짐한 풍경은 농부들의 마음 한편을 뿌듯하게 채워주는 마지막 고별인사였다. 거둬들인 곡식들이 나락 통가리에 쌓여 가고 있을 때 추수꾼들은 먹지 않아도 배가 불러왔다. 이제 농사짓는 사람들의 허전한 마음은 거둬들인 햇곡식으로 든든하게 채워질 것이다. 이렇게 또 한해는 소리 없이 스치듯 몽글몽글하게 지나가고 있었다.

얼마 전 고등학교 때, 나와 같은 반 친구였던 성균관대학교 이효성 교수가 머리에 떠올랐다. 그는 얼마 전 방송통신위원장이 되었는데 그가 쓴 수필집 《계절의 추억》을 보내주어 읽어 보았다. 이 교수는 이 책에서 향수에 대한 풀이를 내 마음에 쏙 들게 규정해 놓았다. 그는 지난날을 그리워 한다는 것을 '향수' 라고 말하면서, '향수는 과거의 삶을 즐기는 것이며, 따라서 삶을 한 번 더 사는 것이 된다' 라고 재미있게 해석하였다. 정말 향수는 이효성 교수의 말대로 우리의 영혼을 맑게 해주는 묘한 힘이 있는 것이 사실이다. 우리의 삶을 행복에 젖게 하고, 지금의 고난을 견디게 하고, 우리의 기분을 신바람 나게 해준다. 그리고 그 그리움으로 인하여 오늘을 즐겁게 살고 앞날에 대한 희망을 갖게 해준다. 향수는 사람들의 밋밋한 가슴을 벅차게 하는 신비한 동력을 가지고 있다. 나도 금강산 여행의 추억 속으로 들어가서 그 때 맛보았던 행복했던 느낌 속으로 빠져들고 싶었다. 여덟 해의 세월이 흘러 기억이 되살아날지 모르지만.

나는 해마다 두 세 번씩 설악산과 동해안을 찾고 있다. 특별히 볼일이 있어서 가는 것은 아니었다. 한 철 만이라도 건너뛰면 좀이 쑤시어 견딜 수가 없었다. 그래서 설악동을 향해 집을 나서면 흐린 정신이 금방 말끔해짐을 느낄 수가 있었다. 역겹던 마음이 언제 그랬느냐는 듯 금세 거짓

말처럼 정상으로 돌아왔다. 나는 이미 '설악산 증후군'에 깊이 빠져 있었다. 설악산은 갈 때마다 늘 새로움을 느끼게 했다. 봄날 설악은 생성의 신비로움이 그득해서 좋았고, 여름은 여름대로 그 짙은 푸르름이 왕성해서 부러웠다. 찬 서리 내린 늦가을이 되면 진홍빛 참 단풍이 흐드러지게 물들고, 주르르 흘러내려 내 마음을 황홀하게 하였다. 그리고 흰 눈 덮인 겨울은 처절한 적막감으로 나를 자성하게 하였다.

나는 오늘도 설악산 울산바위를 올라갔다 내려왔다. 몹시 고단했다. 대근한 몸을 이끌고 잠시 동해시에서 사업하는 친구 집을 들러 보기로 했다. 사업이라고 해봤자 전주식 생태탕이지만, 나는 그렇게 시원한 생태탕 국물을 그 어디에서도 맛볼 수 없었다. 요즈음 시쳇말로 '맛집'인 셈이다. 오늘도 그 맛집을 향하여 서둘러 자동차를 몰았다.

달포 전에 서실에서 청파를 만났던 일이 생각났다. 동해시가 친정인 청파는 나에게 자기 고향의 맛 집에 대하여 살짝 귀띔해 주었다. 까마득한 옛일처럼 잊어버리고 있던 그날의 대화가 홀연히 떠올랐다. 나는 청파가 알려준 그 횟집을 찾아 나섰다. 그런데 가는 날이 장날이었다. 그 까닭은 마침 오늘이 금강산 관광이 시작되는 역사적인 날이라는 사실 때문이었다. 신문과 방송에서 그토록 떠들던 금강산 여행은 한반도와 한 겨레를 뒤집어 놓을 대변혁의 충격적인 사건이었다. 오늘은 남북왕래의 숨통이 겨우 트인 의미 있는 날이었다. 나는 그런 사실을 한참 뒤에야 알게 되었다. 더듬이가 녹슬어 민감하지 못한 나였지만 그 정도의 분위기는 감지해 낼 수 있었다.

화창한 가을 햇살 속에 동해시는 풍성함과 넉넉함이 거리마다 흘러넘치고 있었다. 항구의 부둣가에서는 우리 민족사에서 가장 의미 있는 축제의 한 마당이 펼쳐지고 있었다. 동해의 푸른 물결도 울렁거리는 마음을 달랠 길이 없었나 보다. 언제나 그러했듯이 오늘도 넉넉하고 푸짐한 흰 깁 물결을 여러 겹으로 포개고, 또 포개어 이은 뒤에 해안을 향하여 들뜬 마음으로 밀어내고 있었다. 망망대해는 오늘따라 비좁게 느껴졌다.

대형 유람선 《금강호》에 몸을 실은 관광객들은 감격의 설레는 가슴을 감추지 못했다. 뱃전에 나와 서성거리며 배웅 나온 친지들을 향해 연신 손을 흔들어대고 있었다. 휘황한 조명 빛을 받은 대형 유람선은 밤바다에 홀로 떠서 번쩍이는 몸을 만천하에 자랑하고 있었다. 만국기는 요란하게 파닥이며 밤하늘을 향해 시끄러운 박수를 쳐대고 있었다. 전 세계 수많은 무리들이 지켜보는 가운데, 잠시 후 《금강호》는 번쩍이는 몸으로 북녘 땅 금강산을 향해 떠나갈 것이다.

해질녘 동해항 국제여객선터미날에서 유람선 《금강호》가 고함치듯 내뱉는 뱃고동 소리는 갓 태어난 사내아이의 첫 울음처럼 우렁찼다. 새로운 탄생의 기쁨을 알리는 온 동네와 바닷가를 들쑤시는 신명나는 울부짖음이었다. 1998년 11월 18일 그날이 바로 겨레의 염원인 금강산의 관광이 시작되는 날이었던 것이다. 정부 부처의 관계자들은 물론 지역 인사들과 금강산 여행 주관 회사인 《주/현대아산》 직원들 그리고 환송객과 동해시민들이 모두 나와 열렬이 환영하고 있었다.

이것은 분명 예삿일은 아니었다. 나는 신문보도를 통하여 이 사건의 중요함을 알게 되었지만, 민족의 분단 이후 처음으로 민간인들이 떳떳하게 가슴 펴고 북녘의 땅으로 들어간다는 것은 분명 예삿일이 아니었다. 비록 육로는 아니었지만 어찌 되었든지 남녘의 사람들이 북녘의 천하 명산 금강산으로 여행을 간다는 것이었다. 실재로 금강산은 한 겨레의 영산이었다. 뿐만 아니라 배달겨레인 한민족과 함께 한결같이 숭상해야만 하는 거룩한 민족의 성산이었다. 구천만 영혼의 고향이요 꿈에 그리던 겨레의 묏부리였다. 애타게 찾아 헤매던 수많은 겨레의 넋이 깃든 제단이었다. 그것도 잘려진 허리춤을 되게 틀어쥐고 근접도 못하게 했던 비운과 격정이 서린 한숨의 산이었다. 이제는 모든 시름 접고 가슴 내밀고 버젓이 내 집 드나들듯이 들이닥칠 것이다. 나는 감격했다. 그리고 읊조렸다. 흐릿한

유람선 금강호

영상이 몽환의 안개길 위로 고요히 흘러가고 있었다. 나는 어느새 동해시 어느 바닷가 모래밭을 넋이 빠진 상태로 시나브로 하염없이 걷고 있었다.

모래톱 끝에 서서 본다.
해금강 고운 물결,
높새바람 사이로 비친
일렁이는 산 그림자,
샛바룰
고요론 금빛
사연 실어 오가고.

내 어릴 적 그리던 꿈
금세 이룬 한 핏줄 만남,
밤새도록 달 붙들고
목 놓아 울부짖고 싶어라.
살어리
살어리랏다!
내 그리던 이 금강에!

 내가 그 때 들은 기억에 3박 4일 간의 여행인지 몇 박 며칠의 여행인지
는 잘 모르겠다. 금강산 관광을 갔다 온 사람들은 매우 기쁜 모습으로 그
들만의 여행을 예찬하고 자랑하면서 돌아다니고 있었다. 나도 '곧 가봐야
겠다'고 마음먹고 흥분된 마음을 달래며 그들의 여행담을 들으며 지켜보
고 있었다. 부러운 마음이 전혀 없진 않았지만 내가 처한 상황이 금강산
여행의 여유를 감당하기 어려운 상황이었다. 나도 언젠가는 가겠거니 생
각하면서 부러운 마음을 잠재웠다.
 금강산을 다녀온 분들의 여행담을 듣고 있노라면 금강산의 사계절은 정
말 절경인 것만은 사실인가 보다. 더구나 인터넷 전시장에서 이정수 선생
의 사진전 《사진으로 보는 금강산 사계절》을 보고난 뒤, 나는 가보지 않
았어도 그 느낌만은 금강산에 머무르고 있는 듯한 기분이 들었다. 선생은
우리나라의 대표적인 사진작가이다. 선생은 여러 해 동안 금강산에 머물
면서 사계절을 온몸으로 샅샅이 뒤지듯이 찾아다니면서 모든 절경을 카
메라에 담아왔다. 나는 실경보다 더 멋들어진 명승사진에 충격적인 감동
을 받으면서 금강산을 향한 동경의 마음을 가득 채우고 있었다. 금강의
봄, 봉래의 여름, 풍악의 가을, 개골의 겨울이 차례대로 떠올랐다. 내 마
음속에서 상상한 대로 영상과 함께 뒤섞여 선명한 형상으로 재현되고 있
었다. 비록 사진을 보고 느낀 것이었지만 《사진으로 보는 금강산 사계절》

을 보고 금강의 사계를 영상으로 그려 보았다.

봄날 금강산은 내리쬐는 화사한 햇살로 너무나 평안했다. 그것은 마치 푸른 솜뭉치를 쌓아 놓은 듯 뭉게구름처럼 연한 새눈의 보들보들함이 고요하게 넘쳐흘렀다. 메 버들 새싹은 꽃이 되어 연두 빛 환한 얼굴을 귀엽게 흔들고 있었다. 그 새싹 꽃 사이사이로 산 벚꽃과 산 매화는 흰한 달처럼 앞서거니 뒤서거니 피고 지고를 거듭하고 있다. 금강산 산기슭에서 갓 틔운 싹눈은 겨우내 닫혀 있던 마음을 활짝 열어주고 산허리를 휘영청 밝게 비추고 있었다. 응달져서 후미진 어두운 산비탈에는 환하게 웃음 짓는 진달래가 밝게 빛났다. 기쁨으로 가득 찬 진달래가 간지러워서 야들야들한 꽃잎을 앙증맞게 흔들어대고 있었다. 보석 금강의 봄이 깊어가고 있음을 알리는 또렷한 기별이었다.

여름날 봉래산의 가장 큰 자랑은 푸르름이었다. 쏟아지는 강한 햇살을 받아, 온 산에 건장한 기운을 가득 넘치도록 끌어안고 있었다. 푸름은 젊음이었다. 푸르기 때문에 모든 것을 품을 수 있고 바랄 수 있는 것이다. 그리고 모든 문제를 문제로 보지 않고 해결 가능하다고 여길 수 있는 것이다. 주체하기조차 힘든 젊음이 있어야 진정한 젊음이라 말할 수 있지 않을까? 봉래산의 여름은 젊음이었다. 여름이기 때문에 수풀이 무성하고, 번성하고, 창대하게 일어나는 것이다. 젊기 때문에 모든 기운을 밖으로 뿜어내는 것이고 앞으로 나아갈 뿐 물러나지 않는 것이다. 그래서 봉래산의 여름은 힘찬 바람이 있고, 모든 것을 기대할 수 있는 것이다.

가을날의 풍악산은 가장 큰 자랑이었다. 온 누리의 그 어떤 산도 풍악산의 단풍보다 더 고울 순 없었다. 견줄 수도 없고 견줄 필요도 없었다. 그 아름다운 단풍 곧, 풍악의 가을 경치를 물끄러미 바라보노라면 지내온 세월에 대한 아름다운 추억으로 물 들어감을 느낄 수 있었다.

풍악의 산허리에 늦가을 된서리가 허옇게 내려앉는 날이면 형언키 어려운 그 신비로운 빛깔로 모든 골짜기와 산등성이는 곱게 물이 들었다. 좁

가을 풍악 만물상

고 후미진 인적 없는 비탈길에도 희끗희끗한 흰 이빨을 드러낸 날 선 봉
우리에도 붉고 환하게 물들였다. 과묵하고 의젓한 산마루에는 원색의 오
색물감을 온통으로 들어붓고 다시 곱게 칠하여 휘황찬란한 옷으로 갈아

입었다. 그리고 계절의 변화를 외면하고 변함없는 올곧은 빛으로 굳건히 그 자리를 지켜내고 있는 솔숲까지도 가을의 축제를 위해 한 목소리로 빛의 교향악을 연주하고 있었다. 이 향연을 위해 산의 모든 식구들은 오케스트라의 단원이 되어 황홀한 회억의 하모니를 연출해 내고 있었다. 황홀함과 찬란함, 화려함과 번쩍임의 극치라고 말하지 않을 수 없었다.

겨울날의 개골산은 설봉(雪峰)이 된다. 눈 덮인 개골산은 검은 나무줄기와 회색 빛 바위들 위에 새하얀 눈으로 덮인다. 그리고 늘푸른 금강송도 서로가 서로를 의지하며 깊은 상념의 늪으로 빠져든다. 침잠의 시간, 길고 긴 묵상의 시간, 기약 없는 침묵 속에 잠긴 정지의 시간이었다. 꽁꽁 얼어붙은 어름장 밑으로 겨울만이 흐르고 있었다. 추위로 움츠러든 우리네 마음은 황량한 광야로 내몰리고 말 것이다. 그래서 언제나 겨울 개골산은 외로웠다. 그리고 고요했다. 한낮의 흐릿한 볕이어도 오히려 포근하고 평온했다. 흰 눈은 맨살 드러낸 산등성이를 덮고 그 위에서 주저함 없이 하늘을 향해 기운을 뻗치고 있었다. 고함을 내지르고 있는 듯 기세등등한 뾰족한 바위들은 추위를 무릅쓰고 서있었다. 희끗희끗하게 흰 물감을 덧칠한 어둡고 흐릿한 바위 위엔 노송 한 그루만이 애처롭게 서있었다. 다사론 한낮의 햇살이 그 존재감을 확인시켜 주듯 살갑게 비추고 있었다.

사진 속의 지금은 매서운 겨울 한 복판이었다. 선명하고 또렷했던 산세는 내 시야에서 점점 멀어지고 있었다. 흐릿하고 뿌옇게 드리운 산안개는 뭉클뭉클 무더기로 층을 이루며 뫼의 긴 헝겊 자락을 거듭 거듭 펼치고 있었다. 산중기로 가득 고인 계곡은 솜으로 만든 눈사람처럼 듬성듬성 뭉쳐 있고 그 속에서 잔잔한 꿈길을 빚고 있었다. 그 곁에서 살포시 반짝이는 여울은 병풍 속의 그림처럼 얼음 위에 거꾸로 포개어 반사되고 있었다. 가지에 쌓인 눈으로 무거워 지친 나무들은 계곡을 향해 뻐팅기고 있는 듯 몸짓이 퍽 힘들어 보였다.

계곡을 스치는 한 줄기 바람이 멍하게 서있는 나를 현실 속의 나로 되돌려 놓았다. 나의 환영은 여기서 멈추고 말았다.

금강산 관광 일정

　내가 잡다한 일에 헛눈 팔고 있는 동안에 어느덧 십 년의 세월이 흘렀다. 《주/현대아산》이 총체적으로 추진했던 금강산 관광은 우리들의 뇌리에서 잊힌 채로 지속되고 있었다. 언뜻 언뜻 내 귀에 들리는 소리는 '올봄에 아무개가 금강산 다녀왔데', '누구네 형 친구들 모임에서 3박4일로 만물상을 돌아보고 왔데' 라는 식으로 입소문만이 저녁 연기 흩날리듯이 떠돌아다니고 있었다. 다른 사람들의 말을 통해서 들었던 금강산 구경 이야기는 마치 내가 직접 갔다 온 것 같은 환각 속으로 빠져 들게 하였다. 나의 금강산 여행에 대한 생각은 그렇게 고정되어 갔다. 보통의 흔한 일이 되어 버린 것이다. 그리고 세인들의 뇌리 속에 각인된 채로 그들의 기억 속에서 점점 잊혀져갔다. 이런 상황은 금강산 여행이 그만큼 우리사회에서 인구에 회자(膾炙) 되고 있다는 것을 넌지시 시사해 주는 사건이 되었다.

　세인들의 가슴 속의 금강산 여행은 마땅히 다녀와야 할 곳으로 각인되고 있었다. 아니 일상의 여행쯤으로 인식되고 있었다. 이것은 우리 민족사에서 엄청나게 큰 사건, 그러니까 역사적인 사실로까지 인식되고 있었다. 큰맘 먹어야만 갈 수 있는 여행이 아니었다. 언제나 시간만 나면 갈 수 있고 떠날 수 있는 여행쯤으로 치부되고 있었다. 많은 사람들이 느긋한 마음으로 금강산 여행의 차례를 기다리고 있었다. 나도 마찬가지였다. 막연한 기대로 말이다.

남편과 함께 금강산에 다녀온 운강 여사의 말을 들어보면 여행 일정을 어느 정도 짐작할 수 있을 것 같았다. 마침 만날 일이 있어 직접 여행일정을 들을 수 있었다.

"운강! 금강산 잘 다녀왔어요?"

"예, 너무 좋고요. 멋있는 여행이었어요."

"여행일정과 코스를 기억나는 대로 말 해봐요."

"정확하게 기억이 날지 모르겠어요."

"다녀온 지 얼마나 됐다고 모르쇠 타령이오?"

"웬 선생님도, 기억나는 대로 말씀을 드릴게요."

　운강은 그 특유의 떠벌리는 목소리로 장황하게 여행일정을 늘어놓았다.

"저는요 동해항까지 애들 아빠 차를 타고 갔어요. 오후 3시쯤 도착하여 항구 근처 식당에서 얼큰한 대구매운탕 한 그릇으로 요기하고 항구에 정박해 있는 호화롭고 멋들어진 유람선, 《금강호》에 승선하였지요. 유람선 뱃머리에는 많은 사람들이 난간에 오이 달리듯이 매달려 있었어요. 선창가에는 친지들을 배웅하기 위해 마중 나온 사람들로 북새통을 이루고 있었어요. 부웅—붕— 부웅—부웅. 우람한 뱃고동 소리가 길게 울리면서 관광객을 태운 유람선은 서서히 어두운 밤바다를 미끄러져 갔어요. 흥분되고 감격스런 순간이었어요. 유람선은 영해로 나갔다가 다시 북한 영해로 들어가 지정된 장전항 항구 밖 바다에 정박하였어요.

　다음날 여명의 시간이 밀려가고 동이 터오는 이른 아침이었어요. 선상 일출을 보려는 관광객들로 선체는 온통 난리 북새통이었어요. 유람선 안에서 아침 식사를 서둘러 마치고 다시 작은 배로 옮겨 타고 바닷가 선착장에 내린 뒤, 버스로 온정리 광장으로 갔어요. 안내양의 인도 따라 우리 모두는 한 줄로 열을 지어 구룡연폭포를 향해 오르기 시작하였어요. 옥류동과 연주담을 거쳐 비봉폭포를 지나 관폭정에 이르는 2시간 쯤 걸리는 코스였어요. 그리고 내려오면서 상팔담을 들르고 온정리로 내려와서 점심을 먹었어요. 오후에는 서커스를 보고 쇼핑센터를 돌아본 뒤, 모든 여행객들은 작은 배에 옮겨 타고 장전항에 정박해 있는 《금강호》에 올라 둘째 날밤을 보냈지요.

둘째 날도 첫째 날처럼 온정리 광장에 모여 삼일포로, 만물상으로 나뉘어서 둘째 날 일정을 진행했어요. 정오까지 모두 돌아본 뒤에 온정리 광장에 있는 식당에서 점심을 먹고 약간 휴식을 취하였죠. 이렇게 해서 모든 관광 일정을 마치면 장전항으로 돌아와서 다시 《금강호》에 올라 밤새도록 오던 길 그대로 동해항으로 돌아오는 거죠. 설명 잘 했지요? 선생님!"

"나도 금강산에 갔다 온 기분이네요"

처음에 나는 몇 가지 이해가 되지 않았으나 운강이 설명을 비교적 잘해서 금세 알아차릴 수가 있었다.

내 생각은 다시 동해항으로 돌아왔다. 앞에서 잠깐 언급한 것처럼 1998년 11월 18일은 우리 민족의 역사 가운데 가장 기록적인 날이었다. 육십 년 가까이 분단의 아픔을 숙명으로 여기며 살아오고 있는 우리 민족은 일제의 강점기를 거쳐 외세에 의해 광복을 맞이하게 되었다. 우리 민족은 조국 광복의 기쁨을 느끼기도 전에 38선이 생기고 두진영의 이념적 대립으로 인한 분단의 비극이 시작되었다. 우리를 그토록 괴롭혔던 가해자 일본이 둘로 나뉘어도 시원치 않은데, 피해자인 우리가 왜 둘로 갈라져야만 했는가? 이건 분명 모순이었다. 그리고 우리 겨레의 가장 큰 비극의 출발점이었다. 미국을 중심으로 하는 자유진영과 소련의 후광을 업고 등장한 공산주의자들과의 틈바구니에서 어처구니없는 약소국의 서러움을 뼈저리게 느껴야 했다.

그 후 5년 뒤 6.25 전쟁은 발발되었다. 우리나라는 물론 열여섯 나라의 참전국 젊은이들을 비롯한 수백만 명이 승자가 없는 전쟁에서 사라져 갔다. 더욱이 재산상의 손실 곧, 경제적인 타격은 회복불가능의 상태로 우

외금강 끝자락에서 바라본 장전항

리 겨레의 살림살이를 나락으로 떨어뜨리고 말았다. 인류의 역사는 전쟁의 역사라고 말들 한다. 하지만 인류에게 최고의 저주가 있다면 그것은 곧 전쟁일 것이다. 나라는 물론 사회도, 가정도, 물적 재산도, 흙 한 줌까지도 순식간에 초토화 시키고 마는 것이다. 그리고 백성들을 수십 년간 끊임없는 고통을 당하게 하는 전쟁이야말로 크든 적든 절대로 일어나서는 안 될 일인 것이다.

　6.25 전쟁은 그토록 고귀한 수백만 명의 인명을 앗아가고 말았다. 더불어 소중하고 엄청난 재산을 한순간에 잿더미로 만들고 말았다. 그렇게 희생을 치렀으면 통일이 되고 겨레가 하나가 되었어야 했는데, 현실은 그 반대로 더욱 갈등의 간극만 깊게 만들고 말았다. 이 일을 누구에게 하소연한단 말인가? 그 후 우리민족의 남북 갈등은 더욱 심해졌다. 북측의 간첩

남파, 도끼 만행, 공비 침투, 어선 납치와 국지전투 등 휴전선 155 마일 (248km) 곳곳에서 헤아리기 어려울 정도로 많은 사건과 사고와 다툼이 이어지고 있다. 오늘날 까지도 그 피해와 갈등에서 벗어나지 못하고 있는 실정이다.

물론 분단의 물꼬를 트기 위해 남과 북의 협상도 있었고 극비로 장소와 때를 가려서 몇몇 사람들이 만난 일도 있었다. 그리고 일부 스포츠 계에서, 혹은 적십자 활동을 통하여 이산가족상봉 문제가 단답형 시험문제 풀 듯 진정성 없이 풀어오고 있었다. 그렇지만 가장 우리의 가슴을 뜨겁게 한 사실은 《주/현대아산》에서 주관하는 금강산 관광의 시작이었다. 이보다 큰 타협의 작품은 없었다. 이보다 더 찐한 남북의 왕래는 없었다. 이것은 통일이 금방 이루어질 것 같은 착각이 들 정도로 획기적인 사건이었다. 이 것은 상상할 수 없는 민족의 화합이 이뤄지는 엄청난 사건이었다.

하지만 언제부터인지 금강산 여행객들 사이에는 금강산 관광의 자랑이 사라졌다. 왜 일까? 그렇게 염원했던 관광이 아니었던가? 여행을 다녀온 최규완 교장 선생님의 말을 들어보면 이해가 쉽게 될 것 같았다. 그 분의 관광 경험담은 이렇다.

"내가 볼 때 여행이라는 게 볼거리도 중요하지만 먹거리도 중요하고, 놀거리도 중요하고, 살거리도 중요하지요. 그러나 금강산 여행은 그 저 볼거리 하나 가지고 모든 만족을 느끼게 하려 덤볐으니 그런 불 평과 불만족은 어찌 보면 당연한 것이었는지도 모르는 기라. 다시 말할 필 요도 없어 그런 여행은 훗날 이야깃거리가 없는 법(法)이야. 안 그려? 김 선생. 우리나라 사람들처럼 먹고 즐길 거리를 위해 모든 것을 아끼지 않 는 사람들이 세상에 또 있습니까? 우리네에겐 다양하고, 자유롭고, 편안 하고, 놀랄만한 구경거리가 있어야 하는 게지요. 그러나 어느 것 하나 완 전하지 못하니 재미가 있을 수 없었구요, 놀지를 못했으니 잘 놀았다고 자 랑할 수 없었던 게지요."

최 교장 선생님의 경험담 외에 많은 사람들의 여행 이야기를 종합하여 보면 초창기의 금강산 관광이 얼마나 목적과 요구가 다른 동상이몽의 상태였는가를 알 수 있었다. 다 열거할 수 없지만 유별한 내용을 살펴보면 퍽 재미있는 내용도 많았다. 금강산 관광은 애시 당초 자유가 없는 여행이었다. 처음부터 물 맑은 계곡에 발을 담그거나 손을 씻거나 세수조차도 할 수 없었다. 이웃과 도란도란 못 다한 얘기를 나눌 수 있는 변변한 장소도 없었다. 꽃송이 하나 나무 한 그루 더듬을 수도 없었다. 시설물은 어떤 것도 만지지 못하게 하였다. 먹는 것도 극히 제한된 음식을 정해진 장소에서만 먹어야하는 통제의 시간이 계속되었다. 북녘 사람과는 안내원이든 감시하는 병사든 일체의 사진 촬영은 절대로 못하게 하였다. 만약에 한 사람이 벌금 낼 정도의 실수를 했다면 몇 시간이고 모든 관광객들을 길바닥 위에 세워두었다. 그리고 그들이 반성문과 시말서 따위를 여러 장 쓰고 나서야 보내주었고, 그 일이 끝난 뒤 여행의 일정이 다시 진행 되었다. 어떤 여자는 반성문을 스무 장까지 썼다고 하였다. 이토록 지루하기 짝이 없는 사건들이 다반사로 이뤄졌으니 이 여행이 뭐 그리 재미가 있었겠는가?

듣고 보니 일리가 있는 말이었다. 여하튼 이런 우여곡절 속에서도 금강산 여행은 순탄하게 진행되었고, 마치 통일이나 되어 친척집 드나들 듯이 있는 듯 없는 듯 일상처럼 진행되고 있었다.

1998년 11월 18일 금강산 관광이 시작된 지 7개월이 지난 1999년 6월 20일 큰 사건이 발생했다. 정확한 내용을 확인할 길이 없지만, 정당원이었던 여자 관광객 민영미(閔永美)씨가 북한 환경감시원에게 '귀순자들이 잘 살고 있다' 등의 말을 했다고 한다. 북측은 이 말을 귀순 공작으로 판단하고 민씨를 6일 동안 금강산 현지에 강제 억류하였다. 이 사건으로 금강산 관광이 잠정적으로 중단되었다. 그 후 북경에서 남북 양측이 관광 세칙으로 《신변안전합의서》가 체결된 뒤에야 금강산 관광 사업은 계속될 수 있었다.

2003년 2월에는 금강산 육로관광이라는 상상하기 어려운 획기적인 여행이 시작되었다. 우리가 만든 버스를 타고, 남측 관광객들이 아무런 통제나 간섭을 받지 않고 민간인 통제선(민통선)을 지나 비무장지대 곧, 남방한계선과 휴전선, 북방한계선을 통과하여 금강산으로 들어가는 것이었다. 시도 때도 없이 으르렁거리며 철천지원수처럼 살아온 우리들이 아니었던가? 이런 상황에서 금강산 육로관광은 우리 겨레로서는 숨이 막혀서 자지러질 만한 경천동지의 사건인 것만은 분명했다.

2004년에 이제까지 해로를 이용한 금강산 관공은 중단되었다. 1998년 11월 18일 동해항국제여객선터미날에서 《금강호》를 타고 금강산 관광이 시작된 이후, 《봉래호》, 《풍악호》, 쾌속선인 《설봉호》까지 네 척의 유람선이 금강산 관광객들을 부지런히 실어 날랐다. 그러나 수송할 수 있는 관광객 수가 제한되어 수지타산에 문제가 제기 되었고, 이 때문에 《주/현대아산》측과 북한 양측이 협상하여 2003년부터 버스를 이용한 육로 금강산 관광이 시작되었다. 경제적인 이유라느니 보다는 상징적인 의미가 더 큰 금강산 육로 관광이었다. 선풍적인 반향을 일으키기에 충분하였다.

그 이후로는 계속해서 버스로 오가는 금강산 육로관광만이 계속되었다. 일반적으로 관광 일정은 3박 4일이 기본이었는데, 2004년부터는 당일 코스의 관광 일정이 나오고 1박 2일 코스, 2박 3일 코스의 관광 일정이 새롭게 나왔다. 유관기관의 통계에 따르면 2005년 6월 현재 금강산 관광객이 연 인원 100만 명을 돌파했다고 보고했다. 이 얼마나 놀라운 일인가? 이렇게 엄청난 결과를 가져온 것은 《주/현대아산》측의 쾌거일 뿐만 아니라 우리 대한민국 국민 모두의 승리가 아니고 무엇이란 말인가?

금강산 관광은 여행뿐만이 아니었다. 우리가 말만 들어도 금방 알 수 있는 수많은 굵직굵직한 행사가 금강산 전 지역에서 성황리에 치러졌다. 《미스코리아 선발대회》(2000. 9. 3)를 시작으로 《국제 모터싸이클 투어링대회》(2001. 8. 14), 《제5차 이산가족상봉》(2002. 9. 13.), 《영화 '간 큰 가족' 촬영》(2005. 2), 《남북 신혼부부 나무심기행사》(2005. 4. 1), 《KBS 금강산 열린음악회》(2005. 6. 8), 《제86회 울산 전국체육대회 성화 채화》(2005. 10. 4일), 《제24회 MBC 창작동요제》(2006. 4. 28), 《제주항공 MOU 체결》(2006. 9. 14), 《금강산 면세점 그랜드오픈》(2007. 5. 28), 《남북정상회담》(2007. 10. 2), 《자가용 승용차 관광 시작》(2008년 3월 17일), 《금강산골프장 아난티그랜드오픈》(2008. 5. 28) 등의 행사가 세계인의 이목이 집중되는 가운데 순조롭게 진행되었다.

초창기의 금강산 관광에는 동해를 통한 3박 4일의 일정으로 관광이 진행되었다. 해를 거듭하면서 여행 일정도 바뀌고 코스도 늘려서 둘러볼 수 있는 지역도 다양하게 되었다. 〈구룡연 코스〉, 〈상팔담 코스〉, 〈삼일포 코스〉, 〈만물상 코스〉에 이어서 〈해금강 코스〉, 〈내금강 코스〉, 〈세존봉·동석동 코스〉, 〈수정봉 코스〉, 〈비로봉 코스〉로 까지 발전하였다. 그리고 조금만 더 있으면 통천의 《총석정》까지 관광할 수 있는 날이 곧 올 것만 같았다.

그러나 사건은 예측 못한 곳에서 터졌다. 2008년 7월 11일 이른 새벽 미명이었다. 장전항 바닷가 곧, 금강산 해수욕장 해변에서 출입금지 푯말을 보지 못하고 북한 측 통제구역으로 들어간 남한의 여행자 '박왕자' 라는 여자 분이 북측 경비병으로부터 무차별 사격을 받아 피살된 사건이 발생하였다. 이것은 끔찍한 참사였다. 이것은 진정 비통한 참극이었다. 이 사건을 빌미로 금강산 여행은 한순간에 중단되었다. 그리고 오늘 2014년 현재까지 중단되고 있는 것이다.

나는 2007년 아내와 함께 봄 금강산을 다녀온 뒤 가을이 오면 단풍이 빨갛게 물든 풍악산을 돌아봐야겠다고 마음을 먹었다. 다음 해에는 여름 봉래산을 찾아보기로 마음속으로 굳게 다짐하고 있었다. 남들은 단 한 번만으로 만족하는데 왜 사계절을 다 여행하려는 지 궁금하겠지만, 나는 남

운무 드리운 금강산

다른 꿍꿍이속이 있었다. 선각들 그러니까 고려조 이곡 선생의 《동유기 (東遊記)》라든가, 조선시대 남효온 선생의 《유금강산기》, 송강 선생의 《관동별곡》, 율곡 선생의 《풍악행》과 같은 문학 작품들과 개화기 육당 선생의 《금강예찬》이나 춘원 선생의 《금강산유기》와 같은 뼈대 있는 금강산 기행문을 쓰고 싶었다. 특히 중·고등학교 시절 국어 교과서에 실렸고 지금도 배우고 가르치는 정비석 선생의 《산정무한》과 같은 화려체·만연체의 금강산 기행문을 쓰고 싶었던 것이다.

　그런데 이게 웬일인가? 민간인인 관광객이 북측 군인에 의해 비참하게 사살되다니. 누구의 잘잘못을 따지기 전에 사람이 희생되었다는 것은 엄청난 비극이었다. 나는 너무나 안타깝고 기가 막혀 말문이 막히고 말았다. 이 얼마나 애통한 일이며, 억장이 무너지는 비통한 일이란 말인가? 통

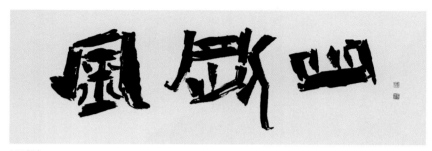

금강산

탄하지 않을 수 없었다.

"아! 하늘이여! 무엇이 그렇게도 이 민족에게 큰 잘못과 허물이 있어 이런 슬픔과 눈물과 애통함을 주신단 말씀입니까? 애가 녹아내리는 쓰라린 고통이 멎을 날은 언제입니까? 이제 이 겨레의 눈물을 닦아 주소서! 비탄의 회억 속에서 헤어나게 하소서!"

나는 땅이 꺼질 듯 깊은 한숨만 거듭 몰아쉴 수밖에 없었다.

놀라운 소식

　2004년 말 송구영신 예배를 마친 지 보름 쯤 지난 때였다. 이른 아침에 새벽기도를 다녀온 나는 노근함을 느끼면서 얇은 아침잠에 슬금슬금 빠져들고 있었다. 10시 5분전 TV에서 뉴스가 끝났다는 아나운서의 마무리 멘트가 들려올 즈음이었다. 벨 소리가 요란하게 소리를 질렀다. 학교에서 걸려온 전화였다. 알아보니 최규완 교장 선생님의 전화였다. 최 교장 선생님은 급한 일이라면 때를 가리지 않고 아무 때나 전화 다이얼을 돌리는 분이다. 특히 나에게만은 더했다. 전화의 내용은 2월 초에 금강산에 연수를 다녀오라는 것이었다. 나는 한편으로 기쁘기도 했지만 다른 한편으로는 당황하기도 했다. 조만간에 나는 금강산의 빛나는 봄의 경치나, 봉래산의 짙푸른 녹음이나, 흐드러지게 황홀한 풍악산의 참 단풍 경치를 선택하여 다녀올 계획이었다. 그런데 갑자기 엄동설한 한 복판에 개골산을 다녀오라니 '난 참 운이 없구나' 라는 생각이 들었다.

　하지만 한편으로 생각하면 어찌 금강산을 한 계절 그것도 패키지 관광으로 그 진면목을 알 수 있겠는가? 비록 추운 겨울일지라도 겨울의 개골산을 볼 수 있는 절호의 기회라 생각하고 즐겁고 기쁜 마음으로 명령을 받아들이기로 했다.

　나는 겨울 개골산 관광을 위해 등산 연습을 매일 1시간씩 앞산과 뒷산을 오르내리기 시작했다. 평소 띄엄띄엄 한강 둔치를 걷거나 야트막한 뒷

금강산도

산을 오르던 나로서는 비교적 힘든 내 깜냥에 강화훈련인 셈이었다. 비록 낮은 앞산일지라도 나는 마음속으로 금강산 준령으로 여기면서 오르고 내려왔다. 뛴다고 말할 정도로 빨리 오르내렸다. 가쁜 숨을 몰아쉬면서 오르고 내리기를 반복하면서 나의 체력도 몰라보게 향상 되었다. 특히 오르막길을 오를 때는 가슴이 갑갑할 정도로 헉헉거렸다. 완보하는 것이 아니고 줄달음쳐 올랐기 때문에 힘이 많이 들었다. 하지만 반복하면 할수록 몸도 가벼워졌고 마음속으로도 어느 산이든 대수롭지 않게 여기게 될 정도

로 많이 단단해졌다. 매일 아침 힘들었지만 달포 넘게 연습을 해서 훨씬 수월하게 오르내릴 수 있게 되었다. 나는 '이쯤이면 금강산 어느 곳이든지 오를 수 있을 거야'라고 자기 최면을 거듭 하면서 자신만만하게, 의기가 양양해서 아침운동을 신바람 나게 이어갈 수 있었다.

드디어 출발 전날이 되었다. 나는 마음만 여유로웠지 실제 준비는 전혀 되어 있지 않았다. 등산 전문가에게 자문을 구했다. 재킷을 비롯한 기능성 바지와 내의, 등산화, 배낭, 장갑, 마스크, 아이젠, 모자 등 등산에 필요한 장비와 물건들을 꼼꼼히 준비하라고 알려 주었다. 한 선배는 준비가 되어 있지 않은 상태에서 겨울 산을 오른다는 것은 알몸으로 겨울 벌판에 서 있는 것처럼 어리석은 짓이라며 호통을 치듯이 고함을 질러댔다.

나는 아내와 함께 현대백화점 등반 용품점에 가서 겨울 등산용 모든 장비를 꼼꼼히 준비하였다. 집에 돌아와서 아내는 비꼬듯이 나에게 한 마디 말을 던졌다. '당신은 미리 준비하지 않고 딱 당해야 준비하니, 참 문제가 많은 남자야' 그래도 나는 불쾌하거나 역겹지 않았다.

완전군장을 하듯이 차려입고 거울 앞에 섰다. 이 정도의 무장이라면 히

말라야 연봉들도 오를 수 있을 것 같았다. 거창하게 차려입고 금강산에 오를 생각하니 잠이 통 오지를 않았다. 북녘 땅을 간다는 것, 그러니까 내가 쉰 살이 넘도록 그리워만 했던 민족의 영산에 간다는 것부터 가슴이 터질 듯이 벅차올랐다.

육당 최남선 선생께서 1911년 5월에 찬술한 금강산 기행문 《금강예찬》을 읽어보았다. 그 글을 읽어보면 금강산이 어떤 산인가, 백 년 전 선인들의 시각과 오늘 날의 나의 시각이 어떤 차이가 있는가를 알 수 있을 것이다. 개화기 대문장가의 시각이다. 이 책의 서문에 수록 된 글의 일부이다. 눈여겨 읽어 보았다.

『어느 異邦人(이방인)이 우리를 향하여 朝鮮(조선)에 무엇이 있느냐고 묻는다면, 우리는 얼른 대답하기를 朝鮮(조선)에는 金剛山(금강산)이 있느니라 하겠습니다. 朝鮮(조선)에도 山川(산천) 民物(민물)의 있을 만한 것은 다 있지요 마는, 그 중의 무엇을 지적하지 아니하고 통틀어 朝鮮(조선)을 대표하는 逸物(일물)을 묻는 경우에, 얼른 이것이 있소, 하고 내밀어서 언제든지 낭패 없을 것은 金剛山(금강산)입니다.』

금강산 절승에 푹 빠진 개화기 대문호 육당 선생의 심경 고백이라 생각하니, 우리 겨레 모두의 흉부에는 '금강' 이라는 장기(臟器)가 하나 씩 더 붙어 있나보다. 왜 그렇게 금강을 품에 꼭 품고 살려할까? 먼발치에 두거나 떨어져서는 살아갈 수 없는 것일까? 그 까닭은 간단했다. 이 겨레는 기막힌 산세와, 바다와, 강과, 들판, 그리고 절경을 볼 때마다 자랑스런 금강을 떠올리고, 그리면서 살아가기 때문이었다.

금강산 명칭

참말로 금강산은 이름도 많다. 유별나게 많다. 그토록 많은 이름 중에서 우리들이 잘 알고 있는 계절의 변화에 따른 이름 곧, 봄엔 금강산(金剛山), 여름엔 봉래산(蓬萊山), 가을엔 풍악산(楓嶽山), 겨울엔 개골산(皆骨山)이 가장 유명하다. 금강산 지역에는 겨울철이 되면 눈이 많이 내리기 때문에 설봉산(雪峰山)이라 부르기도 한다. 또 다른 이름으로는 열반산(涅槃山), 기달산(怾怛山), 삼신산(三神山), 《마하반야바라밀다심경》에 나오는 중향성(衆香城), 봉래산을 줄인 봉산(蓬山) 등을 들 수 있다. 그리고 지달산(?) 같은 명칭은 확실한 근거가 없다. 아마도 음차로 인한 와전(訛傳) 명칭이라 볼 수 있다. 이렇듯 출처나 근거 없이 붙여진 불확실한 이름도 있다. 정리해 보면 계절의 변화에 따른 이름, 종교적으로 깊은 의미를 담고 있는 이름, 역사적 배경, 또는 전설에 의지하여 붙여진 이름 등으로 나눌 수 있다. 특이한 것은 아직 규명되지 않은 애매모호한 이름들도 많이 있다는 점이다.

우리들이 고등학교 시절에 소설가 정비석 선생의 기행 수필 《산정무한》을 배울 때였다. 그 때에 중간고사나 기말고사에 단골손님처럼 나오는 국어 주관식 문제가 있었다. 그것은 '금강산의 계절에 따른 네 가지 이름을 쓰시오'라는 문제였다. 눈 감고 조금만 생각하면 누구나 또렷이 기억할 수 있을 것이다. 정답은 물론 '봄에는 금강산, 여름에는 봉래산, 가을에는 풍악산, 겨울에는 개골산'이었다. 나는 그 중에서 개골산이 제일 기억

금강산 여름 삼선암

하기 힘들었다. 말도 생소할 뿐 만 아니라 그 의미에 대한 정확한 이해가 없었기 때문에 더욱 그랬던 것이다. 물론 나는 다 맞췄고 그것도 문제라고 의기양양하며 떠들어대던 기억이 지금도 새롭다. 조금은 부끄럽지만,
　　내가 중학교 2학년 때였다. 일간신문 연재소설《자유부인》으로 유명한 소설가 정비석 선생이 우리 학교에 오셔서 전교생을 운동장에 모아놓고 강연을 한 일이 있었다. 우리들은 선생의 글《산정무한 》을 배우지 않았기 때문에 선생의 강의가 우리들에게 그다지 큰 흥미를 유발시키지 못했다. 다만 분위기로 보나 선생의 재담과 우스꽝스러운 말솜씨 때문인지 몰라도 한 시간 반의 강연은 지루함 없이 재미있었고 감동적이었다. 선생은 그 강연에서 사전에 없는 '해무리' 라는 단어를 달무리를 연상하여 처음

으로 당신 글에 썼노라고 웃으면서 말씀하셨다. 그 말씀이 지금도 어제 일처럼 뚜렷이 떠오르고 있다.

그리고 두 해쯤 흘렀다. 고등학교 3학년 1학기 초 문학 시간이 되었다. 그때 처음 선생의 금강산 기행문 《산정무한》을 보산(寶山) 김진악 선생님께 배우게 되었다. 이 글은 선생이 해방 전에 다녀온 금강산 여행을 20여 년이 지난 후 쓴 수필로, 1963년 2월에 《휘문출판사》에서 《비석과 금강산의 대화》라는 이름으로 출판된 수필집 안에 《자연기행》에 실려 있었다. 부제로 '절경 금강산에 부치는 구원(久遠)의 구가(謳歌)'라는 부제가 붙어있었다. 이글은 서경과 서정의 완벽한 조화를 이루는 명문장이요 명 수필로 알려지고 있다. 여성적인 비경이 곳곳마다 들어앉아 있는 내금강과 거친 남성미로 폭발할 듯이 흥분을 일으키는 외금강을 조화롭게 그려놓았다. 금강이 철마다 펼치는 무궁무진한 아름다움을 낭만적인 시각으로 바라보고 화려하고 섬세한 문체로 표현하였다. 그리고 여행자만이 느낄 수 있는 인생무상의 감상에 여행자의 객창감을 적절하게 버무려 쓴 대표적인 기행수필이었다.

화려체와 만연체 문장의 극치로 알려진 이 기행수필은 내가 비록 어린 나이였지만 참으로 글의 흐름이 매끄럽고 짜임새 있고 멋들어 진 글이라고 느끼고 깨닫기에 충분했다. 참으로 자유분방함은 물론 호기롭고 걸걸한 글이었다. 금강의 모든 물상을 화사하게 표현하려 했던 선생의 자상하고 빼어난 글 솜씨에 그저 놀라울 뿐이었다. 과연 화려한 꾸밈 글구의 대작이요, 미묘한 풀이 글구의 극치라 이를 만 하리라.

나는 의아했다. 왜 금강산만 네 계절에 따른 명칭이 다르게 있는가? 다른 산은 한두 개 있으면 그만이었다. 그런데 금강산은 달랐다. 이름의 내용도 계절에 걸맞게 지어져 확연한 구분을 이루고 있었다. 왜일까? 까닭은 있는가? 무엇이 달라서 그럴까? 그 궁금증은 금세 풀렸다. 그 까닭은 내가 직접 금강산을 다녀온 뒤로 그 의미와 이유를 알게 되었기 때문이었다. 그것은 정답을 알려주고 시험 보는 것과 같은 것이었다.

그 시절 우리 학교의 국어 선생님이셨던 보산(寶山) 김진악 선생님의 얼굴이 떠올랐다. 선생님께서는 금강산의 봄은 다이아몬드, 곧 금강석 빛 같이 아름다워 '금강산' 이라고, 여름은 울창한 녹음과 폭포가 많아 도교의 삼신산 같다 하여 '봉래산' 이라고, 가을은 단풍이 온 산을 황홀한 붉은 빛으로 물들이기 때문에 '풍악산' 이라고, 그리고 겨울은 낙엽이 다 지고 바위만 앙상하게 뼈처럼 드러난다 하여 '개골산' 이라 부르는 것이라고 가르쳐 주셨다. 그 때 그 '개골산' 에 대한 말씀과 개골의 산세는 너무나 일치하여 내 가슴은 금세 시원하게 그리고 뻥하니 뚫리게 되었다.

금강산 연수 기행이 결정된 뒤 짬이 조금 나서 인터넷으로 금강산의 모든 경치를 들여다보았다. 예전에 보았던 인터넷 사진전보다 더 생경한 이미지를 느낄 수 있었다. 한국을 대표하는 세계적인 산수풍경 사진작가인 이정수 선생은 그곳에 참으로 아름다운 영상으로 금강산 기행문을 쓰고 있었다.

금강

봄의 금강산은 갓 돋아난 새싹과 꽃이 온 산을 뒤덮고, 그 위에 희고 빛나는 바위와 봉우리, 그리고 주름진 낭떠러지가 보석처럼 반짝였다. 그 모양은 마치 금강석 곧, 최고의 가치를 자랑하는 보석 가운데 보석인 다이아몬드처럼 번쩍이며 아름다웠다. 온갖 초목의 은은한 새싹들은 꽃처럼 피어오르고 온 산에 연한 녹색으로 물들이면 산색은 그 보다 더 고울 순 없었다. 금강에 봄이 들이닥치면 온 천지가 꽃동산으로 변했다. 진정 보석의 빛으로 드러났다. 샛별처럼 반짝이는 진달래, 어두운 산등성이를 휘영청 비추는 산 벚꽃, 덩그렇게 달빛처럼 아무런 생각 없이 피어오르는 목련꽃, 한 바탕 흐드러지게 웃어 제치고 주저앉는 복사꽃, 고요한 자태로 성큼성큼 다가오는 봄맞이 꽃인 만리화 등이 저마다의 번쩍이는 꽃 낯빛으로 인정(人情)을 맞아주었다. 어떤 보석이 이보다 더 고울 수 있을까?

봉래

여름의 봉래산은 산봉우리와 계곡이 온통 짙은 녹음으로 우거져 무성함은 물론, 시도 때도 없이 말달리듯 쏟아지는 치우(馳雨)로 인해 여기저기 계곡에서 폭포수가 엉겁결에 만들어져 떨어진다. 차분하고 얌전한 아침 안개는 여기저기 흩어진 냇가에서 소리 없이 생겨선 골짝을 적시며, 어디론가 흘러가고 있었다. 해맑은 웃음 띤 구름도 아침과 저녁으로 산허리를 휘감고 솜사탕처럼 푹신하고 달콤한 맛을 가득 담고 흘렀다. 정 듬뿍 담고 잔뜩 끼어 있는 저녁내는 석양의 산사를 뒤덮은 채 앞뜰과 뒤뜰을 끌어안고 주저앉아 웅크리고 있었다. 자리를 비켜줄 마음조차 없어 보였다. 새색시 볼처럼 붉은 저녁놀은 꿈의 나래를 펴고 산등을 곱게 물들이며 핑크빛 몽환의 세계를 연출하고 있었다. 그리고 침묵의 세계를 맞이하는 밤안개는 있는 듯 없는 듯 언제나 그 때, 그 시간에 맞춰 드리웠던 마음을 거두게 될 것이다. 여름만이 해낼 수 있는 진풍경이 시골마을 잔치집처럼 일상으로 벌어지고 있었다. 그래서 예로부터 금강산은 신선이 산다는 천상의 낙원이 이뤄지기 때문에 삼신산의 하나로 여겼다. 영화를 촬영할 때 무대 감독이 연출하는 것 같이 수려한 푸르름의 세계가 도교의 천상세계와 같이 이뤄지고 있었다. 진정 전설상의 봉래산보다 더 아름답다하여 같은 이름으로 '봉래산' 이라 부르고 있는 것이다.

풍악

가을의 풍악산은 필설로 설명할 수 없다. 흰 바위산이 구름 속에서 허리를 감추고 공중에 떠서 천상의 세계일 듯한 환각의 장면이 펼쳐지고 있었다. 그 아래 금강 소나무 사이로 새빨간 단풍나무, 진홍이 섞인 벚나무, 밝은 등불빛의 신갈나무, 찐한 갈색의 떡갈나무, 노랗고 뾰쪽하게 물드는 잎갈나무 등의 잎사귀가 서로 뒤섞이고 버무려져 온통으로 화려한 빛의 황홀경을 연출해 놓고 있었다. 화사하기가 중국 비단 집에 치렁치렁 걸려 있는 자수공단 깁과 같이 온갖 색깔의 물감이 주르르 넘쳐 흘러내리고 있었다. 조물주가 세상의 모든 빛과 색소를 한꺼번에 이 금강의 하늘에 쏟아 부어 흩뿌려 놓고, 그 빛의 조화의 정도를 짐작하려는 듯이 보였다. 그것도 모자랐나? 이제껏 온 산의 가을에 칠했던 빛깔과 물감에 신물이 나신 걸까? 조물주의 생각에 맞는 새로운 빛과 색소를 만들어 가치가 있는 지 없는 지를 시험 삼아 칠해놓은 것이 분명했다. 너무나도 아름다워 홀린 듯, 어린 듯, 취한 듯이 흥분된 마음이 주체하기가 어려웠다. 그지없는 환상 세계의 황홀경으로 마음을 가눌 수가 없었다.

개골

겨울이 오면 개골산은 산수화가 된다. 수묵으로만 그린 산수화처럼 골격이 분명했다. 금강송이 가득 있다 해도 낙엽 지는 활엽수가 더 많은 산이 개골산이다. 줄기만 남은 나무 사이로 산의 윤곽이 군인들 짧은 머리카락처럼 선명하게 드러내었다. 성큼성큼 걸어 다니는 가지 사이로 은은한 담묵으로 선을 친 공지선이 눈부시게 가지런했다. 산등성이는 거룩하리만치 예쁘고 고왔다. 눈이 많이 내리는 것은 이곳의 기후적인 특성이어서 상강 지나 내리기 시작한 눈은 이듬해 청명절까지 내리기 때문에 항상 눈이 쌓여있기 마련이었다. 겨울 산의 매력은 뭐니 뭐니 해도 눈이 쌓인 설경일 것이다. 양지 녘에는 이미 눈이 녹았다 하더라도 응달진 곳은 얼음으로 변하여 봄이 다 되도록 설경을 붙박이로 만들어 보여주었다. 밝은 날이면 파란 하늘과 흰 바위 봉우리, 청청한 금강송, 잎 진 활엽수 줄기는 농묵의 검은 선이 되어 서로 어우러지고 감싼 채로 최상의 수묵 산수화를 그려 놓았다.

설봉산은 겨울 개골산의 또 다른 이름이다. 겨울 금강을 설봉산으로 불리는 것은 물론 눈이 많이 내리기 때문일 것이다. 금강산 지역은 우리나라에서 가장 비와 눈이 많이 내리는 곳이다. 실제로 내가 기상청에 알아본 바에 의하면 금강산 지역의 연간 평균 강우량과 강설량이 우리나라에서 가장 많다고 기록 되어 있었다. 이 지역은 눈이 많이 올 뿐만 아니라 차갑고 매서운 북동풍인 높새바람이 겨우내 줄기차게 불어온다. 그리고 겨우내 쉬지 않고 차가운 기운을 담아 불어제친다. 그 바람은 소용돌이를 일으키면서 금강산과 주변 지역 마을을 떨게 하였다. 이 지역만이 지닌 특이한 이상기후였다. 이곳 사람들은 이 바람을 '금강풍'이라고 부른다.

겨울 설봉은 차가운 바람으로 겨우내 내린 눈은 녹지도 않고 해를 넘겨 이듬 해 늦은 봄이 되어서야 녹는다고 한다. 내가 금강산에 와서 보니 눈이 많이 쌓여 있지는 않았다. 응달진 곳은 눈이 많이 쌓여 있었고 양지 녘엔 많이 녹아 나뭇잎이 섞인 흙이 조금씩 드러난 곳도 더러 보였다.

금강산 관광이 시작되면서 온정리를 중심으로 운행되는 전동 열차는 네 계절의 이름을 달고, 네 량이 운행되고 있었다. 봄 칸에는 금강산, 여름 칸에는 봉래산, 가을 칸에는 풍악산, 겨울 칸에는 설봉산이라고 커다랗게 쓰여 있었다. 겨울의 이름인 개골산을 쓰지 않고 설봉산을 쓴다는 사실이 매우 생소하고 흥미로웠다. 이곳 사람들은 개골산 보다 설봉산이 더 부르기가 편하고 익숙해져 있다는 증거가 아닐까? 그렇게 부르는 까닭은 금강산 주변의 자연환경이 눈 덮인 설봉이 많기 때문일 것이다.

열반산(涅槃山)과 열반(涅槃)은 어떤 관련 있을까? 불교에서 수행을 통해 체득하여 미망(迷妄)의 생사를 초월한 최고의 경지를 '열반(涅槃)'이라고 말한다. 고대 인도의 말인 산스크리트어(범어)로는 '니르바나(nirvāna)'라고 하는데, 원래의 뜻은 '활활 타고 있는 불꽃이 바람에 꺼지 듯, 타오르는 번뇌의 불꽃을 끄고 깨달음의 지혜인 보리〔菩提〕를 완성한다'는 뜻이다. 예로부터 불자가 고행과 참선, 가르침과 이치 터득, 그리고 점수(漸修)와 훈련을 통하여 불교에서 추구하는 최고의 이상향인 열반에 이르면 적정(寂靜)한 최상의 안락이 실현된다고 믿어 왔다. '열반'이란 말의 표현도 무척 다양했다. '멸(滅)', '적멸(寂滅)', '멸도(滅度)', '원적(圓寂)'으로 번역되며, '무위(無爲)', '무작(無作)', '무생(無生)', '깨달음', '도통(道通)했다'라는 말로도 바꿔 부르고 있다.

만물상의 아침

　왜 금강산을 '열반산(涅槃山)'이라고 명명했을까? 위에서 언급했던 것
처럼 열반의 의미와 밀접한 연관이 있기 때문에 '열반산'이라고 부르는
것은 아닐까? 물론 불교도에 의해서 붙여진 이름이지만 그 내면에는 열
반에 이르기에 가장 좋은 산, 최고의 아름다움인 지극지미(至極至美)의
세계인 열반에 이르는 듯 깨닫는 산, 인생들이 도달하고자하는 최고의 이
상향과 같은 산, 이 세상 어디에도 없는 최상의 절경 등의 의미를 모두 다

포함하고 있는 산이기 때문에 붙여진 이름이라고 생각되었다.

일반 사람들이 쉽게 알아차릴 수 없는 이름도 있다. 우리들이 일상에서 '기달(怾怛)'이라는 말은 흔하게 사용하지 않는다. 동국여지승람의 기록을 보면 금강산을 부르는 다섯 가지의 이름이 있는데, 첫째, 금강산이요, 둘째, 개골산이요, 셋째, 열반산이요, 넷째, 풍악산이요, 다섯째, 기달산(怾怛山)'이라고 기록 되어 있다. '기달산'이란 명칭이 쓰였다고 기록 되어 있는 것을 보면, 분명한 이유와 의미가 있을 것이다. 그러나 그에 따른 설명이 없으니 범부인 나로서는 전거(典據)를 댈 수도 없고, 그냥 짐작이나 할 수밖에 없다는 것이 가슴 답답할 따름이다. 아마도 인도의 지명이나 용어에서 연유된 것은 아닐까? 인도에서는 '기달'이라는 단어가 사용되고 있는 것으로 보아 '산스크리트어'의 음차가 아닌가 생각된다. 다만 그 '기달'이라는 말의 속뜻을 나는 알 수 없어서 조심스럽게 적고 있다는 사실을 고백하지 않을 수 없다. 아니 실제로는 둘러대고 있다는 표현이 더 정확할 것이다.

내가 알고 있는 한문학자 정항교 선생은 율곡 선생의 금강산 시(詩)인 대작 《풍악행(楓嶽行)》을 번역하여 출간하였다. 그는 이 책에서 금강산의 다른 이름으로 '지달산'이라고 적어놓았다. 어디에서 그 근거를 찾았는지는 몰라도 '기달산'의 오기가 아닌가 생각해 보았다. 그렇지만 그 내용을 정확하게 파악하기가 어려울 것이라는 생각이 들었다.

이름이 많든 적든 금강산의 이름은 반드시 계절과 일치하는 이름을 써야만 한다는 법은 없다. 율곡 선생도 봄에 금강산을 여행하고 기행시를 지은 뒤에 그 시의 제목을 《풍악행(楓嶽行)》이라고 붙인 것을 보면, 꼭 계절에 맞지 않아도 된다는 생각이 들었다.

나는 여기서 금강산의 명칭에 대하여 학문적으로 규명하자는 것이 아니다. 그럴 필요도 없거니와 그렇게 따질 생각조차도 없다. 다만 사용되고 있는 이름에 대하여 최소한의 내용을 파악하고 있어야 하지 않을까 해서 몇 가지 기록을 정리 하여 본 것뿐이다. 그리고 그렇게 불리고 있는 연유를 알아야만 진정한 의미에서 금강산의 이해에 조금이나마 도움이 될 것이라 생각 되었다. 어원에 대한 지식이 일천한 내가 주제넘게 몇 자 적어 보았다.

휴전선에 이르는 길

안날 밤에 나는 거의 뜬 눈으로 보냈다. 비몽사몽간에 밤을 지새우고 말았다. 이런 저런 생각에 뒤척이면서 흉몽인지 길몽인지 모르지만 헷갈리는 꿈에 온밤을 시달렸다. 천하명승 금강산을 구경하는 일이 내 눈앞에 대기하고 있거늘 어찌 통과의례 하나 없이 그냥 지나치게 할 수 있으랴? 아내가 차려주는 간단한 아침식사를 들이마시듯이 끝내고 압구정동에 있는 현대백화점 주차장으로 향했다. 아내가 운전하는 동안 나는 뒤에 앉아 여러 가지 상념에 잠겼다. 집을 떠날 때 느끼는 '여수(旅愁)'는 여행할 때마다 나의 마음을 서럽고 아련하게 적셨다. 현실은 긴장되고 기쁜 마음인데 내 마음 속은 역설적으로 침잠해져서 심연을 헤매는 것 같은 기운으로 가득 차 있었다. 나는 평소에 여행을 많이 하는 편이다. 오늘처럼 여행을 떠나는 나 자신도 서글퍼지는데 하물며 떠나보내는 식구들의 마음은 어떻겠나? 앞으로는 식구들을 위해 적극적으로 아끼고 보살펴 주리라 다짐하였다.

언제나 주차장 같았던 한강변 올림픽대로는 언제 그랬느냐는 듯 오늘 새벽은 휑하게 비어 있었다. 그 넓은 4차선 도로엔 우리 자동차 외에 다른 차는 보이지 않았다. 시원하게 달렸다. 평소 같으면 40~50분 소요되던 길이 25분이 채 안되어서 현대백화점 주차장에 도착하였다. 겨울 새벽 특유의 안개에 젖은 어둠이 주차장을 이리저리 흐르고 있었다. 안개 같은 배기가스가 희뿌옇게 피어오르는 주차장은 금방 도착한 교사들로 북새통을 이루고 있었다. 늦게 도착한 그들은 전차에 받친 사람들이 되어 어리둥절한 상태로 이리저리 허둥대고 있었다. 한참이 지났건만 아직도 잰 걸음으로 부산하게 자기 버스를 찾는 사람들로 혼란스러웠다. 넓적한 주차장은 사거리 네 방향 건널목처럼 혼잡했다.

현대백화점 넓적한 주차장엔 열다섯 대의 대형버스들이 출발선에 대기하고 서있었다. 경기장의 경주마처럼 근육을 자랑하듯 엔진소리를 고함치듯 내지르고 있었다. 나는 간단한 인사말을 건네고 난 뒤에, 아내를 자욱한 겨울 안개 속으로 보내고 서둘러 버스에 올랐다.

먼저 도착한 교사들은 삼삼오오 짝지어 담소를 나누고 있었다. 아침을 김밥으로 때우는 사람, 음료수와 빵으로 아침을 대신하는 사람, 흐릿한 불빛에 반사된 긴장된 얼굴로 물끄러미 밖을 내다보는 사람, 그 표정들이 너무 우습게 보였다. 나도 앞쪽의 빈자리에 조심스럽게 엉덩이를 슬며시 밀어 넣었다. 범산과 최창일 선생이 먼저 와 있는 것을 확인한 것은 이삼 분이 지나서였다. 그 부지런하던 성혁 형은 오늘따라 맨 뒤에 도착하였다. 우리 일신여상 팀은 나를 포함하여 모두 네 명이었다. 우리들이 학교를 대표해서 금강산에 간다는 사실도 그 때 처음 알게 되었다. 우리 학교 외에도 한 울 안에 있는 잠실여고 안채호, 김영숙, 최봉호 선생님도 함께 가게 되었고, 일신여중에서도 이재춘 선생 외에 몇 분이 함께 간다는 것을 알게 되었다.

열다섯 대의 버스가 늘어서 있는 압구정동 현대백화점 주차장은 버스 시동 거는 소리로 엄청난 굉음을 질러대고 있었다. 마치 전투에 공격명령을 기다리는 탱크처럼 긴장감이 감돌았다. 출정 전 마지막 점검은 이것으로 끝났다. 술렁이던 광장은 일시에 고요해졌다. 차례로 주차장 정문을 향해 한 대 씩 의기양양하게 빠져나갔다.

이내 날은 서서히 밝아 왔다. 희뿌연 도심의 빌딩들이 기웃거리며 우리의 장도를 축복이라도 하듯이 미소를 띠고 드러났다. 한강은 고요히 새벽을 적시며 은근하게 흐르고 있었다. 한강의 다리들은 물안개를 품고 강물에 발목을 담그고 서 있는 무뚝뚝한 표정의 이웃들이었다. 줄지어 서서 서로 다른 자태로 미소를 지으며 숨죽이고 우리를 떠나보내고 있었다. 올림픽대로는 한가했다. 몇몇 차량들은 무슨 바쁜 일이 있는지 몰라도 냅다 꼬리를 감추듯 내빼고 있었다. 우리 일행은 워커힐 호텔을 저만치 두고 미사리로 접어들었다. 간밤의 휘황한 불빛의 번쩍임은 시들해지고 거리는 풀죽은 긴 가로등만을 남긴 채 긴 아침잠에 빠져 있었다.

검단산 꼭대기엔 일출을 준비하는 아침 해가 밝은 낮빛을 띠고 환한 얼굴을 쏘옥 내밀고 있었다. 금세 거룩한 태양은 산정에 걸리었다. 붉고 화사한 햇살은 레이저 불빛 쇼의 곧은 선처럼 길게 뿜어대고 있었다. 아침 해 특히 미명을 깨우는 새벽 일출시의 햇빛은 단순한 아침 햇살과 달랐다. 더 붉고, 더 정겹고, 더 감싸듯 포근하고, 생기가 발랄하게 느껴졌다. 몸에 좋은 기운이 무엇인지 몰라도 기(氣)가 내 가슴 속으로 쏘옥 빨려 들어오고 있음을 느낄수 있었다. 매일 느껴보는 신비로운 체험임에는 틀림이 없었다. 오늘도 상서로운 기운으로 가득 찬 아침이었다. 팔당대교 난간 너머로 한가람 주변의 들 논들이 허연 서릿발을 날카롭게 세우고 즐번하게 펼쳐졌다. 그리고 금방 눈에 꽉 차게 들어왔다. 한가람 물위를 보았다. 깨알 같은 유리구슬이 굴러가고 있었다. 종달새 소리로 재잘거리며 정을 담고 흐르고 있었다. 늦가을 찬바람에 솜털까지 뒤집혀 드러나는 수탉의 연한 추호(秋毫)처럼 고요히 흐르고 있었다. 한가람은 팔당댐 밑을 숨죽이며 흐르는 여울 같은 강물이었다. 자기들만의 다정한 가슴을 부비면서 즐겁게 흘러가고 있었다.

예봉산 밑 팔당 댐 근처 도로는 수 십 길 넘는 낭떠러지 길이었다. 한 줄로 늘어선 버스 행렬은 깎아지를 듯한 단애를 휘돌아 나갔다. 다산생가 진입로 근처의 강변길에 다다랐다. 그리고 금세 팔당댐 급커브 길을 숨 가

만물상의 봄

쁘게 돌아나가더니만 툭 터진 양수리길로 접어들었다. 두물머리는 잠길
듯이 힘겹게 열수(冽水) 위에 떠 있었다. 멀고 먼 길을 허겁지겁 흘러 내
려온 북한강과 남한강의 두 물이 가쁜 숨을 고르고 정답게 얼싸안은 채 웃

고 있었다. '두물머리'는 한자말로 '양수리(兩水里)'라고 부른다. 겨레의
나뉨과 남북의 대결을 여기서는 어느 누구도, 한 마디 말이라도 거들 수
없을 것이다.

매일 아침마다 만나는 남·북의 두 물이었다. 그리워 먼 길을 힘들게 흘러온, 그래서 반가운 인사를 나누는 곳이 이곳 '두물머리'였다. 언제나 여느 때처럼 일상으로 펼쳐지는 만남의 즐번한 물 광장이었다. 말없는 통일이 아무 때나 이뤄지는 정이 듬뿍 담긴 기쁨의 한 마당이었다. 이처럼 양수리에서 합수되는 남·북한강의 흐름을 살펴보면 우리네 인생사처럼 사연도 많았다.

강원도 금강산 자락에서 발원한 북한강은 남으로 흐르면서 금강천, 수입천, 화천 내와 합류하고 춘천에서 소양강을 끌어들인다. 다시 남서로 흘러 가평천, 홍천강, 조종천과 합친 다음, 팔당댐 바로 앞, 양평군 양서면 양수리에서 남한강과 통 큰 만남을 이룬다.

강원도 삼척시 대덕산에서 발원한 남한강은 서쪽으로 흐르면서 평창강, 주천강을 맞이하고 단양을 지나면서 북으로 흘러 충주댐에 이른다. 다시 달천과 섬강을 끌어들인 뒤, 팔당댐 앞 양평군 양서면 양수리에서 북한강과의 그 길고 긴 만남을 완성한다.

팔당댐에서는 매일 두 큰물이 합쳐 하나가 되고 바다처럼 너른 팔당 호수를 만들어 놓는다. 오늘도 팔당댐을 거친 한가람은 하남 벌판을 넉넉하게 품고 나서 삼각산 밑 서울 남녘의 넓은 들녘을 적시며 흘러 갈 것이다, 조금도 주저함 없이 어른스레 김포의 광활한 따흔을 휘저으며 흘러 황해 옆구리 한강어구에 도달할 것이다. 그리고 마지막 여정인 황해를 향해 그 웅건한 흐름을 마무리할 것이다.

여기서 꼭 집고 넘어가야 할 한 가지 일이 있다. 그것은 그냥 지나칠 수 없는, 꽤 의미 있는 탐색일 수도 있다. 그건 바로 '한가람'에 대한 역사 기록이다. 예로부터 한강은 여러 이름으로 다양하게 불렸다. 《한서(漢書) 지리지》에는 '대수(帶水)'라고 기록되어 있고, 《광개토대왕비》에는 '아리수(阿利水)'라고 새겨져 있다. 여기서 '아리'라는 말은 '알'과 같은 말이다. '크다', '많다'의 뜻인 '한'과도 통하는 말이다. '맑고 큰 물'이라는 뜻의 예쁜 이름이다. 고려조의 기록인 《삼국사기》에는 '욱리수(郁利水)', 또는 '욱리하(郁利河)'라고 기록되어 있다. '한수'라고 불린 것은 초기 백제의 서울이 한성(漢城)이기 때문에 '한수'라고 불렸고, 한글로 기록된 최초의 문학 작품인 《용비어천가》에도 '한수'라고 기록되어 있다. 조선시대 중기 송강 선생의 《관동별곡》엔 '목멱(沐覓)'이라고 기록되어 있고, '한강(漢江)'이라는 이름은 근대 이후부터 불러진 이름으로 알려지고 있다. '한강(漢江)'은 '큰 강'의 음차로서 뜻과는 아무런 연관성이 없다는 것이 정설로 받아들여지고 있다. 따라서 가장 한국적이고 국호와도 통할 수 있는 명칭은 '크다' '많다'의 뜻인 '한'과 강물의 뜻인 '가람'이 만나 '한가람'으로 표시하는 것이 가장 바람직한 한강의 이름이라고 생각 된다. '한가람'이라는 말 자체가 아름다운 이름이다. 한글 표기법과 일치하고 의미와도 통하며 실재의 강물과도 일치한다. 모든 조건을 충족시키는 완벽한 이름은 바로 '한가람'이라는 생각을 해보았다.

한 꺼풀 덧씌운 희뿌연 망사가 흐릿한 아침 강가를 몽환의 세계로 바꿔 놓고 있었다. 야트막하게 깔려있던 한가람 가 물안개는 차가운 강바람을 타고 어디론가 흘러가고 있었다. 연기처럼 쥐죽은 듯 소리 없이 빠져나가고 있었다. 양평 읍내를 지날 때에는 용문산을 비롯한 유명산, 운악산, 축령산 등의 준령들이 커다란 몸체를 시커멓게 웅크리고 새로운 아침을 맞이하고 있었다. 예전에 한계령을 넘어서 강릉과 속초를 여행할 때 느꼈던 산굽이 길은 뒤엉킨 실타래처럼 구불거리는 산골길이었다. 그러나 여기 두물머리 물가의 길은 달랐다. 동백기름 촉촉이 발라 곱게 빗은 우리 할머니 회색 빛 삼단머리 가르마처럼 갸름하고 정갈했다. 산 밑을 훑어내며 휩쓸려 떨어진 자갈더미가 여기저기 모여 있었다. 그 옆의 신작로는 대나무 장대를 세우듯이 고집불통이 되어 운길산 쪽으로 곧게 뻗어 있었다.

양평에서 홍천으로 넘어가려면 용문을 지나게 된다. 용문산 입구의 산 봉우리들은 예나 지금이나 늠름했다. 겨울이 오면 알몸으로 차갑게 드러누워 양평 벌판을 굽어보고 엷은 미소를 짓고 있었다. 군데군데 뭉쳐있는 남은 눈은 흰 이빨을 드러내고 하늘 보고 웃는 덩치 큰 어미 소의 얼굴이었다.

용문산에는 천 년 고찰 《용문사(龍門寺)》가 있는데 경내엔 천백 년을 훌쩍 넘긴 은행나무 한 그루가 서있다. 나무 밑 둘레가 십오 미터가 넘고 높이가 사오십 미터에 이르는 동양최대의 은행나무로 알려지고 있다. 힘차게 올려 뻗은 두 가닥의 가지가 욱일승천의 기세로 하늘을 향해 치솟고 있었다. 곁가지가 빼곡하게 뻗어 제 몸을 가리고 있었서인지 자신의 그 높은 끝을 다 볼 수가 없었다. 길어서 지쳐 늘어진 큰 가지들이 힘이 겨운 듯 무겁게 보였다.

《용문사》 은행나무는 금강산과 속 깊은 사연이 이어져 있다. 지금으로부터 천백여 년 전 신라의 마지막 왕 때의 일이다. 경순왕은 국력이 쇠진하여 고려국 왕건과 싸울 수 없는 상황을 빨리 갈파하고 죄 없는 백성들의 생명을 보호하고 피 흘림 없이 나라가 평안하게 넘어가기를 바랐다. 그리고 고려 국에 항복할 것을 내외에 천명하였다. 이에 마의태자는 천년사직을 지탱하지 못한 죄책감을 스스로 떠안고 최후의 고별사를 하게 되었다. '나라의 존망은 천명이 있는 것입니다. 충신 열사와 더불어 백성의 마음을 거두고 단합하여 스스로 굳게 지키다가 힘이 다한 뒤에 그칠 일이지, 어찌 천년 사직을 하루아침에 경솔하게 남에게 넘겨 줄 수 있겠습니까?' 라는 비분에 찬 울부짖음을 토로하였다. 이어 아버지 경순왕께 하직 인사를 한 뒤 몸소 삭발하고 금강산에 은거하려 무작정 서라벌 궁궐을 떠났다. 낙랑공주의 피맺힌 눈물과 가슴을 쥐어 짤 듯한 우는 소리를 뒤로 한 채 홀로 그 먼 길을 떠났던 것이다.

여러 날 지나 태자는 용문산에 있는 큰 가람 《용문사》에 들렀다. 만감이 교차함을 느끼면서 집고 왔던 은행나무 지팡이를 절터 밖에 꽂아두고 총총히 떠나갔다. 여러 날 뒤에 금강산에 들어온 태자는 바위굴을 의지하여 방을 짓고, 평생 베옷만을 입고 풀을 뜯어 먹으며 한 많은 인생을 이 금 강산에서 마쳤다고 한다. 그 때 꽂아두고 떠났던 그 은행나무가 초거수(超 巨樹)가 되어 오늘에 이르고 있는 것이다. 실재가 전설로 변한 은행나무 전설이었다.

　나무의 크기를 보면 그 이야기가 전설이 아니고 사실임을 알 수 있다. 사실 과학적 기계와 장비를 동원하여 조사한 결과 이 나무의 수령은 천백 년에서 천육백 년 사이라고 밝혀진 바가 있다. 사실관계를 떠나 초로인생 인 우리들에게 인생무상을 깨닫게 하는 한 대목이라 생각되었다. 갑자기 처량한 사연으로 말미암아 쓸쓸하고 허전한 기운이 온몸에 저려 왔다. 이 전설은 가뜩이나 여수(旅愁)로 물들어가고 있는 나를 더욱 센티멘털한 분 위기로 몰아가고 있었다. 보잘 것 없는 '나'를, 초라하게 벌거벗고 있는 '나'를 다시 한 번 굽어다보게 하였다.

　최근 양평군의 용문산 지역은 콘도미니엄 단지의 본고장이 되어 있었 다. 콘도미니엄은 개인의 소유가 아닌 모두의 소유로 건물을 효과적으로 사용할 수 있는 기발한 착상이었다. 발상이 새롭고 기지가 돋보이는 굿 아 이디어였다. 자연에 빌붙어서 걸치고 서있는 건물이 어찌 내 소유이겠는 가? 모든 것은 모두의 것이 될 때 그 가치가 배승하게 되는 것이다. 소유 한다는 것 곧, 나만이 차지하려는 것은 불행의 단초가 될 수 있다. 그래서 존재하게 하는 것 곧, 공유하면서 같이 쓰는 것만이 행복을 지키는 지름 길이 될 수 있는 것이다.

　우리 일행을 태운 버스들은 양평을 뒤로 훌쩍 보내버리고 홍천읍 외곽 길로 접어들고 있었다. 한적한 시골 읍내였던 홍천은 우뚝한 산과 넓은 들 이 서로 어우러져 온화한 조화를 이루고 있었다. 곁에 흐르는 홍천 냇가 의 시린 물은 서걱거리는 얼음장을 드밀며 껄쩍찌근하게 자박대며 흐르 고 있었다. 외줄기 차디 찬 냇물은 얼음길이 되어 자갈 사이를 힘겹게 흐 르고 있었다. 둑길 근처의 나지막한 얼음판 위에는 두툼한 방한복에 귀마

38선 휴게소

개를 쓰고 얼음 지치는 아이들이 이른 아침인데도 신나게 노닐고 있었다. 나는 어느새 옛날 신복리 반달호수 얼음 판 위에서 썰매 타던 어릴 적 추억에 잠겨 있었다. 고소한 냄새 그득한 잊히지 않는 추억이었다. 그래서 추억은 좋은 것이다. 그러는 사이 우리 일행을 실은 관광버스는 인제를 거쳐 소양강 다리 위를 거침없이 건너가고 있었다.

흔적도 없는 38선을 모른 채 지나쳤다. 알고 보면 38선은 원한과 비통의 나눔 선이었다. 천년을 넘게 한겨레로 한 강토에서 살아온 우리겨레는 일제강점기의 수난과 고통을 끝내고, 기쁨을 느끼기도 전에 이데올로기의 갈림길에서 희생양이 되어 오늘에 이르고 있다. 상징적으로 남아있는 38선을 건너는 우리들은 기사 가이드의 설명을 듣고서야 그 사실을 인증하고 야릇한 느낌에 휩싸였다.

소양강 강 언저리는 넓었다. 장마철이 되면 홍수가 지면서 강폭은 현재의 네 배로 넓어지고, 강물은 진흙탕물이 되어 성난 황소처럼 소용돌이를 일으키며 하류를 향해 흘러간다. 노도처럼 말이다. 한여름이 지나고 초가을이 오면 언제 그랬느냐는 듯이 파아란 풀이 곱게 돋아나고 평평한 강바닥을 즐번하게 푸른 풀밭을 만들어 놓는다. 이러한 현상은 상류에 있는 소양강 댐으로부터 비롯된 것이었다. 휴게소가 있는 다리 위에서 보면 아스라이 멀리 댐에서 흘러온 물 흔적이 얼어있는 채로 산처녀 속눈썹처럼 살짝살짝 보였다. 높다란 산봉우리가 산안개에 젖어 꿈길을 거니는 듯 구름 위에 떠있는 듯 아득히 멀게만 느껴졌다.

설악산이 가까워지면서 산세도 화난 얼굴로 변해 갔다. 웅크리고 서있는 낭떠러지가 의뭉스러웠다. 울처럼 펼치고 서서 뚫어지게 굽어보고 있는 양이 볼썽사납기까지 했다. 속 좋은 계곡물은 메아리 소리를 들으며 해묵은 정담을 넋을 놓고 나누고 있었다. 그토록 좁디좁은 골짜기를 산울림으로 가득 채우며 흘러가고 있었다. 그 재잘거림이 살갑다. 바쁘게 오가는 자동차들도 소란스럽기는 마찬가지였다. 한 달에 한 번씩 꼭 만나야만 하는 아줌마들 낙찰 계방처럼 수다를 떨며 지나치고 있었다. 풀풀대는 차 꽁무니에서는 배기 가스가 자욱하게 골과 벽을 더듬으면서 뭉실뭉실 피어오르고 있었다. 어찌 알았을까? 여울 한 가운데 솟구쳐 오른 집채 바위 위의 외솔은 손을 살래살래 저으며 뚜덜거리는 낯빛이 분명했다. 매우 못마땅한 표정이었다. 그냥 지나쳐도 좋으련만 쓸데없는 경적으로 모두의 속을 뒤집어 놓고 얄밉게 내달렸다. 제 딴에는 신바람 나게 비껴가고 있었다.

한계령과 미시령으로 갈라지는 용대리 삼거리에 다다랐다. 검문소가 있는 이곳 삼거리는 평온하기만 했다. 수신호로 방향을 알려주는 키 큰 초병의 빳빳한 제복의 바지주름이 날카롭다. 그래도 환대 같아 보여 좋았다. 표정 없는 얼굴 속엔 지루함은 전혀 보이지 않았다. 나를 지근에서 보호하는 것 같아 든든했다. 우리를 실은 버스들은 숨 가쁘게 미시령고개를 향하여 도망치듯이 달리고 있었다. 주변 산세 따위는 아랑곳 하지 않았다.

굽이굽이 비탈길을 달려 미시령 터널에 도착했다. 요 몇 년 사이에 깎아지를 듯이 험한 산길은 밋밋한 언덕길로 변해 있었다. 터널은 꽤 길었다. 터널을 빠져나온 버스는 계산대에서 잠시 멈춘 뒤, 울산바위를 지척에서 뚫어지게 볼 수 있는 전망대를 뒤로 하고 설악동을 향하여 내려갔다.

나는 일 년에 한두 번씩 설악산에서 등산을 해왔다. 설악동에 올 때마다 별천지에 온 듯한 느낌이 들어 좋았다. 영서와 영동은 엄청난 차이가 있었다. 한반도의 등허리 태백산맥을 터널을 통해 넘어 오면 곧바로 울산바위와 설악동과 속초시 그리고 동해안에 이르게 되는데, 가슴이 툭 터지면서 모든 한숨과, 시름과 걱정, 우수사려가 한순간에 날아가 버림을 느끼곤 했다. 오늘도 그때와 똑같은 느낌이었다. 동해안은 올 때마다 내 마음을 후련하게 해주었다.

서울을 떠난 지 3시간 쯤 지나 바닷가 바로 곁에 터 잡은 엄청나게 크고 웅장한 금강산콘도에 도착했다. 잠깐의 휴식이 끝나고 우리는 안내원을 따라 식당으로 자리를 옮겼다. 금강산콘도에서의 점심은 식사가 아니었다. 600명이 넘는 인원이 좁은 공간에서, 그것도 급하게 점심을 먹으라고 하니 그 번잡함은 가히 짐작이 갈 만했다. 우리 일행도 넓은 식당 틈새에서 훔쳐 먹듯이 간단하게 식사를 마쳤다. 식사 후 많은 무리의 사람들이 동해 바닷가 모래톱과 갯바위 그리고 방파제 옆 등대주위를 맴돌며 잠깐의 자투리 휴식을 즐기고 있었다.

유리알처럼 투명한 동해의 바닷물은 우리네 마음까지 꿰뚫어보고 있었다. 파도는 혼자서 밀려왔다 밀려가기를 거듭하고 있었다. 파도에 등 떠밀려 와 해안가에 널려있는 해초들이 많았다. 커다란 미역줄기, 다시마 무더기, 돌김 뭉치, 파래 찌꺼기 등의 바닷말들은 이내 말라비틀어져서 이에 저에 널브러져 있었다. 그렇지만 더러는 이제 막 올라와서인지 파릇하기도 하고 진한 갈색으로 변해 가면서 갯내를 풀풀거리며 뿜어내고 있었다. 나는 이 갯내음이 향수처럼 좋았다. 가끔씩 이 냄새를 맡고 싶을 때가 있다. 그럴 때마다 갯내는 내 코끝을 살짝살짝 스치고 지나갔다. 나는

간성의 청간정

그런 생각이 떠오를 즈음, 바닷가 모래톱에서 물씬물씬 풍겨나는 그 냄새
를 찾아 줄달음쳐 이곳 동해로 달려오곤 했다.

서울에서 삼십 년 넘게 살아온 나는 산과 바다를 좋아했다. 틈만 나면
차를 몰고 동해안으로 무작정 떠났다. 어디를 갈 것인가는 도착해서 바다
를 바라보면서 결정해도 늦지 않았다. 하지만 거의 다 정해진 코스를 따
라 움직일 뿐이었다. 속초 동명항의 싱싱한 자연산 회를 먹고 난 뒤 영랑
호의 으늑한 호변 산책로, 관동팔경의 하나인 간성의 《청간정(淸澗亭)》과
해변 대숲, 고성팔경의 하나인 아야진의 《천학정(天鶴亭)》, 고성의 화진
포에 있는 이승만 대통령과 김일성 주석의 별장, 강릉 경포대에서 바라보
는 경포호의 즐번함, 《낙산사》《의상대》와 낙산해수욕장에서의 일출 등

을 차례대로 들르는 것이 나의 동해여행 단골 코스였다. 나는 동해안을 찾게 되면 언제나 화진포까지 구경하고 서울로 돌아가곤 했다. 가끔 간성의 아야진 부둣가에 싱싱한 자연산 회를 먹기 위해 가곤 했지만 그다지 자주 가는 편은 아니었다.

이곳에 오면 풍경들을 돌아보면서 해변 절경을 관망하기도 하고, 관동팔경의 아름다움과 그 곳에 얽혀있는 설화와 역사를 더듬어보곤 하였다. 서예를 한답시고 나는 관동팔경을 비롯한 고성팔경의 현판 글씨와 누각 내부에 걸려있는 명사들이 써놓은 현액(顯額)의 시를 읽고 서체를 감상하는 것이 너무나 좋았다. 그렇게 활원한 망망대해를 가슴에 품고 여유로운 시간을 보내는 것이 요즈음 나의 가장 큰 즐거움 가운데 하나였다.

우리 모두가 금강산에 대하여 얘기할 때 송강 선생의 명작 기행가사 《관동별곡》을 빼놓고 지나칠 수는 없을 것이다. 《관동별곡》은 금강산 쪽으로 길을 떠나면서 시작된다. 더 자세히 말하면 임금의 명을 받고 관동관찰사로 부임하는 도정으로부터 시작된다. 송강은 가사문학의 보석인 《관동별곡》에서 금강산 기행시를 기가 막힐 정도로 멋들어지게 구사해 놓았다. 참으로 '구구이 비점이요, 절절이 관주로다' 라는 표현이 가장 적확하다는 생각이 들었다. 옛날의 명문장 분별 방법이었지만 지금도 사용할 수 있는 간결하면서 변함없는 평가 구절이리다. 《관동별곡》 한 구절을 읊어보자.

소향노 대향노 눈아래 구버보고
정양수 진혈되 고텨 올나 안준마리
녀산 진면목이 여긔야 다 뵈노다
어와, 조화옹이 헌소토 헌소홀샤
늘거든 뛰디 마나, 셧거든 솟디 마나
부용을 고잣노 듯, 빅옥을 믓것노 듯
동명을 바츠노 듯, 북극을 괴왓노 듯

놉흘시고 망고티, 외로올샤 혈망봉이
하늘의 추미러 므스 일을 스로리라
어와 너여이고. 너 ᄀ 틋니 ㅅ도 잇ᄂ가
ᄀ심티 고텨 올나 듕향셩 ᄇ라보며
만이천봉을 녁녁히 혀여ᄒ니
봉마다 밋쳐 잇고 긋마다 서린 긔운
ᄆᆰ거든 조티 마나 조커든 ᄆᆰ디 마나
뎌 기운 흐터 내야 인걸을 ᄆ들고쟈
형용도 그지없고 톄셰도 하도 할샤
텬디 삼기실 제 ᄌ연이 되연마ᄂ
이제 와 보게 되니 유정도 유정홀샤

나는 동해안도 좋아했지만 설악산도 좋아했다. 영랑호도 마찬가지였다. 바닷가 주변 산세가 험준하면서 아름다웠다. 금강산이 지척에 있으면서도 갈 수 없어서인지, 대리민족이어서인지, 작은 금강산 같아 좋았다. 사실 금강산만의 아름다움이 있는 것처럼 설악산도 그 나름대로의 아름다움이 있는 것은 당연한 일이리라. 여하튼 동해안은 말쑥한 설악산의 수려함과 맑고 푸른 바다의 넘실거림, 바닷가를 향해 끝없이 밀려와서 부서지는 흰 파도, 그리고 내 눈을 가득 채우는 망망대해의 활원(闊遠)함이 있어 좋았다.

우리는 이제 휴식을 마치고 출국수속을 밟기 위해 동해선도로 남북출입사무소로 자리를 옮겼다. 지근의 거리이지만 아침 일찍 나와서인지 지루한 오후를 보내고 있었다. 따사로운 겨울햇살이 정을 가득 담고 쏟아 붓는 오후였다. 찬바람을 덥혀서인지 따스함이 더 은은하게 느껴졌다.

우리들의 마음은 점점 긴장되기 시작했다. 주의사항이 무섭기도 하고 답답하기도 했다. 가장 가깝게 지내야할 겨레가 가장 갈등이 심한 원수가

동해선도로 남북출입사무소

동해선 도로 입구

되어 지내고 있다. 그것도 같은 피를 나눈 배달겨레로서 말이다. 기가 막
힐 일이었다. 진정 이 겨레의 앞날에 평화와 통일은 찾아올는지, 나의 갑
갑한 마음은 갑자기 서글픈 마음으로 변해 버렸다.

　동해선도로 남북출입사무소는 국제공항의 출국심사장과 비슷했다. 비
자대신 출입국할 수 있는 증명서로 여권을 대신하고 있었다. 검문대가 여

럿이어서 수속절차는 그다지 오래 걸리지는 않았다. 서울에서 출발하여 이제까지 타고 왔던 버스들은 여기서 우리들과 작별을 고하고 바둑이처럼 그 너른 주차장에 얌전히 주저앉아 있었다. 우리 일행은 마당에 준비해 둔 셔틀버스를 타고 동해선도로 남북출입사무소를 떠났다.

북녘으로 넘어가는 도로엔 녹색의 가는 철사울타리가 모기장처럼 2차선 양쪽 끝에 높게 새워져 있었다. 얼마 전 급하게 포장한 도로는 금방 염색약 '양귀비'로 물들인 머리카락처럼 징그러울 정도로 검게 보였다. 차선을 비롯한 도로표시가 깨끗하고 말끔했다.

출발하자마자 우리 일행은 휴전선, 곧 비무장지대에 들어섰다. 지금도 마찬가지이지만 이 휴전선에 얽혀있는 사연은 우리 겨레 가슴속에 박힌 대못이 되어 켜켜이 쌓여가고 있다. 6 · 25 전쟁이 끝난 지 육십 년을 훌쩍 넘기고 칠순을 바라보고 있지만 지금도 휴전중이라니 기가 막힐 노릇이 아니고 그 무엇이랴? 북측 군인의 월남, 남측 군인의 월북, 도끼만행 사건, 철책선에서의 총격전은 비일비재했고, 특히 북한의 《124군부대의 청와대 습격사건》, 그에 대항하여 빚어진 비극 《실미도 사건》, 《KAL기 납치 사건》 그리고 여객기 폭파 사건 등 휴전선으로 인한 사건과 사고는 필설로 다 말할 수 없을 정도로 많았다.

철책선 굳게 닫힌 비무장지대 남측 입구에 도착했다. 와! 하는 감탄도 잠깐 온 몸을 오싹하게 하는 살벌함이 강하게 밀려왔다. 새들도 나뭇가지에서 조심스럽게 날개를 접고, 항시 긴장한 채로 경계를 늦추지 않고 철저히 응시하는 듯했다. 나무들도 지쳤나 보다. 무성하지 못하고 기가 죽은 듯이 추레하기만 했다. 남측 군인들의 간단한 검문을 마친 다음 우리 일행은 휴전선을 넘어섰다. 냇물도 흐르기는 하지만 갈 곳을 모른 채 정처 없이 허둥대고 있었다. 냇가의 모래톱은 환갑을 넘길 동안 강둑에 갇혀서인지 거칠고 을씨년스럽게만 보였다. 물론 겨울이니 그랬겠지만,

드디어 휴전선 가운데에 있는, 진짜 한 가운데 있는 군사분계선에 도달했다. 그러니까 우리가 일반적으로 말하는 휴전선은 가늘게 그어놓은 선 곧, 금이 아니다. 한 가운데 그어진 군사분계선을 중심으로 남쪽으로 2km 내려와서 남방한계선이 있고, 북쪽으로 2km 올라가서 북방한계선이 있다. 이 남·북방한계선 사이 4km의 폭으로 한반도 허리 155마일(248km)을 가로질러 잘라 놓았다. 엄청나게 긴 산하의 넓은 띠를 이루는 선을 우리는 '휴전선'이라 말하는 것이다. 이곳에서는 어느 누구도 무장을 해서는 안 된다. 이름 하여 '비무장지대〔DMZ : demilitarized zone〕'라고 부른다.

휴전선의 한 가운데 있는 군사분계선이 나타났다. 푯말은 60년이 넘어서인지 넘어지고 퇴락해서 썩어 문드러져 있었다. 자연은 잊혀져 가지만 사람들만이 그 이데올로기라는 더러운 덫에 걸려서 한 치도 벗어나지 못하고 있었다. 나는 숨이 멎는 듯했다. 아니 잠깐 동안이었지만 호흡이 중단되는 느낌을 받았다. 나는 넋을 잃은 채 발밑에 힘없이 구불구불하게 그리고 불분명하게 박혀있는 군사분계선 나무푯말들을 가까이서 바라보고 있었다. 고개를 들어 멀리 바라다볼 수 있는데까지 멀리 바라다보고 있었다. 나의 눈에서는 순간 눈시울이 뜨거워짐을 느꼈다. 그 뒤에 서서히 가볍게 식어지면서 긴 한숨과 함께 서러운 정이 북받쳐 오르고 있었다.

나는 휴전선에 대해 그만 생각하고 금강산을 떠올리며 북녘 산하로 눈을 돌렸다. 순간 기분이 다시 상큼해지며 밝은 얼굴로 되돌아 왔다. 눈물도 이미 멎어 있었다. 금강산을 노래한 노랫말이 떠올랐다.

조선 후기의 시조시인 이었던 안민영 선생은 금강산의 아름다움을 이렇게 노래했다.

금강 일만 이천 봉이
눈 아니면 옥이로다.

헐성루 올라가니
천상인 되었거다.
아마도
서부진화부득(書不盡畵不得)은
금강인가 하노라.

그리고 현대시조의 거벽이셨
던 노산 이은상 선생은 금강의 빼
어난 경승을 이렇게 시조로 읊었
다. 이 시조는 가곡의 가사가 되
었음은 물론 오늘날 인구에 널리
회자(膾炙) 되고 있다.

금강에 살으리랏다
금강에 살으리랏다.
운무 데리고
금강에 살으리랏다.
홍진에 썩은 명리야
아는 체나 하리요.

이 몸이 썩어진 뒤에
혼이 정녕 있을진댄
혼이나마 길이길이
금강에 살으리랏다.
생전에 더럽힌 이 몸
명경갈이 하고져.

시조 몇 수를 읊조리는 동안 우리 일행은 한 순간에 북녘 땅으로 넘어가고 말았다. 감상에 잠시 젖어있는 사이에 우리 몸은 북녘 땅에 서있었다. 마음이 서늘해졌다. 얼도 몽롱해졌다. 올수 없는 곳에 온 것이다. 산들도 다르게 보였다. 겉으로는 평온하게 보이지만 속으로는 몇 만 볼트의 고압선 전류가 숨죽이고 흐르고 있었다. 공기도 산소가 부족하여 숨쉬기 곤란한 병실같이 확연히 다르게 느껴졌다. 나만 느끼는 감상적인 깨달음일 것이라 생각하면서 모든 것을 맡기고 편안한 마음으로 순순히 따르기로 다짐하였다.

휴전선 근처 북녘의 산들은 민둥산이 많았다. 야트막한 산등성이엔 누렇게 마른 들풀들이 곱게 빗어놓은 중년 남자 대머리의 신 머리처럼 보였다. 왜 그런지 몰라도 북녘 땅에는 나무들도 시들해 보였다. 사실 나무가 거의 없었다. 집채만 한 돌들과 사막 같은 맨땅의 산비탈이 무던히도 삭막하게 보였다. 한참 가노라니 북한 군인의 초소가 나타났다. 보초를 서고 있는 군인들은 모자를 뒤로 넘어가게 쓰고 시들한 눈초리로 우리를 외면하듯 바라보고

눈 내린 장전항

있었다.

　북녘 땅을 바쁘게 훔쳐보기가 끝나갈 무렵 시골장터 가설극장의 요란스
러운 확성기 소리처럼 귀청을 찢어 놓을 듯한 큰 소리가 점점 가깝게 들
려왔다. 북측 출입국관리사무소에 도착한 것이다. 우리 일행은 버스에서

내려서 북측 관리가 지시하는 대로 줄을 지어 나갔다. 가이드는 분주하게 오가면서 귀중품, 검열 제한 품목, 요주의 사항 등을 알려주고 있었다. 나는 줌 기능이 잘되는 올림푸스 카메라를 들고 왔기 때문에 걱정을 했지만 그다지 큰 염려는 하지 않아도 되었다. 냉정한 북측검사원은 장승처럼 굳어 있었다. 검사원들은 날카로운 눈동자로 우리들의 마음을 꿰뚫어보듯이 퉁명스럽고 무관심한 어투로 툭 던지듯이 말을 건넸다.

"이게이 전부입네까?"

"예- 에-예-."

"가방 속에 무엇이 돌았쌈네까?"

"간단한 필기구와 카메라 정도입니다."

"망원렌조가 붙어 있는 사진기는 앵이 되오."

나는 한편으로 안심을 하면서 처음으로 대화를 나눈 북측 사람과의 첫 대면이 너무나도 신기했다. 이상야릇하여 꿈속을 거니는 듯 했다. 이건 현재 진행형이 아니었다. 미래 완료형이었다. 멀고 먼 앞날의 환영(幻影)이었다. 남북 이산가족의 슬픔을 다룬 드라마의 한 장면이었다. 그리고 주말 연속극 속에 내가 주인공이 되어 북쪽 사람들과 이야기하는 환청이요, 환각이었다. 이 만남은 기적처럼 이뤄진 현대판 신금단씨 부녀상봉의 또 다른 현장이었다. 복장도 우스꽝스럽고 말투는 물론 헤어스타일 등이 나의 생각을 먼 옛날로 되돌려 놓고 있었다. 사상의 이질적 대립이 빚은 동질성의 우연한 회복이었다.

검사는 비교적 빨리 끝났다. 제재나 제약은 없었다. 우리들은 다시 차에 올라 금강산 콘도와 호텔이 있는 온정리 쪽으로 방향을 잡았다. 한낮을 비낀 해는 금세 넘어가려 금강산 날선 산봉우리에 위태롭게 걸터앉아 있었다. 도로 주변의 농가들은 흰 벽과 창문틀이 낡아 보였다. 그리고 시멘트 기왓장이 수명을 다했는지 추레하게 걸치고 있었다. 간간이 저녁 밥 짓는 연기가 피어올라 저녁 먹을 때가 다다랐음을 짐작하게 하였다.

잠깐 옛날로 돌아가서 국민학교—지금은 초등학교라 부르지만— 시절 옛 추억에 잠겨 보았다. 우리 어린이들은 잘 몰랐지만 라디오에서는 연신 이 음악이 들려오곤 했었다. 나는 이 사실을 나이 든 뒤에 알게 되었다. 1961년은 민족상잔의 비극 6·25 전쟁이 발생한지 11주년이 되는 해였다. 어느 방송국에서 민족분단의 안타까움을 달래기 위해서 시인 한상억 선생에게 작사를, 최영섭 선생에게 작곡을 의뢰해서 만든 노래가 있었다. 《그리운 금강산》이었다. 명절날이면 유별나게 자주 들려주었다. 추억도 추억이지만 오늘 금강산에 막 들어온 나는 금강산을 바라보며 이 노래를 부르고 싶었다.

누구의 주재런가 맑고 고운산
그리운 만 이천 봉 말은 없어도
이제야 자유 만민 옷깃 여미며
그 이름 다시 부를 우리 금강산
수수만년 아름다운 산 못 가본 지 몇 몇 해
오늘에야 찾을 날 왔나 금강산은 부른다

비로봉 그 봉우리 예대로인가
흰 구름 솔바람도 무심히 가나
발아래 산해 만 리 보이지 마라
우리 다 맺힌 슬픔 풀릴 때까지
수수만년 아름다운 산 못 가본 지 몇 몇 해
오늘에야 찾을 날 왔나 금강산은 부른다

〈1985년 수정본, 3절은 생략〉

가슴이 조금은 후련해졌다. 우리 일행을 태운 버스는 장전항 해변가를 완만하게 휘돌아가면서 우리들이 묵을 숙소가 몰려 있는 《온정각》 쪽으로 접근하고 있었다. 쉬지 않고 달리면 3시간쯤이면 올 수 있는 거리를 새벽에 나서서, 지금까지 쉬지 않고 달려 저녁이 다 되어서야 도착한 것이다. 이것은 이 겨레의 서글픔이었다. 있을 수 없는 일이었다. 나는 울컥 무엇인가 가슴에 치밀어 오름을 또 다시 느낄 수 있었다. 아까처럼 커다란 대못이 좁은 내 가슴 한 편에 콱콱 박히는 것을 느꼈다. 가늠 없이 찢어지는 아픔을 연신 느끼고 있었다. 휴전선에서 느꼈던 기분 바로 그 기분이었다. 고함을 지르고 싶었다. 너와 나 가릴 것 없이 우리 모두들에게 그리고 이렇게. '아! 슬픈 겨레여! 고난의 오랜 세월을 딛고 오늘에 이른 배달겨레여! 이 강토의 주인이면서 마음대로 오가지도 마음 한 조각 전하지도 못하는 이 슬픈 현실을 안고 살아가야 하는 기구한 겨레여! 어느 때까지 이 아픔을 간직하고 살 아 가려 하는가!'

금강산의 겨울 저녁 해는 유난히 짧았다. 벌써 어두움이 소리 없이 내려오고 있었다. 우리 모두의 마음을 부산하게 하고 재촉하듯 서두르고 있었다. 이 순간만은 편안하고 넉넉한 여유로움이 없었다. 온정리 광장에서 내린 우리 일행은 간단하게 용변을 마친 후 황급하게 구룡연 폭포를 향해 올라갔다. 금강산 여행에서 가장 편하고 무리 없이 오를 수 있는 코스가 이 구룡연과 상팔담 코스였다. 어찌 보면 노약자들을 위한 배려였다. 사실 우리 일행 말고 함께 온 사람들 중에는 연세가 많으신 어른들이 많았다. 일종의 효도 관광이라고나 할까? 여하튼 우리들은 한 줄로 길게 늘어서서 평생의 소원이었던 금강산 관광을 시작하였다. 분단의 아픔 속에서도 이뤄진 이 관광은 역사적으로 커다란 의미가 있었다. 어찌 감히 휴전선을 넘어 북녘의 땅을 밟을 수 있겠나? 상상하기 힘든 깜짝 놀랄만한 사건이 지금 이 순간에 벌어지고 있었다.

구룡연(九龍淵) 계곡

　겨울의 개골산은 흰 빛의 바위와 푸른빛 금강 솔 숲, 그리고 낙엽이 다 떨어진 활엽수 암갈색 수풀띠, 이렇게 3층으로 나뉘어져 있었다. 산 밑에는 잎이 다 져서 앙상한 가지를 드러내고 서있는 잡목들의 표정이 애처로웠다. 쓸쓸한 웃음을 서럽게 짓고 있었다. 의지할 곳 없는 나무들은 불어오는 바람에 이리저리 몸을 흔들면서 군무의 춤사위를 선보이고 있었다. 그래도 선들거리는 그 앞태가 고와 보였다. 그 너머로는 어김없이 금강송의 짙푸른 빛이 잡목과 흰 암벽사이에서 깔끔하게 색칠해져 있었다.

　내 눈에 넓은 화판이 펼쳐졌다. 쪽빛 묽게 뿌려진 흐릿한 하늘, 진하게 그어놓은 날선 공지선, 환하게 칠한 크고 작은 바위들, 검푸르게 번진 뚜렷한 솔숲, 연한 갈 빛으로 비벼 바른 잡목들의 잔가지, 조심스럽게 눈 위를 거니는 산처녀의 가늘게 땋은 빨간 댕기머리 산길까지, 정말 완벽한 한마당 소리와 가락의 어울림이었다.

　아직은 밋밋한 산길이었지만 그토록 오랜 세월 그리워했던 금강산을 오른다고 생각하니 가슴에 막혔던 숨이 터질듯이 시원하고 감격스러웠다. 지금 여기 내가 서서 보고 있는 금강의 모든 것이 새롭게 느껴졌다. 막연한 생각일지는 모르지만 내 가슴은 기대감으로 가득 차있었다. 사실 기대감을 뛰어넘어 감격의 앞날이 펼쳐질 것을 예단하고 있었다. 그리고 금강

눈 내린 목란관

산에 왔다는 사실이 자랑스러웠다. 아니 교만한 마음일지 몰라도 대견스
럽다는 생각이 들었다.

　마중 나온 저녁 해가 깊게 파인 골짜기 사이에서 점잖게 그리고 포근하

게 맞아주었다. 우리 일행은 온정리를 떠나 산골 식당 《목란관(木蘭館)》에 이르렀다. 생소한 이름의 정자였다. '목란(木蘭)'이라는 말은 내가 처음 듣는 말이었다. 그 사연은 뒤에 알게 되었지만 북측에서는 목련꽃을 '목란'이라고 부른다고 안내원 아가씨가 알려주었다. 《목란관》은 금강산 오를 때 들르고 내려올 때 들러서 간단한 요기를 하거나 여러 가지 음료수를 마시는 곳이었다. 시장한 사람들에겐 주린 배를 채우는 곳이었고, 목마른 사람들에게는 컬컬한 목을 촉촉하게 적셔주는 곳이었다. 밥 때가 되면 정식으로 식사도 가능하다고 북측 안내원의 선전하는 말이 재미있다. 메뉴판을 들고 평양 랭면, 불고기, 메밀 빈대떡은 물론, 들쭉술·막걸리·조깝대기술 등 주류도 함께 판다고 야단법석이었다. 떠들며 광고하느라 생난리를 피우고 있었다. 우리는 내려올 때 들르기로 하고 서둘러 《목란관》을 떠나 구룡연을 향해 발길을 재촉하였다.

금강문(金剛門)

　앙지다리와 산삼과 녹용이 섞여 흘러내린다는 삼록수 약수터를 지나 금강문에 이르렀다. 집채만 한 화강암 바위들이 거인처럼 길을 턱하니 막고 서있었다. 그 포개진 틈사이로 조그마한 길이 나 있는데 마치 솟을대문처럼 높지막했다. 쉽게 말해 절간 일주문같이 사용되는 굴 문이었다. 주변의 수목들은 아기자기했다. 한겨울의 추위를 서로 토로하며 살랑거리고 있었다. 언제인지 몰라도 전해오는 이야기가 있었다. 아주 옛날에 이 큰 바위가 길을 막아 산을 타는 사람들의 통행에 큰 불편을 주었다고 한다. 심지어 오르내리는 산길마저 바꿔놓아 엄청나게 힘든 산행 길이 되었다고 한다. 어느 날 폭풍뇌우가 굉장한 굉음과 함께 큰 바위를 내리쳐서 오늘 같은 석문이 만들어졌다고 한다. 그 때 만들어진 금강문은 하늘이 우리 모두에게 베풀어준 간절한 염원의 성취였던 것이다.

　비록 짧은 거리이고 잠깐 고개 숙이고 지나치면 될, 한갓 큰 바위의 틈새 정도로 볼 수밖에 없지만, 이 문을 통과하는 사람들의 마음가짐은 달랐다. 커다란 마음의 변화를 느끼고서야 지나칠 수 있었다. 열을 셈하기도 전에 통과하는 작은 문 같은 굴이었다. 그렇지만 십 초가 채 안 되는 찰나의 순간, 이 문은 나를 수많은 상념에 잠기게 하는 긴 터널 앞의 굴 문이었다. 나의 과거와 미래의 삶에 관한 단상들이 주마등처럼 스치고 지나갔다.

　머리를 들고 굴 밖을 살며시 바라보니 그 곳은 딴 세상처럼 보였다. 금강문은 예로부터 마음의 다짐을 새롭게 하라는 부탁의 문이었다. 또한 심경의 변화를 묵묵히 요구하는 간절한 자성의 문이었다. 금강산을 촬영하기 위해서 자주 이곳에 왔다는 연세가 지긋하신 어느 사백(寫白)님은 '이 문을 통과하면 달라지는 것이 여럿이여!'라며 진한 충청도 사투리로 힘주어 말했다.

문안으로 들어서려는 순간 어디선가 잔잔한 듯 은은한 목소리가 울려왔다. 메아리처럼 퍼지는 음향은 고요하게 실바람에 살랑거리며 들려왔다. 충청도 한산의 가는 세모시 한가닥 실오라기가 되어 흐르는 가락과 함께 내 가슴을 은근하게 저미는 듯 파고들었다. 나는 이 고요한 소리에 이미 귀가 멀어가고 있었다. 바늘귀만한 구멍으로 문풍지를 흔들며 새어 들어오는 실바람처럼 조금씩 흐려지고 있었다. 새벽 미명 안개에 젖은 어스름한 사당에서 사르는 침향의 향연(香煙)의 세사(細絲)가 가느다란 파장을 이루며 고요히 피어오르고 있었다. 그리고 숨어들 듯이 내 영혼 속으로 들어와 잠기고 있었다. 푸른빛 연무가 겨울 숲 어깨 위로 곧은 빛줄기를 뿌리고 침잠의 먼 옛날 세월 속으로 줄 대고 이어져 있었다. 들릴 듯 말 듯한 한없이 편안한 그 목소리는 문설주를 슬며시 걸치며 푸른 옷소매로 감싸 안을 듯이 들려왔다. 마이크의 고운 에코 음향처럼 은근한 울림으로 들리는 이 떨림이 나는 좋았다.

"금강문 밖은 차안계(此岸界) 곧, 인간 세계입니다. 번민과 우수 사려의 속된 것만 추구하는 이전투구의 혼돈의 세계입니다. 그러나 이 문을 지나면 선인들의 세계입니다. 그리고 이 문을 들어서는 순간 평안과 침잠, 고요와 평화, 행복과 기쁨, 만족과 희락만 있는, 부족함이 없는 질서의 세계입니다. 그러기 때문에 이곳을 이상향의 천지요, 무릉도원의 선계요, 유토피아의 천하요, 파라다이스의 자연이요, 피안(彼岸)안의 경지요, 서방 정토요, 낙원의 세상이요,

천상의 낙토(樂土)요, 행운의 세계라고 부르는 것입니다. 만약 그 것을 느끼지 못한다면 '금강문'이라고 써서도 불러서도 안 될 것입니다. 이 금강문이 그렇게 되기 위해서는 이 문을 들어서기 전과 지나간 뒤의 심경이 확연히 달라져야 할 것입니다. 혼돈의 경지인 '카오스'의 세계가 진정한 심신의 질서인 '코스모스'의 세계가 되어야만 금강문 통과의 진정 의미가 있는 것입니다."

내가 고개를 드는 순간 금방 들렸던 목소리는 까마득한 옛이야기처럼 흐릿하게 사그라지고 있었다. 늦가을 해 다 저문 들판을 바쁘게 떠나는 기러기 떼의 요란한 울음처럼 아득하게 점점 멀어져 가고 있었다. 번갯불처럼 빠른 순간의 일이었다. 금세 또 다른 세계가 눈앞에 활짝 펼쳐졌다. 현실에서 환상으로, 환상에서 다시 현실로 바뀌는 신비한 현상이 잠깐 사이에 일어났다가 사라졌다.

그런데 내가 금강문을 지나쳤을 때는 앞에서 말한 금강문의 진정한 의미를 깨닫지 못하고 지나치고 말았다. 역시 나는 속물근성을 버리지 못하는 장삼이사(張三李四)에 불과한 사람이라고 생각했다. 아무런 이유 없이 쓸 데 없이 금강문이라고 했을까? 그 누구라도 이러한 막힘의 단계를 당하면 하늘을 향해 울부짖었을 것이다. 금강문은 하늘이 나 같은 막힌 사람들을 위해 회리바람과 번개와 천둥의 무서운 힘을 불러 들여 만들어 놓은 염원의 성취였다. 다분히 하늘이 의도한 거룩한 뜻의 구별된 관문이 바로 이 '금강문'이라는 생각이 들었다.

금강산을 돌아보려면 마음부터 각별한 다짐이 있어야 했다. 주말에 지친 정신과 육체를 위해 등산하는 주변의 산과 비교해서는 안 된다. 산을 오름은 산을 보고, 느끼고, 맑은 공기를 마시고, 세속의 쓸데없는 번뇌를 떨쳐버리고, 새 힘을 얻기 위한 것이 아닐까? 따라서 일상적인 생각과 태도로 금강산을 유람한다는 것은 여행의 성과에 대하여 처음부터 낭패를

금강문

예견하고 시작하는 사람으로 밖에 생각할 수 없을 것이다. 오르기 쉬운 산을 찾는다면 우리 주변에서 얼마든지 찾아 오를 수 있지 않은가? 조금 과장된 표현일지는 몰라도 여기서는 '이 곳은 거룩한 곳, 서방정토에 이르는 구별된 세계, 끝없는 평안만이 영존하는 곳이어라!'라고 되뇌면서 올라가야 하지 않을까?

　잠깐의 어두운 금강문 속에서 내다보이는 문밖의 정취는 참으로 놀라웠다. 환한 회백색의 밝음에 내 눈이 깜짝 놀랄 정도로 또렷해졌고, 차가운 겨울 산 공기의 서늘함이 가슴을 후련하게 씻어 주었다. 탁 트인 밖의 세상을 접하면서 새롭고, 상큼하고, 속 시원한 느낌에 몸이 날아갈 듯 가벼워졌다. 그것은 세찬 마파람이 내 가슴과 얼굴에 시원하게 부딪칠 때 느끼는 통쾌한 기분이었다. 차가운 듯한 이 상쾌한 바람이 내 겨드랑이를 부추기고 있었다. 나는 날아오를 듯이 벅찬 변화의 쾌감을 마음껏 느끼면서 산중의 진미를 만끽할 수가 있었다.

길은 점점 험하게 바뀌어 가고 있었다. 우리 일행은 계곡을 곁에 두고 한 줄로 늘어서서 구룡연 폭포를 향해 올라갔다. 어딘가에 있을 폭포를 연상하며 쉬지 않고 계속 가쁜 숨을 몰아쉬면서 올라갔다. 한겨울로 접어들기도 전에 구룡연 계곡은 이미 꽁꽁 얼어붙어 빙판을 이루고 무표정한 모습으로 변해버리고 만다고 한다. 천하의 '구룡연 계곡'이라 해도 냉랭한 기운만을 뿜고 있다면 세인의 관심사에서 멀어졌을 것이다. 아직은 가파르지 않지만 올라갈수록 계곡은 급경사를 이루고 있었다. 골짝 언저리는 어디나 얼음이 꽁꽁 얼어붙어 있었다. 자갈밭 같은 요철이 심한 산길은 반들반들하여 미끄러지기 십상이었다. 그지없이 위험천만한 길이 아닐 수 없었다.

비봉폭포(飛鳳瀑布)

    금강산에는 각양각색의 크고 작은 그림 같은 폭포가 많이 있다. 그 가운데서 4대 폭포로 이름난 석문동 계곡의 십이폭폭포, 구룡연 계곡의 구룡연폭포와 비봉폭포, 구성 계곡의 옥영폭포를 들 수 있다. 그 중에서도 비봉폭포가 가장 높은 곳에서 떨어지는 폭포로 알려지고 있다.

    한참을 갔을까, 예사롭지 않은 경관이 나타났다. 수십 길이 넘는 절벽에는 하얀 빙벽이 웅장하게 펼쳐져 있었다. 음산한 계곡 위에는 금방이라도 물줄기를 산 밑으로 흘러내릴 듯이 웅크리고 있었다. 기운차게 뻗어있는 주변 산세와 함께 설봉산 곧, 개골산의 기상을 한껏 뽐내고 있었다. 나는 한참동안 서서 거대한 빙벽인 비봉폭포(飛鳳瀑布)를 바라보았다. 그리고 비봉의 빙폭 밑에서부터 저 공중에 달린 윗부분까지 서서히 올려다보았다. 나는 폭포의 겨울 웅자에 대하여 많은 생각에 잠겼다. '여름철 비가 많이 내려 위의 계곡의 물이 흘러넘치게 되면 이 폭포는 또 다른 장관으로 우리 가슴에 다가오겠지' 라고 자탄하면서 상상의 나래를 펼쳐보았다.

    겨울의 비봉폭포는 폭포가 아니었다. 설봉의 강추위로 폭포수가 떨어지던 절벽엔 하얀 헝겊 같은 빙벽이 저 하늘 가득 덮고 있기 때문에 폭포가 아닌 얼음 절벽이었다. 마침 우리가 온 때가 한겨울이어서 폭포의 모습도 빙벽으로 변해 있었다. 폭포로 유입되는 수량이 워낙 적은 겨울철 갈수기여서 웅장한 폭포의 위용을 볼 수는 없었다. 다만 길게 늘어뜨린 폭

빙벽으로 덮인 비봉폭포

포의 빙벽은 하늘로 올라가는 계단처럼 보였다. 비봉의 얼음 옷자락은 놀랍도록 아름다웠다. 한여름 장마철의 용오름 현상처럼 영롱한 저녁 빛과 어우러져 그 진가를 유감없이 드러내고 있었다.

비봉폭포는 물이 떨어지는 계곡 밑에서 바라보면 고개를 뒤로 젖히고 봐야 될 정도로 높았다. 비봉폭포의 이름은 봉황새가 장공을 향해 날아가며 날개 짓할 때 긴 날개와 꼬리가 흔들리는 듯해서 붙여진 이름이었다. 실제로 폭포 맨 위쪽에는 봉황새가 비상하려고 멀리 바라보는 듯한 형상의 바위가 있어 비봉의 웅장한 자태를 더욱 실감나게 하였다. 하늘 위에서 날고 있는 봉황새의 모습이 바로 비봉폭포였다.

명주실처럼 하늘거리며 떨어지는 물 가닥 한 올 한 올은 겨울이 되면 얼음으로 깁을 짜 거대한 백수나삼의 빙폭을 만들어 놓은 것이다. 그래서 보는 사람으로 하여금 자연에 비하여 폭포를 바라보는 자신이 얼마나 왜소한가를 느끼게 하는, 면벽의 깨달음을 주는 자성의 관광명소라는 생각이 들었다. 나 같은 새가슴의 필부(匹夫)들에게 이 놀라움이 무슨 의미가 있을까? 하지만 자성하기에 충분한 곳이라는 생각이 들었다. 물론 물길이 닫지 않아 회색의 맨 벽으로 남아있는 벽면도 있었다. 그렇지만 폭포 전체는 빙벽의 물길과 주변의 암벽과 그리고 마애 틈 사이를 비집고 들어가서 움을 틔우고 자란 키 작은 산 나무들이 서로가 서로를 끌어안고 버티면서 폭포의 주변을 치장하고 있었다.

봄 여름 가을의 비봉의 폭포수는 천인단애의 절벽 위에서 떨어진다. 흘러내리는 듯, 물안개를 뿌리는 듯, 희고 긴 헝겊을 거칠게 흔들어대면서 흘러 떨어지는 폭포로 유명하다. 물줄기가 봄과 여름 가을까지는 이어지만 겨울이 오면 온통 얼음 골짜기로 변해버린다. 서늘한 기운을 가득 싸놓은 흰 얼음 보자기가 하늘에서 풀어지면서 떨어지는 것처럼 보였다. 대부분의 폭포들은 물줄기가 떨어져 폭포 아래에서는 너럭바위 위로 커다란 소를 이루는 것이 보통이거늘 비봉폭포는 그렇지 않았다. 흐르는 듯,

떨어지는 듯 흩날리면서 떨어지기 때문에 옥류동 계곡 아래에는 그냥 물이 흐르는 작은 웅덩이 정도만 있을 뿐이었다.

비봉폭포는 앞에서 말한 그대로 폭포가 봉황새 날개나 꼬리처럼 길게 드리워져 있기 때문에 붙여진 이름이다. 예전에는 '운금폭포'라고 불렀다. 얼마 후에 이 겨울이 지나 금강산에 봄이 오고 봄바람이 살랑거리면 얼어붙어 있던 흰 비단이 녹아져 폭포가 되어 흘러내릴 것이다. 그 때 비봉폭포는 다시 봉황이 되어 그 큰 날개 짓을 다하며 구만리 장공을 향하여 훨훨 날아오를 것이다.

한 기록을 살펴보면 한 여름엔 수십 개의 물줄기가 떨어지면서 부서지고, 갈라지고, 퍼지고, 날아가고, 합해져서 장관을 이룬다고 기록되어 있었다. 실제의 사진을 보아도 폭포의 폭이 그다지 넓지 않았고 내 팔 길이로 두세 길 정도 밖에 되지 않았다. 물웅덩이로 뚝 떨어지는 물줄기가 또렷이 보이는 폭포라기보다는 깎아지른 마애의 벽을 타고 내려오면서 거친 바위의 주름에 부딪쳐 물줄기가 갈라지고 부서져 이뤄진 안개비와 같은 폭포로 보였다.

폭포의 빙벽은 잔주름으로 올록볼록한 날카로운 얼음송곳이 엄청나게 많았다. 하얗게 흘러내리는 빙폭은 눈부신 백수나삼을 곱게 차려입은 선녀의 치렁거리는 치맛자락처럼 수직의 벽에 늘어뜨리고, 하늘거리는 천상의 영롱함을 땅위에 재현해 놓고 있었다. 비봉폭포의 이름은 겨울이 되면서 거대한 얼음벽이 형성되어 봉황새의 긴 꼬리와 같이 아름답고 곱게 펼쳐진 지금 모습을 비유하여 붙여진 이름이리다. 내 생각에도 늘어진 얼음이 흐르는 바로 이때를 계상하여 붙여진 이름이 아닌가 짐작해 보았다.

비봉폭포는 계곡 벽을 스치며 떨어져 흘러 옥류동 아래쪽에 널찍한 웅덩이를 만들어 놓고 산 밑으로 바삐 흘러 내려갔다. 폭포의 위쪽으로 쉰 걸음 쯤 올라가면 꽤 넓은 소(沼)자리가 나타나는데 이 웅덩이를 '옥류담'이라 부른다. 하얗게 얼어붙은 비봉폭포의 웅자와 함께 멀리는 세존봉 천화대와 구룡연 쪽 계곡과 함께 어우러져 절경을 이루는 곳이다. 앙상한 절벽에 기대고 서있는 활엽수들의 무더기들이 계곡을 끌어안고 불어오는 바람에 가늘게 흔들리며 군무를 추고 있었다. 단조로운 춤사위가 왠지 쓸쓸해 보였다. 갑자기 내 마음이 싸늘해지면서 서러운 생각으로 가슴이 멍해졌다. 이것이 나그네의 설움인가 보다. '스쳐 지나가는 길손 주제에 웬 호사스런 감상이던가? 야 이 사람아! 그냥 지나치게나 아니면 그대로 서 있게나.' 나는 나에게 조용히 타일렀다.

겨울 저녁 해거름 판에 느끼는 정감이겠거니 하면서 지나치려 해도 자꾸 마음이 울컥거렸다. 이곳이 집근처 야산이나 먼 내 고향 산천이 아니어서 그럴까? 금강산 그것도 그렇게 오고 싶었던 금강산이고 보면, 나의 가슴에 가득 담고 있는 이역의 쓸쓸함은 어찌 보면 당연한 일일는지도 모른다. 겨우 하루를 지나 왔어도 금강산 여행은 예사로운 일이 아니었기 때문에 내가 그렇게 느꼈었나 보다.

나는 전 세계 어느 여행지보다 먼저 와보고 싶었던 곳이 금강산이었다, 그 까닭은 이렇다. 이곳 금강산은 겨레의 신령함이 가득 드리운 영지이기 때문이요, 우리 겨레를 하나로 묶을 수 있는 억센 울타리가 될 수 있기 때문이요, 온 누리의 어떤 산들 보다 아름답고 화려하고 거룩하기 때문이며, 산과 들과 바다와 물과 벼랑이 완벽한 구조미를 갖췄기 때문이며, 특별히 아무나 올수 없는 분단의 지역이기 때문에 더욱 와 보고 싶었던 것이다. 그래서인지 이상야릇한 정감이 나의 머리를 온통 흔들어 놓았다. 마치 커다란 망치에 얻어맞은 것 같은 충격에 휩싸이곤 했다. 그런 심경의 변화 또한 금강산이 주는 각별한 선물이었다. 감사의 응답 메시지로 여기면서 나는 발걸음을 옮기지 않을 수 없었다. 숲속에는 녹고 남은 눈이 히죽히죽 웃어대고 빽빽하게 우거진 나무들은 서로 뒤엉켜 정겹게 우리들을 내려다보며 기쁘게 맞아주고 있었다. 그것은 마치 새색시 흉보려고 구경나온 시골 아낙네들처럼 밝고 화사한 얼굴들과 말씨였다.

비봉폭포와 가을 단풍

옥류담(玉流潭)

　길 왼쪽에 자리한 눈 덮인 옥류동을 끼고, 겨울 산안개에 휩싸인 연봉들을 바라보며 밋밋한 돌길로 접어들었다. 적막에 휩싸인 신선의 세계와 같이 신비스럽기만 했다. 웅덩이 수면과 이어진 약간 기운 산길은 벼랑의 기울기에 맞춰 중간자락까지 곧게 뻗어 있었다. 처마처럼 날을 세운 길가의 너럭바위는 층을 이루고 완만하게 손을 내밀어서 계곡을 떠받치듯이 곧게 버티고 있었다.

　떡갈나무 우거진 수풀은 옥류동 계곡을 이등변삼각형으로 만들어 놓았다. 포개어 놓아서인지 마치 정·반·합을 반복하듯 이어지고 풀어지고를 계속하고 있었다. 오랜 세월 연륜이 묻어 있는 몸짓은 머리기름을 넉넉히 발라 가라앉힌 뒤 삼단 머리를 참빗으로 빗은 듯 가지런하기만 했다. 절벽의 주름은 산안개와 함께 정겹게 어우러져 다가왔다. 손에 닿을 듯이 가깝다는 착각이 일 정도로 지근에 놓여 있었다.

　봄이 지나고 여름이 오면 이 옥류동 계곡도 즐번한 소(沼)가 되어 커다란 웅덩이를 이루고, 그 해맑은 물빛을 넉넉하고 번질나게 비춰줄 것이다. 잠깐 동안의 생각이지만 봄과 여름에 이곳 금강산에 다시 와야겠다는 다짐을 해보았다.

　겨울산은 단순했다. 그리고 말끔했다. 지난 계절의 번다한 겉모습을 떨쳐버리고 순백의 담백한 눈만으로 치장한 채 가장 또렷한 얼굴을 드러내

겨울 옥류담

고 있었다. 모든 잎이 떨어져 줄기가 회색빛인 활엽수들과 연지 볼 단풍
나무들이 주변의 경관과 걸맞게 섞여서 무리지어 있었다. 누가, 언제, 어
떻게, 왜 그랬는지? 그들은 그 자리에 꼭 어울리게 서 있었다. 흰 이를 드
러내놓고 멀겋게 웃고 있는 바위들과 벼랑들, 늘 푸른빛으로 꿋꿋이 서서
산을 지키는 금강송의 올곧음과 말끔하게 다듬어 놓은 금강 솔숲이 훤칠
하고 늘씬했다. 그리고 깨질듯이 맑고 투명한 빛깔의 높푸른 하늘이 서로
어우러져 대자연의 웅장한 하모니를 연출하고 있었다. 이것은 겨울 산 모
습의 전부였고 진정한 그들만의 얼굴이었다.

　애초부터 겨울 산은 깊은 맛이 있다고들 말한다. 산을 통째로 볼 수 있

이른 봄 옥류담

고 속살까지 다 드려다 볼 수 있어서 좋다고들 말한다. 산 또한 알몸을 드러내고 한 철을 기다리는 것조차 마다하지 않는다. 겨울 산에는 바람이 머무를 자리가 없다. 휑하니 터진 나무들 사이로 꿰뚫고 지나가기 때문에 산마루는 물론 산등성이나 골짜기에 남아있을 여유가 없는 것이다.

스산한 바람소리가 철새 떼들의 비상하는 소리처럼 들렸다. 바람에 시달리며 나무들끼리 부딪치는 소리가 고통을 토로하는 것처럼 들렸다. 산의 흔들림에 견디지 못하고 계곡을 향해 굴러 떨어지는 조약돌들이 계곡 빙판에 부딪쳐 '쩡 쩡' 울리는 소리가 메아리쳐 들려왔다. 이것은 겨울산에 울음이었다. 이렇게 산의 소리가 울려 올 때면, '이제 나는 산에서 혼자가 아니다'는 생각이 들었다. 나와, 산과, 나무와, 바위와, 물과, 계곡과, 바람과, 하늘과, 산새들과, 산짐승들이 모두 모여 함께 산에서 살고 있구나 하는 생각이 들었다. 이것이야 말로 자연과의 공감과 소통이 아니고 무엇이란 말인가?

어지러이 널려있는 바위들이 무질서하게 보여도 그 놓인 자리가 곧 제

자리요, 안성맞춤이요, 무구한 순수요, 청정이요, 처음 생긴 그대로의 모습이었다. 옥처럼 영롱한 물빛은 겨울이 되어서 흰 얼음으로 보이지만 제철 곧, 여름날에 와 본다면 옥류의 진면목을 자랑하게 될 것이다. 거기에 더하여 일렁이는 한 움큼의 진주 더미의 휘황한 물빛도 볼 수 있을 것이다.

옥류담으로 떨어지는 물방울들은 투명한 옥구슬이었다. 보석은 크고 작은 것들로 계곡의 바닥을 채우고, 그 속에 물을 흘러내어 별처럼 영롱하고 꽃처럼 찬란한 경옥 구슬을 빚어 놓았다.

지금은 한 겨울, 백옥과 벽옥의 투명함만이 가득한 옛날 애기에 나오는 천상세계 《광한전(廣寒殿)》 앞의 너른 뜰로 보였다. 그렇지만 한강 가에서 본 얼음처럼 흰빛은 아니었다. 그 얼음 빛깔은 분명 바닥의 노란 낙엽이 투영되고 점철되어 홍보석이나 호박구슬로 보이기도 하였고, 얼음 표면에 비친 금강송의 푸른빛을 반사하여 청옥으로 번쩍이기도 하였다. 지나가는 사람들은 아무것도 볼 것이 없다며 옥류담의 존재가치를 터무니없이 과소평가하고 퉁명스럽게 지나쳐 버렸다. 여기 온 사람들 중에 겨울 옥류담이 얼어붙어 계곡이 계곡답게 보이지 않는다는 것을 모르고 온 사람이 있을까? 북측의 안내원들은 두꺼운 털옷을 입고 사람들이 모일 적마다 무대바위 위에 서서 입에 침이 마르도록 손짓, 발짓, 몸짓, 눈짓을 총동원하여 설득에 가깝게 설명하고 있었다. 내가 처음 대하는 북측 안내원은 매우 친절하다는 생각이 들었다. 보통 관광지에서의 안내원들처럼 자기들이 설명해야 할 모든 것을 쉽게 풀이하듯 알려주었다.

연주담 (連珠潭)

　함께 온 성혁 형은 내 등 뒤에 바짝 붙어 오면서 '농인 동생 산의 진미는 역시 겨울이야'라고 연신 중얼거리면서 헐떡이는 숨을 계속 몰아쉬며 따라오고 있었다. 나 또한 겨울 산을 좋아하고 눈이 수북이 쌓인 설산은 더욱 좋아했다. 너무 추운 것은 싫지만 온통 빙판과 빙벽으로 냉정하고 을씨년스러워도 알몸을 드러내 놓은 삼동(三冬)의 이 엄한(嚴寒) 고비가 좋았다. 거대한 아이스크림처럼 눈이 수북하게 쌓여있는 겨울산은 포근하면서도 냉랭하고, 넉넉하면서도 매몰차고, 아름다우면서도 무서운 야누스의 여러 얼굴을 가지고 있었다.

　여름에 치렁치렁 늘어뜨렸던 녹음의 푸른 옷을 무기삼아 온 산을 호령하던 저 혼자서 자만으로 가득 찼던 수풀들이었다. 언제 어디서나 한결같은 빛깔로 산을 물들이고 하늘마저 가리고 계곡을 꾸미고 가꾸며, 수많은 산새들과 짐승들을 식솔들로 거느리며 살아 왔던 한여름의 제왕이었다.

　식어진 여름을 보내고 찬바람 음산하게 일렁일 때도 수풀은 온갖 꽃단장으로 치장하고 준비했다. 푸르름으로 한결같던 마음은 돌변하여 제각각 자기만을 자랑하느라 세상의 모든 빛깔로 갈아입고 뽐내었던 미인들의 몸매였다. 하지만 꽃단장은 그리 오래가지 못했다. 차가운 바람이 나무들을 괴롭혔다. 한 잎 두 잎 떨어지던 숲의 주인들은 뿔뿔이 흩어지는 자기 몸과의 이별 앞에 속수무책으로 지켜 보아야만 했다. 기약 없는 이

겨울 연주담

별은 길고 멀었다. 다만 자기들 발밑에서 떠나지 못한 채 서성이며 나동그라진 몇 안 되는 잎새만이 가지에 붙어있어 그나마 다행이라면 다행이었다. 당당했던 의태는 온 데 간 데 없고 침묵으로 일관하고 있었다.

계곡은 맑은 물들이 모여 흘러가는 길목이지만 나뭇잎들이 몸을 삭히고 녹아져서 다시 산의 주인에게 돌려주는 저수지와 같은 곳이었다. 노란 잎으로 바닥을 덮은 물웅덩이마다 화려한 구중궁궐의 연회장과 같이 화사했다. 그 깊은 웅덩이 밑에서 금빛 찬란한 광선이 레이저 빛이 되어 일렁이는 잔물결 따라 우리의 눈을 부드럽고 편안하게 해주었다.

남녘 산하에도 금강산 겨울 계곡처럼 아름다운 곳이 많다. 설악산이 그렇고, 지리산이 그렇고, 월악산이 그렇고, 한라산이 그렇다. 하지만 이 자리에 펼쳐진 금강산만은 달랐다. 날카롭게 깎아지른 산길 옆 계곡의 절벽이 높고 바위의 빛깔이 맑고 깔끔하며, 푸른 솔과 활엽수 줄기들이 한 몸처럼 어우러져 있기 때문에 유독 다르게 보일 수밖에 없었다.

연주담 옆에는 꽤 큰 너럭바위가 하나가 길게 늘어져 누워있었다. 무대바위였다. 귀여운 안내원 아가씨는 이 너른 바위 위에서 연기하듯 손짓·발짓 다하며 자상하게 연주담을 설명하였다. 물이 떨어지는 골짜기 밑에는 살포시 드러난 계곡물이 허옇게 김을 내며 얼음장 밑을 재잘거리며 흘러가고 있었다. 비스듬히 기울어진 산길에는 철제 사다리가 있어 길이 아닌 연주담 옆 벽을 타고 오갈 수 있도록 만들어 놓았다.

기울어진 계곡을 미끄럼 타듯 맑은 물줄기가 웅덩이를 향하여 쏟아져 내렸다. 그리고 얼음장 틈사이로 쏜살같이 흘러들어가고 있었다. 얼핏 보아 수정 같은 얼음기둥이 생겨났다가 스러졌다. 막대기처럼 곧게 뻗은 고드름이 수 없이 포개져서 매달려 있었다. 얼음으로 된 종유석이었다. 움푹하게 파인 웅덩이는 내 키로 몇 길이 넘을 정도로 깊어 보였다. 이 근처를 지나는 사람들은 조심스러워 엉금엉금 기어가듯 난간에 의지하여 건너가고 있었다.

물웅덩이는 얼음으로 가득 차 있었다. 연주담으로 떨어지는 하얗고 맑은 물이 쏜살같이 떨어져 꽤 많은 곳의 얼음판이 녹아 있었다. 물은 다시 긴 얼음 굴을 만들고, 굴 안엔 유리알같이 투명한 수정 고드름과 금강석 같은 작은 알갱이들이 화사한 보석처럼 번뜩이고 있었다. 부서지는 차가운 여울물은 수도관처럼 변해버린 긴 얼음통로를 따라 빈 철관 두드리는 소리를 내며 밑으로 흘러가고 있었다.

해가 기울어 매섭게 추운 겨울 늦은 오후인데도, 안내원 아가씨들은 몰려오는 관광객들에게 연주담에 대해서 설명하느라 부산하였다. 유래, 사연, 특징, 고증 등을 섞어가면서 자상하게 늘어놓았다. 우리들에겐 생소한 북녘 특유의 억양을 살려서 실감나게 설명하고 있었다. 기념 촬영 포즈까지 취해 주었다. 하지만 우리들이 사전에 들은 지식은 정반대였다. '절대로 북측사람을 만나면 말을 건네지도 말고, 물건을 주고받지도 말며, 무엇이든지 묻지도 말고 듣지도 말며, 오로지 그들이 설명하는 안내만 듣고 올라가든지 구경하라'고 겁을 잔뜩 주었다. 그것이 주의 사항의 전부였다. 나는 묻지도 않았다. 설명도 듣는 둥 마는 둥 귓불로만 훔치고 곧장 구룡연을 향해서 올라갔다.

우뚝우뚝 용솟음치는 가늘고 뾰쪽한 산봉우리들이 서로 어긋매끼고 한 폭의 동양화를 이루고 있었다. 담묵으로 친 담백한 수묵담채 산수화였다. 시리도록 흰 눈 바탕과 짧은 묵선으로 그려진 나무줄기와 잔가지가 고요한 화폭에 담겨 내 가슴 속으로 시원하게 후비고 들어왔다.

돌층계를 덮은 나뭇잎은 이리저리 무더기를 이루며 흩날리고 있었다. 바싹 마른 나뭇잎들이 돌아다니며 부딪치는 소리는 해질 무렵 길손들의 인기척처럼 들렸다. 금방이라도 산사의 주지 스님이 헛기침 하며 뒷짐 지고 이곳을 찾아와 밝고 서그러진 웃음으로 맞아줄 것만 같았다.

깊은 각도로 파인 한쪽 계곡은 곧게 뻗은 소나무 어깨 위에 활엽수들의 꺾어진 가지가 힘지게 서로를 껴안고 있었다. 잔가지 위에는 채 떨어지지 못해 끈질기게 붙어 있는 몇 잎의 붉은 단풍이 선혈을 흘리며 붉게 점을 찍어 놓은 듯이 빛났다. 담장이 넝쿨 위에 주렁주렁 달린 주황의 이파리들도 떨어져 띄엄띄엄 떠돌다가 다시 모여 불룩한 잎사귀 무더기를 이루고 있었다. 산기운에 못 이겨 반 쯤 기운 커다란 나무줄기는 지나는 행인들의 발걸음을 묶어놓고, 바쁜 마음을 추스르고 쉬어가라는 듯 가로로 막고 서있었다. 마치 조명을 받은 듯한 잔가지 사이로 언뜻언뜻 비치는 가

여름 연주담

파른 절벽들은 원경과 근경의 법칙과 일치했고 그 위에 명암의 대비를 뚜렷이 품고 있었다. 번간(煩簡)과 활정(活靜)의 조화를 이루고, 너무나도 처연하고 편안하게 그 기운이 시나브로 산정을 향해 올라오고 있었다.

좁게 파인 계곡의 맨 밑에서 양쪽 벼랑을 아울러서 쳐다보았다. 그것은 예측 못한 한 장의 그림이었다. 어린아이가 아무 뜻 없이 가는 붓을 가지고 마구잡이로 그렸는지, 산수화 화가가 종이를 구겨서 붓 등으로 비벼서 쳐놓은 바위 준법의 표현인지, 장봉의 붓에 담묵을 넉넉히 묻혀 측필로 푹 찍어 횡으로 그었는지, 강인한 소 심줄처럼 바위의 윤곽선을 갈필로 힘차게 쳐서 만들었는지, 어느 것 하나 조화롭지 않는 것이 없었다.

수직벽면은 날줄과 씨줄이 서로 기막히게 어울리고 있었다. 어떤 곳은 고르고 촘촘하게 짜여 있고 또 어떤 곳은 동물의 초형 벽화 처럼 크고 성글게 칠해진 곳도 있었다. 간극이 전혀 없이 쪼록쪼록하게 짜 내놓았는가 하면, 금방 펄펄 끓는 양은 냄비에서 꺼낸 누에 고치면사의 헝클어짐같이 보이는 곳도 있었다. 칼국수 배불리 먹고 퉁퉁한 배를 드러내 놓고 흡족해 하는 시골 아저씨의 여유로움이 드러나는 곳도 있었다. 그것은 요순시대 함포고복하는 태평성대의 넉넉함이었다. 머리털이 쭈뼛거릴 정도로 진한 농묵으로 종이가 뚫어지게 줄을 쳐놓은듯, 이어진 바위 선의 강인함은 윤갈, 곡직, 광협, 장단, 조세, 강약의 어울림이 극치를 이루고 있었다. 내 눈에 비쳐진 모든 부분은 서로 알맞게 어우러져 카라얀이 지휘했던 《비엔나심퍼니오케스트라》의 웅장한 하모니가 되어, 천상의 신비한 가락과 오묘한 울림을 온 산에 퍼뜨리고 있었다. 이건 진정 환상의 화폭이 빚어낸 황홀경이요, 내 마음 속에서 끝임 없이 흐르는 절조요, 꿈결에서나마 몽유도원도를 보고 느껴볼 수 있는 전율이었다. 이것이야말로 환청을 일으킬 정도로 오묘한 음향이며 신묘한 빛이 빚어내는 소리의 휘돌림이 아니고 무엇이겠는가?

구룡연폭포(九龍淵瀑布)

　계곡의 마지막 언덕배기를 숨 가쁘게 올라온 나는 정자가 바라다 보이는 곳에 다다랐다. 한숨을 크게 몰아쉬면서 고개를 젖히고 돌려다보니 커다란 누대가 보였다. 바로 그 앞에 계곡과 연이은 돌충계가 놓여있었다. 다 왔구나 생각하면서 한 계단 한 계단 올라갔다. 힘이 전혀 들지 않았다. 정자 위에는 금방 도착한 우리 일행들이 그득하게 모여 와자지껄 떠들어대고 있었다. 한 시간 반에 걸쳐 올라온 이곳 구룡폭포는 원래 '삼룡폭포'라 불렀다. 여행 일정표와 등산 안내도에는 '구룡연폭포'라고 기록되어 있었다. 하지만 옛날 기록을 참고해 보면 '구룡폭포'가 맞고, 폭포가 떨어지는 곳의 웅덩이를 '구룡연'이라 부르는 것이 정확한 명명일 것이다. 내 나름대로 믿거나 말거나 식으로 마구재비 각주를 달아 보았다.

　구룡폭포는 '중향(衆香)폭포'라고도 부르는데, 금강산에서 가장 큰 폭포다. 폭포의 물줄기는 한 겨울이어서 거대한 빙벽 속으로 흘러들고 있었다. 겨울이 지나면 폭포는 다시 그 장관을 내보일 것이다.

　나는 구룡폭포 전경이 그려진 커다란 화폭 앞에 서 있었다. 구룡연폭포가 한 눈에 들어왔다. 폭포의 높이는 74m에 이르는데 폭포 밑은 넓적한 반석으로 되어있었다. 폭포 위에서 떨어진 물이 거세게 그 반석과 부딪쳐서 빚어진 폭호(瀑壺), 그러니까 폭포가 빚은 웅덩이가 움푹 파헤쳐져 거대한 소(沼)를 만들어 놓았다. 떨어지는 흰 물줄기와 부서지는 물보라와

겨울 구룡연 폭포

물거품의 이어짐은 마치 용이 승천하고 있는 형상을 띄고 있는 것처럼 보였다. 그래서 폭포 밑에 웅크리고 있는 커다란 웅덩이와 폭포 상류에 있는 여덟 개 소(沼)가 합쳐 '구룡연(九龍淵)'이라는 이름을 얻게 된 것이리라.

눈을 들어 폭포를 바라보았다. 지금은 폭포수의 움직임을 볼 수 없는 고정된 얼음 물줄기뿐이었지만, 절벽에 걸쳐있는 폭포얼음의 웅장함만으로도 가히 경이로움을 느낄 수 있었다. 어느 누가 보아도 그 웅자를 쉽게 느낄 수 있고 그 속에 숨겨진 전설을 쉽게 읽을 수가 있을 것이다.

구룡연폭포를 가장 잘 볼 수 있는 위치에 '구룡각(九龍閣)'이라고 부르는《관폭정(觀瀑亭)》이 자리 잡고 있었다. 정자와 폭포 사이는 약 칠십 미터 정도 떨어져 있고 정자 아래는 엄청 큰 얼음 웅덩이가 펑퍼짐하게 터를 잡고 있었다. 마치 아홉 마리 용을 품고 있는 듯이 드러누워 있다 해서 이 웅덩이의 이름을 사람들은 '구룡연'이라 부르고 있다.

구룡연폭포 위에는 상팔담이 있는데 관폭정에서는 볼 수 없다. 상팔담을 보려면 온정리 쪽으로 조금 내려가다가 왼쪽으로 휘돌아서 한참을 올라가야 했다. 급경사 길을 숨차게 올라 구룡대(九龍臺)에 이르러야만 옥류계가 폭포로 연결된 여덟 폭 연주 담소를 볼 수 있다. 폭호(瀑湖) 여덟이 이엄이엄 오른 쪽으로 구비구비 돌아오다가 아홉 번째 웅덩이 구룡연을 향해 떨어지고 있었다. 서른 길 벼랑에 이르러 모든 시름 잊고 힘지게 몸을 날리고 있었다. 구룡연폭포는 용이 승천하기 위해 꿈틀거리는 거친 몸부림이었다. 직방으로 떨어지는 폭포의 물줄기는 벼랑을 스치며 용트림 한 번 크게 하고 용연으로 미끄러졌다. 그것은 물보라를 딛고 수면에서 도움닫기하려는 용의 꼬리와 같다는 생각이 들었다.

정자 한쪽 구석에는 북측 안내원들이 앉아서 봉다리 커피와 금강산표 통깨 엿을 팔고 있었다. 젊게 보이는 여자들이었다. 커피 값은 일 달러로 남측에 비해 비교적 비싼 편이었다. 나는 줄을 서서 기다리며 따끈한 커피 한 잔을 마시고 싶었다. 날씨는 춥고 해는 저물어 가는데 따끈한 차 한 잔이 왜 생각나지 않겠는가? 커피 맛은 남측의 맥심 커피나 모카골드 커피와 맛이 똑 같았다. 알고 보니 모두가 서울의 《주/현대아산》 측에서 보낸 남측이 본적인 커피라는 사실을 뒤늦게 알았다. 나는 쓴웃음을 짓지 않을 수 없었다.

깊은 산속에서 종이컵에 타 마시는 급히 조제한 커피 한 잔으로 이 추위와 한기를 녹이기에는 턱없이 부족했다. 하지만 상상도 못했던 이곳 구룡연폭포를 바라보며 《관폭정(觀瀑亭)》 누각 위에서 마시는 커피 한 잔의 맛은 내가 이제껏 맛보았던 그 어떤 커피 맛보다 뛰어났다. 맛보다 그 분위기에 취하여 내 가슴을 녹이기에 충분했다. 누각 위에는 발 디딜 틈도 없이 빼곡히 들어선 관광객들로 소란스럽고 그 웅성거리는 모습들이 동네 재래 저자거리와 다를 바가 없었다.

커피를 마시고 주위를 둘러보니 '금강산 엿'이라는 간판이 눈에 띄었다. 나는 출출함을 느끼면서 엿 한 덩어리를 샀다. 10불 정도 준 것으로 기억되는데 양이 꽤 많았다. 금강산 지역에서 농사지었다는 땅콩과 참깨, 그리고 호박엿이 어우러져 빚어내는 땅콩엿과 통깨 엿 맛은 꿀맛보다 더 달고 고소했다. 어릴 적 중학교 입학시험 볼 때 누나가 중학교 정문 앞에서 사주어 먹었던 그 땅콩깨엿과 똑같은 맛이었다. 한참을 씹고 있노라면 우르르 엿 녹은 물이 입 안 가득 고였다. 다시 '습습' 소리를 내면서 들이마시고 또 씹고를 한참 반복하다보니 추위 따위는 어디론가 사라져 버리고 말았다. 다시 한 번 눈을 들어 폭포를 자세히 보았다. 긴 얼음 물줄기가 내 눈 앞에 곧게 쭉 뻗어 나타났다.

현전하는 고대 이집트나 그리스·로마의 신전의 큰 건축물들은 많은 열주(列柱)가 그 건물을 지탱해 주는 경우가 대부분이다. 고대 이집트나 서양의 신전과 제전 그리고 궁궐이나 요새는 대개의 경우 사암이나 하얀 대리석을 기둥재료로 사용하였다. 이런 건물의 기둥들은 공통적으로 굵고

여름 구룡연 폭포

크고 높게 세워 웅장하게 보이도록 하였다. 그리고 높은 산위나 푸른 바다가 멀리 내려다보이는 바닷가 절벽 높직한 곳에 구별되게 터를 잡고 건축하였다. 그것은 왜일까? 그 까닭은 건축물 자체를 거룩하게 보이도록 하여 그 건물로 하여금 신성(神性)을 부여하려는 의도에서 그렇게 했던 것이다. 이곳 구룡연폭포의 물줄기는 마치 거대한 대리석 열주의 하나처럼 웅장하고 경이로웠다. 얼음 기둥의 불규칙한 요철은 신전 열주의 바로 그 조각이었다.

《관폭정》 맞은편 절벽에 기대어 있는 듯한 커다란 지지대 같은 폭포, 하늘에서 늘어뜨린 듯한 폭포, 거대한 기둥 같은 폭포가 바로 구룡연폭포였다. 그래서 금강산에서 제일 크고 높고 수량이 많은 이 폭포는 금강산 제일 폭포로 알려져 왔다. 추운 겨울 갈수기인데도 불구하고 폭포는 계속 얼음장 속으로 떨어지고 있었다.

《관폭정》 맞은편 벼랑은 그 높이가 칠십 미터 쯤 되어 보였다. 휘장 같은 벼랑에 많은 시구와 문장이 새겨져 있었다. 북녘에서 말하는 선전구호도 새겨져 있고, 백 년 전 당대의 대표적인 서예가 해강 김규진(海岡 金圭鎭 1868-1933) 선생의 한문으로 쓴 글씨, '미륵불(彌勒佛)'도 뚜렷하게 보였다.

구룡연 폭포 벽에 새겨진 거대한 글씨 미륵불(彌勒佛)은 글씨의 특징만큼이나 사연도 많았다. 구룡연 소(沼)의 깊이는 13m로 알려지고 있다. 미륵불 글씨의 길이를 그 구룡연 소(沼)의 깊이와 같게 하려고 글씨의 크기를 13m로 크게 새겼다고 한다. 그래서 그런지 '불(佛)'자의 내려 그은 두 획의 길이는 생각 밖으로 길게 느껴졌다.

이 마애서를 새기는 비용은 당시 불교계의 영향력이 컸던 석두 스님 (효봉스님의 은사)의 발원으로, 당시의 불교종단 30 본산 주지들의 거룩한 시주로 이루어 졌다고 한다. 그 때 이 글씨를 쓸 붓이 마땅치 않아서 특별히 북해도 말 목장에서 말꼬리를 사다가 붓을 맨 뒤 비로소 그 큰 글씨를 쓸 수 있었다고 한다. 붓과 글씨가 크면 그 크기에 비례하여 먹도 많이 들기 마련이다. 이토록 큰 글씨를 쓰기 위해 얼마나 많은 먹이 들었겠는가? 정말로 모든 사연 하나하나가 다 놀라운 사실이라는 생각이 들었다.

　조선시대의 시인 묵객들이 제 나름대로 금강산 유람을 즐기고 자기 글을 새기거나 자기의 이름을 새겨 놓은 흔적들이 벽면 가득 채워져 있었다. 이렇게 벼랑에 쓰여 있는 글씨를 우리는 '마애서'라고 부른다. 요즘 같으면 자연보호에 위배되는 행위로 환경 훼손의 극치라 비꼴 수 있을 것이다. 하지만 그 때는 또 그 나름대로 그렇게 자연을 즐기는 또 다른 방법이었다. 격세지감을 느끼지 않을 수 없었다.

　자연은 순수한 자연 뿐만 아니라 인공의 것, 그러니까 가장 인간의 힘이 많이 담긴 것이라 할지라도 그것마저도 자기 몸의 한 부분으로 알고 끌어안고 함께하는 것이 자연이다. 모든 것을 자연의 한 부분으로 여기고 품고 간다는 것, 이것이야말로 자연의 무한하고 위대한 포용력인 것이다. 그렇기 때문에 자연의 그 넓은 가슴을 우리는 닮아야 할 것이다. 이토록 무한한 능력의 대자연! 할 수만 있다면, 아니 반드시 이 아름다운 금수강산을 오래도록 잘 간직해 두었다가 후손들에게 우리들이 받았던 그 모습 그대로 물려주는 것이 최선의 도리일 것이다.

　정자 위에 서있는 사복 차림의 북측 남자 안내원들은 날카로운 눈초리로 주변 사람들을 샅샅이 훑어보고 있었다. 감시의 눈초리로 보였다. 그렇지만 나는 북측안내원에게 말을 걸고 싶어졌다. 나의 호기심이 발동한 것이다.

　"이 엿은 어디서 만든 것입니까?"

　"이 예슨 금강산 주변 마을에 사는 동무들이 직접 농사지오 만돈 거입네다."

　"맛이 굉장히 좋습니다. 남측 것과는 비교가 되지 않습니다."

　"종말 고로케 맛이 조쌉네까?"

"예 진짜예요"

나는 더 이상 물을 수가 없었다. 왜냐하면 금강산에 들어오기 전에 가이드가 버스 속에서 계속 '북측안내원들과 대화하면 진술서를 쓰고 벌금을 낼 테니까 절대로 얘기하지 마시오'라고 협박에 가까운 주의를 주었기 때문이었다. 그 협박성 주의 소리가 계속 내 뇌리에서 떠나지 않고 맴돌고 있었다. 나는 더 이상 말하지 않고 오로지 구룡연폭포만을 감상하기로 하였다.

자연경관을 잠실종합경기장 관중석에서 바라보듯《관폭정》에서의 구룡연폭포 관망은 실로 장관이었다. 한겨울이면서 갈수기임에도 불구하고 쉬지 않고 구룡연을 향하여 빙폭을 비집고 떨어지는 물줄기와 얼음기둥이 딩딩해 보였다. 웅장하다느니 보다는 냉랭한 감성이 더 많이 드러나 보였다. 낙차 큰 강줄기가 폭포가 된 것이 아니고 계곡물을 모아 떨어지는 까닭에 우아한 여인의 자태로 보였다. 물줄기는 나이 지긋한 여인이 삼단머리를 단정하게 빗고 고운 한복으로 갈아입고 고요히 앉아서 긴 상념 속에 빠진 듯한 자태로 보였다.

어른 키로 여덟 길이 넘는 폭포 밑은 얼음이 뒤섞여 신비스러운 물빛을 띄고 있었다. 천년을 넘긴 의뭉스러운 용이 깊은 못 속에서 외롭게 서리고 있는 것처럼 보였다. 금강산 여느 지역과 마찬가지로 이곳도 용과 관련된 전설이 전해 오고 있었다. 아홉 마리의 용이 승천할 날을 기다리며 이제껏 틈을 노리고 있다는 전설이었다. 지금은 꽁꽁 얼어붙은 빙판이 대부분이지만 그 규모만큼은 웅장했다. 호연지기의 기상을 충분히 느끼고도 남을 참으로 보기 드문 경관이었다.

아홉 마리 용의 전설을 누구에게서도 전해들을 수는 없었지만, 용 '용(龍)'자 붙은 지명치고 전설이 깃들지 않은 곳이 있을까? 더구나 용이 아홉 마리나 얽힌 구룡연은 말할 필요조차 없으리라. 내 고향 옆 동네 그러니까 처갓집 동네 이름이 '용강리(龍江里)'인데 이 곳 또한 용의 전설이

깃들어 있다. 승천하지 못한 용이 구름과 비를 기다린다느니, 용이 하늘로 올라가다가 떨어져서 깊은 웅덩이가 되었다느니, '용등이'라는 젊은이가 이 동네에서 살다 한 처녀를 사랑하였다느니, 그리고 여자를 사랑해서는 안 된다는 금기를 지키지 않아 정자 밑 만경강 가장 깊은 곳에서 빠져 죽었다는 등의 전설이 전해 내려오고 있었다. 이렇듯이 어디서나 흔한 용 '용(龍)'자 지명에는 수많은 전설을 달고 다녔다. 지금 생각하면 현실성이 없지만 그래도 그 때는 산과 강 그리고 호수와 바다의 특이한 곳은 어디나 용의 전설이 있었다. 이것 또한 우리 민족에게 자연숭배사상이 많았다는 증거가 되며, 용의 숭배가 일반인들에게 보편화 되었다는 증거가 아니고 무엇일까?

이웃나라 중국에서는 용에 대한 전설이나 그 숭배 현상이 지나칠 정도로 많고 심하다. 그림으로, 조각으로, 연극으로, 영상

구룡연 폭포의 가을

으로 할 수만 있으면 모든 예술장르를 총 망라하여 용을 표현해내려 갖은 노력을 다해왔다. 예로부터 우리나라는 용꿈을 꾸면 그 아들이 왕이 된다 하여 이름에 용 '용(龍)' 자를 넣기도 하였다. 용은 모든 사람들에게 행운을 가져다주는 상서로운 동물로 알려져 왔다. 또한 용을 노하게 하면 사람들에게 두려움과 공포감을 아울러 주는 흉물로도 인식되어 왔다. 용은 상서로움과 두려움 곧, 경외의 대상이었던 것이다.

임금은 항상 용으로 상징되어 그가 만지거나 거처하는 곳마다 용 '용(龍)' 자를 넣어서 부르기도 하였다. 용 '龍' 자는 구중궁궐 임금의 전유물이었다. 이곳 구룡연도 못이 깊고 푸르기 때문에 아마도 아홉 마리의 용이 깊은 못 속에서 승천을 기다리며 숨죽이고 있다고 생각해서 붙여진 이름일 것이다.

한참 구룡연폭포를 관망하고 있는데 남측 가이드의 목소리가 쩡쩡하게 들려왔다. '시간이 많이 남지 않았기 때문에 이제 하산하시고, 상팔담을 보시려면 지금 내려가야 합니다.' 라고 고함을 질러대고 있었다. 나는 일행과 함께 구룡연을 내려와 상팔담 관망대로 올라가기 위해 구룡폭포에서 눈을 억지로 잡아떼고 《관폭정》을 서둘러 튀듯이 내려왔다.

상팔담(上八潭)

　산 그림자로 어둑해진 산길은 이제 내려가는 사람들로 헝클어져 있었다. 상팔담을 보기 위해서는 구룡연에서 백여 미터 쯤 내려오다가 왼쪽으로 나있는 오르막 산길을 올라가야만 했다. 상팔담 조망대인 구룡대로 올라가는 삼거리 길 앞에 북측 안내원이 서서 기다리며 여행객들에게 길을 알려주고 있었다. 생글생글 웃음 띤 북측 안내원 아가씨들의 얼굴과 옷매무새가 매우 예쁘고 아리따웠다. 예로부터 남남북녀라 하지 않았던가? 실제로 북측 텔레비전 뉴스가 나올 때 가끔 보기도 했지만 북측 연예인 민간인 등을 살펴보면 남측보다 더 예쁜 것이 사실이었다. 하기야 요즘 남쪽의 내로라는 영화배우나 텔레비전 탤런트, 케이팝 가수들 그리고 걸그룹들을 보면 한 결 같이 모두 다 예쁘다. 왜냐하면 그것은 성형수술, 보톡스 주사, 특수 얼굴미용, 경락 마사지 등을 통하여 얼굴을 뜯어 고치거나 피부를 관리하여 만들어진 인조 미인들이기 때문이었다. 물론 다 그런 것은 아니지만,

　요즘 남쪽의 대 유행어는 '성형미인'이다. 성형수술에 드는 수술비와 치료비 그리고 기타 처리비용이 만만치 않아 입이 튀어나오도록 불평이 대단하다고 들었다. 적게는 수백만 원에서 많게는 수천만 원에 이르기까지 매우 다양하다는 소문을 듣고 나는 놀랐다. 실제로 수억 원에 이르는 통 큰 사람들도 한 둘이 아니라고 알려 주는 사람도 있었다. 하지만 그 부

佳名播四海威願生容國嶼峒興不周此此皆奴僕毛闖於志

勝天一切皆是雨以如竭而鍊石補正缺荒山陵隸天玉累以黑物統

正如蹈襲望之如森玉方知逸物手向此畫氏力闘名尚於慕況玄八

遠城歲玄甲午年初夏節

訥栗谷先生金剛山诗一節谷泉寫 農人題也

상팔담

작용도 만만치 않다고 한다. 불량 수술 후유증으로 얼굴을 완전히 버려 두문불출하고 폐쇄된 공간에서 생활을 이어가는 여인들도 많다고 한다. 심지어 수술 부작용으로 자신의 처지를 비관한 끝에 스스로 목숨을 끊었다는 뉴스와 보도가 심심찮게 들리고 있다. 나는 그런 소식을 접할 때마다 안타깝다는 생각이 들었다. 사람들이 타고난 본연의 모습대로 살아갔으면 참 좋았을 텐데 왜 그럴까? 자기 환상에 빠진 자기 우월주의 경향이 문제를 진짜 문제로 만든 비극적 결과일 뿐이라고 생각했다. 분수를 지키고 살면 안 되는 것일까? 과연 인간의 욕심의 한계는 어디까지일가? 인간의 욕심이 빚은 파멸이라서 그런지 내 마음은 이미 씁쓰름해지고 말았다.

우리 일행이 상팔담 전망대인 구룡대 쪽으로 가는 갈림길에 다다랐을 때 먼저 올라갔던 사람들은 이미 내려오고 있었다. 하늘도 이젠 허여멀건하게 바뀌어 있었다. 산새 지저귀는 소리도 멎은 지 오래되었다. 가끔 먹이를 구하지 못한 다람쥐들만이 분주하게 나무줄기를 타고 올라갔다 다시 내려와 사람들 주위를 맴돌고 있었다. 까맣고 단추 구멍 같은 눈으로 요리조리 흔들어가며 경계하는 눈빛이 재미있다. 언제나 숲속에서 놀고 있는 귀여운 다람쥐는 볼 때마다 앙증맞고 깜찍했다. 엉뚱할 정도로 큼지막하고 탐스런 꼬리를 쳐들고 이리저리 흔들어대고 있었다. 다람쥐 노는 짓을 물끄러미 바라보고 있으면 시간 가는 줄도 모르겠다. 정말로 상팔담 근처의 다람쥐는 아주 예쁘고 앙증맞고 귀여워 보였다.

상팔담 조망대로 오르는 초입은 그다지 힘들지 않았다. 그런데 십여 분이 지나자 순순하게 이어지던 산길은 갑자기 급경사를 이루며 지친 우리들을 몰아붙이고 있었다. 계단이 많고 경사도가 육·칠십 도는 될 법했다. 나는 기진맥진하고 힘이 들어 산길에 서서 내려오는 사람들에게 물었다.

"구룡대 얼마나 남았습니까?"

"다 왔어요. 조금만 가면 상팔담이 보일 거요."

"이 고개만 넘으면 바로 나와요?"

"예, 바로 요 앞이에요."

천연덕스러운 하산객들이 이구동성으로 놀리듯이 농담반 진담반으로 말도 안 되는 대구를 해댔다. 나는 그들이 부러웠다. 그들의 말을 믿고 싶었다. 사실 나는 초행길이기 때문에 전혀 알 수 없었다. 그들의 말을 그냥 믿을 수밖에 없었다. 갈수록 힘이 들었다. 나는 자주 쉬게 되었고, 쉬는 시간도 점점 길어지고 있었다. 이쪽으로 올라온 것을 후회하기 시작했다. '상팔담을 못 본다고 무슨 큰 일이 있을까', '왜 사서 고생하지' 하는 생각에 이르니 더욱 힘이 들었다. 이젠 올라가기 싫어졌다. 그렇지만 한편으로는 내가 어떻게 금강산에 왔는데 여기서 멈춘단 말인가? 그리고 내가 중학교 다니던 어릴 적에 '나는 금강산을 보고 죽을 수 있을까' 하며 고민하지 않았던가? 남북분단 육십 년 만에 찾아온 이곳 북녘 땅 금강산! 오고 싶어도 올 수 없었고, 가고 싶어도 갈 수 없었던 비운의 분단 현실이 아니었던가? 그렇다. 여기서 몸이 힘들다고 오르는 것을 멈출 순 없다. 끝까지 견디고 오르자. 그리고 마음껏 통일의 감격을 미리 느껴보자. 순간 모든 수고와 피로는 씻은 듯이 사라져 버리고 상큼하고 명랑한 기운이 나의 모든 정신 속에 감돌고 있었다. 승리의 기분이 지배하게 된 것이다. 나는 하산하는 사람들에게 또 물었다.

"아직도 멀었나요?"

"바로 코앞에 왔어요. 바로 이 너머에요!"

아까 처음 물었던 사람에게는 속은 것 같았지만 아까보다 이 사람들의 말을 더 믿고 싶었다. 하지만 나는 또 속고 말았다. 그 후로도 한참 그러니까 이십 분 정도 더 올라가야만 했다. 한편으로는 고맙고 한편으로는 약이 올랐다. 하지만 그들의 얼마 남지 않았다는 격려의 말 때문에 나에게 버거웠을 지라도 여기까지 올라올 수 있지 않았던가? 산 사나이들의 조크 정도로 생각하고 더욱 기운차게 삐딱 고개를 성큼 올라챘다.

정말 구룡대 꼭대기 바위는 코앞에 있었다. 서른 명이 넘음직한 무리들이 가쁜 숨을 고르면서 어딘가를 뚫어지게 응시하고 있었다. 나는 달아오른 몸을 식히기 위해 바위 구석 전망이 좋을 듯한 난간을 노려보았다. 그리고 몸을 내팽개치듯 부리고 걸터앉았다. 나도 모르게 낑낑대며 자지러지는 생소리가 절로 새어나왔다. 이건 엉겁결에 내지른 외마디 비명이었다. 나도 놀랐다. 흐릿한 잡목이 어지럽게 빗금 칠한 저 너머 아래에 상팔담이 보였다. 계곡의 물이 흘러내려 오면서 커다랗게 웅덩이를 만들고, 휘돌아 나가면서 옥 같은 물빛을 빚는 곳이었다. 지금은 겨울, 얼음이 꽁꽁 얼어 상팔담의 멋스러움을 볼 수 없었다. 맑고 푸른 물웅덩이 자리엔 흐릿한 회색빛으로 얼어붙은 얼음 웅덩이들만 삭막한 겨울광경임을 말해주고 있었다. 하얀 눈깔사탕만한 얼음덩이 여덟이 우리들 눈에 크로즈업 되어 들어오고 있었다.

상팔담은 여덟 개로 이어진 계곡 웅덩이인데 네 번째와 다섯 번째 웅덩이에 전설이 깃들어 있었다. 이곳에 얽혀있는 전설은 우리들이 너무나 잘 알고 있는 《선녀와 나무꾼》이었다. 왜 이곳에 선녀가 내려왔는가? 다른 곳에는 선녀가 내려올만한 공간적 당위성이 떨어지는 곳들인가? 또 나의 엉뚱한 상상이 발동했다. 그 해답은 상팔담 계곡의 특성에서 찾아야 한다고 생각했다. 선녀가 목욕하려면 그것도 옷을 다 벗고 발가벗은 상태로 목욕을 하려면 깊고 깊은 골짜기여야 했을 것이다. 또한 목욕하기에 알맞은 웅덩이가 깊게 파여 있어야만 가능했을 것이다. 그리고 물이 맑고 깨끗하며 끊임없이 흘러들고 흘러나가야 하는 곳이어야 했을 것이다. 그것도 하나가 아닌 여덟 개라니 자연 선녀가 내려와 목욕할만한 가장 적합한 안성맞춤의 장소라고 생각했을 것이다. 지금은 을씨년스럽고 춥고 가슴 움츠러드는 계절이기 때문에 그러한 상상도 빛을 잃고 말았다. 하지만 봄부터 가을까지는 절경 중에 절경으로 뭇사람들의 시선을 사로잡을 만한 곳이라 생각했다. 한참을 쉬고 나니 등줄기에 넘쳐흘렀던 땀이 다 식고 써늘함이 온몸에 저려왔다.

실제로 나는 상팔담을 잘 알지 못했다. 들어본 적도 없었다. 상팔담의 절경보다는 상팔담이 이렇게 생겼구나, 사람들이 '상팔담이 어떻더냐?'고 물어오면 '이렇더라'라고 대답하기 위해서 올라온 나였다. 따라서 상팔담은 다시 여름이 되면 또 오기로 작정하고 《선녀와 나무꾼》의 전설이 깃든 상팔담 계곡의 조망은 이만 접기로 마음먹었다.

내려오는 길은 올라가는 것보다 훨씬 수월했다. 물론 나도 내려오면서 늦게 올라오는 사람들에게 '얼마 남았느냐'고 물으면 나도 똑같이 '다 왔어요'라고 퉁명스럽게 대답해 주었다. 이러는 내가 우습게 보였다. 산행은 원래 힘든 것이니까 서로가 서로를 위로하기 위해 자연발생적으로 생겨난 조크였으니 말이다. 재미있는 산사나이들만의 사연이리라 생각하고 계단 하나하나 조심해서 내려왔다. 수월해서 그랬나 심심찮게 대화까지 나누면서 아주 재미나게 내려올 수 있었다.

벌써 해는 다 기울었다. 짧은 산속의 겨울은 '해 떴다 하면 해 진다'더니 정말 그런가 보다. 금강산의 겨울 저녁 해는 숨는 듯이 지고 있었다. 산 공기가 청정무구로 말갛다. 상큼하다 못해 산소 호흡기를 꽂은 것같이 맑고 깨끗해서 좋았다. 나는 심호흡을 연신해대며 해거름 판 하산 길을 재촉했다.

구룡연 코스의 출발점인 《목란관》에 도착했다. 먼저 온 사람들이 떼거리로 들이닥쳐 북새통을 이루고 있었다. 사람들은 메밀전이나 돼지고기를 저며서 만든 요리와 랭면 등을 시켜서 먹고 있었다. 나도 목을 축일 겸 식당 안으로 들어갔다. 식당은 식당이 아니었다. 시골 도떼기시장을 방불케 하였다. 왁자지껄한 고함소리와 궁시렁대는 사람들의 말소리가 뒤섞여 옆 사람의 말도 알아들을 수가 없었다. 막걸리 한 잔 거하게 걸친 뭇 사나이들은 무슨 무용담이라도 하듯이 삿대를 지어가면서, 좋아할 사람 하나도 없는 식당 기둥을 흔들어대고 있었다. 한참을 기다려 나온 부침개와 막걸리는 기가 막히게 맛있었다. 목이 칼칼하기도 했지만 실제 북측 막걸

상팔담의 가을

리는 달착지근해서 먹기에 안성맞춤이었다. 더 있고 싶어도 시끄럽고 요란스러워 자리를 벅차고 밖에 있는 파라솔 옆 의자로 나왔다. 계곡에서 불어오는 바람이 차갑지 않고 시원해서 좋았다. 금세 가슴이 상큼해졌다. 계곡의 얼음위에는 눈이 희끗희끗 얼어붙어 있어, 마치 북방의 빙하가 흘러내리는 듯한 착각마저 들게 하였다.

금강송 그늘이 늦은 오후 얇은 어둠에 다 숨어 버렸다. 나이든 잣나무 몇 그루만이 대신 꼿꼿이 서서 우리들을 맞이해 주었다. 으늑하고 웅심한 느낌이 불현듯 내 가슴에 일었다. 그 나무들 그늘 사이로 터널이 생겨나, 대형건물 환풍기 통속이 되어 모든 것을 빨아들이고 있었다. 이것은 멋진 풍광의 '통풍구'였다. 왜냐하면 그곳은 내 마음은 물론 모든 물상마저도 그 속으로 휩쓸려 들어가고 있었기 때문이었다.

금강산 안으로 발을 들여놓은 우리의 오관(五官)은 온통 금강산 산세하고만 호응하고 있었다. 구룡연 코스의 초입은 기운찬 봉우리들이 많지 않았다. 그 너머에는 많았다. 소나무 그늘이나 허여멀건한 바위산들이 웅숭하게 떡 버티고 서서 기기묘묘한 모양들을 만들어 내고 있었다. 깊게 파인 골짜기에는 바위마다 신비로운 빛과 기운을 드리우고 있었다. 어둑어둑한 숲 언저리를 보았다. 빠르게 흐르는 산속에서의 저녁 시간을 안타깝게 보내고 있나 보다. 그래서인지 내 마음에 비친 흰 바위들이 더욱 흐리게 보였다.

처음 대하는 산봉우리들, 수많은 솔과 바위, 예사롭지 않은 계곡 물과 조약돌, 천애의 벼랑을 배경삼아 쏟아내는 얼음장 밑의 연한 골물 소리가 반가웠다. 그리고 이런 최 가경의 절승을 내려다보며 흐르는 뜻 없는 흰 저녁 안개가 엉금엉금 기면서 살짝기 떠오르는 모습이 좋았다. 나는 넋을 잃고 우두커니 서서 멍한 상태로 있어야만 했다. 순응해야 할 자연 앞에서 거스르거나 맞대응할 마음을 먹을 수가 없었다. 나는 혼란한 마음을 주체 못하고 꼬꾸라지거나 나뒹굴 것 같은 느낌마저 들었다. 잠깐이나마 눈을 감고 서있을 수밖에 없었다.

이곳 금강산에서는 모든 것이 새롭다. 몽환적인 선경의 산 빛이 새롭고, 순백의 속살 드러내는 바위가 새롭고, 영롱한 구슬처럼 빛나는 계곡 물이 새롭고, 짙푸른 용태로 점잖은 금강송이 새롭고, 맑고 깔끔한 순수의 산 바람이 새롭고, 소름이 끼칠 정도로 용솟음치는 봉우리들이 새롭고, 청명한 창공 위로 고즈넉하게 흐르는 구름과 하늘이 새롭고, 억지로 주름잡은 듯한 천연의 절벽 요철이 새롭고, 이 모든 것을 더하니 그것 자체가 더 새롭다. 순간 내 가슴은 대자연의 경이로움 앞에 새로운 기운으로 가득 부풀어 오르고 있었다.

물을 보면 짐작하기 어려울 정도로 투명한 청정무구의 물빛이 아름답다. 물은 맑은 것이 제 빛깔인데 무엇이 그렇게 아름다울까마는 맑은 물의 고인 곳이 이 곳 금강산이다 보면 그런 표현도 적당히 어울리는 말놀음이 아닐까? 멀리 바다를 보면 망망대해의 활원함과 가까이 산 빛을 보면 형형색색의 조화로움이 곱다 못해 혼란스럽고 어지럽다. 산세를 살피려 하면 고개를 젖혀 우러러 봐야 하고 산 밑을 훑어보려면 목덜미를 꺾어 구푸려야 한다. 산이 나를 가르치고 있었다. 겸양지덕을 갖추라는 뜻인가 보다.

공지선 끝의 봉우리들은 우뚝했다. 떡갈잎 나무들과 단풍나무 그리고 소나무와 이름 모를 나무들이 서로 어울려 펼쳐놓은 광경은 참으로 고색창연하였다. 이건 오래 된 성당의 스테인드글라스 같이 점잖은 분위기였다. 별난 무늬, 구별된 색채, 숨어 흐르는 산기, 신령스런 산울림이 여러 겹으로 포개져서 태고 적 신비를 간직한 유화를 그려 놓고 있었다. 나는 말로 표현하기 어려울 정도로 자연과 하나 된 이 경이로운 외관에 소스라치게 놀라지 않을 수 없었다.

《사기(史記)》, 〈인상여전(藺相如傳)〉의 기록이다. 중국의 전국시대에 털끝만큼의 불순물도 섞이지 않은, 투명하고 영롱한 빛을 촉촉이 머금은,

은근한 듯 찬란한 '화씨지벽(和氏之璧)'이라는 구슬이 있었다. 어찌나 아름답고 휘황했던지 진나라 소왕의 마음은 그 구슬을 가지려는 욕심으로 가득 찼다. 우여곡절 끝에 조나라 인상여의 기지로 그 구슬을 진왕으로부터 구해왔다. 그리고 훗날 '구슬'을 뜻하는 '벽[璧]' 자 앞에 '구한다', '지킨다' 의미의 '완[完]' 자가 덧붙어 완전한 구슬 곧, '완벽(完璧)'이라는 이름의 구슬이 되었다는 것이다. 찬란한 빛으로 말미암아 범인들이 보는 것조차 허락지 않았던 '완벽'일지라도 금강산과는 비교할 수 없으리라. 모든 사람들을 경악하게 하는 이 금강의 절승이야말로 완벽 구슬보다 더 완벽한 보석 구슬이 아닐까? 그래서 금강산은 '천하제일경'이요, '산중의 산'이요, '인간 세계에 이뤄놓은 천상의 낙원'이라고 말하는가 보다.

나는 딱히 할 만한 일이 없고 여유로운 시간이 있을 때, 인사동 이곳저곳을 들러서 밀렸던 일을 볼 때가 많이 있다. 바쁜 일상에서 벗어나 인파로 북적거리는 그들 속에서 마음의 영일과 평안을 찾곤 했다. 전시장에 들러 서예, 도예, 산수 등의 작품도 보고 단골로 다니는 필방을 들러 새로 나온 붓을 사기도 했다. 특별히 바다를 건너와 잘 갈리는 먹이나 특이한 발묵(潑墨), 그러니까 먹의 번짐이 유별한 종이 등을 고르기도 했다. 그리고 인사동 네거리에서 요란하게 떠들어 대며 팔고 있는 맛난 전통음식을 사먹기도 하였다. 그 중에서도 꼭 찾는 일이 하나 있는데 그것은 수묵화의 현대화를 위해 혼신을 다하시는 산수화가인 곡천(谷泉) 선생님의 화실을 들르는 일이었다. 마침 사백(寫伯) 여송의 스튜디오가 옆방이어서 지나가는 길에 들르는 경우가 많았다.

그 날도 이제까지 해왔던 것처럼 곡천화실에 잡상인처럼 불쑥 들어갔다. 곡천 선생님께서는 학생들의 산수화 연습작품을 지도하고 계셨다. 선생은 산수화를 설명할 때 중국 안휘성에 소재한 천하명산 황산(黃山)의 준수한 산세를 자주 예를 들어 설명하셨다. 나는 '왜 금강산을 예를 들어 설명하지 않느냐'고 따지듯이 물었다. 선생은 '나는 황산이 좋은 것이 아니라 그럴만한 이유가 있지'라고 잔잔하게 말씀하셨다.

『금강산을 그려 보려고 몇 번 가보았지만 그릴 수 있는 산세가 아니었다. 금강산을 그리려고 산을 바라보노라면 머릿속이 멍해져서 그림에 대한 구상이 순간 없어져 버려 그림을 그릴 수가 없었어. 스케치를 할 수도 없고, 붓을 들 수도 없고 머릿속이 백지 상태로 깨끗하게 지워져 버리는 거야.』

이 말씀을 듣는 순간 나는 이해할 수 없었다. 특히 '만물상을 그리려고 바라보고 있노라면 그림을 그리려는 생각이이 어디론가 없어져'라는 말씀이 내 가슴을 잔잔하게 울렸다

한참 뒤 약 두 시간 반 정도 선생님의 준법에 관한 설명을 다 듣고 나서야 나는 선생님의 심정을 조금은 이해할 수 있었다. 그리고 난 뒤 선생님은 또 멋진 명언을 나에게 들려 주셨다. 모든 미술작품은 그 가치를 생각할 때, '제자리에 있을 때가 가장 아름답다'는 프랑스 화가 모네의 말을 인용하면서 장황하게 설명해 주셨다.

금강산에 있는 동안 나의 마음과 몸과 넋이 편안하다는 생각이 들었다. 거죽만 보는 곧, 수박 겉핥기식의 외관만으로는 사람의 마음을 안정시키거나 평정하게 하거나 회복시켜 줄 수 없는 것이다. 심미안적인 내면의 평화를 얻는 길은 진정으로 이해할 수 있는 심연의 세계에 몰입되었을 때에만 가능한 것이다. 그렇지만 금강산만은 진정 인간의 내면으로나, 외형으로나 안정과 평안과 행복과 기쁨과 황홀함을 한꺼번에 느끼게 해주는 산이었다. 그래서 온 누리의 모든 묏부리 가운데 가장 으뜸이 된다고 말할 수 있는 것이다.

세상 어떤 말과 글의 미사여구로도 표현하기 힘든 것이 있다면 그것은 금강산을 본 뒤의 느낌을 말하는 일일 것이다. 온 금강은 내금강의 늠름

비로봉도 (외금강에서 바라본 내금강)

함, 외금강의 준엄함, 해금강의 기묘함, 신금강의 의연함 그리고 이곳 금
강을 마음에 담고 살아가고 있는 배달겨레들 마음 속 '심금강(心金剛)'의
정겨움, 이 다섯 금강이 서로 어울려 흠 없는 화음을 이루는 곳이다. 모든
산은 어딘가 모자람이 있기 마련이다. 홀로 금강산만은 그러한 세상 뫼들
을 비웃기라도 하듯이 비장하고 숙연하게 절경을 이루면서 그냥 그렇게,
그 곳에서, 그토록 아름답게 자리하고 있었다.

　처음 출발한 곳 주차장에 털레털레 내려오니 버스가 반갑게 맞아주었

다. 사람들이 군인들 줄맞춰서 행군하듯이 내려오는 것이 아니기 때문에 도착하는 대로 기다리는 버스에 승차하면 하산할 수 있었다. 조금 뒤 우리 일행은 온정리에 도착했다. 식사는 개인의 취향에 맞게 자유롭게 하라는 연락이 왔다. 식당가에는 남측 요리가 다 준비되어 있어 식단을 고르는데 그다지 불편하지 않았다. 나는 성혁 형과 함께 금강산 산채 비빔밥을 먹기로 했다. 비빔밥은 감칠맛이 있었다. 푸성귀와 남새, 갖가지 양념 그리고 참기름과 지단 등의 웃기가 곱고 푸짐하여 맛나게 보였다. 찰진 아롱사태를 곤 물로 지은 쌀밥 위에 온갖 첨가물이 알맞게 버무려져 음식으로서 품위의 극치를 이루고 있었다. 누런 방자유기 비빔밥 그릇에서 혼융의 효과가 상승작용을 일으킨 절묘한 결과였다. 역시 별미는 다르다는 것을 또 한 번 느껴보았다.

온정리 풍경은 남측의 고속도로 휴게소 같다는 생각이 들었다. 각종 인스턴트식품과 한정식도 있고, 중국식 청요리, 스시를 비롯한 일식, 양식인 스테이크 등 참으로 다양했다. 쇼핑센터도 화려하게 장식해 놓고 어울리지 않게 차려진 면세점도 보였다. 진열된 물건을 살펴보니 유명브랜드의 명품들을 비교적 많이 진열해 놓았다. 규모가 작을 뿐이지 있을 건 다 있었다. 시쳇말로 조 아무개가 부른 유행가 《화개 장터》의 가사 가운데 '있을 건 다 있고요, 없을 건 없답니다' 가 떠올랐다.

온정리 매장은 꽤 넓어서 시원한 느낌이 들었다. 손님은 그다지 많지 않았지만 북측서 만든 물건들이 절찬리에 팔리고 있었다. 물건이라고 해 보았자 나무로 만든 건강기구, 북측 산에서 채취한 꽃과, 과일로 빚은 술 정도뿐이었다. 꿀과 꿀을 첨가하거나 가공한 건강 보조식품들이 많이 팔리고 있었다. 점원들도 퍽 친절했다. 만면엔 밝은 웃음을 띠고 반갑게 맞아 주었다. 나는 북측 물건을 사보려고 매장을 여러 번 돌아다녀 보았지만 살 만한 물건이 없었다. 겨우 말린 고사리 한 부대와 호박엿 한 봉다리를 사기로 했다. 그리고 흥정해 보았다. 남측처럼 깎아주지도 않고 화폐도 달러 외에는 일체 받지 않아 여간 불편한 것이 아니었다. 아무리 말렸다 해도 부피가 꽤 컸다. 남측에서는 재래시장에서나 살 수 있는 고사리를 북측에서는 외국인 관광객들에게 판다하니 왠지 마음이 짠했다. 이건 같은 동포로서 가슴 속 깊이 아리는 슬픈 일이었다. 성혁 형과 범산은 교장선생님께 선물한다고 들쭉술과 사주(蛇酒) 각각 한 병씩을 샀다. 그리고 형수께 드린다며 옷가지 몇 개를 고르고 난 뒤 우린 면세점을 나섰다.

이제 금강산은 어둠이 드리워져 희미하게 남은 산의 그림자마저도 보이지 않았다. 다만 장전항 부두에 정박한 배들의 희미한 불빛만이 물그림자를 길게 혹은 가늘게 흔들며 밤바다를 영롱하게 물들이고 있었다.

숙소로 돌아가는 버스 속에서 가이드는 내일 일정이 둘로 나뉜다고 하면서 희망자를 파악하고 있었다. 첫 번째 선택 코스는 삼일포 · 해금강 코스였다. 등산이 어려운 사람은 이 코스로 가는 것이 좋다고 설명했다. 그러나 그 설명이 지나칠 정도로 강요에 가깝게 권장하고 있었다. 둘째 코스는 만물상 코스였다. 너무 힘들기 때문에 실재로 파악해보면 인원은 십 퍼센트 정도 밖에 되지 않는다고 설명했다. 미리 겁을 주어서일까 정말 가이드 예측대로 되고 말았다. 나는 물어볼 것도 없이 만물상 코스를 선택했다. 가이드는 자꾸 만물상보다는 삼일포가 더 좋다고 권장하면서 너스레를 떨었다. 나도 다시 생각해 볼까 하면서 고민했지만 내 마음은 이미 만물상 코스로 확정되어 전혀 요동치 않고 있음을 확인할 수 있었다.

그러는 사이에 버스는 우리들이 묵을 숙소에 도착하였다. 나와 범산 최창일 성혁 형은 《금강산 훼밀리비치호텔》에 머물게 되었다. 건물은 3층이었고, 네 명이 묵을 수 있는 훼밀리 스위트룸이었다. 방은 그다지 큰 편은 아니었다. 우리들이 묵을 방은 복층으로 되어 있었는데, 아래층은 침대가 두개 있고 화장실과 작은 책장과 안락의자가 정갈하게 놓여있었다. 층계를 이용해 위층으로 올라가면 침대는 없고 마루와 방 두개가 나란히 있었다. 범산이 크게 인심 쓰듯이 나보고 성혁 형과 함께 아래층을 쓰라고 통 큰 양보를 했다. 우리는 잠잘 방을 결정하고 나서 저녁 간식거리를 사기 위해 상가로 나갔다. 상점에는 물건이 별로 없었다. 약간의 과자와 음료수와 주류 그리고 족발과 통닭 같은 구운 고기 등이 전부였다. 우리는 선택의 여지가 없었다. 진열된 몇 가지 안주를 마구잡이로 주섬주섬 집어 들고 올라올 수밖에 없었다.

우리 일행은 밤이 맞도록 정겹게 대화를 나누었다. 그 날 밤에서야 왜 우리들이 여기 금강산에 왔는지 알 수 있었다. 금강산 관광이 아무리 좋아도 제 철이 있는 것이다. 봄의 서정이 넘치는 금강은 티 없이 맑아서 아주 좋고, 풍성한 늘 푸르름이 그득한 여름의 봉래는 뻗쳐 치솟는 기운으로 언제나 좋고, 온 세상에서 가장 빼어난 경관이랄 수 있는 가을 풍악은 질리도록 휘황해 으뜸으로 좋고, 흰 눈 수북이 내린 순백의 겨울 설봉은 깔끔하고 간결하며 멋스러워 더욱 좋은 것이다. 하지만 지금은 겨울, 설봉산의 멋보다는 앙상한 개골산이어서 뼈만 보이는 꾀복쟁이 알몸 산이 전부였다. 그렇건 저렇건 간에 그 어떤 산보다도 아름답고 화려한 건 부정할 수 없는 사실이었다.

장전항에서 바라본 외금강 끝자락

　우리가 알고 있는 금강산 네 계절 가운데 어느 철이 가장 좋을까? 철을
가릴 필요가 없다. 철따라 마냥 좋은 것이 사실이다. 온 산하를 사정없이
불 질러 놓고 온갖 빛깔로 활활 태우는 형형색색의 가을 단풍은 우리 한
반도의 가장 큰 계절적 특징일 것이다. 네 계절의 구분이 뚜렷하고 밤과
낮의 온도 차이가 너무 심하기 때문에 일어나는 기후현상이리다. 일교차
가 크면 클수록 활엽수들의 단풍은 더욱 뚜렷한 빛을 발하게 되고 각종의
빛깔로 옷을 걸쳐 입고 하모니를 이루게 된다. 단풍은 비록 아름다울지 몰
라도 이러한 일기 때문에 이 땅에서 사는 사람들의 건강은 항상 염려스러

울 수밖에 없었다. 사실 남쪽에서의 단풍은 설악산이 으뜸이요, 내장산이
버금이요, 속리산이 그 다음이요, 월악과 치악이 그 뒤를 잇는다고들 말
한다.

　수많은 명산들이 가을만 되면 온통으로 붉고 노랗게, 자줏빛 등황의 빛
으로 그리고 푸른빛과 뒤섞여 천연의 절정을 이루었다. 나는 가을 풍악산
을 가본 일이 없기 때문에 가을 풍악의 단풍이나 가을 경치에 대하여 가타
부타 말할 수가 없었다. 하지만 인터넷으로 보는 금강산 화상이나, 《금강
산의 사계》라는 이정수 선생의 사진전 도록 등을 통하여 보면, 가을 풍악

산의 경치는 그 어떤 산과도 비교할 수 없는 최가극(最佳極)의 절경임이 분명했다.

나는 사실 겨울 등반을 좋아하지 않는다. 그 까닭은 겨울이 되면 춥고 바람이 마음을 쪼그라들게 하고 밖으로 나가서 산행을 즐길 여유를 갖지 못 하기 때문이었다. 나의 겨울 놀이는 미미했다. 나는 겨울이 되면 방구석에 쿡 쑤셔 박혀서 책을 보거나 텔레비전에서 나오는 관광 프로그램을 보는 것이 고작이었다. 산행 따위는 엄두를 낼 수조차 없었다. 그런데 처음 가는 금강산을 겨울에 간다하니 내 스스로도 이해가 되지 않았다. 하지만 이번은 내가 원하는 여행이 아니었다. 서울특별시 교육청에서 보내주는 교육용 프로그램에 따른 여행이었다. 딴 마음 품을 필요가 없었다. 기쁜 마음으로 다녀오기로 마음먹었다.

사실 말하고 싶지 않았지만 우리가 여기에 와 있는 것은 분명한 이유가 있었을 것이다. 금강산을 구경한다느니 보다는 비수기인 겨울철을 이용하여 남과 북의 화합의 장을 알리려고 우리 제2세들에게 교육하기 위하여 진행된 프로그램이었던 것이다. 뒷얘기는 들잘 것이 없었다. 서울특별시 교육청 산하 중·고등학교에서 근무하는 국어과·사회과 교사들을 중심으로 겨울방학 한 철을 이용하여 이번 여행을 기획한 것이었다고 범산이 귀뜸 해 주었다. 우리들의 금강산 밤이 깊어가고 있었다. 이슥하도록 이런 저런 얘기를 늘어놓다가 자정이 훨씬 넘어서야 잠자리에 들었다.

초야(初夜)

금강산에서의 첫날밤은 나를 수많은 상념에 잠기게 하였다. 내 강토임에도 올 수 없었던, 가장 가까운 곳을 가장 멀리 돌아서 와야 했다. 가슴 아픈 상처로 얼룩진 곳이었다. 이곳의 까만 밤은 이토록 신비감과 이역의 여수가 살포시 겹쳐지며 깊어만 가고 있었다. 몇 잔 마시고 혀 꼬부라진 말씨로 자신의 신세타령하는 최 형이 나로 하여금 나그네의 쓸쓸함에 빠져 들게 하였다. 쉽게 잠이 오지 않았다. 어떻게 이뤄진 금강산 관광인가? 숱한 적공이 있었기에 이뤄진 여행길이었다. 타령한다고, 설득한다고, 회유한다고 될 여행길이 아니었다. 물론 현대그룹 정주영 회장이 미래를 꿈꾸면서 그리고 《주/현대아산》의 숨은 노력이 있었기에 이뤄진 역사적 사건이었다. 이 사건은 분명 민족의 교류가 처음으로 이뤄진 민족사적인 쾌거였다.

남과 북의 교류는 금강산 관광 말고도 여러 차례의 《남북적십자회담》과 《이산가족상봉》, 《남북고위급회담》, 《KAL기 납치에 따른 남북 관계자 회담》 등이 있었다. 부분적이지만 《88올림픽경기 예선전》이나 《아시안게임 동시 입장》, 《세계탁구선수권대회 단일팀 출전》, 《부산아시안게임 참가 및 응원단 파견》 등 국제 운동경기를 통해서 일회성으로 찰나적으로 이뤄진 남북교류가 있었다. 하지만 이런 행사들은 진정한 의미에서의 남·북간의 민간인 교류는 아니었다. 이런 저런 시시콜콜한 생각으로

구룡연 폭포와 단풍

나는 한참동안 뒤척거리다가 나도 모르게 꿈길로 접어들었다.

감격의 아침, 기적 같은 금강산의 첫 아침이 밝았다. 기상하자마자 벌떡 일어나 장전항 주변 금강산해수욕장의 해변을 산책하기로 했다. 카메라를 들고 나서 봤지만 바닷가 해변 백사장은 고요만을 드리운 겨울바다였다. 사진 찍을 대상도 없었다. 아무런 시름없는 파도만이 밀려왔다 밀려갔다. 그들은 의미 없는 왕복만을 되풀이하고 있었다. 가늘게 휘어진 초승달 같은 흰 파도가 찰싹거리며 금강산해수욕장 백사장의 뺨을 쳐댔다. 바닷가에는 추운 날씨에 얼어붙은 모래톱이 서걱거리며 부서지고 있었다. 바닷물이 들어왔다 나가면 흰 물거품이 살짝 얼어붙어 깨진 유리잔 조각처럼 쭈뼛거리고 있었다. 그것은 마치 일흔을 훨씬 넘은 나이 지긋한 할아버지의 흰 턱수염에 내린 서릿발처럼 희끗희끗하게 보였다. 백사장 모래 발자국 자리의 날선 칼끝의 흰 서리가 내려앉아 추운 겨울 금강산 해변의 정취를 을씨년스럽고 삭막하게 그려놓고 있었다. 장전항에 비친 천불산, 문필봉, 대자봉, 수정봉, 매바위 등의 물그림자가 여명이 아직 묻어 있는 겨울 새벽 바다 위에 더욱 선명하게 일렁거리고 있었다. 금강산의 가장 큰 아름다움은 뭐니 뭐니 해도 역시 산 전체가 억지로 빚어놓은 톱날 같은 연봉들과, 헤아릴 수 없이 많은 흰 바위들의 칼날 같은 날카로움 그리고 송곳처럼 뾰쪽한 봉우리들일 것이다. 자연으로 변한 인공이요, 인공으로 변한 자연이라고나 할까?

해는 아직 금강산 봉우리 위로 올라채지는 못했다. 온정리를 감싸고 있는 새벽 산 구름은 정적 속에서 숨이 막힐 정도로 고요하게 펼쳐져 있었다. 숨소리조차 들리지 않는 새벽 산의 울림이 백설기를 썰어 놓은 떡판처럼 하얀 눈꽃송이처럼 들려오고 있었다. 이 서러운 새벽을 빠져나와서 일까 산 밑 마을에서 흘러나오는 고요한 적막을 흔드는 도란거림이 귀먹을 듯 가까이 들렸다. 침묵의 새벽안개가 묽은 회색 먹빛처럼 마을 어귀를 조심스럽게 더듬으며 흘러들고 있었다.

호텔 쪽을 바라보았다. 사람들이 아침식사를 마치고 분주하게 내려오고 있었다. 호텔이지만 대형 식당에서 집단으로 식사하게 되어 있었다. 옛날 수학여행 온 학생들처럼 줄을 서서 아침식사를 했다. 식당 이름은 '풍악(楓嶽)'인데 강당처럼 홀 안이 널찍했다. 계절별로 특선요리를 제공하기도 하고 노래방 시설과 함께 기타 부대시설도 임대해 준다고 한다. 모든 시설이 잘 갖춰져 있었다. 특히 단체 연회는 물론 대규모 세미나 행사까지도 가능한 장소로 알려져 있었다. 밥맛은 아주 좋았다. 넓은 식당 안에는 뿌연 밥김으로 구름 속 도경을 만들어 놓았다. 우유 빛 내 안경은 하얗게 성에가 끼어 앞이 허옇게 보였다. 구석 쪽은 아예 보이지도 않았다. 식사를 기다리는 사람들은 삼삼오오 짝을 지어서 즐겁고 알찬 금강산 여행의 장도를 위한 논의들을 하고 있었다. 우리 팀도 필요한 물건들을 일일이 체크하고 금강산 만물상에 오를 준비를 마쳤다. 나는 약간의 마실 물과 연양갱과 초콜릿 자유시간 각각 하나씩 챙겼다. 그리고 등반을 위해 등산화, 지팡이, 아이젠, 장갑, 마스크, 모자, 선글라스, 깔판 등을 주섬주섬 챙겨서 배낭 속에 쑤셔 넣고 호텔을 빠져나왔다.

온정리로 가는 버스가 호텔 앞에서 줄을 서서 기다리고 있었다. 먼저 와서 대기하는 사람들이 몇 명 있었다. 버스는 사람이 차면 곧 떠났다. 호텔 뒤쪽의 마을이 눈에 들어왔다. 우리나라 옛 시골 모습과 너무나 닮았다. 엄동설한인데도 밥 짓는 연기가 피어오르고 획일적인 모양의 농가들은 검은 기와와 벽돌로 지어서인지 매우 퇴락한 느낌이 드는 가옥들이었다. 어떤 집은 흰 벽이 다 벗겨져 얼룩얼룩한 부스럼처럼 보였다. 거무데데한 무늬가 여기저기 피어올라 초라하게 보였다. 버스 안에서는 우리 팀 가이드의 금강산 생수의 물맛 자랑이 요란하게 들려왔다. 오염이 안 된 물이라커니, 물맛이 좋아 북측에서 인기라느니, 금강산 생수만 마셔도 얼굴의 피부가 고와져 본전을 뽑는다느니, 너스레가 너무 심한 듯했다.

숨 몇 번 고를 동안에 버스는 《온정각》에 도착했다. 버스에서 내린 수

많은 사람들이 분주하게 이리저리 오고 가고 있었다. 나는 분주함에 정신을 차릴 수가 없었다. 둘레둘레 머리를 흔들어 대며 친구를 찾는 사람들, 어디를 다녀온다고 큰소리로 부르짖는 사람들, 물을 사고 간식거리를 사려고 부리나케 상가로 뛰어드는 사람들, 금강산 비로봉을 향하여 맨손 체조하는 사람들, 자판기에서 커피를 뽑아 마시는 사람들, 나무 의자에 앉아 먼 금강연봉을 말없이 바라보며 여유를 즐기는 사람들, 정말로 번잡함과 분주함의 극치가 아니고 무엇일까? 판소리 춘향전에 나오는 암행어사 출도 장면처럼 요란스럽고 혼란스러웠다.

명동거리의 러시아워를 연상케 하는 복잡한 북적거림이 끝나고, 승차하라는 안내방송이 나오면서 모든 여행객들은 서둘러서 자기 차에 올랐다. 금세 '무질서'의 세계에서 '질서'의 세계로 바뀌었다. 온정리 관광타운은 일순간에 정리가 되어 고요로 변했다. 구룡연 코스와 만물상 코스, 삼일포 코스 등으로 나눠진 우리 일행은 각각 해당되는 버스에 올라타고 행선지를 향해 떠나갔다.

온정리 주변에서 근무하는 《주/현대아산》 모든 직원들이 한 줄로 계단 위에 길게 늘어서서 우리 일행들이 잘 다녀오라고 연신 두 손을 흔들어 대고 있었다. 매우 인상적이었다. 금강산을 찾은 모든 관광객들은 자기들이 무슨 국가적인 행사에 초대받은 듯이 흥분한 얼굴로 우쭐대고 있는 것이 분명했다. 나도 마찬가지였다. 내 기분은 벌써 만물상 꼭대기에 올라서고 있었다. 너무 기뻐 입이 귀에 걸린 사람처럼 좋았다.

옥동(玉洞) 선생 시

한 밤 나그네 고요히 앉아
시름에 잠 못 이루는 밤.
끝없는 봉래의 경치
희미하게 어둠에 든다.

만물상(萬物相)에 오르다!

　내가 올라가야할 만물상 코스를 오르는 등산객은 모두 합쳐 버스 네 대 뿐이었다. 전날 가이드 엄포에 겁먹은 효과가 분명 있었다. 편안하고 무난한 코스를 선호하는 대다수의 관광객들은 삼일포로 떠나가 버렸다. 초라하다는 생각도 들었다. 하지만 천하절승 만물상을 부푼 가슴을 안고 기대에 찬 상태로 돌아본다는 것이 어찌 그렇게 간단한 문제라고 생각할 수 있겠는가? 만물상이 아무 때나 와서 볼 구경거리라던가? 나는 그렇지 않다고 생각하는 사람 가운데 하나다. 왜냐하면 조금은 경건한 마음으로 다가가야 함은 물론 만물상이 허락해야 가능한 일이기 때문이었다. 나에게 있어서 평생 한번 있을까 말까한 만물상 등반코스는 반드시 올라가야 할 제일의 목표였다.

　버스는 완만한 경사의 신작로를 향해 서서히 움직이기 시작했다. 창밖은 창공을 향해 곧게 뻗쳐 솟은 금강송이 주위 벼랑과 조화를 이루며 금강산의 풍광을 업그레이드하고 있었다. 잡목은 거의 보이지 않았다. 짙푸른 금강산 소나무와 솔잎만이 추운 겨울인데도 아랑곳하지 않고 송곳처럼 찌를 듯 미인처럼 서있었다.

　이곳 동해안 금강산 주변은 금강송이 무리 지어 살아가는 세계적으로 몇 안 되는 희귀 서식 군락지로 알려진 곳이다. 가이드는 차창 곁길을 지나치고 있는 금강송 숲은 세계적으로 유명한 삼대 군락지라며 입에 침이

겨울의 만물상 계곡

마르게 자랑을 해대고 있었다. 다른 두 곳이 어디라고 말했는데 금세 잊어버려서인지 생각이 나지 않았다. 내가 보기에도 곱게 차려입은 요조숙녀처럼 미끈미끈한 자태가 수려하게 보였다. 수백 그루씩 일정한 간격으로 늘어서 있는 솔숲은 무슨 군대의 행렬처럼 질서정연하게 보였다. 미스코리아 선발대회의 무대 위에 서있는 미인들의 쭉 빠진 각선미처럼 말쑥하고 미끈하게 보였다.

금강송은 우리나라 태백산맥의 동해안 쪽, 그러니까 울진에서 금강산을 거쳐 함흥에 이르는 지역 어디에서도 잘 자라는 나무다.

태백산맥 등줄기에서 바다 쪽으로 경사진 동해안을 따라 해풍을 맞으며 높새바람을 견디며, 차가운 산기운을 받으며 살아온 귀한 길손님이 분명했다. 예로부터 금강송은 목재로 쓰임이 유명함은 말할 것도 없거니와 주변 산세의 풍광을 더욱 멋들어지게 만드는 분위기 메이커임이 확실했다.

빽빽하고 촘촘하게 일직선으로 쭉쭉 뻗은 금강송의 웅자는 예사롭지 않았다. 곱게 차린 귀인 같고, 점잖은 복식을 갖춘 신사 같고, 도포자락 흐르게 걸친 점잖은 선비 같고, 고고하여 아무나 범접할 수 없는 철인(哲人) 같아 보였다.

금강송(金剛松)은 그 불리는 이름도 많다. 이름마다 사연이 이끼처럼 그득그득 서려 있다. 예로부터 이토록 많은 이름을 가진 나무가 있었던가? 사연이 어떻든 간에 그 내역을 살짝 훔쳐보면 깨소금처럼 고소하고 재미났다. 금강송은 나무가 단단하고 곧게 자란다고 하여 '강송(剛松)'이라 불렸고, 옛날 왕실 장례 관목으로 쓰이며 누런빛이 내장처럼 샛노랗다하여 '황장송(黃腸松)'이라 불리고 있으며, 금강송을 벌채하여 철도를 통해 옮길 때 춘양역(春陽驛)에 모아 쌓아 두었다 하여 '춘양목(春陽木)'이라고도 불러왔다. 그리고 껍질이 붉다하여 '적송', 또는 '홍송'이라 불렀다. 그중에서 가장 매력적인 이름은 '미인송'으로 미인의 각선미처럼 미끈미끈하다 하여 부쳐진 이름이다. 그 발상이 기발하고 색다르다는 생각이 들었다. 하지만 나는 이 빼어난 금강송을 '가인송(佳人松)'이라 부르고 싶다. 이 깊은 산중에 어울리지 않는 때 늦은 미인 타령일까 마는, 모든 작명가들의 솜씨 또한 일품이라 이르지 않을 수 없었다. 실재로 금강송은 미인의 잘록한 허리를 하고선 가인의 자태로 말끔하게 무리지어 서 있었다.

《나무도감》을 보면 금강송은 그 껍질이 유난히 붉고 나무의 결이 곱고 단단하다고 기록 되어 있다. 특히 나무속이 귀한 빛깔을 띠어 최고의 목재로 알려지고 있다. 금강송은 군락을 이루어야 잘 자라는 나무다. 그렇지만 심산유곡에서 한 그루로 크게 자라 낙락장송이 되어 유용한 목재로 쓰이기도 한다. 금강송은 곧고 바르게 자라며 외형은 멋들어진 원추형의 나무 꼴을 이룬다. 그래서 소나무 중에서 가장 귀공자 나무로 알려지고 있다. 예로부터 궁중의 누각이나 관청의 객사, 민간인들의 듬직한 사랑방과 안채를 짓기 위해 단골손님처럼 금강송이 쓰여 왔다.

태고의 신비를 간직한 채 금강의 연봉들을 지키는 금강 솔숲은 산을 내려오는 지친 나그네의 거친 숨소리조차 잦아들게 만들었다. 여러 해 동안 먼 길 돌아 다녀온 제 사내를 맞아주는 시골 아낙이었다. 시름을 가래 삭이듯 녹아내리는 품속 같은 포근함을 흠뻑 간직한 귀인들이었다. 여하튼 금강송의 숲은 우리나라의 나무들 가운데 보배 중에 보배라는 사실을 또 한 번 느낄 수 있었다.

만물상에 이르는 초입은 완만한 오름이었다. 계곡에 깊숙이 드리운 응달진 산 그림자가 마치 새벽 같은 느낌을 주었다. 고요한 터널 속의 새벽 안개를 헤치면서 나아가는 버스는 지친 기색도 없이 기운차게 오르기를 계속하고 있었다.

이렇게 한참이 지났다. 엔진소리가 귀청이 떨어질 듯 시끄럽다. 어둑어둑한 골짜기를 가로질러 우리 일행을 태운 버스는 느릿느릿 그리고 버겁게 마지막 오르막을 올라챘다. 내가 '만물상은 어디서 시작됩니까' 라고 고함치듯이 가이드에게 물었다. '지금 만물상 지역을 지나고 있습니다.' 라고 큰 소리로 설명해 주었다. 이제껏 우리 일행이 올라온 것은 만물상으로 올라가는 길목이 아니고 넓게 볼 때의 만물상이었던 것이다. 아니나 다를까 왼쪽 급경사 숲을 올려 쳐다보니 기이한 봉우리가 여럿 보이고, 무슨 형상인지 몰라도 야릇한 바위들이 위로 올라갈수록 더욱 많이 나타났다.

약 반 시간 쯤 산길을 올라 버스 정류장에 도착했다. 우리 일행은 모두 내려서 안내원들의 설명을 들으며 올라갔다. 기형의 바위가 있는가 싶으면 반드시 북측의 아리따운 아가씨들이 자리 잡고 있었다. 낭랑한 목소리로 전설과 민담을 비빔밥처럼 잘 비벼서 맛있게 털어놓고 있었다. 멋쩍게 웃기도 하고 손짓을 맵시 있게 취하며 아주 친절하게 설명해 주었다.

만물상 입구는 굴처럼 생긴 바위를 지나면서 시작되는데 앞쪽 뒤쪽, 왼쪽 오른쪽, 모두 바위투성이었다. 희고 말끔하게 씻긴 듯이 보이는 절벽과 기이한 형태의 바위들은 세련되게 차려입고 나선 명동 신사처럼 단정하고 정겹게 보였다. 밋밋한 길은 하나도 없었다. 층계 아니면 철제사다리로 되어 있어 양쪽 난간을 잡고 올라가야만 했다. 우리는 그 난간을 의지하기도 하고 당기기도하면서 서서히 오르기 시작했다.

멀리서 바라볼 때 느꼈던 금강산의 겉모습과 달리 만물상을 향해 올라가는 이 숲속 길에서 바라보는 주변 산세는 신비감의 연속이었다. 지천으로 널려있는 예사롭지 않은 바위들이 꼭 있어야 할 곳에 적절하게 놓여있었다. 화가 모네가 말하지 않았던가? '모든 물상은 제자리에 있을 때가 가장 아름답다'고. 동과 서의 모든 명품 그림은 제 자리를 잘 찾은 것들이라고 말할 수 있다. 만약에 모든 사물이 제자리에 있지 않고 제 마음대로 자리한다면 어떨까? 그것은 부조화 곧, 어울리지 않아 추한 물상으로 변하고 천덕꾸러기가 되고 말 것이다. 우리의 금강산은 모든 것, 그러니까 조약돌 한 개 풀 한 포기 까지도 꼭 있어야할 곳에 원래의 제자리에 있었다. 그래서 아름다움의 조건을 모두 갖춘 완전한 산이라고 말할 수 있는 것이다.

나는 완전 군장을 한 군인처럼 비록 힘이 들더라도 뚜벅뚜벅 올라가고 있었다. 한참을 올라갔는데, 오십 대 중반의 한 아줌마가 갑자기 고통을 심하게 호소하며 하산할 것을 가이드에게 알리고 있었다. 나는 바로 여인의 신발을 살펴보았다. 그것은 놀랍게도 그녀가 하이힐을 신고 있다는 사실이었다. 이 험한 산길을 하이힐을 신고 오르려 하다니? 금강산을 우습게 알고, 만물상을 야트막한 언덕쯤으로 알고 있는, 바보 같은 처사가 아

　나는 만물상 앞에 올곧게 서있는 이 소나무를 볼 때마다 우리 민족의 굳건한 정기를 느끼곤 합니다. 만고풍상을 다 겪으면서 조금도 굴하지 않는 백두산 같은 기운 말입니다. 사육신 가운데 한 분이셨던 매죽헌 성삼문 선생의 시조가 떠오릅니다.

만물상 앞에 우뚝 서있는 금강의 낙락장송

이 몸이 죽어가서 무엇이 될꼬하니
봉래산 제일봉에 낙낙장송 되었다가
백설이 만건곤할 제 독야청청하리라
– 이정수 선생님 어록 –

니고 무엇이랴? 그 아줌마는 금방 하산하고 말았다.

　한겨울이었지만 햇살은 눈부셨다. 간간히 서려있는 솔 그늘과 화사하고 티 없이 고은 투명한 하늘빛이 너무나도 아름다워 숨이 막힐 지경이었다. 숨고르기를 여러 번 해가면서 서서히 한 층계씩 올라갔다. 간간이 솜사탕같이 달콤한 산바람이 이마의 고인 땀을 닦아주었다. 오염된 공기로 찌든 내 마음속엔 퇴색된 도시의 무미건조함이 사라져 가고 신선하고 말끔한 바람으로 채워지고 있었다. 무대 위의 자막이 열리듯 내 머리 속을 위에서부터 말갛게 씻기며 내려오고 있었다. 내가 자연의 속강 한 가운데 그러니까 금강산 최고의 경관 가장 깊숙한 곳에 있다는 사실이 실감 나지 않았다.

　만물을 소생시키고 모든 사람들의 가슴을 열어젖히는 오월의 고운 볕은 아니었다. 하지만 대한 절기를 지난 햇볕으로는 나무랄 데 없이 화사하고 포근한 감칠맛 나는 다사로움이었다. 힘겹게 버티면서 가까스로 이곳까지 올라온 나로서는 삼선암을 비롯한 칠층암, 귀면암, 절부암, 안심대, 하늘문, 천선대, 《망양대》에 이르는 가파른 비탈길은 무서움으로 다가왔다. 싸늘한 철제 사다리를 오르기 위한 등산객들의 등산화 내딛는 소리가 내 가슴을 쇠 북채로 있는 힘을 다해 내리치는 고수의 북소리처럼 느껴졌다. 나는 한 층계 한 층계를 천근만근의 무거운 몸을 이끌고 사다리 난간을 밀고, 당기고 뻗어가며 끌려가듯이 옮기고 있었다.

만물상(萬物相) 입구

　금강산의 만물상은 우리들이 생각 했던 것보다 꽤 넓은 지역을 포함하고 있다. 외금강 지역의 북쪽 오봉산, 서지봉, 문수봉, 수정봉으로 이어지는 연봉과, 남쪽으로 상등봉, 관음봉 등이 연결되는 사이에서 형성된 바위산 넓은 구역을 우리는 부르기 쉽게 '만물상(萬物相)'이라 부르고 있다. 다시 말하면 만물상은 온정리 마을 서쪽에 있는 바위산으로 오봉산의 남쪽 사면 일대를 말한다. 층암절벽 사이사이로 일만 가지의 모양을 가진 기암괴석으로 이뤄진 부근 일대를 통칭 '만물상', 또는 '만물초'라 부르고 있다. 만물상의 각 구역을 한마디로 구분하여 말하기는 어렵다. 북쪽의 여러 산과 봉우리에 걸쳐 있어 무 자르듯이 확연하게 구분할 수 없기 때문이다. 북쪽의 여러 산에 서로 걸쳐 있는 오봉산 부근 일대를 일반적으로 '만물상'이라 부르지만, 어떤 사람들은 금강산의 외금강산 지역을 포괄적으로 '만물상'이라 부르는 사람들도 있다.

　개화기의 대문호였던 육당 선생은 그의 금강산 기행문《금강예찬》에서 만물상을 '만물초(萬物肖)'라고 불렀다. 선생은 일본인 냄새가 많이 난다하여 '만물상'이라는 말은 사용하기를 꺼려했다. 만물초의 '초(肖)'는 사물의 형상이라는 뜻인데, '초형(肖形)'이라는 말로도 쓰이기도 한다. 부연해서 말하면 사물의 모양을 본떠서 그리거나 새기거나 만든다는 의미로 동양에서는 상고시대부터 널리 쓰여 왔던 말이다. 나는 처음 만물상

만물상 근경

과 거의 같은 뜻이지만 만물초가 주는 어감이 더 섬세하다는 느낌을 받았다. 물론 이런 생각은 나만이 느끼는 매우 주관적인 억지일지도 모를 일이다.

　오늘날 부르고 있는 만물상의 명칭은 금강산의 산세만큼이나 다양한 기

형 바위가 많기 때문에 붙여진 이름일 것이다. 명칭도, 산세도, 바위도, 바다도, 계곡도, 여울도, 물웅덩이도, 벼랑도, 나무도, 풀도, 꽃도, 돌멩이 하나에 이르기까지 모두가 다르기 때문에 붙여진 이름이어서 더욱 더 언어의 의미와 형식이 일치한다는 생각이 들었다. 그렇기 때문에 만물상은 금강산의 진수요, 고갱이요, 핵심이요, 중심이며, 금강의 참 얼굴인 것이다. 우리말로 풀어쓰면 '같은 모습이 하나도 없는, 모두 다 다른 얼굴'이 '만물상'인 것이다.

'금강산이 어떤 산입니까?'라고 묻는 사람에게 말로써 설명하지 않고 어떤 행동을 보여서 설명한다면 어떤 방법이 가장 적합할까? 고개를 만물상 쪽으로 돌리고 끄덕이면서 눈빛으로만 가리키면 될 것이다. 그리고 마음속으로 '여기가 금강산이야' 하면서 만물상을 향하여 눈을 깜박거리면 될 것이다. 말이나 펜으로 설명할 필요를 느끼지 못하는 산이 바로 금강산이다. 그 중에서도 가장 으뜸으로 금강산다운 곳이 있다면 바로 이곳 '만물상'일 것이다.

금강산의 특징을 가장 많이 간직하고 있는 산형은 '만물상'이라고 많은 시인 묵객들이 말과 글, 그리고 그림으로 표현해 왔다. 산악미가 적나라하게 드러난 최고의 가경이요, 공교로움의 또 다른 완벽한 표현이요, 조화미의 부족함 없는 완성이며, 다양한 바위와 봉우리로 이뤄진 개성미의 극치가 바로 이 만물상인 것이다. 이곳 만물상을 다경(多景), 다봉(多峰), 다계(多溪), 다사(多寺), 다암(多庵), 다기(多奇), 다상(多像), 다암(多巖), 다애(多崖), 다제(多梯), 다폭(多瀑), 다준(多皴), 다초(多肖), 다형(多形), 다목(多木), 다화(多花)로 상세하게 나누어 유식하게 말한 사람도 있다. 여하튼 한 마디 막말로 말한다면 '생김새가 다 제 각각이네'라고 말할 수 있을 것이다.

전날 가이드의 말이 옳았다는 생각이 들었다. 왜 십 퍼센트만이 만물상을 오르는가를 여기 와서야 비로소 알았다. 그렇지만 나는 후회하지 않았다. 언제 내가 또 다시 이 곳 만물상을 오를 수 있겠는가? 행여나 다시 온다 해도 첫 금강산 여행과 맞물려 그 맛과 느낌이 첫사랑 만나듯 한결같겠는가? 나는 이런 저런 생각을 하면서 철제 사다리 오르는 힘겨움도, 돌계단의 투박하고 쌀쌀맞은 느낌도 잊은 채 무념의 상태로 올라갔다. 코끝을 에이는 인정머리 없는 깊은 산 공기의 푸대접이 도리어 나로 하여금 시린 이를 힘주어 악물게 하였다. 이 모든 일이 내가 마땅히 감내해야할 일이 아니던가? 정신 나간 사람이 생쌀 씹으며 호올로 멀어진 하늘 끝을 바라보며 중얼거리듯이 아무데에도 마음을 두지 않고 올라만 갔다. 애오라지 만물상의 아리따운 모습만을 연상하면서 얼음보다 더 싸늘한 쇠사다리 난간을 한 가닥씩 힘껏 끌어당겼다.

만물상에 이르는 도정은 처음부터 순탄함을 마다하고 있었다. 경사도가 70°에 이르는 급경사는 처음 시작부터 내 마음을 질리게 하였다. 바위 틈새로 비집고 서있는 분재 같은 키 작은 소나무들은 힘도 없고, 내려앉은 먼지로 허여멀건 하게 보였다. 그 옆의 날선 바위들은 거무튀튀하고 누르스름한 빛을 띠고 완강한 기세로 거칠게 우리를 응시하고 있었다. 멀리서 바라볼 때 흰 바위들은 밝은 빛 비추는 수많은 별들이었고 푸른 솔빛과 잘 어우러져 더욱 환하게 번쩍이고 있었다. 이것은 조물주의 섭리가 아니고서는 이뤄낼 수 없는 기가 막힌 광경이었다.

사십여 분가량 올라갈 때까지 산의 윤곽은 전혀 나타나지 않았다. 어두침침한 터널 같은 계곡이 출렁거리며 계속 이어지고 있었다. 양쪽 절벽 틈새로 중관음봉과 상관음봉의 옆얼굴만 살짝 비껴 보였다. 지루한 산속의 행군은 계속되었다. '힘은 들어도 구경은 제대로 해야지'라고 뇌까리는 이중 행동을 동시에 수용하면서 계속 만물상 중심부를 향해 올라챘다.

금강산의 자연보호는 우리들의 상상을 초월한다고 말할 수 있을 것이다. 풀 한 포기, 나무 한 그루, 골짜기의 물 한 모금, 계곡에 드러누워 나동그라져 있는 나뭇잎 하나마저도 절대로 손을 대서는 안 된다는 것이었다. 이것이 북측의 '명산 관리법'이었다. 보통의 산들이야 땔감이 부족하니 베어다가 난방이나 조리용으로 사용할 수 있다지만 이곳 금강산은 달랐다. 실제로 금강산뿐만 아니라 이름난 북녘 땅의 모든 관광지에서는 일체 접근과 훼손을 막고 있어, 말끔하고 버젓한 자연을 그 정도만이라도 유지하고 있는 것이다.

　우리네 남측 사람들은 산새가 조금만 유별나거나, 계곡의 물빛이 유리 알처럼 맑거나, 산비탈의 숲이 울창하여 쉴 만한 곳이라면 어김없이 인간의 불필요한 흔적을 남기고 그 자리를 떠난다. 눈살을 찌푸릴 정도로 지저분하기 이를 데 없는 추잡한 덧칠을 계속 해대고 있는 것이 우리네 남측의 부끄러운 현실이다. 불법 상행위, 불법 쓰레기 투척, 무차별적 자연 훼손, 비인간적 야생동물 남획 등 해서는 안 될 모든 몹쓸 짓들을 다 하고 있는 것이 오늘의 남측 자연보호 현실이다. 솔직하게 말해서 무법천지인 셈이다. 그렇지만 북측은 달랐다. 명승지여서 그런지 사람이 구경 다닐 여유가 없어서 그러는지는 몰라도 자연보호가 잘되어 있는 건 사실이었다.

　우리가 떠나올 때 주의사항에도 쓰여 있었다. '등산 도중에 지정된 화장실 이외에서 소변을 보거나, 침을 뱉거나, 계곡물로 세수, 세면, 세족, 목욕 등의 일체의 행동은 벌금 십만 원을 내야한다' 라고 쓰여 있었다. 이 기록으로 보아 북측 사람들이 얼마나 자연의 보호를 억압적으로 하고 있는지 알 수 있었다. 자연보호는 자기 자신의 양심선언이 있어야 한다. 사람이 있든지 없든지, 남들이 보든지 말든지, 경광이 좋건 나쁘건, 어떤 곳에서도 자기 나름대로의 보호가 철저하게 이뤄져야 하는 것이다. 그렇게 해야만 자연은 인간이 사는 자연 속에서 자연의 싱그러움과, 풍성함과, 원만함을 우리에게 마음껏 넘치도록 베풀어 줄 것이다.

　어느 구석을 둘러보아도 쓰레기가 없어서 좋았다. 모든 곳이 깨끗했다. 눈을 씻고 찾아보아도 오물을 버린 흔적은 없었다. 주울 것이 없으니 버린 사람이 없었다는 얘기이리라. 나는 원래 아무데서나 오물을 버리거나 자연을 훼손하는 행동을 단 한 번도 해본 적이 없는 사람이다. 쓰레기는 내가 짊어진 배낭에 담았다가 하산하면서 휴지통이나 쓰레기장에 버리면 되는 것이라고 생각해 왔다. 왜 지저분한 쓰레기를 아무데다 버릴까? 그 사람 자신의 양심을 파는 일이 아닐까? 나는 이해가 가지 않았다. 나는 가

삼선암 설경

래침마저도 휴지에 뱉어서 쓰레기통에 버리는 것이 습관화 된 사람이다. 자기가 가지고 간 모든 물건은 자기가 가지고 간 상태로 다시 가지고 내려와야만 자연은 유지되고 보존될 것이다. 작은 관심일지라도 그렇게 해야만 자연은 다시 우리를 돌보아 주고 모든 것을 아끼지 않고 혜택을 주며, 넉넉한 가슴으로 우리를 따뜻하게 품어 줄 것이다.

　금강산 만물상에 대한 그 명칭의 유래는 일만 가지의 형상을 나타내기 때문에 붙여진 이름일 것이다. 하지만 단순히 일만 가지의 모양을 닮았다는 것 하나 만으로 만물상이라 부른다면 만물상의 정확한 표현이 될 수 없다. 산마루를 살펴보면 헤아릴 수 없이 많은 봉우리들이 산꼭대기에 꽂혀서 뻗쳐오르고 있었다. 말 갈퀴 같은 기암연봉이 있고 톱날처럼 쫑긋거리며 날 세우고 기세등등한 날카로운 바위들도 있다. 산중턱에 하얀 꽃처럼 어지럽게 뿌려놓은 이름 모를 바위 모양들과 어떤 형상을 본뜨고 난 뒤 수직으로 꽂혀 있는 태를 갖춘 바위들이 일만 가지가 훨씬 넘을 것만 같았다. 사실 형태가 있는 바위가 일만 개라면 형태가 없는 바위는 십만 개도 넘을 것이다. 나의 어줍지 않은 짐작일지 몰라도 그렇게 많아 보였다. 사실 만물상에는 형태가 없거나 뜻 모를 바위덩어리와 작은 산봉우리는 그 수를 헤아리기 어려울 정도로 많았다. 이것이 나의 어연간한 생각이라 여기고 있다.

어떤 가수가 노래 부르지 않았던가? 가곡 《그리운 금강산》은 '수수만 년 아름다운 산' 이라고 노래하고 있다. 그리고 비바람에 씻기고 깎이면서 스스로 다듬어 만들어진, 제 각각으로 생겨 온갖 다른 형태를 갖춘, 그 수를 헤아리기 어려울 정도로 많고 많은, 그래서 그토록 아름답게 빛나는 산이 '만물상' 이라고.

만물상을 만물상이 되게 하는 것은 날카롭게 치솟아 웅건하고 엄숙한 톱날 봉우리들, 깎아지를 듯이 높은 벽 모양의 낭떠러지의 무리, 다정한 표정으로 은근하게 서있는 돌기둥, 곧 입석들, 온갖 형상을 닮은 수많은 초형바위들 그리고 여기저기 계곡에 흩어져 있는 크고 작은 돌들일 것이다.

만물상의 구성 요소를 몇 개 성격으로 나누어 보면 재미있는 내용을 도출할 수 있을 것 같다.

첫 번째는 만물상의 얼굴 윤곽이라 할 수 있는, 형상과는 크게 관련이 없지만 하늘을 찌를 기상으로 온갖 물상들을 호령하는 봉우리들이다. 이들은 서슬이 시퍼런 칼끝을 하늘을 향해 찌를 듯하고 섬뜩함을 느낄 수 있으리만치 예리한 악어 등줄기와 닮아 있는 곳이다.

두 번째는 웅혼한 기백을 가득 품고 우러러볼수록 높아만 가는 치렁치렁 하늘에 걸려있는 벼랑의 웅자이다. 이들은 거대한 수직절벽의 절리들로 가득 차 있고, 층층으로 칼 주름이 잔뜩 뒤섞여 있다. 그래서 화사하게 치장한 신부의 번뜩이는 낯으로 빛나고, 천 길 낭떠러지의 아슬아슬한 암벽대(巖壁臺)를 이루고 있다. 실재로 여기가 만물상의 중심이며 가장 아름다운 곳이라고 사람들은 말한다.

세 번째는 하늘의 신묘한 조화로 빚고 인공의 섬세한 재주로 만들어 놓은 기기묘묘한 모양의 초형 바위들이다. 이들은 실재와 똑같은 형상이 많이 있기 때문에 이곳의 만물상을 '만물초'라고도 부른다. 그래서인지 초형에 따르는 갖가지 전설이 이래저래 가장 많이 어려 있다.

네 번째는 동양의 산수화에 많이 등장하는 기이하면서도 뚜렷한 선질의 구별된 선돌[立石]들이다. 이들은 만물상 화폭 한가운데 자리하고 모든 공간을 제압하고 서있다. 거무데데한 먹빛으로 거칠게 그어서일까? 막무가내로 망부석을 방불케 하는 정겨운 표정으로 서있다.

다섯 번째는 이도저도 아니지만 다양한 빛을 띠고 계곡 밑자락에 떼 뭉쳐있거나 아무렇게 깔아 놓아도 필요적절한 자리에 꽂혀 있는 바위들이다. 이들은 계곡마다 무더기로 비스듬히 헌틀 번틀 쌓여 있고 크기 따위엔 아랑곳하지 않고 군데군데 무리지어 누워있다.

다소 억지로 해보는 나눔 질일지 모르겠지만 이렇게 다섯으로 나누어보았다. 그런데 이들이 서로 닮은 것은 모든 돌들, 바위들, 괴석들, 입석들, 절벽들 그리고 봉우리들이 한 결 같이 묵묵하고 겉 표정을 드러내지 않고 있다는 점이었다. 그냥 거기에 있기만 하여도 그저 만족하는 태도로 꼭 알맞은 곳에 박혀있다는 자긍심으로 가득 차 보였다. 바위들은 도리어 그렇게 그 자리에 서서 다른 물상들을 보고 있었다.

만물상 주변 구역에는 우리들이 이제껏 몰랐던 절승도 많았다. 기록물에 의하면 외금강지역의 온정천 상류에는 한하계와 만상계가 자리하고 있다. 구만물상으로 가려면 온정리 온천을 지나 따뜻한 물이 흐른다는 온정천을 거슬러 십리를 약간 넘게 올라가야만 했다. 만물상의 초입 만상정(萬

금강 연봉

相亭)에서부터 삼선암(三仙巖), 귀면암(鬼面巖), 칠층암(七層巖), 절부암
(折斧巖) 등의 명승이 차례로 이어져 있다. 그리고 안심대(安心臺), 하늘
문, 천선대(天仙臺), 《망양대(望洋臺)》로 이어지는 등산로는 산악인들이
가장 즐기는 첫 번째 등반코스로 꼽히고 있다.

　만물상은 크게 하나로 합하여 부르는 이름인데 위치에 따라서 네 곳 곧, 구(舊)만물상, 신(新)만물상, 외(外)만물상, 해(海)만물상으로 나눌 수 있다.

　먼저 구(舊)만물상은 안심대를 거쳐 칠층암, 귀면암, 절부암을 지나 하늘문에 이르는 지역을 말한다. 온갖 만물의 형상을 본뜬 듯한 초형(肖形)의 바위와 봉우리들이 가장 많이 무리지어 있다. 양쪽 골짜기를 끼고선 어느 정도의 거리를 두고 나뉘어 여기저기 터 잡고 있는 사물의 형체와 너무나 흡사한 바위나 봉우리가 많은 지역이다.

그리고 신(新)만물상은 천녀봉(天女峰)의 산봉우리가 되는 천선대 일대에서 바라보는 만물상을 말한다. 이곳은 웅장하게 펼쳐진 기기묘묘한 산봉우리와 온갖 형상의 바위와 벼랑 그리고 무수히 갈라진 산의 주름으로 가득 차 있는 곳이다. 전망대 격인 천선대 주변의 경승도 빼어나지만 그 앞에 펼쳐진 온갖 빛깔을 띤 절벽 이불이 온통으로 덮여있다. 헤아릴 수 없이 갈라진 골격의 바위들이 만드는 이곳 만물상은 금강산 경관의 클라이맥스라고 말할 수 있다. 실재의 만물상의 진수를 한 눈에 보여주는 곳이다.

이곳이야말로 산형(山形)의 진미가 가득한 곳이다. 산봉우리와, 낭떠러지와, 바위와, 산 주름의 진수성찬이 커다란 제사상에 그득 차려진 황홀경의 절승 지역이리라. 하나의 넓은 산봉우리 속에 수많은 작고 큰 바위들이 각각의 기형을 만들어 놓았다. 또 산의 형태를 유지하면서 거듭하여 쪼개고 또 쪼개고, 포개고 또 포개어 아무데나 덧붙여서 웅장하고 거창한 초형의 모듬 봉우리들을 만들어 놓았다.

그 다음 외(外)만물상은 제일·제이·제삼《망양대》주변의 유별한 경치와 함께 천선대에서 볼 수 없었던 동해 쪽 부분의 유려한 산세와 비경이 펼쳐진 지역을 말한다. 이곳에서만 볼 수 있는 동해안 쪽 묘경 또한 천선대에서 바라보는 만물상 못지않게 아름답다. 망망한 동해 바다와 명사십리 그리고 창파를 견디며 떠있는 꼬마 섬들을 볼 수 있는 산해(山海)의 경승 지역을 말한다. 여기서는 금강산 만물상에 어려 있는 동해 바다의 절승을 즐길 수도 있고 동해 바닷가를 박차고 서있는 금강산 만물 형상의 비경을 완상할 수도 있다. 다시 말해 산해의 진미 곧, 수륙의 진수성찬을 동시에 제대로 맛볼 수 있는 곳이다.

끝으로 해(海)만물상은 금강산 동쪽 끝 바닷가에 있는 기기묘묘한 형태를 모두 담고 있는 바위섬들과 해안선 절벽을 말한다. 다시 말해 물속에 하체를 드리우고 물위로는 온갖 모양을 쪼개어 빚어놓은 형상 바위들과, 금강산 만물상을 한 덩어리로 압축 시켜서 오묘한 빛으로 치장한 우람한 바위섬 그리고 둘러 친 병풍처럼 휘황찬란한 해안 절벽을 말한다. 이곳은 물위나 물속이나 물그림자나 모두 눈이 부실 정도로 아름답다. 무수한 보석 다발이 바닷물 속과 밖에서 사정없이 흔들어대는 천혜의 비경이 장관을 이루며, 환상의 빛 갈라짐 곧, 분광(分光)의 파노라마의 쇼가 펼쳐지는 곳이다. 규모는 비록 신만물상에 미치진 못해도 너무나 황홀하고 몽환적이어서 보는 이로 하여금 정신이 혼미함을 느낄 정도로 절승을 이루는 곳이다.

단상(斷想)을 이쯤에서 멈추고 등산로 위를 바라보았다. 만물상을 한눈에 볼 수 있는 천선대로 오르는 막바지 길은 올라갈수록 꼿꼿이 서있는 사다리 길의 연속이었다. 바위로 된 길이 모두 다 수직 벽 아슬아슬한 급경 사이기 때문에 철제 난간이 없으면 오를 수가 없었다. 이런 것들은 오르는 길이 너무 가파르고 험해서 억지로 만들어 놓은 등산 보조물들이었다. 철제 사다리는 산을 오를 수 있는 좋은 수단이 되는 반면에, 계단이 주는 힘겨움이 더욱 지친 산사람들의 발길을 퍽퍽하고 힘들게 만드는 약점도 있었다.

만물상처럼 시인 묵객들에게 많은 영감과 느낌을 준 경승도 드물 것이다. 만물상은 그토록 힘든 등반을 통해서만 오를 수 있는 그리고 볼 수 있는 곳이었다. 그렇기 때문에 지레 겁을 먹고 오르지 못한 사람들이나, 힘이 부쳐 초입에서 나동그라진 사람들은 그 아쉬움이 얼마나 많을까? 산을 좋아하는데도 오르지 못한다는 것이 얼마나 약 오르고 안타까운 일일까?

하지만 다른 나라들은 우리네와는 달랐다. 유럽 알프스의 몽블랑, 융푸

라우 등의 봉우리와 중국의 장가계를 비롯한 황산, 숭산, 태산, 운대산, 화산, 샹그릴라의 설산과 브라질 리오데자네이로의 예수상 등의 유명산에는 정상에 오르는 케이블카나 산악열차가 설치되어 있어서 누구든지 비교적 쉽게 오를 수 있다. 이처럼 우리나라에서도 '자연 생태계 보호'라든가, '산림훼손 방지를 위한 접근 금지' 따위의 구차한 변명이나 설명이 없이 산들을 잘 활용할 날이 속히 올 것을 기대해본다. 그리고 언젠가는 많은 사람들이 보다 편안하게 이곳 금강산의 만물상에 올라 그 오묘함을 한껏 완상할 수 있는 날이 분명 올 것을 나는 믿고 싶다. 나는 확신하면서도 한편으로 불확실한 미래를 염려하면서 다시 또 무거운 발걸음을 옮겼다.

빠듯하고 비좁은 산길 길섶에 몇 그루의 참 단풍나무가 여리게 손짓하고 있었다. 나무 가운데 가장 먼저 붉게 물들이고, 그 선혈처럼 붉은 빛은 보는 이로 하여금 마음을 설레게 했다. 이 산색시는 가을이 오면 언제나 그 잎사귀를 화사하고 천연하게 그리고 붉고 환한 빛으로 화장하고 산을 나설 것이다. 해마다 우리는 온산을 불태우는 그 빛을 그리워하고 늘 가슴에 품고 살아갈 것이다. 참 단풍나무는 올해는 말할 것도 없거니와 다가올 가실 내내 그리고 겨울이 다 지나가도록 그 붉은 빛

귀면암 설경

하나만으로 우리들의 애를 끊이고 가슴을 불태울 것이다.

　지금은 겨울인데도 언 가지에 붙은 몇 낱의 이파리가 가을 단풍보다 더 붉게 빛났다. 그토록 여린 몸매로 은근과 끈기로 버텨온 나무들과 잎새들이었다. 이들이야말로 인고의 세월을 혼자 짊어진 단심의 충정이 넘쳐나는 잎사귀들이 아닐까? 세밑에 내린 얼음 섞인 겨울비에도 대한 추위에 펑펑 쏟아져 얼어붙은 주체 못할 폭설에도 꺾이지 않은 이파리들이었다. 오 헨리의 《마지막 잎새》처럼 한결같은 마음으로 견뎌온 귀하고 귀한 잎사귀들이었다. 그들은 녹의홍상 새악시의 화사한 치마폭이었다. 한 겨울 웃음 머금고 아뢰는 귀한 여리꾼이었다. 그 자태와 빛이 이토록도 아름다운데 내 마음은 아직도 겨울 이미지만을 생각하고 있었다. 여태껏 애태우며 기다려준 저 붉은 잎새의 간절한 소망을 저버린 인정 사납고 쌀쌀맞은 새가슴인 내가 조금은 부끄러웠다.

이 겨울이 다 가고 가을이 돌아오면 단풍의 진수를 느낄 수 있는 금강산에 다시 와 봐야겠다. 금강산은 여러 차례, 여러 계절에 걸쳐 와 봐야 느낄 수 있는 다계다변(多季多變)의 절승임이 분명했다. 진정 만물상은 철 따라 와서 봐야 제대로 느낄 수 있는 금강산 제일의 경관이었다. 특별히 만물상의 가을의 아름다움을 연거푸 느끼고 싶다. 가을의 불타는 만물상이야말로 가경 중의 가경이기 때문에 만물상을 조망하러 가는 길은 순례자와 같은 마음이 필요한가 보다. 힘들고 어려움을 참아야 하고 기회가 닿아야 하고 외부와의 여건이 맞아야 했다. 혼자서 갈 수 있는 것도 아니었다. 정말 막히는 일들이 한두 가지가 아닌 것 같다. 북측의 정치적 사정도 고려해야 할 중요한 변수요, 남측의 행정적 절차도 무시 못 할 막힘의 악수가 될 수도 있다. 뒤따라오는 사람들을 뒤돌아보았다. 모두 힘들게 지친 몸을 겨우겨우 들어 올리고 있었다.

"성혁형! 환갑·진갑 다 지났는데 힘들지 않으세요?"

"힘들긴 뭐가 힘들어. 농인은 힘든가 보네."

"나는 등반을 많이 못했잖아요. 오르긴 하지만 조금은 지칩니다."

"범산 형과 창일 형도 잘 올라가네."

"제들은 혼자 등산 다니기 이골이 난 인간들이니까, 먼저 올라갔나 봐요."

"나도 만물상 보러 가는 길이 이렇게 힘들 줄 몰랐어. 나도 헉헉대고 있잖아."

"그러니까 삼분의 이 이상의 관광객이 무난한 삼일포 코스로 간 것 아
닐까요?"

잠깐 동안의 쉼이었지만 땀도 식고 곤한 몸도 조금은 회복되는 듯했다.
성혁 형이 아니었더라면 나는 만물상에 오르지 못했을 지도 모를 일이었
다. 형의 보살펴 주는 다사로운 말이 나에게 큰 격려가 되었고 힘이 되었
다. 나는 마음 깊이 고마운 생각을 여러 번 하면서 올라갔다.

만상정(萬相亭)

대근한 몸을 이끌고, 쓴 웃음 경삼아 오르는 사이에 우리는 어느덧 만상정에 다다랐음을 알았다. 주차장에서부터 하차하자마자 붉은색 핸드 마이크를 귀엽게 들고 앙증맞게 안내하는 북측안내원들의 목소리가 옥구슬같이 맑았다. 나는 서두르지 않았지만 잰 걸음으로 안내원의 말소리를 들으며 따라 올라갔다.

계곡을 올라와 본격적인 만물상이 시작되는 곳에 만상정이 자리 잡고 있었다. 그 뒤에 서있는 봉우리가 우리를 반갑게 맞았다. 만상정 주변의 바위 봉들은 특이하다느니 보다는 부드럽고 갸름한 여인의 온화한 자태였다. 망부석 같은 바위들이 편안함과 정겨움을 전해 주었다. 물론 다른 산에서 보는 바위들보다는 훨씬 아름답고 특이했다. 바위 빛은 은은하게 곱고 바위의 주름 선은 다소 불규칙했지만 비교적 단순한 편이었다. 나의 눈으로 볼 때 예사로운 바위 모습은 아니었지만 다른 바위들에 비하여 조금은 단조롭게 보였다. 바위의 꼭대기에는 키 작은 소나무들이 화분처럼 머리를 헝클어뜨리고 아래를 향해 물끄러미 내려 보고 있었다. 몇 그루 안 되는 소나무는 가뭄에 시달리는 메밀 밭뙈기처럼 줄기를 훵하게 드러내 놓고 있었다. 그 옆을 보았다. 바위 봉우리 공지선엔 잎 진 활엽수들이 가지런하게 매력 만점의 헤어스타일을 만들어 놓았다.

봉우리 왼쪽은 벼랑이어서 나무가 거의 없었다. 오른쪽 위로는 두 그루의 소나무가 바위틈에 뿌리를 서려두고 하늘을 향해 꼿꼿이 서있었다. 그 절조가 가상하게 보였다. 만주벌 일송정과 같이 한겨울 산마루의 낙락장 송처럼 키는 작아 보여도 기운은 가솔하게 보였다. 바로 그 밑에 둥근 돌 덩이가 금방 굴러 떨어질 듯이 벼랑에 걸터앉아 아찔할 정도로 위험한 자태를 드러내고 있었다. 소나무들이 만든 푸른 띠는 가운데 바위절리를 따라 긴 깁을 자랑처럼 걸치고 있었다. 그리고 긴 헝겊을 펼친 채 희미한 등잔불처럼 흐릿하게 푸른 불을 밝히며 산허리에 걸려 있었다. 굴도 아니요 낙석으로 구멍 난 것도 아닐 텐데, 움푹움푹 파인 홈이 궁금증을 더해주는 건 왜일까? 둥글게 파인 것, 역삼각형으로 파인 것, 살짝 긁힌 것처럼 파인 것, 그 모양도 다양했다. 등줄기 끝자락엔 오랜 세월의 흔적처럼 떨어져 나가서 생긴 구멍이 그리 깊지는 않아 보였다. 멀리서 보면 마치 동굴 입구처럼 보였다.

　연한 녹색 띠를 흩뿌려 놓은 듯 거칠게 발라서인지 푸름보다는 회색빛 바위의 절리가 더욱 또렷하고, 곱게 빛났다. 파인 홈이 있는 벼랑 그 밑에 콘크리트 건물의 기둥이 차갑다. 정자라면 금강송 목재 기둥 위에 한가롭고 초솔하게 늘어진 추녀선과 기와지붕의 예스럽고 수더분한 만남이 천연덕스럽게 어우러진 멋진 모습이어야 할 것이다. 하지만 만상정은 자리와 형태 그리고 그림자만 있으니, 생각 했던 것처럼 그렇게 멋스럽다 말할 수 없을 것 같았다.

　만상정 옆으로 난 산행길이 바로 천선대로 올라가는 시발점이었다. 지금은 겨울이어서 산 빛이 온통 회색빛이지만 눈을 들고 공중을 보면 터키석처럼 파란 하늘이 깨질 듯이 맑다. 주변 봉우리와 잘 어울리는 바위들은 외틀어지고 어긋남이 많아 우리의 마음을 설레게 하고, 울렁거리게 하였다. 솔숲이든지, 떡갈나무 숲이든지, 잎갈나무가 우거졌든지, 아니면 땅바닥을 기는 잔가지들의 무더기이든지 가릴 것이 없었다. 그 골짜기 너머엔 산들이 모두 다르게 모습을 드러내 놓고 제 자랑의 수다를 한참 동안 떨고 있는 것이 분명했다. 겨울이어서 모든 나무 가지들은 도라지 실 뿌리처럼 가늘고 꼬불꼬불했다. 검은 색 실 가닥을 만들어서 하늘을 향하여 부채 살처럼 펼치고 빈 하늘을 채우고 있었다. 키가 큰 장대 나무는 굵은 선으로 늠름하게 으스대며 서있고, 왜소한 땅딸이 나무는 귀엽고 간지러운 잔가지를 아양 떨 듯 흔들어대며 연신 손짓하고 있었다.

여기서 부터는 계곡의 물길이 끊겼다. 그래서인지 나무들도 많이 줄었다. '지금부터 한하계(寒霞溪)가 시작 됨다여'라고 가이드가 사투리를 섞어가며 코 맹맹한 목소리로 우스꽝스럽게 구령하듯 목청을 돋우었다. 그렇지만 주변의 경치는 나무도 울창하고 바위도 함께 있어 어떤 한계점인지를 전혀 눈치 챌 수가 없었다.

삼선암(三仙巖)

세 신선의 모습을 닮았다는 삼선암은 서로 다른 꼿꼿한 바위 세 개가 세 분의 신선처럼 나란히 서있었다. 만물상 주변에 있는 독특한 바위들을 한 참동안 바라보고 있노라면 야릇한 어떤 형상의 영감이 어른거렸다. 그 때 떠오르는 그 영감의 형상을 따라 이름을 붙이면 그 바위나 암벽의 새로운 이름이 되었다. 쉽게 그리고 새롭게 태어난 물상의 이름은 생명처럼 현실이 되고 전설이 되어 우리들 앞에 당당히 서있게 될 것이다. 삼선암도 마찬가지가 아닐까?

세 바위 중에서 맨 오른쪽 바위 끝은 송곳처럼 꼿꼿이 세워져 있었다. 거친 벽면은 금방 무쇠 솟을 빚기 위해 거푸집을 뜯어낸 뜨거운 기운을 내뿜는 조각처럼 거칠고 잔주름투성이였다. 두 줄기 바위가 하나의 노암(露巖)을 만들어 놓았는데, 오른쪽 바위는 날선 창같이 날카롭다. 그 밑단에는 칼날을 보호하려는 무사(武士)가 강철판을 덧대어 묶어놓은 듯 두툼한 바위가 곰같이 웅크리고 있었다. 바위 끝엔 분재 되어 꽂혀있는 나무의 생명력이 대단하게 보였다. 그것은 마치 커다란 붓 끝처럼 바람에 필호(筆毫)가 한가롭게 흔들리고 있었다.

왼쪽에서 두 번째 봉우리는 뭉뚝한 끌같이 담담하게 보였다. 몇 개의 주름진 봉우리는 둥글게 서로 포개져 씩씩한 기상을 보태고 있었다. 용사의 부릅뜬 눈이 힘주어 발아래 잔 봉우리들을 노려보고 있었다. 성깔이 있어 보였다. 차가운 낯빛이었다. 나는 정말 그 위엄이 예사롭지 않다는 것을 금세 느낄 수 있었다.

맨 왼쪽의 봉우리는 포근하고 두루뭉수리하게 생겨서 오랜 세월 풍화작용으로 생긴 연륜이 여기저기 묻어있었다. 어리광을 떨고 투정을 부리는 아우들을 어르고 달래는 가슴이 넓은 인자한 우리들의 맏형이 분명했다. 어떻게 이렇게 똑같은 간격으로 삼형제처럼 거룩한 형상을 이루고 있을까? 또 다른 금강산의 매력을 더해 주는 장면이 분명했다.

'금강산의 모든 바위는 똑같은 것이 없어. 골짜기를 보아도, 산등성이를 보아도, 나무도, 꽃도, 물도, 하늘도 다 제각각이야. 조물주가 아니면 이것들을 어떻게 만들어' 라고 성혁 형이 혼자 넋두리인지 자탄인지 흐릿한 비로봉 쪽을 바라보면서 푸념처럼 주워섬기고 있었다. 나는 그 말이 맞는 말이라고 생각했다. 삼선암처럼 커다란 바위가 나란히 서 있는 경우는 흔치 않을 것이다. 여하튼 삼선암의 형상은 퍽 재미있다는 생각이 들었다. 뾰족하고 뭉툭하며 밋밋한 이 세 바위가 서로의 개성을 가지면서 서로가 잘 어우러져 있었다. 셋이서 만물상 오르는 사람들에게 산길에서 느낄 수 있는 정취를 더해주

눈 덮인 삼선암

였다. 이제껏 지루하고 답답한 내 정감을 빼내가고 상큼하고 신선한 마음
으로 바꿔놓았다.

　수직절리의 형태로 크게 서있던 입석대가 세월의 풍파에 시달려 파이고
깎이고 떨어져 오늘의 모양을 빚어 놓은 것이다. 처음에는 절리가 곧게 기

둥처럼 되었겠지마는 지금의 주름은 매우 불규칙하여 들쑥날쑥하였다. 사람의 눈 모양의 오른쪽 바위는 신선을 상징하는 듯 거칠고 무서웠다. 처음의 준수한 모양은 사라지고 층을 이루고, 떨어지고, 뭉개지고, 덩어리져서 많은 변화와 사연을 간직하고 있는 듯했다. 위에서는 아기자기하고 개성이 있는 세 봉우리의 형태를 유지하고 있지만 그 밑뿌리 부분에서는 서로 이어져 한 살로 포개져 있었다. 그들은 분명히 한 형제였을 것이다. 신선의 세계에도 혈육처럼 형제의 서열이 있는 것일까? 나 혼자 속으로 피식 웃으며 스치듯이 지나쳐 갔다.

바위벽에 자생하는 소나무 몇 그루는 쓸쓸해 보였다. 하지만 굳건하게 견디고 있었다. 가지만 앙상한 잡목들은 움푹 파인 자리에 뿌리를 서려 두고 애처롭게 먼 곳을 응시하며 붙어 있었다. 어떻게 물도 없는 암벽과 산비탈에서 아무런 도움 없이 세 그루의 커다란 형제 나무가 정겹게 하나의 화분에서 터 잡고 살아갈까? 지나가는 나그네들은 아는 듯 모르는 듯 그냥 지나치고 있었다. 무슨 할 말이 있겠나?

또 사다리가 다가왔다. 부여잡고 힘껏 당겼다. 무릎으로 오를 수는 없지 않은가? 겨드랑이 근육은 이미 축 늘어져버렸다. 바짓가랑이는 아까부터 시골 아저씨 잠방이 같이 축 처져 걸음걸이가 점점 흔들거렸다. 정말 버거웠다. 가누기 힘든 몸을 이끌고 거친 심호흡과 온통 짜증스러운 얼굴로 쇠사다리를 당기고 밀어내기를 습관처럼 무의식 속에서 되풀이 하고 있었다.

귀면암(鬼面巖)

웬만큼 유명한 산이라면 굽어진 산길마다, 바위마다, 봉우리마다, 물웅덩이마다 전설과 민담은 으레 있기 마련이다. 오래된 고택의 안방에 겹쳐 바른 해묵은 벽지처럼 더덕더덕 붙어 있고, 그곳에 얽힌 사연이 어지러울 지경으로 많았다. 이런 험한 산속에 어찌 귀신에 얽힌 설화가 없을까? 귀신이 있다면 귀신의 얼굴은 어떻게 생겼을까? 무서워 피하기보다는 보고 싶어졌다. 그러나 그 궁금증은 금세 풀렸다.

귀면암은 천선대를 향해 올라가다가 왼쪽으로 조금 틀어진 곳에 있었다. 허공에 높이 솟은 바위산의 형세가 무섭게 생겼고, 그 위에 얼굴 모양의 바위가 마치 귀신처럼 생겼다고 해서 '귀면암'이라고 부른다. 그러나 바위를 처음 본 순간 바위의 생김생김이 두렵고 흉측스러워 붙여진 이름 같지는 않았다. 도리어 우스꽝스럽고 귀엽다는 생각이 들었다.

널찍한 바위 밑에는 키 큰 소나무들이 떡 받치고 서있었다. 갈색, 회색, 적갈색을 띠고 있는 바위 빛은 푸른 소나무와 함께 어우러져 한 폭의 커다란 산봉우리를 연상케 하였다. 다른 만물초형 바위보다 생김이 편안해 보이기도 했지만, 가지처럼 뻗어 나온 몇 개의 바위 끝을 빼놓고는 예리하거나 기이한 형상의 바위는 거의 없었다. 다만 봉우리 끝에 거칠게 생긴 둥글넙적한 바위를 머리에 이고 서있을 뿐이었다. 여타 금강산 봉우리들과는 전혀 관련이 없는 산봉우리였다. 얼굴 같은 둥근 봉우리가 뭉뚝하

귀면암의 봄

게 생겨 특이한 형상을 드러내고 있었다. 생뚱맞게 생긴 야릇한 형상이었다. 너무나 재미있게 생겨 웃음마저 나왔다. 주변의 형제들을 전혀 닮지 않은 귀면암은 분명 금강산의 모든 바위들 가운데 이단아였다.

커다란 둥근 바위가 꼭대기에 얹혀 있어 참으로 엉뚱한 느낌마저 들었다. 마치 누가 둥근 돌을 거칠게 다듬어서 힘차게 하늘로 던진 후, 봉우리

끝의 다듬어진 받침대 위에 살포시 받아서 올려놓은 듯이 꼭 맞게 걸터앉아 있었다. 둥근 얼굴 바위 위에도 몇 개의 소나무 가지가 있어 그 신비감을 더했다. 몸을 살짝 비틀어 걸터앉는다 해도 조금은 어그러져 보일 텐데 어찌 그렇게 꼭 맞게 같은 기둥처럼 이어져 놓여 있을까? 북극 지방 시베리아 사람들의 둥근 털모자 꼭지 같기도 하고, 중앙아시아 지역의 우즈베키스탄과 같은 '스탄' 자(字) 붙은 국가들의 남자들이 쓴 둥글 넙적한 빵떡모자 같기도 하였다. 그렇지 않으면 인도나 아랍 국가 사원의 둥근 돔형의 멋진 모양을 멀리서 바라보는 것 같기도 하였다. 유라시아 대륙의 동쪽 끝 금강산의 만물상 한가운데에 웬 비잔틴 건축 양식이 엉뚱하게 세워져 있을까? 귀면암의 그 유별함이 나는 좋았다.

가이드 말에 의하면 귀면암의 석질은 특이하여 북측 지질학계에서 화강암 연구에 아주 중요한 자료라고 한다. 그리고 화강암 엉김 현상과 풍화작용의 과정을 연구하는 데 매우 유용한 대상이라고 한다. 북측에서는 그 가치를 인정하고, 천연기념물 224호로 지정하여 보호하고 있다.

끝을 향해 눈을 올려 쳐다보면 조그맣게 파인 곳에는 어김없이 나뭇가지 몇 개가 화분에 심긴 분재 소나무처럼 잘 어우러져 있었다. 얼굴은 물론 온 몸에 잔주름은 어김없이 가득했다. 한 가운데를 보면 굴은 아니지만 깊이 파인 흠집 같은 것도 보였다. 층을 이루어 규칙적으로 계단처럼 내려오고 있었다. 그것은 한 여름에 풀잎 더미를 거친 새끼를 꼬아서 대충 묶어 얹어 놓은 부엌의 풀시렁이었다. 그것도 한 둘이 아니고 대여섯 개는 됨직했다. 벼랑 중턱에 한 살림을 차렸나보다. 고개를 돌려 중턱에서 아래쪽으로 내려다보면 나무에 가려서 낭떠러지가 잘 보이지는 않았다. 하지만 자잘한 나무들이 가파른 벼랑에 비켜서서 쏟아져 내릴 듯이 위태로워 보였다. 겨우 버티며 아래로 향해 애원하고 있었다.

양쪽에 뿔처럼 솟구친 바위가 마치 도깨비 뿔처럼 생겨서 귀신의 얼굴처럼 보였나 보다. 가운데 파인 굴혈은 더욱 무서운 기운을 불러 일으켜

귀신이 나타날 것 같이 무서웠다. 그렇게 무서운 귀신이 연상되어 '귀면암'이라고 명명한 것 같다. 하지만 귀면암은 무섭다기보다는 귀엽고, 근엄하다 느니 보다는 익살스럽고, 한 핏줄 같은 느낌보다는 이질적인 느낌이 더 많이 풍겼다. 뻥 들러 우거진 숲이 귀면암 얼굴만큼 웃자라 있고, 아래에 깔려있는 작은 새끼 바위가 앙증맞게 주저앉아 있었다. 조금 멀리 배경이 되는 바위절벽은 헤아릴 수 없는 주름살이 묘경의 깊이를 더욱 오묘하게 하였다. 나는 살포시 나에게 물었다. 귀면암의 바위 주름살은 고생 끝에 생긴 한숨 주름일까? 아니면 연륜이 켜켜이 쌓여 생긴 자연발생적인 체념의 주름일까?

계곡은 저만치 혼자 있었다. 물소리가 들리지 않은지 오래 되었다. 그도 그럴 것이 금강산은 온전히 바위로 된 악산인지라 물이 고여서 흐를 겨를이 없는 계곡들이었다. 흐르거나, 굽이치거나, 머무르고 할 짬이 없었다. 한 여름 금강산에 소낙비라도 내리면 금세 흘러 내려가기 때문에 계곡은 잠깐 사이에 무서운 여울을 이루고, 폭포를 만들어 놓는다. 그리고 거친 흐름이 되어 금강천으로 숨 가쁘게 쏜살같이 도망치듯 흘러 내려가 버린다. 예로부터 금강산은 폭포가 많기로 유명했지만, 장맛비라도 많이 내리게 되면 급작스럽게 물이 불어 산중턱에서 아무렇게나 폭포가 되어 떨어졌다. 이렇게 순식간에 만들어진 폭포를 '잠깐 폭포'라고 부르는데 장마철 봉래산에는 이런 폭포가 수도 없이 생긴다고 한다.

하지만 지금은 한겨울, 눈 덮인 골짜기와 눈 녹은 남향의 산벼랑엔 을씨년스러움만 공산에 가득했다. 진즉 잎 떨어진 나뭇가지엔 앙상하게 발가벗은 싸늘함만이 잎 대신 달려 있었다. 그 위로 급하게 지나치는 불청객 높새바람 앞에 힘없이 떨고만 있었다.

귀면암은 큰 바위산이었다. 아니 봉우리로 보는 것이 더 적합할지 모르겠다. 우리들이 여느 산을 올라가 보아도 산의 정수리는 뾰족한 모양이 대부분이다. 하지만 이 귀면암의 특이한 형상은 봉우리를 봉우리로 볼 수가 없었다. 애교스럽고 우스꽝스러운 절친한 벗으로 느껴지기 때문에 한 층 더 정겨움을 더해 주었다. 어디서 이렇게 아름답고 예쁜 귀신의 얼굴을 볼 수 있을까? 귀신같이 무서워서 귀면암이 아니었다. 정겨워서 더 접근하고 싶은 우리 인간들의 마음을 달래주기 위해 붙여놓은 대단히 인정스러운 대상으로서의 이름이라는 생각이 들었다.

귀면암을 비롯한 금강산의 모든 봉우리들은 바라보는 각도에 따라서 모두 다르게 보였다. 그래서 그 모양이 천차만별일 수밖에 없었다. 시각에 따라서 그 자태가 다르게 드러나고, 계절에 따라 그 빛깔이 다르게 칠해지고, 기후에 따라 그 표정이 다르게 느껴지는 산이 금강산인 것이다. 그리고 보는 사람에 따라 다르게 보이고 더욱이 사람의 심리상태에 따라 그 모습을 다르게 느낄 수 있다니, 온 누리 어디에도 없는 신비하고 기이한 산이 금강산이리라. 그 가운데에서도 가장 많은 비경을 보여주는 만물상이야말로 천변만화의 극치이기 때문에 절승 중의 절승이라 말할 수밖에 없는 것이다.

남측의 산들 가운데 가장 아름답다는 설악산에도 귀면암이 있다. 울퉁불퉁한 것이 무서운 귀신의 형상을 닮았다 하여 붙여진 이름이다. 바위를 이루는 절리는 서로 달랐다. 금강산의 귀면암은 네 면이 모두 아기자기하고 바위 주름이 잘게 부서진 갸름한 형상이라면, 설악산의 귀면암은 거친 절리가 굵게 쌓여 그 무거움으로 내리꽂힐 듯이 서있는 험상궂은 형상이다. 어느 산에 있든지 '귀면암'이라면 심술이 사납고 무섭기가 귀신같아서 그렇게 부르는 것이 아닐까? 사실 귀면암은 험한 얼굴의 바위 곧, 절리와 주름이 잘 조화된 비상한 형태의 아름다운 바위를 가리키는 역설적인 표현의 이름이요, 겉과 속이 다른 반어적 풀이일 것이다.

눈 끝을 돌려 공지선을 따라 내려갔다 오르면 나를 반기는 유별한 초형이 기다리고 있었다. 귀면암 봉우리 왼쪽에서 바라보면 맨 앞쪽에 머리를 꼿꼿이 세워 하늘을 향해 울부짖는 거북이 같이 생긴 바위가 보였다. 자세히 보니 한 마리가 아니었다. 한 쌍이었다. 봉우리 꼭대기 근처에 두 마리 거북이가 똑같은 형상으로 하늘을 향하여 무엇인가 하소연하는 듯이 보였다. 무슨 한이 그리 많아 그토록 머리를 흔들면서 허공을 향해 부르 짖는 것일까? 생각만 했는데도 측은함이 가슴 속의 응어리를 스루면서 지나갔다.

절승금강 (絕勝金剛)

백거이가 당 명황과 양귀비의 뜨겁고도 애절한 사랑을 회억하며 노래했던 《장한가》 맨 끝에 나오는 한 구절이 떠올랐다. 두 사람이 서로에게서 원했던 고백이 아련하게 다가왔다. 그리고 내 가슴을 잔잔하게 적셔 주었다.

재천원작비익조(在天願作比翼鳥)
(당신과 내가 하늘을 날아간다면, 비익조가 되어 함께 날고 싶으오.)
재지원위연리지(在地願爲連理枝)
(우리 둘이 땅에서 살아간다면, 연리지가 되어 뜨거운 사랑을 나누리.)

이 구절은 남녀의 사랑을 노래한 시 가운데 가장 가슴 아픈 시구일 것이다. 당 현종과 귀비는 살아생전에 원 없이 호화찬란한 화청지(華淸池) 별궁에서 부귀영화와 권세를 누렸다. 그럼에도 마지막 이별이 애처롭고 처절해서 모든 사람들이 안타까워하는 것이다. 사실 알고 보면 가슴아파할 역사적 사건은 아닐 것이다. 다만 그들의 사랑이 예사롭지 않고 유별나게 뜨거운 연정에 불타올랐기에, 그것을 동감하면서 자신들의 사랑도 그토록 아름답게 변치 않기를 바라는 마음 때문이리라.

　암컷과 수컷이 따로 살 수 없는 비익조와 연리지는 반드시 암수가 같이 붙어있어야만 살아갈 수 있다. 귀면암 위의 거북이는 짝을 이룬 비익조처럼 사랑스런 모습이었다. 그러나 짝 잃은 연리지 외소나무는 외롭게 왼쪽에만 가지가 남아있었다. 한 쪽 가지만을 펼치고 벼랑에 기대어 애처롭게 서있었다. 이 소나무는 그런 사연을 아는 지 모르는 지 굳세게 혼자서 살아가고 있었다. 나도 그 속내를 모르겠다. 기이한 귀면암. 그 형상만큼이나 깃들인 사연도 헤아릴 수 없이 많았다. 그래서 귀면암을 보면 낭만이 일어나는 것인가? 이건 분명 역설 곧, 지독한 파라독스였다.

칠층암(七層巖)

　금강산 곳곳에 지천으로 널려있는 암벽이나 바위들은 평평하거나 미끈한 바위는 하나도 보이지 않았다. 특히 만물상 주변은 더욱 그러했다. 석탑처럼 생긴 바위는 헤아릴 수 없이 많았다. 그 중에서도 바위의 금간 주름이 가장 선명하고 특징을 잘 나타내는 것은 만물상 코스에 있는 칠층암일 것이다. 약간 옆으로 기울어진 채 서로 포개져 있으면서 엇질러 놓여 있었다. 옆에서 보면 마치 석탑 일곱이 포개져 있는 듯이 보였다. 일곱 개의 가로 주름선이 선명한 곳엔 파란 소나무를 비롯한 활엽수들이 잔가지를 그 틈새로 드밀어 넣고 가쁜 숨을 몰아쉬며 살아가고 있었다.

　원래 우리나라의 석탑은 삼국시대, 그러니까 불교가 전래된 이후에 많이 만들어졌다. 탑의 원형은 인도의 불교문화에서 유래된 것이지만 대개의 경우 우리나라의 불탑은 사리탑이 대종을 이루고 있다. 나의 짧은 지식으로 볼 때 세상에서 가장 화려한 장식과 빛나는 보석으로 치장한 탑은 불국사 경내의 국보 제20호인 《다보탑(多寶塔)》일 게다. 이 탑은 새 각시의 화사한 머리장식처럼 오밀조밀하고 아기자기하며, 번쩍번쩍한 꾸밈으로 인하여 우리나라의 탑 가운데 가장 아름다운 것으로 알려져 있다. 이 탑은 말 그대로 금 구슬처럼 휘황하고 번다하며, 옥구슬처럼 영롱하게 반짝이고, 저녁놀을 받아 잘게 부서지는 물비늘같이 일렁거렸다. 그 꾸밈이 온 누리의 탑 가운데 가장 돋보이는 아름다움을 간직하고 있다고 해도 과

언은 아닐 것이다. 잔칫상 위에 그득하게 차린 화과(花果) 장식과 같이 빛나고 풍만하게 보였다.

또 하나의 유명한 탑을 고른다면 《다보탑》 맞은편에 있는, 불국사 삼층석탑인 국보 제21호 《석가탑(釋迦塔)》일 게다. 우리가 잘 알고 있는 '아사달'과 '아사녀'의 애달프고도 가슴 저미는 슬픈 전설이 깃들어 있는 탑이다. 그 제작 과정에서의 서글픈 전설이 깃들어 있어 천년의 세월이 지났어도 우리들의 마음을 촉촉하게 적셔주고 있지 않은가? 이 탑은 영지(影池)에 비친 그림자의 전설로 유명하다. 그런 까닭에 '무영탑(無影塔)'이라고도 부르고 있다. 그리고 탑에 배어있는 간결함과 정갈함은 탑 미학의 극치요, 종교적 신심을 절대적으로 표현한 백제 형 석탑의 가장 아름다운 모습일 것이다. 누가 보더라도 신품의 경지라 해도 과언은 아닐 것이라는 생각이 들었다.

고대 사회의 석탑문화는 백제가 으뜸이었다. 백제의 석탑은 간결하고 단순해서 겉으로는 무표정하게 보이지만, 말끔하고 정갈하며 고결하고 처연한 우리 민족의 성품이 많이 함축되어 있다. 창공을 향해 솟구치는 우람하고 웅장한 느낌 보다는, 고요한 정감으로 언제나 포근하게 감싸주고 무언의 보살핌을 주는 친정아버지와 같은 느낌이 많이 담겨있다. 겉으로는 말이 없지만 속으로는 한없는 사랑을 품고 있는, 살가운 인정이 잘 드러나 있는 것이 큰 특징이라 하겠다.

우리나라 석탑 가운데 종합적으로 가장 빼어난 것은 역시 익산 금마에 있는 국보 제11호인 《미륵사지구층석탑(彌勒寺址九層石塔)》이다. 이 탑은 '미륵탑'이라고도 부르는데, 원래 구 층 석탑으로 동탑과 서탑이 서로 대칭을 이루고 있었다. 그 모습은 엄청나게 우람하고, 기세는 온 산하를 압도하듯 웅숭했었다고 한다. 천년이 두 번 쯤 지난 동탑은 완전히 부서져 그 흔적조차 찾기 어려운 형편이 되었다. 서탑은 모두 허물어지고 망가져 탑돌이 훼손되어 여기저기 흩어져 있었다. 임자 없는 돌들은 이 집

칠층암 주변 봉우리들

저 집 대문 기둥으로, 부뚜막에 가마솥 걸이로, 장독대 받침돌로, 구들장
의 석판으로, 우물가의 빨래 돌로 쑤셔 박혀 흔적도 없이 모두 사라져 버
렸다. 이토록 돌무더기로 변한 산질(散秩)된 국보 석탑을 복원한다는 의
미로, 일제가 아무런 고증도 없이 콘크리트로 대충 발라 육 층만 부분적
으로 복원해 놓았다. 그것은 여론에 밀려 대충 때우려는 낯 두꺼운 임시

방편의 행위였으며, 역사의 앞날을 내다볼 줄 모르는 어리석은 미봉책이었던 것이다. 그 후로 지금까지 어른 키만한 큼직한 돌들은 맞추지 못한 채로 남아 돌무더기가 되어 방치되어 있었다. 그 후 시민들의 질타에 밀려 재 복원을 위한 작업이 진행되고 있다. 이번에는 제대로 잘 복원되어야 할 텐데, 옛날처럼 잘못될까봐 걱정이 앞선다.

이 탑에는 백제 무왕과 신라 선화공주의 전설이 깃들어 있다. 왕이 미륵사를 짓고 동·서 두 탑을 세워 이곳에 웅장한 거찰을 만들라고 지명법사에게 명하여 만들어진 석탑이다. 최근에 동탑은 완전한 구 층 석탑으로 복원 되었고, 서탑은 일제의 콘크리트 복원의 폐해를 없애려고 다시 해체하여 복원 작업에 들어갔다. 육 층의 부분만 보아도 그 퇴락한 빛깔과 웅자에 우리 소인배의 모든 의식은 압도 될 수밖에 없었다. 그런 의미로 볼 때 《미륵사지구층석탑》은 '한국 석탑의 비조(鼻祖)'라고 말한다 해도 전혀 무리가 아닐 것이다. 이곳 금강산 만물상에 이르는 도정에 있는 칠층암은 바로 익산 미륵사지 석탑을 낳게 한 설계도가 아니었을까? 나의 이토록 무모한 짐작 곧, 경계선을 넘은 낭만적인 상상은 다소 지나치다는 비판을 들을지는 몰라도, 이 탑을 한 번 만이라도 본 사람이 있다면 나의 이런 생각이 무리한 생각이 아니라고 여길 것이다.

백제의 옛 도읍지 부여에 서있는 《정림사지오층석탑》은 백제의 석탑의 가장 큰 특징을 담고 있다. 처마의 밋밋한 선에 추녀의 끝처리를 살짝 끊어 올려 무표정의 탑성(塔性)을 정겹고 살갑게 변화시켜 주고 있다. 부드러운 처마선은 마치 다소곳한 여염집 규수의 치맛자락 같고, 처마 끝 모서리는 갓 시집온 새 각시의 살포시 가린 외씨버선처럼 말이 없다. 수줍음 가득 담고 은근히 솟아 있어 금방 대화를 하려는 듯이 정겹게 다가올 것만 같다. 육중한 처마의 무게를 모서리 처마 끝처리로 상큼하게 상쇄시켜주고 있다. '백제탑'이라고도 부르는 이 탑은 돌의 자름이 마치 나무로 만든 목탑처럼 처리하여 백제의 석탑 기술을 가늠할 수 있는 중요한 자료가 되고 있다. 국보 제9호인 이 탑은 달 밝은 가을 하늘처럼 초솔하며 수많은 사연을 담고 있는 듯 말없이 세월을 굽어보고 있었다. 그 꾸밈없는 자태가 석탑의 가경을 보여주고 있다고나 할까? 석탑에 대해서 문외한인 나의 넋두리는 이쯤 거두는 것이 좋을 것이라는 생각이 들었다.

칠층암은 석탑의 칠층을 연상하여 명명된 것이어서, 그 밑바탕엔 석탑에 대한 연상이 어려있음을 알 수 있다. 그렇다면 칠층암은 단순한 칠층의 구조를 말하려고 이름 진 것이 아니고, 삼국 시대의 석탑처럼 서 있어서 부쳐진 이름이라 짐작해 보았다. 나의 일천한 식견으로 볼 때 이 칠층암은 앞에서 말한 어떤 탑에 가장 가까울까? 아마도 딱 떨어지게 맞는 탑은 찾지 못하겠지만, 아마도 《미륵탑》과 《백제탑》 그리고 《석가탑》의 장점과 진수를 모아서 만들어 졌다고 보는 것이 가장 타당한 생각이 아닐까? 그것은 아마도 새로 쌓은 칠층 탑 속에 세 탑의 장점과 특징은 들어있으나, 서로가 그 속에 녹아져 그들의 개성은 보이지 않는 혼용의 가장 빼어난 절취를 이루고 있기에 이르는 말일 것이다.

금강산을 잠깐 왔다 가는 기약 없는 나그네 식견으로는 너무 장황스럽다는 생각이 들었다. 하지만 나의 칠층암을 대하는 마음이 그렇게 석탑과 연관 지어 생각하고 싶은 것을 어찌하겠나? 또 다시 다음 절경을 향하여 무거운 발걸음을 옮겨야 하는 나그네의 축 처진 몸이 무쇠 장도리 무게만큼이나 후중하게만 느껴졌다. 절승 앞에 선 내 가슴은 몹시 서러워졌다. 마음만 또 수수롭게 적시고 있다는 생각이 들었다.

소옥녀봉(小玉女峰)

　화려한 봉우리들의 바위주름과 묵직한 화강암의 넓은 경사면을 포개놓은 곳에 뽀얀 낯으로 우릴 맞는 아리따운 소옥녀봉이 있었다. 요염한 웃음을 머금고 현란한 자태를 뽐내고 있었다. 내 생각이지만 이곳이야말로 진경산수를 그리려는 화가들의 스케치 모델이 되기에 너무나 적합한 산세라는 생각이 들었다.

　근대와 현대를 아울러 훌륭한 진경(眞景) 산수화가들의 모든 산수도를 보면 온산의 온갖 절경을 다 들여다 볼 수가 있다. 이 분들은 한 결 같이 물상의 겉모습만을 묘사하여 기(氣)를 잃어버리고 생명력이 전혀 없는 형사(形似)의 그림을 그리려 하지 않았다. 대상의 본질인 산하를 직접 답사하고 화폭에 담아 표현하려는, 기(氣)와 질(質)을 아울러 갖춘 신사(神似)의 산수를 그리려 하였던 것이다.

　겸재(兼齋) 정선(鄭敾)의 장건한 진경산수 《금강전도》라든가, 단원(檀園) 김홍도(金弘道)의 세련된 실경산수 《구룡연》, 소치(小癡) 허련(許鍊)의 남종화풍 《산수》, 심전(心田) 안중식(安仲植)의 웅건 산수화 《백악춘원》, 의재(毅齋) 허백련(許百練)의 섬세한 남종산수 《산수도》, 심향(深香) 박승무(朴勝武)의 적요한 겨울산수 《설경》, 청전(靑田) 이상범(李象範)의 새로운 남종화풍 《금강산일우》, 심산(心汕) 노수현(盧壽鉉)의 의경산수화 《춘경산수》, 소정(小亭) 변관식(卞寬植)의 적묵법을 구사한 《외금강 삼선암〉, 고암(顧庵) 이응로(李應魯)의 자유분방한 산수화 병풍 《외금강도》 그리고 산수화의 새로운 형상성을 구사한 곡천(谷泉) 이정신(李正信)의 최근작인 《금강산 일우》에서 보듯, 실제의 산수 획선과 준법이 가장 잘 드러난 곳이 이곳 소옥녀봉 주변의 산세일 것이다.

회색의 밝은 경사면엔 굳센 금강송이 서 있고 금방 농묵으로 그 기운을 그려 놓은 것이 분명했다. 중턱의 은은한 경사면은 묽은 먹물을 강한 붓끝에 찍어서 힘지게 으깨놓았다. 그리고 바위 주름은 구겨진 화선지 위를 힘지게 긁어댄 것이 또렷이 드러나 있었다. 실제의 산세와 주변경치를 보면서 이렇게 그림으로 묘사할 수 있었을까? 산수화를 들여다보듯이 글로 섬세하게 쓸 수 있었을까? 참으로 선현들이 말하려 했고 읊으려 했던 금강산의 진경산수와 금강 예찬이 여기에 있구나 하는 생각이 들었다.

소 옥녀봉은 다섯 부분으로 만들어진 멋스러운 산수화였다. 첫째는 검게 칠한 도끼 '부(斧)' 자형의 능선과 모든 산기운을 훑어내는 듯한 깊은 계곡이다. 둘째는 솔 그림자가 듬성듬성 박혀 있는 왼쪽 능선으로서 좌우로, 수직으로, 풍만한 곡선으로 그리고 갈지 자 형으로 긁어내린 중턱 경사면이다. 셋째는 날카로운 봉우리들을 향방 없이 하늘을 향해 쑤시는 듯이 쓸어 올린 왼쪽의 삐주룩한 봉우리 군(群)이다. 넷째는 평평하면서 넙적 바위같이 점잖게 다독이며 받쳐주는 오른쪽 계단식 바위들이다. 끝으로는 꽃다운 여인의 두루뭉수리하고 풍만한 가슴이 슬며시 그리고 촉촉하게 도드라져 보이는 곳으로, 글래머로서의 관능미와 굴곡미가 은근히 드러나는 한 가운데의 봉우리이다. 나의 이 다섯 가지 묘사는 소옥녀봉의 이름과 유래와 전혀 무관하다고 볼 수 없을 것이다.

절부암 계곡을 일상적인 산수화의 요건을 다 갖춘 한 폭의 산수화라고 한다면, 소 옥녀봉의 산세의 특징은 정통 산수화라느니 보다는 어느 한 주제를 강조하기 위하여 클로즈업시킨 핵심 부분의 확대 산수화라고 볼 수 있을 것이다. 이 소옥녀봉을 보면서 나는 영화 촬영 감독이 메카폰을 잡

외금강 연봉

고 명암과 변화와 주제를 강조하기 위해 렌즈를 밀고 당기는 종합적인 촬영기법으로 보았다. 실재의 확대경으로 보는 것처럼 또렷이 보였다. 원근(遠近)과, 고저(高低)와, 명암(明暗)과, 요철(凹凸)과, 심천(深淺)과, 조세(粗細)와, 방원(方圓)과, 참치(參差)와, 곡직(曲直)과, 대소(大小)와, 강약(强弱)과, 농담(濃淡)과, 점선(點線)과, 음양(陰陽)과, 정동(靜動)과, 심신(心身)과, 강유(剛柔)와, 장단(長短)과, 윤갈(潤渴)이 번갈아 가면서 완벽하게 갖춰진 수묵화요, 또 다른 완전한 진경산수의 진면목을 보여주고 있었다.

자연은 어떻게, 이렇게 완벽하게 조화를 이뤄 놓았을까? 내 눈은 검게 칠한 두 경사면을 바라보고 있었다. 계곡을 쓰는 마애의 빗금은 주름치마

였다. 조금 더 다가서면 섬세한 양쪽 봉우리의 화사한 잔주름도 보였다. 다시 한 걸음 앞으로 다가서면 오른쪽으로 살짝 기운 여인의 관능미가 뭇 사내들의 마음을 훔칠 듯이 은근하게 드러나 보였다. 멀리서 바라볼 때는 커다란 새 한 마리가 날개를 쭈욱 펴고 구만 리 장공을 향해서 박차 오르는 것 같기도 하고, 활주로를 박차고 비상하는 제트 여객기 이륙 장면 같기도 하였다. 소 옥녀봉은 그 이름에 어울리지 않게 웅장한 면도 꽤 많이 담고 있었다. 이름에서 느낄 수 있듯이 소 옥녀봉은 보는 이로 하여금 마음이 훨씬 편안하고 넉넉하게 해주는 신비로운 효험이 있는 듯했다. 내가 남자여서 더 민감하게 반응하는 것일까? 글쎄 잘 모르겠다.

절부암(折斧巖)

산수화의 여러 기법을 고루 갖춘 절부암 계곡은 정말 장관이었다. 사실 내가 겨울 설봉산에 와서 가장 많이 쓰는 말은 '장관이야'라는 말이었다. 이말 밖에 더 적합한 말이 없으니 어찌할 도리가 없을 터. 우리가 일상에서 대화할 때 '진짜로', '정말로', '참말로', '실로' 등의 말을 많이 쓴다. 그런 말을 쓰면 쓸수록 그 말의 신빙성과 신뢰도는 반비례한다는 것을 나는 잘 알고 있다. 그런 의미에서 금강산은 우리들의 언어 사용에서 신뢰감을 계속 떨어뜨리고 있었다. 그럼에도 불구하고 그러한 언어를 사용하지 않을 수 없는 것이 금강산에서의 언어 현실임을 낸들 어쩌랴?

우리가 금강산에 와서 가리지 말고 어떤 봉우리를 오르거나, 먼발치에서 거리를 두고 산마루를 바라보거나, 산허리에 서서 골짜기의 숲과 바위들을 물끄러미 내려다 굽어본다면 우리의 영(靈)과, 혼(魂)과, 육(肉)은 어떻게 서로 작용하고 변화하고 반향(反響)할까? 일상의 사람들은 맨 먼저 감성적인 말로 감탄하고, 그 다음 가장 아름답다고 생각하는 언어나 문자로 드러낼 것이고, 끝으로는 집에 돌아가선 자랑하고 떠들어대며 돌아다닐 것이다. 이런 현상은 왜 일어나는 것일까?

나는 그 해답을 생각해 보았다. 그것은 오관으로 바라보고 느끼는 직관적 반응이라고나 할까? 아니면 이성으로 생각하고 깨닫는 심미적 판단이라고나 할까? 그것도 아니면 영혼으로 감응하고 이뤄지는 몽롱한 심령적 체험이라고나 할까? 나는 지금 이 만물상 한 가운데에서 두 의식이 혼융되고 있음을 깨닫고 있었다. 냉철하고 분명한 의식의 판별과 황홀하고 신비한 무의식의 흐름이 혼재한 채로 뒤섞이고 있음을 나는 또렷이 의식하고 있었다.

협착한 계곡은 어두웠다. 자연스레 눈을 들어 하늘을 보았다. 내 눈에 절부암 계곡의 괴이한 절경이 꽂히듯이 들어왔다. 순간 숨이 탁 막혔다. 수만 년 전 지하에서 분출된 마그마가 식지 않았을 때의 일일 것이다. 조물주께서 날카로운 도끼로 나눌 수 있을 때까지 잘게 부수어 놓은 흔적이었다. 이것은 분명 알 수 없는 의도로 바위 면을 난도질한 것이었다. 나의 놀란 머리털이 쭈뼛했다. 이토록 무서워 보이는 것은 나만이 느낄 수 있는 감정의 흐름일까?

가로로, 세로로, 아래로, 위로, 대각선으로, 여러 날 달린 칼로 마구 흔들어 댄 듯한 바위 주름살은 화사함의 극치가 아니고 무엇이랴? 이건 진정 '기암화(奇巖花)', 곧 이상야릇한 '바위 꽃'이 분명했다. 그 자태는 오묘한 채색을 찾는 염모(艶慕)였다. 그리고 이러한 현상은 일상을 벗어난 초범(超凡)의 이변이었다. 이것이야말로 환각이 아니고 무엇일까?

오른쪽 높은 능선은 밝게 비쳐 요철의 명암이 또렷했다. 봉우리 정상의 뾰족한 촛대바위는 약간 왼쪽으로 기울어져 있었다. 아래 기단과 이어진 꺾인 부분은 빗질한 머리처럼 섬세하게 갈라져 있었다. 금방이라도 떨어져 내릴 것만 같았다. 움푹 페인 벼랑 밑에 십 여 그루의 소나무가 떨어지다 멈춘 커다란 덩어리 바위를 기가 막히게 지탱하고 있었다. 한 달에 한 번 씩 소집하는 예비군 훈련이 생각났다. 하는 둥 마는 둥 한다는 지역 예비군 제식훈련 하듯이 한 줄로 늘어선 소나무들이 계곡을 향해 곧게 빗금치며 쓸려 내려오고 있었다.

계곡엔 눈부신 흰 눈이 골물처럼 숨죽이며 흘러내리고, 하늘거리는 흰 헝겊이 되어 바람에 날려 이리저리 휩쓸리고 있었다. 그 것은 마치 갈 곳

절부암

을 찾으려 아주 자연스러운 춤사위를 빚으며 좌우로 흔들리고 있었다. 그 밑의 둥두렷한 바위는 커다란 황소의 엉덩이처럼 부끄러운 줄도 모르고 둔부를 환히 드러내 놓고 있었다. 너부데데한 곡선미가 너무나 우습고 재미있어 보였다.

대단한 사명감을 발휘하는 듯 키 큰 금강송이 띄엄띄엄 바위 주름과 나란히 행군하며 발걸음을 맞추고 있었다. 왼편 봉우리는 오른쪽과 달랐다. 꽤 많은 소나무들이 가파른 절벽에 옹색하게 기대어 쓰러지듯 서있었다. 이건 정상을 향해 손을 펴 모아 합장하는 형상이라고 말할 수밖에 없었다. 여기는 분명 경건의 천일기도 도량[道場]이었다.

쉬지 않고 계곡에 흘러내린 흰 눈은 꽤 많이 쌓여 있었다. 냇가의 얼어붙은 얼음 위에도 가루눈이 수북하게 흘러 쌓여서 무더기를 이루고 있었다. 얼음은 담묵을 큰 붓에 흠뻑 적셔 그은 흥건하게 번진 면이요, 흩어져 쌓인 눈은 흐릿하고 거친 비백의 선이었다. 그 곁에선 굵은 바위 윤곽선을 멋지게 긋기 위해 농묵을 푹 찍어 내려오고 있었다. 멀리서 바라보고 있노라니 정말 완벽한 수묵화였다. 설산의 고요를 그려서인지 산의 숨결이 숨죽는 듯 다가와 잡힐 듯이 내 마음을 들어 올리고 있었다. 산수화에서 할 수 있는 모든 준법(皴法)을 동원한 동양정신의 완벽한 조화였다. 금강산의 모든 바위와 절벽과 봉우리들과 입석은 이렇듯이 거칠고 섬세하며 유려하고 과감한 바위 주름으로 그 아름다움을 드러내 놓고 있었다. 그걸 어찌 말로 표현할 수 있으리오? 산수화의 묘사할 방법을 다 써버린 뒤에 다른 묘책이 전혀 없어 대충 얼버무려서 그려 놓았나 보다.

녹다 남은 눈이 빚은 절부암 계곡의 설경은 그 자체의 경치만으로도 완전한 동양정신을 담은 산수화였다. 금강미(金剛美)의 대표적인 표현이었다. 이 상태를 그대로 화폭에 옮기면 진경산수화가 되고 말 것이다. 겸재(謙齋)의 현미경 같은 실경 산수화 《금강내산도》가 되고, 청전(靑田)의 서정미 깃든 수묵화가 되며, 심전(沁田)의 묵(墨) 실선이 거친 암벽화가 되고, 의재(毅齋)의 정겨운 가을 산색이 드러나며, 고암(顧庵)이 화선지를 마구재비로 구겨서 미친 듯이 비벼댄 뒤, 거친 붓 등으로 수묵담채를 강하게 칠한 열두 폭 《내금강산도》와 《외금강산도》 두 자락이 될 것이다.

엄동설한이어서인지 능선은 선명한 골기가 더욱 또렷이 드러나 있었다. 갈필로 휘저어 놓은 솔숲이 곧은 듯 너그럽고, 굳은 듯 부드럽고, 흐린 듯 또렷했다. 바위의 명암이 분명하게 돋아 보였다. 완벽에 가까운 준법(皴法)의 구사였다. 물론 붓질한대로 될 수는 없겠지만, 어느 누군가의 의도가 분명히 담긴 입체적 변화였다. 나의 스승이신 곡천(谷泉) 선생의 서예 획 같은 날선 준법이 농묵과 담묵을 만나 극치의 조화를 이룬 21세기의 '새로운 형상성'의 창출이었다.

산수화의 준법(皴法)은 동양정신의 진수인 산의 형세를 그릴 때에 쓰이는 표현기법 가운데 하나이다. 산수화에서 산의 모든 것, 그러니까 산봉우리와 능선, 절벽과 암산, 벼랑과 바위, 계곡의 돌과 토파(土坡) 그리고 골짝 물과 구름까지도 입체감이 잘 드러나게 하고, 명암과 질감을 또렷이 나타내기 위한 붓질의 한 방법이다. 산세를 서로 다르게 표면 처리하는 유형적(類型的) 수법으로 곧, 동양적 음영법(陰影法)을 '산수화 준법'이라 말한다.

표현하려는 산과 물의 주름이나 산세의 표현, 숲과 나무가 있는 골짜기, 폭포와 호수 및 담소를 그릴 때 사용하는 모든 기법을 준법이라고 말한다. 그리고 하늘 위 흐르는 구름, 산에 걸친 운무와 놀, 안개와 내, 연기와 아지랑이, 심지어 깊은 산속에 고요히 흐르거나 말없이 잠겨 있는 산의 기운마저도 필선으로 그리려 할 때 준법을 쓴다. 그러니까 곡천 선생께서 평소에 말씀하시는 '산·빛과 바람'까지도 수묵 산수화에 표현할 때 쓰는 산세 표현의 모든 기법을 넓은 의미에서 '준법(皴法)'이라 말하는 것이다.

산수화 준법은 매우 다양하고 그 갈래가 많다고 알려졌다. 한국과 중국과 일본이 다르고 산수화를 그리는 지역마다 다 다르다. 그리고 시대에 따라 다르고, 사람에 따라 다르다. 심지어 작가가 직접 자신만의 준법을 개발하여 비법으로 사용하는 경우도 많았다. '미점준(米點皴)'으로 유명한 송(宋)대 서화가 미불(美芾), '겸재준(謙齋皴)'이라고도 말하는 수직준법(垂直皴法)을 고안하여 강하고, 날카롭고, 섬세하게 금강산을 그렸던 겸재(謙齋) 정선(鄭敾), 화려한 골 선을 고안하여 대성한 중국의 장대천(張大千), 그리고 우리나라 근대의 심산(沁山), 청전(靑田), 의재(毅齋), 고암(顧庵) 등, 모두 개성 있는 준법을 사용하여 산수화를 완성하였다. 현존 작가 중에서는 옥산(沃山), 곡천(谷泉) 등의 수묵 산수화가들이 자기 자신의 개성에 맞는 독특한 준법의 세계를 개척하여 사용하고 있다. 그들은 그들만의 준법으로 산수화의 새로운 형상을 만들어 내고 있으며 동양정신의 현대화를 위한 새로운 이정표를 세워 나가고 있는 것이다.

우리들이 익히 알고 있듯이 예술분야를 비롯한 모든 창작의 일, 그러니까 나만의 예술을 새롭게 개척하고 개발한다는 것이 여간 어려운 일이 아닐 수 없다. 과거에 있었던 기존의 작품을 답습하거나 베끼는 일 조차도 쉽지 않을 것이다. 그런 상태에서 새로운 창작을 만든다는 것은 그 시도만으로도 의미가 있고 가치가 있는 것이다.

새로운 창작은 어떻게 이뤄지는 것일까? 먼저 작품 제작 방법이 새로워야 하고, 남들이 쓰지 않는 재료를 개발하여야 하며, 작가의 의식이 남달라야하고, 작품에 임하는 자세와 시각이 예리해야만 새로운 창작은 이뤄지는 것이다. 쉽게 말해서 누구와도 닮지 않는 창의성이 반드시 있어야 한다는 말일 게다. 그토록 어렵게 그리고 새롭게 시도한 작품이 창작 되었다 하더라도 그 창작이 완전히 이뤄진 것은 아니다. 그렇게 하고 난 뒤에도 사계(斯界)의 관계자들로부터 작품성을 인정받고 공증되기 위해서는 또 다른 험로를 견디고 지나가야만 하는 것이다. 과연 역사가 기록된 이후 그렇게 완벽한 창작의 작가들이 몇이나 있었을까? 그것만은 진실로 깊게 생각해야 될 일이 아닐까?

《망양대》에서 바라 본 만물상

　곡천 선생의 말씀을 빌리면 유명한 준법의 종류는 대략 삼십 여 가지가 있다고 한다. 모든 준법을 다 거론할 수는 없겠지만 내가 알고 있는 중요한 준법을 몇 가지를 소개해 볼까 한다. 명칭이 너무 많고 어려워 이해하기조차 힘들었다. 삼베의 거친 선이 일정한 굵기로 흘러내리듯이 늘어뜨

린 피마준(披麻皴), 붓을 마치 도끼로 찍어 내듯이 예리하고 단단한 기세
를 드러내는 대부벽준(大斧劈皴)과 소부벽준(小斧劈皴), 연잎의 맥과 같
이 힘차고 강한 느낌으로 내려치듯 던지는 풍성한 하엽준(荷葉皴), 울창
한 수풀을 암소 등허리의 부드러운 호선(弧線)처럼 창윤함을 표현하려는

우모준(牛毛皴), 새끼줄을 풀어 헤친 듯이 유연한 해삭준(解索皴), 허리띠를 꺾은 듯이 굵게 급변하는 절대준(折帶皴), 명반(明礬) 곧, 백반(白礬)의 결정체 모양을 딴 반두준(礬頭皴), 바위를 구름처럼 구름을 바위처럼 실선으로 그리는 운두준(雲頭皴), 말의 이빨과 같은 모양의 마아준(馬牙皴), 미불이 창안했고 산세와 골짜기, 벼랑과 수목을 한꺼번에 표현하려는 미점준(米點皴), 빗방울 모양의 점으로 그리는 우점준(雨點皴), 중첩된 산색과 커다란 바위 덩어리의 무게감을 먹물로만 드러내려는 몰골준(沒骨皴), 예리한 필선을 죽죽 그어내려 강하고 활달한 날선 봉을 표현했던 수직준(垂直皴), 짧은 선이나 점의 형태로 능선과 바위의 질감을 표현한 단선점준(短線點皴), 산의 모습과 바위나 절벽의 형세를 험상궂게 그려 그 괴이한 느낌을 표현하는 귀면준(鬼面皴), 붓을 끌면서 문지르는 직찰준(直擦皴), 생쥐의 발자국처럼 작은 점으로 표현한 서적준(鼠迹皴) 등을 들 수 있다. 이 외에도 귀면준과 같은 의미의 귀피준(鬼皮皴)을 비롯하여 지마준(芝麻皴), 난마준(亂麻皴), 점자준(點子皴), 이리발정준(泥裏拔釘皴), 장피마준(長披麻皴), 단피마준(短披麻皴), 단필준(短筆皴), 단필마준(短筆麻皴), 점자준(點子皴) 등을 들 수 있다. 참으로 준법은 많기도 하다. 산의 금강산 봉우리 만큼이나 많은가 보다. 금강의 모든 산과 바위 형상을 다 그리려면 더 많은 준법이 필요할지도 모를 일이다.

이곳 절부암을 비롯한 그 근처의 만물상은 동원할 수 있는 모든 수묵 산수화의 준법이 다 동원 되었다고 해도 지나친 말은 아닐 것이다. 산수화의 준법, 그러니까 산의 주름 표현 기법이 모두 다 드러나 보였다. 나는 바위의 주름 표현이 이렇게 다양한 줄 몰랐다. 산마루에 서있는 나무들은 굵은 줄기일 텐데도 아주 가는 가지로 보였다. 그 가지가 발[簾]이 되어 서 있는 날선 공지선(空地線)은 흐릿한 띠를 이루고 공손하게 하늘 위를 떠받치고 있었다. 하늘과 땅이 맞닿은 공지선의 참치(參嵯) 형국은 신비경의 극치로 우리의 마음을 뒤집어 놓은 절조였다. 그것은 숨이 턱까지 막히게 조여 오는 으뜸 가락이요, 억지가 전혀 없는 실비단의 천연덕스러움을 옮긴 참 조화의 형상이요, 한 톨의 티도 흠도 없는 순진무구한 해맑음의 극상이요, 모자람 없는 완벽에 가까운 조화요, 외틀어짐이 거의 없이 고르게 뒤섞인 어울림이었다. 또한 그것은 사람의 목소리의 한계를 넘는 프리마돈나의 실핏줄이 터질 듯한 외마디 음성이요, 누에가 뽑아내는 명주실 같이 가늘고 긴 진양조 가락의 극구(極口) 찬송이요, 못 볼 것 보고 소스라치게 놀라 내지르는 피맺힌 절규였다.

이렇게 우리의 마음을 사정없이 들쑤셔 놓고 난 뒤에 우리에게 진정한 깨달음을 주고, 지극히 화려한 환상으로 되돌려 주고 있었다. 만물상의 한 자락만으로도 이렇게 휘황찬란함을 넘어 요란스럽고 야단스럽게 드러내 놓았는데, 만물상 전체를 다 들여다본다면 마음에 어떤 반향(反響)이 일어날까? 필부에 불과한 나와 우리 모두는 감당하기 어려운 상황에 부닥치고 말 것이다. 진정으로 빈약하고 허약한 우리들의 생각은 추스르기가 쉽지 않을 것만 같았다.

절부암은 금강산에서 가장 유별난 절승 가운데 하나일 것이다. 그렇지만 그것이 다는 아니었다. 후미진 산길을 살짝 돌아 나가면 또 다른 비경이 기다리고 있었다. 우리를 깜짝 놀라게 하고, 입이 딱 벌어지게 하고, 하늘을 우러르며 한하게 하면서, 나를 보잘 것 없는 초라한 몰골로 만들어 버렸다. 내 생각으로 절부암 부근을 마름질하여 펼쳐본다면 어느 구석 하나 모자람이나 어색함이 없고 삐뚤어지거나 넘치거나, 흐릿하거나 무표정한 낯빛이 전혀 보이질 않았다.

나는 만물상 오름길 한쪽 구석에 털썩 주저앉을 수밖에 없었다. 갑자기 유명한 고암(顧庵) 이응노(李應魯) 화백이 젊어서 금강산을 실경하고 돌아와서 그려놓은 열두 폭 《내·외금강산도》가 떠올랐다. 나는 눈을 끔벅거리며 그 때의 일을 떠올렸다. 엊그제 일 같이 생생하게 떠올랐다. 내 마음은 어느새 다화(茶話) 누님의 압구정동 현대아파트 11동 무쇠 문, 그 두

만물상 계곡

꺼운 문을 지그시 밀고 있었다.

열두 폭 병풍이 펼쳐졌다. 금세 점잖은 산세가 바람처럼 내 가슴속으로 스미듯이 들어왔다. 둑에 널어놓은 긴 광목 흰 깁은 은은히 이어지다가도 불현듯이 일진광풍이 노도처럼 일면 주체하지 못할 정도로 소용돌이를 쳤다. 이처럼 미친 듯 휘저어 놓은 산세의 흐름은 고요한 심산을 급변의 소용돌이로 몰아넣었다. 보덕암 밑 깊은 절벽에 이르러서는 소스라치게 놀라게 하고, 고요한 솔숲을 지날 때면 호수처럼 잔잔하게 펼쳐져 태평한 안정을 주었다.

묘길상 뒤쪽을 흘깃 훔쳐보았다. 서슬이 시퍼런 칼날을 휘저을 때마다 들리는 소름끼치는 칼바람 일고, 비로봉 정수리에서는 흰 수리부엉이가 하늘 높은 중공에서 눈 부릅뜨고 노려보는 듯한 기운이 가득했다. 마하연 암이 가까워지면 계곡의 잔잔한 물길이 속삭이듯이 재잘거리며 아장거리는 아이처럼 종종걸음으로 내려오고 있었다. 그 앞을 콱 막고 서있는 명경대! 그 외연함 앞에서는 할 말을 잊었다. 죄인을 응시하는 순전한 물거울 앞에서 나는 그냥 처연히 눈감을 수밖에 없었다. 그 어떤 방법으로도 가둘 수 없는 절경이 병풍 각 폭마다, 깊은 계곡 자락마다, 톱날의 거친 봉우리 끝마다 널려 있었다. 수천 갈래로 갈라진 미수(米壽)의 우리 할머니 골팬 잔주름 같은 커다란 바위와 절벽마다, 짙푸른 금강솔숲에 비친 젊은 여인의 아리따운 뒤태의 음영마다, 사람의 마음을 사정없이 호리고 있었다. 그곳의 봉(峰), 벽(壁), 암(巖), 송(松), 곡(谷) 속에 모두가 다 섞여서 수더분하게 마음속으로 읊조리고 있었다.

병풍속이었지만 참 단풍을 비롯한 활엽수 수풀이 늘어서 있는 계곡 밑쪽에는 단풍이 비가 되어 붉은 빗물이 줄줄 흘러내리고 있었다. 폭포수가 아닌 단풍의 폭포 잎이 날리고 있었다. 떨어지기도 하고 잔가지에 걸쳐 머무르기도 하며 여름의 물 폭포와 다를 바가 없었다. 한여름의 정취를 이 가을 한복판에서 감격적으로 확실하게 느낄 수 있었다. 나는 부러울 것이 없었다. 이 화려한 외출은 나의 심심했던 삶을 완전히 탈바꿈시켜 놓았다. 나의 일상의 삶이 잘못된 것이 아니었다. 나의 눈에 비친 이 처절하게 고운 이 산이 문제라면 문제였다. 이 산 맛을 어디에서 또 느껴볼 방법이 있을까? 방법이 있기나 한가? 어떻게 놀라지도 않고 태연자약하게 산행을 계속할 수 있을까? 사람이 엄청난 충격적인 사건을 만나면 그 놀라움으로 인하여 갑자기 말문이 콱 막혀 아무 말도 못하고, 어떤 행동도, 무슨 생각도 전혀 할 수 없는 먹통의 자폐아와 같은 상태가 된다고 한다. 아마 나는 지금 정신을 못 차리는 바보 멍청이가 되어 버렸나 보다. 병풍의 감동은 여기서 멈췄다.

아무리 천하의 산수화 대가 고암이라 해도 금강의 전모를 다 표현할 수는 없을 것이다. 극히 일부의 표현에 불과하지만 도심에서 보는 금강병풍이요 만물상이기 때문에 과장되게 받아들인 것이 아닐까? 그리고 그 때는 금강산에 전혀 갈 수가 없었고 금강 유람은 상상도 할 수 없었기 때문에 '금강산 그리움 증후군'이라 생각할 수밖에 없었다.

하늘만한 도끼로 찍어 내려온 절부암 그 도끼 자국에 흐르는 선혈이 붉게 흐르고 있었다. 신비함의 절정이요, 감탄의 연속이요, 숨 막힘의 반복이었다. 그래서 '절부암'이란 이름은 바위산 중턱을 도끼로 찍어내어 생긴 흉터가 있어 비롯된 이름인 것이다.

이 바위에도《선녀와 나무꾼》의 전설이 서려있었다. 금강산에 내려와 만물상의 절경에 취해 넋이 빠져 바라보는 선녀가 있었다. 그리고 그 모습이 너무나 아름다워 매혹되어버린 나무꾼이 있었다. 이 나무꾼 총각이 선녀를 만나보고 싶어 하소연했지만 이뤄지지 않았다. 그는 자기의 답답함과 안타까운 심정을 도끼로 바위를 찍어 놓아 흔적을 남겼다. 전설답지 않은, 설익은 동치미 쌩쌩한 국물처럼 대단히 싱거운 전설이었다. 그런데도 바위와 전설과 사연이 서로 어울린다는 생각이 들었다.

절부암은 도끼 자국을 중심으로 크게 두 형상으로 나눌 수 있다. 내가 볼 때 왼쪽은 새의 형상이요, 오른쪽은 토끼의 형상이었다. 다른 어떤 형상인지는 몰라도 일상의 생각을 뛰어넘는 바위가 나그네를 전설 속으로 내몰았다. 나는 옛날의 전설시대로 돌아갔다. 나무꾼이 되어 선녀를 그리워 해보고 선녀가 되어 나무꾼을 사모하여 보았다. 둘 사이의 다사론 연정을 느껴보았다. 나무꾼의 애달픈 사연은 나의 마음에 애틋한 동정심을 일으켰고 꿈처럼, 환상처럼 내 영혼을 휘감아 놓고는 어디론가 몰상식하고 비정한 선녀처럼 떠나가 버렸다.

금강산의 전설가운데 가장 유명한 것은 《선녀와 나무꾼》의 전설이다. 그것은 불미스럽기 짝이 없는 엉뚱한 사건이었다. 상팔담에 목욕하러 내려온 선녀의 천의(天衣)와 속옷 분실사건이 바로 그 전설이다. 그 다음은 절부암의 나무꾼과 선녀 곧, 도끼로 토끼를 다듬은 다소 엉뚱한 전설이요, 세 번째는 감호에 얽힌 전설로 요염한 관능미의 선녀에 반한 엉큼한 머슴인 나무꾼 사내의 억울한 전설일 것이다.

금강산에는 다른 전설도 많이 있지만 유독 《선녀와 나무꾼》의 전설이 많은 것은 왜일까? 나는 그 답을 어렵사리 찾았다. 그 해답은 이렇다. 금강산의 매혹적인 아름다움이 선녀의 관능미와 일치하기 때문은 아닐까? 다시 말해 육체적 아름다움 곧, 팔등신 미인의 얼굴과 몸매에 걸친 속이 훤히 다 비치는 하늘거리는 옷자락이 주는 요염함과 금강산의 현란하고 황홀한 아름다움이 일치하기 때문이 아닐까?

상팔담, 만물상, 천화대 등 금강의 모든 봉우리와 계곡은 빼어나게 아름답기 때문에 계곡에 내려오려는 선녀도 아름다워야만 했다. 마음이 선하고 몸매와 얼굴이 아름답지 않으면 절대로 선녀로 인정받을 수 없을 것이다. 따라서 곱고 아름다운 얼굴과 늘씬한 몸매와 백옥 같은 피부와 은은한 속살이 다 드러나는 관능미 넘치는 천의와 착하고 순진무구한 성품을 고르게 갖춰져야만 선녀가 될 수 있는 것이다. 금강산 전설에 등장하는 모든 선녀들은 위의 구별된 조건을 다 갖춘 하늘의 연인이었다. 금강의 거룩한 봉우리와 계곡에 어울리는 선녀, 선녀의 예쁜 얼굴과 살랑거리는 옷자락에 어울리는 금강, 이 둘이 서로 일치해야 한다는 필요충분조건에 맞아 빚어진 얘기였다. 생각해 보니 웬일인지 질퍽하고 미끈둥한, 그래서 썰렁한 해답이란 생각이 들었다.

전설을 떠나 절부암의 형상은 이 바위가 얼마나 날카롭게 특이하게 생겼다는 것을 보여주는 산 증거였다. 절부암 맨 위층에 사람 모양의 바위가 있다. 왼쪽 사람이 바라보는 오른쪽 사람은 등을 돌리고 앉아 있는 모습으로 보이기도 하고, 혹은 두 신선이 서로 바둑을 두다 잠시 쉬는 형상으로 보이기도 했다. 어느 쪽으로 보든지 그들이 상상하는 형상은 매우 닮아 있었다. 이리 보면 사람 형상, 저리 보면 동물 초상, 보는 각도에 따라 만물의 형태를 비슷하게 만들어냈다.

이 곳 만물상과 같이 수많은 변태의 기교를 가진 존재는 해 아래 아직 없었고, 앞으로도 없지 않을까? 그 변태의 장난이 어지간해야지, 찾아 가는 곳마다, 이르는 계절마다, 바라보는 각도에 따라, 보는 이들의 가슴마다 다 다르게 작용하니 어찌 그런 욕설 비스름한 말과 빈정대듯 비아냥거리는 소리를 듣지 않을 수 있겠는가? 신선들과 선녀들의 삶터인 이 숭엄하고 거룩한 땅이 욕지거리를 듣는 것, 그것 또한 용납하기 힘들겠지만 사실에 가까운 전설이고 보면 그저 고개를 끄덕일 수밖에.

망장천(忘杖泉)

산이 높고 계곡이 깊거나, 거친 벼랑이 많고 수풀이 무성하면 그 산에는 반드시 소문난 약수가 있기 마련이다. 우리네 금수강산 어느 구석인들 살짝 뒤적거려 약수 한 모금 떠서 마실 감천(甘泉)이 없었던가? 귀한 것이 아니라 흔하디흔한 것이 약수터요, 약샘이요, 약수 물인 것이다. 하물며 천하제일의 명산인 금강산에서야 말할 필요가 있겠는가? 곳곳에 약수터가 널려 있을 것이 분명하리라. 실재로 옛 문헌에서도 금강산의 약수는 유명했다는 기록이 많이 있다. 온정리 온천은 약수로 된 온천수요, 온천수로 된 약수였다. 내금강, 외금강, 해금강 할 것 없이 계곡 깊숙한 곳의 옹달샘의 청정수들은 모두가 소문난 약수였다.

만물상으로 올라가는 등산로 주변 골짜기마다 바위 틈새에서 소문을 증명이라도 하듯 샘물처럼 약수가 흘러나왔다. 그곳에는 어김없이 귀엽고 깜찍한 조롱박을 달아놓아 누구나 받아 마시거나 퍼 마실 수 있도록 만들어 놓았다. 안내판에 기록된 내용으로 보아 효험도 효험이겠지만, 그것은 모두가 불노장생 한다는 약수의 보증수표가 아니겠는가? 설악산의 오색약수처럼 탄산수의 톡 쏘는 맛이 일품인 약수도 있고, 아무런 맛이 없으나 마시면 가슴이 뻥 뚫리게 시원해지는 약수도 있다. 이곳 금강산은 예로부터 고치기 어려운 질병을 치료하는 약수가 많았다고 한다. 그리고 정신과 마음의 병까지도 함께 치료할 수 있는 효험이 뚜렷이 나타나는 약수

약수터가 많은 금강산 신계천

터가 많았다고 한다.

　망장천(忘杖泉)은 석간수여서 물이 조금씩 흘러나왔다. 한겨울인데도 끊임없이 변함없이 꼭 그 만큼 씩만 나왔다. 병아리 오줌 누듯이 커다란 바위 그릇을 적시면서 고였다. 오누이 정담처럼 속삭이며 간드러지게 흘러 나왔다. 돌 틈을 비집고 나와서인지 물맛 또한 색달랐다. 깊고 오묘한 돌 빛의 차가운 맛이었다. 감칠맛이 나는 단물이었다. 켜켜이 쌓인 세월의 맛이었다. 옛 전설에 이 약수를 마시면 새 힘이 솟고 몸이 거뜬해져 힘겹게 집고 올라온 지팡이마저 잊어버리고 단숨에 정상까지 거뜬히 오른다 해서 붙여진 이름이었다. 입구엔 구름모양인지 연꽃 모양인지 두 개의 물막이가 있고, 그 뒤의 돌비 판에 낯익은 글귀가 새겨져 있었다. 둥근 버

섯 모양의 돌비를 세워 북측의 체제선전을 돕고 있었다. 한글로 새겨진 빨강색 글씨였다. 만든 지 얼마 안 된 느낌이 들었다. 누구인지는 잘 모르겠지만 여기서 약수를 마신 사람이 약수터 방문을 기념하기 위하여 새겨놓았는가 보다. 재미있는 사연과 글귀라고 생각했다.

남측 산하 명산에도 실재로 효험이 있다는 약수는 많다. 심산유곡의 돌 틈에서 짤짤거리며 새어나오는 석간수야말로 설사 약효가 없다 하더라도 마시고 시원함을 느끼면 이미 약수의 효능은 다 발휘된 것이 아닐까?

나도 조롱박 하나를 들고 줄을 서서 기다리고 있었다. 목마름도 달래고 약수의 효능도 느껴보려고 한 모금을 쭉 들이마셨다. 압 안이 시원해져 왔다. 상큼한 기분이 스며들었다. 서늘하고 차가운 기운이 목줄을 타고 개운하게 내려갔다. 나는 이날 망장천에서 흘러나온 약수를 마심으로써 몸과 마음의 육체적 고통을 잊고 천선대를 향하여 거뜬하게 올라갈 수 있었다. 이것이야말로 천하에서 제일로 유명한 망장천 약수의 효능이 아니고 무엇이겠는가? 그 후로 지금까지 나의 오장육부는 더욱 튼튼해져 잔병치레 없이 살아가고 있다. 지금까지 나의 몸 컨디션이 좋은 상태로 유지되고 있는 것은 아마도 그때 만물상에 오르면서 마셨던 망장천 약수의 효험이 아닐까? 나는 지금도 의심 없이 굳게믿고 있다. 남들이사 믿거나 말거나이지만 나는 그렇게 믿고 싶었다.

하늘문

　망장천 약수를 마시고 기운을 차린 뒤 나는 가까스로 돌길을 기어 올라 갔다. 검붉은 암벽 틈 사이로 세워진 좁다란 석문, 하늘문이 나를 맞았다. 하늘로 올라가는 그 문이 내 가는 앞길을 막고 서있었다. 하지만 하늘문 은 언제나 활짝 열려 있었다. 한 사람이 지날까 말까한 높이가 두어 길 쯤 되는 천연 돌문이었다. 사람들은 하늘문을 '천일문', 또는 '만물상 금강 문'이라 불렀다. 하늘문은 자연이 빚은 돌문으로 금강산 자연 돌문 가운 데 가장 높은 곳에 있다. 이 문을 통과하고 나면 우리의 몸과 넋이 한 순 간에 무릉도원에 이르고 판타지의 환상 세계를 체험하게 된다고 한다. 다 시 말해 파라다이스와 유토피아 세계로 들어가고 천상세계의 신선이 되 어 살아 갈 수 있다는 전설이었다. 안내원은 자상하게 닫혀 있는 내 귀에 스피커를 대고 귀청 떨어지게 설명하여 주었다. 물론 그 전설 또한 믿거 나 말거나인데, 믿거나 말거나의 이 말 까지도 또 전설이라니 그저 웃을 수밖에.

　하늘문으로 오르는 계단은 볼록볼록하게 엠보싱 처리한 붉은빛 철판 받 침과 회색빛 철관 손잡이로 만들어져 있었다. 철제 사다리 끝에 오르면 하 늘문 문지방에 서게 된다. 구멍을 뚫은 인공의 문이 아니었다. 바위의 잔 주름이 원형의 부드러움을 간직한 채 둥글납작하게 패여 있는 문이었다. 마치 옛날 시골에서 신혼부부가 단칸방에서 살면서 벽에 울긋불긋 화려한 옷감을 쳐놓아 옷을 보관했던 '횃대포' 처럼 주름져 있었다. '횃대포' 라는 말을 지금은 쓰지 않지만, 그 때는 집집마다 한 두 개씩 다 있었다. 그리고 그렇게 불렀다. 요즘 많이 쓰이는 '벽 자바라' 라고나 할까? 하늘문은 규칙적인 주름과 불규칙적인 꺾임이 부드럽고 유연하게 어우러져 대문처럼 우뚝하게 서있었다. 문설주 위에는 그냥 지나쳐도 될법한데 그 곳마저도 잘게 부숴 큰 바늘로 공글러 놓았다. 서로 기댄 바위들이 그 크기를 달리하면서 이채롭게 아치를 만들어 놓았다. 금강산의 만물상을 보려면 이 문 곧, 하늘문을 통과해야 했기 때문에 금강산 만물상 등정의 개선문이요 관문이었다.

보통 산속에서 만나는 석문은 큰 바위 두 개가 서로 기울어져 괴면서 이뤄진 삼각형과 흡사한 문들이 대부분이었다. 구룡연 코스의 금강문도 그와 비슷했다. 하지만 천선대 오르는 하늘문은 만물상이 처음 지어질 때 용암이 굳기 전에 빚어져서 된 천연의 문이 분명했다.

하늘문의 양쪽 지지대는 서로 다르게 세워져 있었다. 오른쪽 문설주는 가로로 주름선이 굵게 그어져 있고 완만한 곡선이 코끼리 등가죽같이 미끈거렸다. 껍질이 벗겨질 듯한 얇은 겉 층의 표피가 한쪽으로 벗겨져 있고, 그 주름이 변화를 주어 무미함을 피하고 있었다. 왼쪽 기둥은 세로로 잘게 부서진 모자이크 같았고, 유럽의 오래된 성당의 스테인드글라스처럼 자연스럽게 칸이 나뉘어져 있었다.

하늘문 천정은 몇 조각으로 갈라진 바위 주름선이 제법 크게 나뉘어져 있었다. 문 끝에 이를 즈음에는 약간 거칠게 튀어나온 바위선이 건너편 만물상을 가리고 있었다. 그 문 틈새로 미인의 속눈썹처럼 살짝살짝 보이는 만물상의 흰 바위 빛깔이 희끗희끗 스치듯 보였다. 짧은 순간에 통과하는 하늘문이었지만 그 느낌만은 유별했다. 파랗게 보이는 나무의 용솟음이 그 조그만 화폭 속에서 만물상 흰 바위 덩어리를 떡 받치고 있는 손처럼 보였다. 금강산 5대 돌문 중 하나인 하늘문, 그 문밖은 신비롭고 몽환적인 분위기를 연출하고 있었다. 인위적으로 만든 문이 아니요, 자연이 만들어 놓은 천연의 돌문이기에 실제로 문을 통과할 때 느낌은 유별했다. 검고 회색빛인 우측 문설주와 잘게 부숴놓은 듯한 적갈색 바위선이 이채로웠다. 석굴문 안으로 바위의 흐름이 빨려 들어가는 느낌이어서 뜨내기 관객인 내 마음을 더욱 설레게 하였다. 떠 보이는 석문 밖의 선경은 신선의 세계처럼 거룩했다. 다른 세계에 온 것 같았다. 실제로 내가 서있는 문 앞과 문 밖이 전혀 다른 세계처럼 확연히 구분되었다.

하늘문

하늘문은 도연명의 《도화원기》에 나오는 '무릉도원'의 현실과 이상의 경계가 되는 문이었고, 티베트의 설화에 나오는 '샹그릴라'의 인간과 비인간이 구분되는 칸막이 문이었으며, 미국 서부 파라마운트의 '아치 게이트' 처럼 자연이 빚어놓은 문이었다. 바로 여기 하늘문은 만물상으로 들어가는 유일한 출입문이었다.

날이 환한 오늘은 겨울이지만 청솔 빛이 강하여 선계의 또렷함을 드러내고 있었다. 흰 바위산의 명쾌함이 보는 이로 하여금 마음을 시원하게 해

주었다. 신선이 머물고 있을 법한 환상적이고 으늑한 분위기를 연출하고 있었다. 아래에서 위로 올려다보면 흐르는 조각구름만 보일 뿐 아무것도 보이지 않았다. 그러니까 하늘문은 평평한 등산로 중간에 서있는 것이 아니고 오르막길 위에 높직이 서 있는 문이었다.

사람들은 가까스로 여기까지 안간힘을 다하여 구르고, 당기고, 기대고, 밀려서, 무엇인가 기대에 찬 마음으로 올라왔다. 그러면 하늘문은 스스로 그들을 위해 활짝 문을 열어 주었다. 개운한 심호흡과 함께 신선들만 마시는 이 천혜의 무공해 산 공기를 마실 수 있게 해주었다. 때 묻지 않은 말간 공기가 나는 좋았다. 나의 머릿속이 금세 쇄락해졌다. 나는 잠깐 거룩한 신선이 되어 있었다.

문을 통과할 때는 찰나에 지나지 않지만 그 거리는 엄청나게 길게 느껴졌다. 잠깐의 단상이 딱 멈추고, 새로운 차원의 세계로 접근하는 타임머

신같이 머리가 어지럽고 혼란스러웠다. 전기도 110V가 있고, 220V가 있다. 같은 전기이지만 그 차원이 달라서 서로의 교감은 이뤄지지 않는 것처럼 하늘문도 단절된 세계, 그러니까 선계와의 경계선임이 분명했다.

또렷이 무엇이라 말할 수 있는 생각들은 아니었다. 분명하지 않은 잔상들이 그렇게 떠올랐다간 또 스러져 갔다. 굽힌 허리를 펴서 문 앞을 바라보는 순간 선계의 영롱함이 급작스럽게 내 가슴속으로 뭉쳐서 들어왔다. 창으로 찌를 듯이 쭈뼛거렸고 날카로운 도끼의 날처럼 섬뜩했다. 그 기상이 우리 속계와는 분명 다르게 보였다.

문 앞에 힘겹지만 억지로 떡 버티고 서 있는 몇 그루의 소나무가 강인하고 고집스러워 보였다. 완당 선생의 불후의 명작 《세한도》의 성근 솔가지와 너무나 흡사했다. 세월의 풍파를 견디기 어려웠을 것이라 생각하니 가슴이 뭉클해졌다. 그 아래 천 길 낭떠러지의 거친 돌부리가 인간의 접근을 막았다. 그렇지만 살벌함이나 서먹서먹한 마음을 느낄 수는 없었다. 도리어 평온하고 넉넉하며 정겹게 느껴졌다.

솟구치는 골바람 숨결이 물결처럼 밀려왔다. 바람 끝이 의외로 차가웠다. 그렇지만 눈에 비친 외경은 의외로 평온했다. 여기서 다시 새로운 세계가 열리고 있었다. 신선의 세계였다. 하늘문 왼쪽 기둥에는 '금강제일관'이라는 글자가 새겨져 있고 이문을 나서면 하늘이 손에 잡힐 듯이 가깝게 느껴졌다. 몸은 둥둥 하늘로 천사처럼 떠올랐다. 탁 트인 망망대해가 하늘 한가운데로 펼쳐져 있었다. 발밑에서는 만물상의 장관이 무대의 장막이 걷힌 뒤에 파노라마처럼 활짝 펼쳐졌다. 바로 이어서 우리 눈에 비친 동영상 포커스는 나도 모르게 천선대로 자연스럽게 넘어가고 있었다.

이곳 천선대에 몇 번 와봤던 사람들이 천선대 오르는 길목에 하늘문이 있고 하늘문 곁에 땅문이 있다고들 말했다. 나는 땅문을 볼 수 없었다. 말로만 대충 들어서 알고 있을 정도였다. 굴처럼 생겼을 것이라 짐작은 했지만 구체적으로 아는 것은 전혀 없었다. '하늘문과 땅문', 잠간 생각해 보면 여기에는 보이지 않는 우주의 질서가 숨겨져 있었다. 머리를 들고 우러러 봐야하는 하늘문이 있고, 허리를 구부려 내려다 봐야하는 땅문이 있다. 이것은 하늘의 섭리에 순응하고 땅의 질서에 호응하라는 무언의 가르침이 담겨 있었다. 서예의 성인으로 불리는 왕희지, 그가 쓴 신품의 서예 작품 《난정서》에 나오는 '앙관우주지대(仰觀宇宙之大) 부찰품류지성(俯察品類之盛)'의 글귀의 내용과 무엇이 다르랴? 그 속뜻이야 '하늘을 우러러 우주의 광대함을 보고, 땅을 향해 구푸려 만물의 융성함을 살핀다는 뜻'이지만, 질서와 조화, 관용과 화해를 이루려는 이 거룩한 묏부리의 구별된 요청이 또 내 가슴을 새롭게 돌아보도록 권고하고 있었다. 하늘문을 뒤로한 채 우리 일행은 이 등정의 마무리 천선대를 향해 서둘러서 발걸음을 재촉하였다.

천선대 (天仙臺)

을씨년스러운 비탈 바위의 잡목들은 앙상한 실가지를 가늘게 흔들고 있었다. 키 작은 소나무들은 절벽의 틈바구니에 기대어 선채로 간신히 산 아래를 굽어보고 있었다. 잔솔가지는 계곡을 향해 층을 이루며 기울어 있고, 굵은 줄기는 뿌리를 의지하여 힘겹게 버팅기고 있었다. 그 사이로 조그만 바위 턱을 활용한 등산로는 비좁고 위험하게 보였다. 천선대(天仙臺)에 오르는 동안 거의 모든 길은 만물상 입구에서와 마찬가지로 철제 사다리가 아니면 석축으로 되어 있었다. 완만한 경사 길은 옛날 시골길 담장을 쌓듯이 여기저기서 주워온 돌을 마구잡이로 쌓아 누더기처럼 보였지만, 그런대로 조화롭고 자연스레 보였다.

산행 길은 이제 두 사람이 나란히 오를 수 없을 정도로 좁아졌다. 만약 위에서 하산하는 등산객이 내려오기라도 하면 서로 몸을 비틀어서 비켜야만 겨우 지나칠 수 있는 좁은 산길이었다. 오른 편이 수직의 암벽이면 왼편은 천길 절벽이 숨어있었고, 왼편에 거친 마애라면 오른쪽은 반드시 깎아지른 낭떠러지가 도사리고 있었다. 이건 분명한 만물상 등산로의 한 공식이었다.

페인트칠한 긴 난간 쇠말뚝이 굳건히 박혀 있고, 그 옆에 쇠사슬 같은 줄이 축 처진 빨랫줄처럼 늘어져 있었다. 우리들은 위만 보고 올라가야 했다. 앞 사람 엉덩이만 뚫어지게 보고 가면 되었다. 어떤 때는 앞서 오르던

아주머니 엉덩이가 내입에 닿기도 했고, 그것도 모자라서 부빌 때도 있었다. 그러나 대수롭지 않게 여기며 오르는 것이 최상의 방법이었다. 석축으로 길을 만들 수 없는 곳은 철제계단을 만들어, 하늘색 발판을 쿵쿵거리면서 오를 수 있도록 만들어 놓았다. 철제 사다리는 쇠말뚝에 줄을 걸치지 않고 쇠파이프로 꽂아 조립하여 한결 튼튼하게 보였다.

오르노라면 힘찬 바위들이 산정을 향하여 솟구치고 있었다. 천년을 살고 천년을 죽어서 버틴다는 주목과 구상나무들과 강인한 성품의 소나무들이 곧은 절개를 지키느라 고단한 줄도 모르고 서있었다. 한 겨울 차가운 산세는 더 굳세게 보였다. 골격만 남은 금강산의 겨울은 힘센 근력을 자랑하는 장사처럼 그 기상이 달라보였다. 굵게 파인 바위주름은 나무 한 그루 버티기 힘들 정도로 비좁아 보였다. 벼랑에 구차하리만치 힘겹게 뿌리를 서린 단풍나무 한 그루가 웃자람이 수줍은 듯 시선을 아래로 떨구고 있었다. 작은 기생나무들은 대각선으로, 혹은 모로 서서 곡선을 그리며 멀리 어깨동무를 하고선 곁으로 손을 뻗치고 있었다. 여름날 논바닥의 피처럼 하늘 끝을 향해 머리를 꼿꼿이 쳐들고 서있었다.

흐릿한 먼 산은 가로로 길게 파도처럼 눕고 세로로 거듭거듭 겹쳐져서 메아리처럼 끝없이 이어지고 있었다. 활원한 망망대해의 파도처럼 포개져서 물결치며 멀어져만 가고 있었다. 침을 묻히면 흐릿해지는 리트머스 시험지같이 시나브로 여려지고 있었다. 산 빛은 은은한 산안개 옷자락에 휩쓸려 애원하듯 점점 흐리어만 갔다. 저 멀리 비로봉이 희미하게 보였다. 정상 가까운 곳은 희미한 산 그림자만이 거슴츠레한 눈빛으로 몇 겹으로 겹쳐 비치고 있을 뿐이었다. 그 너머는 구분할 수 없고 하늘과 맞닿아 있었다.

금강산은 일상의 산세와는 달랐다. 바위와 봉우리들을 가까이서 클로즈업 시켜 바라보면, 날카롭고, 험하고, 신묘한 모습들이 가득했다. 그렇지만 환히 보이다가도 점점 멀어져 가면서 섬세한 부분은 묻혀 버리고 말

눈 덮인 천선대

았다. 보통의 산들처럼 은은한 모습으로 변해 갔다. 여하튼 금강산은 우리에게 이상야릇한 느낌을 주는 신비한 산이었다. 왜냐하면 산의 정취에 빠질 만하면 산 끝에 한 바위가 나타나 또 다시 새로운 형상을 느닷없이 만들어 놀라게 하고 수시로 변하는 천태만상의, 천변만화의 조화를 느끼게 하는 신묘한 산이기 때문이었다.

  율곡(栗谷) 선생은 열아홉 살 되던 해 봄, 금강산에 올라 오랜 시간 머물면서 《풍악행(楓嶽行)》을 비롯하여 《만폭동》, 《비로봉》 등 십여 편의 기행 한시를 남겼다. 육백 구절 삼천 자에 걸친 오언 배율 대작 《풍악행》은 한시(漢詩)라기보다는 금강산을 다양한 붓으로 그린 수십 폭 산수화 병풍 그림이요, 장엄한 신화가 펼쳐지는 대서사시요, 울긋불긋한 온갖 꽃들이 진기한 꽃향기를 뿜어내는 백화난만한 봄빛 화원이었다. 이 시에는 선생의 고결한 인품이 짙게 어려 있을 뿐만 아니라 탁락한 문채가 전편에 걸쳐 흘러 넘쳤다. 진정 금강의 진면목을 읊은 장편 기행 한시의 남상(濫觴)이었다. 조금이나마 선생의 그 현묘한 학문적 경지와 심오한 사상에 가까이 다가갈 수 있어서 좋았다.

이 산은 하늘에서 떨어져 왔지 　　(玆山墮於天)
속세에서 생겨난 산이 아니리 　　(不是下界物)
나아가면 하얀 눈을 밟는 듯하고 　(就之如踏雪)
바라보면 늘어선 구슬과 같아 　　(望之如森玉)
이제야 알겠구나 조물주 솜씨 　　(方知造物手)
여기서 있는 힘 다 쏟을 줄을 　　(向此盡其力)
이름만 들어도 그리워하는데 　　(聞名尚有慕)
하물며 멀지 않은 고향에 있음이랴? (況在不遠城)

오르락내리락 산길은 이어졌다. 내려가기도 대근했지만 오르기는 더욱 힘들었다. 굽이굽이 산길을 돌아 올랐다. 그리고 또 올랐다. 철제 사다리가 다가오면 다가오나 보다 돌계단이 나타나면 또 나타나나 보다 체념하듯 그냥 올랐다. 맨땅 밟아 본지도 오래 되었다. 빛이 날 정도로 닳고 단 바위 길은 오랜 세월의 흐름과 연륜을 말해주고 있었다.

양쪽 길섶에는 바삭거리는 누런 떡갈나무 잎사귀로 가득 차있었다. 바위 밑 돌 틈 사이에 끼어 있는 나뭇잎은 겨울 가뭄에 바싹 말라서 가볍게 지나치는 살랑바람에도 바스락 거리는 소리가 들릴 정도였다. 잎이 다 떨어진 나무 가지에 햇살이 환하게 웃으며 비춰주고 있었다. 외로움에 지쳐 눌린 잔가지들이었다. 눈이 부셔 고개를 돌려 찡그리는 첫돌 갓 지난 아이처럼 잠깐의 한 낮 햇살에도 어쩔 줄 몰라 했다.

소나무 숲이 없었다면 만물상을 비롯한 금강산의 모든 바위산은 그 멋이 반감되었을 것이다. 동해의 높새바람에 휘둘려서인지 모든 솔가지는 연리지 한쪽 가지처럼 비로봉을 향해 뻗어있었다. 천편일률로 모든 솔가지는 등을 보이고 있었다. 그리고 메말라 고목이 된 나뭇가지도 의기양양하게 다른 나무들과 함께 어깨를 나란히 하고 있었다. 여기서 죽은 나무는 죽은 것이 아니었다. 죽은 몸을 꼿꼿이 세워 살아있는 나무와 함께 어우러져서 함께 살아가고 있었다. 산중에서 어른이 되겠다는 자신감이 넘치는 듯 고목들은 미소를 지으며 서로가 서로를 굽어보기도 하고 올려보기도 하며 의좋은 형제처럼 지내고 있었다. 산굽이를 살짜기 돌아들면 어김없이 그 자리엔 날선 기암과 초형의 바위가 지천으로 널브러져 있었다.

천선대에 거의 다 올랐을 때에 나는 너무 지쳐있었다. 층층대 사다리만 보아도 겁이 났다. 어떻게 또 저 층계를 오를 수 있을까? 기가 꽉 막혀왔다. 느릿느릿 한걸음씩 손으론 당기고 발로는 구르면서 가쁜 숨을 몰아쉬며 올라갔다. 어제 오후 늦게 올랐던 상팔담도 무척 힘들었다. 하지만 거리가 그다지 멀지 않았고 잠시만 고생하면 되는 산길이어서 마음에 큰 부담은 없었다. 그러나 만물상 코스, 그러니까 천선대 전망대에 오르는 길은 전혀 달랐다. 정말로 힘든 코스였다. 구경삼아 볼 것이 없었다면 올라갈 수 없는 숨 가쁜 오름의 연속이었다. 그토록 어렵사리 통과한 하늘문, 그 문을 감격스럽게 지나치고 난 뒤 천선대에 거의 다 이르렀음을 느꼈다. 나는 철제 사다리를 잡고 마지막 남은 힘을 다해 끌어당기고 용을 써서 뒷발질 하며 올라챘다.

어제의 무리한 상팔담 오름이 나를 너무나 지치게 만들었나보다. 칠층암 부근을 오를 때만 해도 오를만하겠다 생각했는데, 막상 철제 사다리의 연속인 이곳 만물상의 험로는 나에겐 벅찬 도전이었다. 있는 힘을 다해서 천선대 가장 가까운 턱밑까지 올라왔다. 파란 하늘은 한낮의 따사로움을 마음껏 쏟아 붓고 있었다. 진땀이 온 몸에 흘렀다. 동공이 흐릿하게 조여 오고 눈빛은 멍하게 그냥 뜨고 보는 상태로 변하고 있었다. 이러한 상태에서 만물상을 조망한다는 것, 그것이 무슨 의미가 있을까? 걱정이 앞섰다. 커다란 의미가 없을 것 같아 보였다. 나는 간이 작아서 겁이 많은 사람이다. 특히 높은 곳에 오르면 더욱 무서워 어쩔 줄 몰라 하는 새가슴을 가진 사람이다. 순간 겁이 덜컥 났다.

가쁜 숨을 몰아쉬며 언덕배기 끝 턱을 오르는 순간 나는 늦가을 추수 등짐 가득 싫은 가을 소가 되어버렸다. 입 주위가 하얗게 굳어갔다. 소의 숨결은 입김이 되어 천선대 날맹이를 따라 연기처럼 흩어졌다. 내뱉는 숨과 함께 튀는 침은 분수처럼 허옇게 허공을 향해 흩뿌리고 있었다. 나 스스로도 왜 이 곳을 오르고 있는 지 그 까닭을 알 수 없었다.

나는 등산객 대열 뒷부분에서 오르고 있었다. 이미 내려오는 무리도 꽤 많았다. 이 여행 처음부터 금강산의 여행기를 멋지게 적어 보겠노라고 다짐하고 올라온 나였다. 그러니 어떻게 예사롭게 지나칠 수 있겠는가? 따라서 이 곳 저 곳을 180°로 머리를 돌려가면서 살피다 보니 자연 일행으로부터 멀어져 이렇게 뒤처지고 말았다. 그렇지만 나보다 늦게 올라오는 사람도 제법 많았다. 그것이 나에겐 그나마 작은 위로가 되었다.

천선대를 오르기 전 마지막 단계는 말이 산행이지 절벽을 외줄 타고 오르는 유격훈련 하는 군인들처럼 힘든 등반길이었다. 70도에 가까운 급경사는 오를 수 없는 유럽의 고성처럼 높게만 보였다. 그 위용이 대단하다는 생각이 들었다. 새파란 난간 기둥이 군데군데 보이고, 그 계단을 오르는 붉은색 등산복을 입은 등산객들이 꽃잎처럼 울긋불긋 빛났다. 우리나라 사람들은 붉은색 등산복을 아주 좋아한다. 남녀 모두 선호하는 색깔이 같은 붉은 색이어서, 언제나 등산로를 온통 붉게 물들였다.

천선대에 오르는 마지막 고비에서 나는 이 시가 떠올랐다. 이호우 선생님의 시조였다. 생명 탄생의 신비로움을 읊은 시조,《개화》가 문득 내 눈을 어른거리게 하였다.

꽃이 피네 한 잎 한 잎
한 하늘이 열리고 있네.

마침내 남은 한 잎이
마지막 떨고 있는 고비,

바람도 햇볕도 숨을 죽이네.
나도 가만 눈을 감네.

내가 스물일곱 살 때 시골 만경고등학교에서 근무할 때의 일이다.《한국의 시》를 가르칠 때 이호우 선생의 이 현대시조를 맨 처음 가르쳤다. 이 시조를 내가 처음 대했을 때 느낌은 남달랐다. 시조의 분위기와는 전혀 다르게 그 충격이 굉장했던 것으로 기억하고 있다. 보잘 것 없는 꽃잎 하나, 그 꽃잎 한 이파리의 열림을 우주의 생성으로 까지 넓혀서 노래한 선생의 유추가 빛났다. 시조《개화》는 생명 탄생을 그 토록 값지고 위대하게 읊은 이 시대의 명시였다. 그 때 느꼈던 이 시의 느낌은 이제껏 내가 삶을 살아가는 순간마다 조용히 그리고 깊숙하

만물상의 아침

게 내 마음을 단단하게 다져주었다. 그도 그럴 것이 이 시조가 나와 우리 학생들의 가슴에 전해주는 정감이 남달랐고, 잔잔한 감동이 늘 내 가슴 속에서 맴돌았기 때문이었다.

끝이 없을 듯했던 산 오름의 고행은 이렇게 막을 내렸다. 천선대 전망대에 드디어 올라선 것이다. 오르자마자 먼저 주변의 경관을 살펴보았다. 그 주변의 경치도 여느 산의 아름다움을 뛰어넘는 수려함으로 그득했다.

만물상을 바라보기 전에 이곳 전망대부터 정리할 필요가 있었다.

천선대는 둘러친 봉우리 곧, 무의, 무애, 천주, 천진, 천녀의 다섯 봉우리 가운데 천주의 줄기에서 떨어져 나온 곳에 자리 잡고 있었다. 만물상을 비롯한 외금강 일대를 가장 잘 볼 수 있는 곳으로 알려진 조망의 명소였다. '국가지정 천연기념물 제216호 천선대' 라는 키 작은 표지석이 당차 보였다. 작은 비석이지만 절벽에 기대고 내금강 쪽을 향하여 눈을 부라리듯 서있었다. 북측에서는 관광명소마다 이런 돌비를 세워 그 위치를 확실하게 알려주었다. 탁 트인 금강산 만물상을, 그러니까 망망대해(茫茫大海)가 아닌 망망봉해(茫茫峰海)를 볼 수 있는 유일한 곳이어서 그 중요성을 외형적으로 나타낸 징표 정도로 생각했다. 나는 명패 비석을 손바닥으로 쓰다듬으면서 다시 한 번 눈여겨보았다. 이제 느릿하게 눈길을 오른쪽 만물상으로 돌릴 차례가 되었다는 생각이 들었다.

천선대는 천주봉 줄기가 급하게 뻗어 내려오다가 한 순간에 잘려서 뭉툭해진 낭떠러지 위에 걸쳐 있었다. 여러 개의 바위들은 마치 정자나무처럼 뿌리를 깊게 서리고 서 있었다. 천선대의 벼랑 끝엔 바위들이 들쑥날쑥 어긋 안고 있어, 그 사이로 소나무와 잎 떨어진 잡목이 촘촘히 꽂혀있었다. 커다랗고 둔탁한 입석이 떡 버티고 서있는 발밑의 바위들은 높직하기도 하고 야트막하기도 하며, 큼직하기도 하고 자잘하기도 하며, 너부데데하기도 하고 좁다랗기도 하며, 흐리마리하기도 하고 또렷하기도 했다. 참으로 여러 모양으로 서로 다른 빛깔로, 독특한 태를 갖춰서 한 데 모여 잘 어우러져 있었다.

천선대는 낭떠러지 위에 올라 앉아 있었다. 급한 낭떠러지 아래에서 바라보면 공중에 떠 있는 것처럼 보였다. 평평한 돌이 아닌 요철이 심한 암벽위에 이 하늘의 선녀는 아름답게 떠있었다. 멀리서 바라다보면 네모난 듯이 보여도 가까이 가서 살펴보면 그 주위는 그렇게 모나게 보이지 않았다. 죽순처럼 곧게 솟아오른 바위들도 보이고, 둥글고 뾰족한 입석들도 보이며, 날카롭게 이빨을 다듬어 놓은 도깨비 송곳니처럼 보이는 바위도 더러 있었다. 살짝 만이라도 파인 곳에는 어김없이 소나무 몇 그루가 그곳을 터 잡고 살림을 꾸리고 있었다. 홀로 바위 위에서 외틀어지고 가쁜 숨 고르는 자연 분재 소나무가 단조로움을 상쇄시키고 있었다. 갈참나무와 소나무가 어울려서 푸른빛이 진하면 천선대 절벽은 더욱 아름답게 보였다. 지금은 한겨울이라서 소나무만 푸르게 보였다. 계절과 관계없이 바위 빛과 솔빛이 한 폭의 동양화처럼 아름답고 고왔다.

살짝 아래로 내려오면 작은 골짜기가 보였다. 물론 자갈밭 마른 시내였다. 계곡을 향하여 갈잎나무들이 송두리째 쪼그리고 있었다. 그 위에 솔 숲이 층을 이뤄서 무너질 듯한 바위들을 지탱하고 있었다. 절벽 바위는 금방 부숴 놓은 돌 조각처럼 거칠고 날카로워 손을 벨 정도로 날이 서 있었다. 수많은 주름 선으로 뭉쳐진 바위산들이 여기도 있고 저기도 있고 온통 바위투성이었다. 저마다 제 각각으로 부서지고 갈라져서 쏟아져 내릴 듯이 긴박하게 쌓여 있었다.

천선대는 돌로 이뤄진 숲이었다. 빽빽한 돌 숲 곧, 기암괴석의 석림(石林)이 하늘을 향하여 솟구치고 있었다. 어찌 보면 큰 돌을 쌓아 올린 축대 같기도 했다. 그 웅숭함이 살아 움직이는 장관이었다. 병풍처럼 둘러선 돌 수풀이 하늘을 향하여 속에 담고 있는 생각을 사뢰려고 하소연을 하고 있었다. 내 눈 앞에 펼쳐진 산안개 드리운 골짜기는 얇은 망사 통 베를 두른 천사의 빛나는 속옷 차림이었다. 은근하게 얼굴을 가리고 물끄러미 바라보고 있는 형국으로 비쳐졌다. 주변 바위들의 고요함을 호령하면서 석축 밑에 걸터앉은 푸른 솔 수풀을 다독거리고 있었다. 내 눈에 가득 찬 만물상! 진정으로 웅건하고 장엄했다. 그래서 선녀들도 흠모하여 내려왔었나 보다. 경외감이 내 눈앞에서 나를 온통으로 흔들었다. 나는 할 말을 잃었다. 입을 다물지 못하고 그냥 눈길만 줄 수밖에 없었다.

춘원 이광수 선생이 지은 《금강산유기》에 실린 시조 두 수가 생각났다.

외금강 봉우리들

선생은 선계에 노니는 신선의 삶을 무척 부러워했나 보다. 금강산의 기암
괴석이 빛나는 소랑한 산경을 경외감으로 바라보면서 심연에서 울려오는
경탄의 정감을 이렇게 읊었다. 아마도 천선대를 돌아보고 읊었나 보다.
오묘한 심미감이 느껴지고 선계의 맑은 기운이 물씬 풍기는 가락이었다.

송풍은 거문고요 만폭수 비파로다
천겁에 아뢰는 곡조 뉘 있어 들었던고
신선이 허사(虛辭)이 오며 바위뿐인가 하노라.
바위야 늙은 바위 네 신세 부럽고야

천락(天樂)에 취하여서 백운 속에 누웠으니
골수에 엉긴 기운이 청풍인가 하노라.

　신선이 있어야 할 이 곳에 속된 인간 하나가 서있었다. 지저분한 삶을
살아온 누추한 사람이었다. 그는 선계를 아무 생각 없이 더럽히고 있었
다. 구름을 머금었다 토해내는 산의 용태에 나는 도취되었지만, 산은 나
의 거친 숨과 함께 토해내는 속기로 인하여 또 더럽혀지는 것은 아닐까?
소인배 나그네의 공연한 걱정인 것 같아 다시 또 내 마음은 스산해졌다.
　이곳은 속기(俗氣), 잡기(雜氣), 천기(賤氣), 오기(傲氣) 따위는 전혀 없
었다. 천기(天氣), 선기(仙氣), 산기(山氣), 화기(和氣), 영기(靈氣)만이 흐
르는 곳이어서 나는 그냥 지나쳐 버리고 싶었다. 그 까닭은 내 마음이 맑
지 못했기 때문이었다. 또 나는 아직도 속물근성이 남아 있는 갑남을녀의
한사람에 불과하다는 생각 때문이었다. 이번 금강산 만물상 여행을 기회
로 겸손과, 관용과, 배려와, 용서와, 사랑을 체득하고 가야겠다. 대자연이
베풀어주는 그 너그러운 포용을 말이다.
　산신, 신선, 선녀, 선인, 천선들만이 살 수 있는 곳, 그 천선대 이르는
길은 정말 험로였다. 나도 대견하지만 이곳에 올라온 모든 산행객들이 모
두 놀라운 사람들이었다. 《온정각》을 떠날 때는 속에 있는 속된 근성을 못
버리고 악착같이 가지고 왔지만, 하늘문을 지나 이곳 천선대에 이르면 모
든 사람은 선인의 거룩한 모습으로 변해 갔다.
　이곳에 이르는 모든 것이 통과의례였다. 기암괴석을 보는 것, 약수를 마
시는 것, 삼선암에서 신선의 호흡을 느끼는 것, 그 곳에 얽힌 전설을 듣
고, 절부암의 기묘한 형상에서 기존의 생각을 버리는 것, 모두가 절차였
다. 또한 도무지 올라갈 수 없을 것 같았던 철제난간과 사다리 길의 힘겨
운 오름도, 숨죽이고 지나가야할 준엄하리만치 웅숭한 협곡들의 껄끄러
운 영접이었다. 모두가 속되기 이를 데 없는 속인을 신선으로 만들려는 만

물상의 계획된 의도로 밖에 생각할 수 없었다. 세진을 털어내야 선계에 이르른다는 가르침일까? 신선 되는 것은 쉽기도 했고 어렵기도 했다.

천선대에 이르러 주변을 살펴보고 생각하니 쉽게 느껴졌고 오르는 과정을 떠올리니 힘겹다는 생각이 들었다. 이런저런 생각으로 입안에는 쓴 내가 진동하였다. 역시 만물상 앞에 있는 천선대 주변은 달랐다. 만물상을 가장 잘 볼 수 있는 최고의 조망 장소라는 사실을 증명이라도 하듯이 또렷이 알려 주었다. 이것이야말로 만물상에 올라올 사람들에 대한 인증의 자부심이 아닐까? 그리고 이것은 거룩한 만물상을 자랑하고 소문낼 하나의 단초가 될 것이다.

천선대에서 바라본 만물상(萬物相)

하늘에 떠있는 쉼터가 천선대였다. 공중에 나있는 평평한 길이 눈에 들어왔다. 여기에 올라왔다는 사실이 믿기지 않았다. 남아있는 힘은 내 몸 그 어디에도 없었다. 모든 힘이 다 소진되어 완전히 고갈 되어 있었다. 서 있는 것조차 힘이 부칠 정도였다. 길을 따라 돌아 나갔다. 숨을 고르고 만물상을 향하여 몸을 오른 쪽으로 천천히 돌렸다. 모서리 난간을 당기는 순간, 나는 뒤로 넘어질 뻔했다. 다시 눈을 들었다. 내가 이제껏 생각했던 것과 전혀 다른 느낌의 만물상이 새 모습으로 나타났다. 하늘문에서 살짝 보았던 산세와는 비교할 수 없었다. 내 눈앞에 상상을 초월하는 숨이 멎을 듯한 광경이 펼쳐졌다. 말로 형언키 어려운 광경이었다.

만물상을 처음 본다는 것은 나에게 커다란 충격이었다. 나의 오관은 순간 고압선에 감전된 사람처럼 움직일 수 없었고 그냥 그 자리에서 주저앉을 수밖에 없었다. 한참을 만물상 전면을 응시하며 아무런 말도, 어떠한 행동도, 무엇에 대한 생각도 모두 멈추고 그저 물끄러미 바라만 보고 있었다. 한동안 정적이 겨울 산허리를 휘감은 채 얇은 실안개가 되어 쥐 죽은 듯이 흐르고 있었다. 고요가 침묵처럼 말없이 흘러갔다. 산새 몇이서 빈 하늘을 가르며 샛바람 쪽으로 날아갔다. 살얼음판같이 투명하게 그리고 싸늘하고 미끄러운 창공엔 그저 넉넉한 너그러움뿐이었다. 그리움이 내 가슴에 저미어 왔다. 쪽빛 물들이려 널어놓은 기다랗고 얇은 명주 깁의 흔들림만이 이 만물상 구릉을 감싸고 있었다. 먼 길 떠나는 나그네처럼 모든 사연을 묻어둔 채로 말없이 사연이 이어지고 다시 여려지며 사라져 갔다. 따사로운 햇볕은 시간의 흐름이 태초부터 지금, 여기까지 이어지고 있음을 똑똑히 알리고 있었다. 한참의 시간이 무의식 속에서 흘러갔다.

금강산에서 가장 아름다운 절경 몇을 꼽으라고 한다면 내 생각에는 다음의 일곱의 명승을 꼽을 수 있을 것이다. 내가 이제까지 알고 있는 상식과 금강산을 잘 아는 다른 사람들로부터 주워들은 얘기를 종합하여 가려 보았다. 첫째는 해발 1,638m의 비로봉(毘盧峰) 맨 꼭대기에 서서 온 누리를 굽어보는 것일 테고, 둘째는 천선대에 올라 만물상을 앞에 두고 자연의 진수성찬 곧, 산의 산해진미를 차려놓은 만물의 잔칫상을 맛보는 것일 테고, 셋째는 내금강의 보덕암, 명경대, 묘길상, 마한연암에 이르는 가을 단풍 길의 황홀한 경관일 거고, 넷째는 삼일포에서만 느낄 수 있는 아기자기하고, 잔잔하고 고요론 호수의 아름다운 빛깔일 것이고, 다섯째는 해금강의 기기묘묘한 해만물상의 바위 형상과 화사한 바다 물빛과 그 물에 비친 그림자의 아름다움일 것이고, 여섯째는 통천 바닷가에 있는 총석정으로, 주상절리로 이루어진 거창한 바위기둥과 절벽에서 맞는 해돋이의 장관일 것이고, 일곱째는 상팔담 주변 바위산에 빨강 물감을 통째로 들어부어 홍·자·주·적·황의 다 다른 빛이 하나로 뒤섞인 휘황한 극가경일 것이다. 이것이 내가 정한 금강산 최가경(最佳景)의 일곱 순서다. 물론 내금강과 총석정을 비롯하여 대부분이 내가 가보지 못한 곳이다. 따라서 그 곳에 다녀온 사람들의 자랑과 사진에 의존하여 설명하고 정한 것이어서 그 신뢰도는 기대하지 않아도 될 것이다. 하지만 오늘 내가 올라 보는 이 만물상, 이제 몇 걸음만 떼면 휘장 걷히듯 펼쳐질 만물상을 상상해 보았다. 이제껏 고생했던 힘든 산행 길이 단순히 산을 오르는 것이 아니었음을 깨닫게 될 것이다.

내가 그토록 그리던 만물상을 처음 보았을 때 내 마음 속에 웅크리고 있

만물상의 겨울

던 궁금증이 한순간에 안개 걷히듯 사라졌다. 찬란한 아침 해를 맞이하려 동창에 드리운 커튼을 열어젖혔을 때, 그 때 느끼는 그런 기분이었다. 내 내 그 산 빛과 그 바람결이었지만 급작스럽게 눈이 확 밝아졌다. 이건 앞 못 보는 장애인이 안구를 기증받아 개안 수술 후 처음 붕대를 풀고 피사체를 바라보는 그런 감정이었다. 그 극적인 장면이 내 눈 앞에서 펼쳐졌다. 만물상은 감격스런 환희와, 기가 막히는 경탄과, 몽환의 경외감과, 환상적 충격으로 나의 모든 감각을 얼어붙게 하였다. 그리고 가장 많은 것을 보고 있으면서도, 어느 것 하나도 전혀 알아채지 못하는, 모순의 순간으로 나를 빠뜨리고 있었다. 어안이 벙벙한 상태가 침묵 속에서 흐르고 있었다. 세월처럼 말이다. 석기시대에 살면서 날수 헤아리듯 조용히 그리고 멈춘 듯이 흐르고 있었다.

내가 지금 느끼고 있는 이 역설적인 모순은 무얼까? 그것은 만물상을 보고 있으면서도 무엇인지 알 수 없다는 것이요, 느끼고 있으면서도 어떻게 표현할 방법을 못 찾는다는 것이요, 다 알면서도 전혀 깨닫지 못한다는 것이다. 이것은 어떤 것도 깨닫지 못하는 무아지경(無我之境)의 형편이요, 온전하여 전혀 막힘없는 무장무애(無障無礙)의 상황이요, 까맣게 잊고 느낄 수 없는 무념무상(無念無想)의 텅 빈 상태요, 자연의 품속에 푹 빠진 물아일체(物我一體)의 경지요, 보고 또 봐도 다함이 없는 무궁무진(無窮無盡)의 외형이었다. 그것은 꿈속에서 깨어나기 직전 이성과 감성이 뒤섞인 경계선의 혼란스러움이었다. 내 안의 나와, 나 밖의 내가 서로의 교감이 멈춘, 이원화되어 혼동된 나를 발견할 수 있었다. 나는 내 영혼과 육체를 지탱할 힘의 균형을 잃었다. 그러나 혼란스럽지만 편안하고, 요란스럽지만 차분한 엇갈린 감각의 흐름이 나를 지배하고 있었다.

나는 다짐했다. 이 순간만큼은 판단하지 말자. 그 어떤 감정도 드러내지 말자. 말과 글로 표현하지도 말자. 있는 그대로 보고, 보고 있는 그대로 느끼고, 그냥 가만히 머물러 바라만 보자. 이러한 대자연의 숭엄한 장관 앞에 우리가 무슨 언사(言辭)로 느낌이나 생각을 이야기 한단 말인가? 나의 눈에는 아무 것도 보이지 않았다. 거짓말한다고 욕해도 괜찮을 것 같았다. 내 이성으로 판단되는 파라다이스의 세계만이 내 눈앞에 영상처럼 보이고 있을 뿐이었다. 조금 지나칠 법한 표현 같지만, 이곳은 인간이 범접해서는 안 될 불가침의 성소요, 순진무구의 자연인만의 출입이 허용되는 대 자연의 치외법권적인 성역이었다. 아무런 생각 없이 뜻 모르고 이곳 만물상에 오려는 사람들의 발길만은 막아야 한다. 만물상을 단순히 보고 느끼려고 온다면 우리는 모두의 발길을 막고 되돌아가게 해야 한다. 아무런 거스름이 없고 사악한 생각 없이 그냥 보고 지나칠, 천진무구의 상태에서 인간의 흔적을 남기지 않을 사람만 이곳에 이르게 해야 한다. 이것은 만물상에 푹 빠져버린 나의 억지스럽고 대단히 주관적인 판단이었다.

금강산 만물상! 이 숭고한 선경을 작가의 관능적인 느낌만으로 글을 쓴다는 것은 잘못이라는 생각이 언뜻 들었다. 적당하고 확실하게 표현할 말과 글이 턱없이 모자라기 때문이리라. 산수화의 거장이 수묵화로 실재의 그림을 실경하여 그려 놓는다면, 그래도 비슷하게 나타낼 수 있을지 모를 일이다. 하지만 그림으로 그리려고 생각하는 것부터가 착각이라는 생각이 들었다. 헤아리기 어려운 천변만화의 외경 곧, 짐작조차 허용하지 못하는 천태만상의 산세와 표정을 비슷하게라도 그릴 수는 없기 때문이다.

그렇다 하더라도 독일제《칼자이스》렌즈가 장착된 세계 최고의 카메라《롤라이플렉스》나《라이카》·《하셀블라드》또는 파노라마로 찍을 수 있는《지나》카메라로 금강산 만물상을 담으려고 한다면 그것은 더욱 고소를 금치 못할 난센스가 되고 말 것이다. 왜냐하면 카메라라고 하는 인위적인 틀 속에 그리고 대단히 제한된 공간에 그토록 복잡하고 극세한 부분 모두를 담을 수 있을까? 사람의 눈만도 못한 인공의 렌즈로 펼치는 빛의 조절 가지고 인간의 상상을 초월하는 절대적으로 섬세한 미의 실체를 담을 수 있을까? 그것은 만물상과 비슷할지언정 실재의 모습은 아니며, 얄팍하게 모사(模寫) 된 허상으로서 대수롭지 않게 말할 수밖에 없는 '짝퉁 만물상' 이기 때문이리라.

금강산에 오기 전 나는 금강산에 산재한 명승지를 인터넷을 통해 거의 다 찾아보았다. 금강산에 관한 사전적인 설명과 함께 지리적인, 학술적인, 문학적인, 관광과 여행의 측면에서 찾아보고 기록으로 정리하여 보았다. 그 중에서 가장 궁금증을 더해주었던 것은 천하제일의 경치 만물상이었다. 그래서 그런지 내 눈 앞에 펼쳐진 만물상을 바라보고 있노라니 내 마음은 내 가슴 속에 있지 않았다. 만물상 속으로 이미 들어가 있었다. 얼마나 감격적이었는지를 나 자신도 깨닫지 못했을 정도였다. 감개무량한 것은 당연한 일이리라. 억지로 하지 않아도 저절로 이루어지는 무위이화(無爲而化)의 감동만 있고, 모든 의식을 떠난 무각무인(無覺無認)의 경지만 있었다. 나는 아무런 감정의 흐름이 없고 무색 무미한 청량의 멍한 심리상태로 침묵 속에서 홀로 앉아 있었다. 나는 막연한 시간의 흐름만을 느끼고 있을 뿐이었다. 한참의 시간이 지나갔다. 연한 안개의 흐름이 눈앞을 아른거렸다. 연막이 걷히며 흐릿한 깨달음이 내 의식 세계로 넘어오고 있었다.

만물상은 어느 한 전망대에서 다 볼 수 없다. 천선대와 《망양대》 두 곳에서 보아야 다 볼 수 있다. 이 곳 천선대 전망대에서 만물상 왼쪽의 많은 부분을 보고, 《망양대》 전망대에 올라 만물상 오른 쪽 나머지 부분과 동해안을 아울러서 보아야만 만물상 모두를 다 보았다고 말할 수 있을 것이다. 사실 천선대와 《망양대》의 주변 경치는 그 자체만으로도 만물상의 한 자락이다. 나는 잠깐 너럭바위에 걸터앉아 생각해 보았다. 그러고 나서 잠시 후 나는 생각을 바꾸기로 마음을 먹었다. 천선대에서 보건 《망양대》에서 보건 무슨 상관이란 말인가? 어느 쪽 하나만이라도 제대로 보았다면 만물상의 모든 것을 다 보았다고 말해도 전혀 무리가 되지 않을 것이라고 생각했다.

내가 천선대에서 만물상을 바라보기 시작한 시각은 오전 11시가 되기 직전이었다. 깔끔한 햇살이 온 만물상의 맑은 공기를 다습게 덥혀 주었다. 상큼한 바람은 골짜기의 안개와 함께 부서지는 눈을 쓸어 내듯 잔잔하게 흐르고 있었다. 나는 이렇게 깨질 듯이 투명한 파란 하늘을 이제껏 본 일이 없었다. 어릴 적 늦가을 초등학교 운동회 때는 더러 유리알처럼 맑은 쪽빛 늦가을 하늘을 볼 수 있었다. 원래 겨울 하늘은 맑게 개이면 더 높아 보였고 더 차갑게 느껴졌다.

시냇물도 하늘처럼 계절에 따라 그 느낌이 달랐다. 가을 냇물이 여름 냇물보다 맑고 겨울 냇물이 가을 냇물보다 더 맑고 차갑게 느껴지는 법이다. 그리고 봄 냇물이 겨울 냇물보다 더 정겹고 사랑스러우며, 여름 냇물이 봄 냇물보다 더 기운차고 활달하게 느껴지는 것이다. 이것은 내가 어릴 적부터 사계절 내내 시냇가에서 놀면서 직접 느꼈던 뚜렷하고 분명한 수학 공식과 같은 추억이었다.

첫눈에 비친 만물상을 크게 네 층으로 나누어 보았다. 그것은 커다란 황소 등허리와 같은 날선 산봉우리들, 중턱에 헤아릴 수 없이 쪼개져 박힌 암벽 위의 주름들, 정장한 신사처럼 말쑥하게 차리고 나선 파란 금강 솔숲, 그리고 잎 진 나무들과 뒤섞인 산 밑 바위들이었다. 숫돌에 갈아서 날 세워 놓은 칼을 가지고 나무토막을 마구잡이로 쳐낸 듯한 산봉우리의 능선이 너무 섬세하고 날카로웠다. 섬뜩하리만치 삐쭉삐쭉한 산 능선은 아열대 사막의 선인장처럼, 악어의 날선 등줄기처럼 예리하게 보였다. 오리쯤 떨어져서 그런지 몰라도 파노라마처럼 옆으로 길게 늘어져 있어, 빼어난 구성의 기교가 한껏 드러난 동양화보다도 더 그림 같아 보였다. 만물상 실재의 형상이 겸재 정선의 산수화보다 더 그림 같이 아름다웠다. 어떻게 실재가 가상보다 더 허상 같이 빛나고, 천연의 물상이 인공의 꾸밈처럼 곱고 아름답게 빛날 수 있을까? 참으로 만물상은 생각하면 생각할수록 그 속을 알 수 없는 불가사의한 존재인가 보다.

금강산 만물초도(萬物肖圖)

　나는 이곳 천선대에서 산수화 한 폭을 감상해 보기로 했다. 흰 점 같은
바위들은 작은 불상과 같이 그 수를 헤아리기 힘들 정도로 많이 그려 놓
았다. 일정하게 보이는가 하면 크고 작게 그리고 불규칙 하게 그려져 있

었다. 봉우리 위로 올라가면 올라갈수록 흰 바위 능선의 주름은 날카로웠고, 말로 형언하기 어려울 만큼 가늘고 변화가 많았다. 그리고 다른 화폭에서는 볼 수 없는 독특한 준법으로 표현해 놓았다. 하늘과 맞닿은 산봉우리의 윤곽선을 아주 거칠게 치고, 그 속의 주름 바위와 작은 첨봉들은 아무렇게나 구겨서 그 위에 거친 말라깽이 붓 등을 흔들어 준법을 구사한 듯이 보였다. 그것은 분명 정신이 몽롱한 산수화 화가가 무아지경의 상태에서 빠른 운필로 금방 작업을 끝낸 수묵 산수화였다.

만물상은 이제껏 우리가 올라오는 과정에서 보인 구체적인 형상의 물상으로만은 보이지 않았다. 심산유곡에 터 잡고 있는 침잠의 고요한 산사에 가보면 손가락만한 작은 불상을 층층으로 빼곡하게 세워놓은 《만불전》을 볼 수 있다. 그 안에 정좌하고 있는 많은 불상들은 윤곽선만 새겨서 멀리서 바라봤을 때 그 조각이 불상으로 보이도록 조각해 놓은 것이 대부분이다. 천선대에서의 만물상은 《만불전》 불상 제작 기법과 방불한 느낌의 산수화 준법이 있었다.

만물상을 멀리서 바라보고 있노라면 솔기 없는 옷자락을 옆으로 길게 늘어뜨린 휘장처럼 보였다. 치렁거리는 휘황한 옷 깃을 반공에 흐르는 바람결에 살포시 내던져서 빚어진 신산(神算)의 결과물이었다. 구름에 걸린 품세가 거칠게 보일 듯, 부드럽게 보일 듯, 살랑거려 농염하게 보일 듯, 뭇 사내를 후려서 후리질하고 난 뒤에 여려진 넋을 빼앗는 것일까? 정신을 못 차릴 지경으로 빠뜨리고 있었다.

만물상은 우리들의 가슴을 향해 무언의 명령을 하고 있었다. '나의 한 곳만을 뚫어지게 주목하지 말고 온갖 물상을 한데 모아서 훑듯 보아라. 그곳에 나를 닮은 여인이 있을 것이다. 그곳에 가보아라! 그곳에 분명 무봉의상(無縫衣裳) 곧, 솔기 없는 투명의 옷자락을 늘어뜨린 천상의 연인이 보일 것이다.' 만물상이 말하는 그 여인은 석굴암 본존불을 빙 둘러 서있는 보살들인데 그 가운데 치렁치렁 하늘거리는 몽롱한 천의를 걸친 《십일면관세음보살상(十一面觀世音菩薩像)》이었다. 그리고 그는 그 답을 말했다. '바로 이 만상의 부조가 바로 나, 만물상이다' 라고,

만물상에 어려있는 십일면관세음보살상

옷깃마다 어려있는 은은한 실 가닥은
천연의 깊고 오묘한 온전한 모습인데,
이 어찌 태초부터 간직해 왔던
그 때 그 원형이 아니라 할까?
억겁의 세월 속에서
거룩하고 수줍음 핀 모습으로
온화함 가득 담고 서있는 자태여라!

조심스러운 듯 가지런한 듯
연하고 부드러운 섬섬옥수로
고아하게 옷매무새 추스르는 몸짓이여!
황홀하리만치 화사한 화관은
우러러보기조차 무안했나 보다.

번뇌는 자신의 은은하게 떨리는
화려한 옷자락 끝트머리에
나도 모르게 슬며시 가리우고
찰나의 일념으로 외면한 채
뭇 중생을 굽어 살피고
그토록 오랜 세월 잊고
염화시중의 은은한 미소를
물끄러미 지금껏 보이고만 있는가?

다정함 아우른 채로

흘러버리는 연한 주름 부여잡고
겹자락 걸쳐 아련하게 추스르지만
멈추지 않고 너울거리는
그 투명한 흔들림이 움직일 적마다
치렁치렁 울림으로 여울진다.
실바람이 고이고이 인다.
보드레한 몸의 향내 다소곳이 일렁인다.

퉁기듯 봉긋하게 도드라진 가슴팍을
살포시 보이도록 숨기우고,
환히 들여다뵈는 천의(天衣)로
가리려는 수줍음 띤 얼굴에
나는 시름조차 잊었다.

너울거리는 나비처럼
하늘대 듯 팔랑이는 옷깃 너울이
너무도 많아 화사한데
속곳 끈 몇 가닥을 옆으로
살짝 들어 올렸다가 다시 떨어뜨린
농염(濃艶)이 넘치는 자태여!

조금은 보일 듯 말 듯,
겨우 드러낸 희디 흰 허벅지 속살은
그 누가 바로 보고 가릴까?
쉽게는 가릴 수 없다 하여도,
이 저녁 달 다 지기 전에

시름 다 삭이고 나서 가리려나?

좀처럼 풀릴 것 같지 않던
불끈대는 세사의 번뇌이어도,
왈칵왈칵 소스라치게 놀랄
힘에 겨운 역겨움도,
오늘 만큼은 굽이굽이
연분홍 빛 하늘이었다.

넓게 보이면서 폭마다 갈라진,
억지가 늦가을 새털만큼도 없는
천연의 구김살로만 가득한,
미끄러지듯 흘리우는 구름 치맛자락
보들보들한 흰 깁 말기였느니.

수양버들 유사(柳絲)처럼
치렁치렁 떨어지는 옷고름이
올을 따라 또렷하고 아름다웠고녀.
요염하리만치 부끄러움 머금고
주르르르 세상을 향해 물결치고 있었다.

선계의 거룩한 기운이
속세의 천한 물상 앞에 고이 떠
오늘도 구별된 응시를 계속하고 있었다.

나는 염치없이 잠깐만이라도

금강산 봄 만물상

머무를 자리가 남아있길 바랄 뿐
그토록 유체스러운 관능미는
우리네 범부들의 가슴을
충분히 홀릴 만큼 아리따웠다.

짝사랑으로 홀딱 반하지 않고서야
없으면 못살 것만 같은
온전히 미쳐버리지 않고서야
어찌 그 한껏 무르익은 아름다움에
오감을 자극하는 아리따움에
절제만을 요구할 수 있을까?

세사의 분홍빛을 이제는 잊자.
만상이 흔들린다 해도
가녀린 몸과 넋을 시나브로 추스르자!

　내 눈을 가득 채운 영묘(靈妙)한 만물상! 몽롱한 산 빛이 내 눈에 어리고 칼끝 같은 능선의 바위 주름에서 나의 마음은 갈기갈기 찢기듯이 뭉그러지고 있었다. 점점으로 박혀있는 금강 솔이 표범 가죽의 점박이 무늬가 되어 겨울 산의 이미지를 떨쳐버리고 있었다. 네 계절 한결같은 선명한 영상을 한눈에 보여주고 있었다. 그렇기 때문에 금강산의 사계절이 주는 감흥은 큰 차이가 없었다. 소나무 숲이 암산으로 덥힌 전체를 대신하여 군데군데 푸르게 칠해 놓았기 때문에 얼핏 보아도 네 절기가 흡사하게 보였다. 물론 가을 풍악은 여러 곳에서 분명 붉게 불붙는 듯이 타오르겠지만,
　나는 금강산이 사계절 변함없는 명산이 되게 하는 가장 큰 원인은 금강송 때문이라고 생각한다. 왜냐하면 사시사철 늘 푸른 모습을 조금도 변색

되지 않은 상태로 보여주기 때문이다. 가을 풍악산 단풍의 휘황찬란한 번쩍거림도 형언키 어려운 장관이라고 말들 하지만, 눈 덮인 겨울 설봉산의 속세와 구별된 눈부신 금강송의 아름다움도 만물상 단풍과 비견할 수 있을 만큼 비경을 보여 주었다. 그렇기 때문에 사계절의 변함없는 금강산의 모습을 인위적인 잣대로 나누어 가늠하는 것은 큰 의미가 없을 것이다. '겨울에 보는 개골산은 볼 것이 없어'라고 푸념하는 사람들의 넋두리는 아무런 느낌이나 감정 없이 지껄이는 영양가가 없는 시쳇말로 들릴 수밖에 없는 것이다.

천선대는 명승과 관련하여 두 가지 유명한 전설이 있다. 하나는 하늘의 선녀들이 하늘에서 내려다보니 만물상 경치가 너무나 아름다워 내려온 뒤 마음껏 경치를 즐기며 놀다가 올라갔다는 전설이다. 다른 하나는 하늘의 선녀들이 실컷 물리게 이 만물상에 내려와 노닐고 올라간 뒤에, '금강산 제일의 절경 만물상을 가장 잘 조망하는 장소가 이 곳이다'라고 말해서 붙여진 전설이다. 천선대라는 이름은 내 모습의 자랑과 남의 자태의 칭찬을 이르는 상칭(相稱)의 중의적 의미를 띤 미사여구였다.

천선대에 이르러서 나는 더 오르고 싶지 않았다. 몸이 지쳐서 오르고 싶어도 오를 수 없었다. 사실 다 올라 왔기 때문에 오를 곳도 없었다. 그렇지만 대근함 정도는 문제가 될 수 없었다. 그렇다면 나는 왜 옮기는 것이 그토록 싫었을까? 그것은 천선대에 서서 앞을 바라보는 순간 엄청나고 완벽한 파라다이스가 내 눈앞에 펼쳐졌기 때문이었다. 만물상이 짠하고 자막이 걷히며 눈앞으로 다가왔기 때문이었다.

만물상 중에서도 왼편의 만물상이 시야에 가득 차게 들어왔다. 사람이 누워서 파란 하늘 반구(半球)를 보는 것처럼 왼쪽 눈초리 끝에서 오른쪽 눈초리 끝까지 꽉 차게 선경이 들어왔다. 조금도 여유가 없었다. 하나의 커다란 화폭이 내 눈초리에서 눈구석까지 가득 채웠다. 한동안 나는 아무 말 없이 바라만 보고 있었다. 할 말이 없었다. 머리가 멍해졌다. 고요가 흔들리는 호수면처럼 잔잔하게 흘렀다. 탄식이나 경탄은 조금 뒤에 해도 늦지 않았다. 물끄러미 바라보는 동안 서서히 숨이 차오고 원경과 근경이 돌아 보이면서 중첩 된 광경은 가히 일품이었다. 조금 뒤에 나의 정신도 제 자리로 돌아왔다. 나의 몸 앞에 아이맥스 초대형 스크린에 비친 대자연의 파노라마가 펼쳐지고 있었다. 유토피아가 실재의 현실 속에서 드러난 현상이었다. 허상이나 가상이 아닌 실상이었다. 우리들이 흔히 말하는 유토피아나 파라다이스 그리고 샹그릴라가 여기로구나 하는 생각이 들었다.

　금강산 만물상에 대하여 잘 아는 사람들의 말로는 만물상을 다 보려면 세 곳의 전망대에 올라가야 한다고 말들 한다. 왼쪽 한 자락은 천선대에서 바른쪽 한 자락은 《망양대》에서 그리고 좌우 모든 자락은 내금강 어느 높은 봉우리로 올라가야만 다 볼 수 있다고. 그러면 그렇지 어찌 만물상이 한 곳에서 다 볼 수 있겠는가? 그렇다면 만물상이 아닐 것이며 소폭의 바위산쯤으로 여길 수밖에 없을 것이다. 실제로 오른쪽 부분과 동해안 쪽은 자리를 옮겨서 올라야만 볼 수 있었다. 먼 길을 돌아 내려갔다가 다시 《망양대》에 올라가야만 볼 수 있다 하니, 과연 그 웅자와 숭엄함이 천하제일경임을 금세 깨닫게 되었다.

만물상(萬物相) 조망(眺望)

　산수화에 능한 사람이라면 금강산 만물상을 그려보고 싶을 것이다. 글솜씨가 좋은 사람들은 시나 소설, 수필의 형식을 빌려, 금강산의 모든 경치를 글로 써서 남기고 싶을 것이다. 실례로 어줍지 않은 글을 쓰고 있는 나 같은 사람도 그런 생각을 했으니 말이다. 그러나 그것은 잘못된 생각일 것이다. 눈에 꽉 차게 펼쳐진 이 만물상을 가로 세로 넉 자, 다섯 자의 작은 화폭에 만물상을 그려 넣는다는 것은 지극히 자가당착적 사고이기 때문이다. 그리고 사람마다 생각이 다 다른데 아주 제한적인 말이나 문자로 표현한다는 것은 좌정관천의 속 좁은 판단일 수밖에 없을 것이기 때문이다.

　사진은 그림보다 조금 더 낫겠다는 생각을 하겠지만 사진도 마찬가지다. 사진이야말로 실재를 그대로 담아내기 때문에 거울 같이 산세를 담을 수 있을지 모른다. 하지만 사진은 축소와 압축을 거듭한 것이기 때문에 실경의 진미를 진정으로 알 수는 없다. 아무리 큰 폭의 아이멕스 파노라마 카메라로도 만물상 모든 진면목을 담을 수는 결코 없을 것이다. 비디오 카메라, 캠코더, 휴대폰 같은 영상장비로 전 방위를 돌려가면서 동영상을 촬영한다면 사진보다 조금은 나을 것이다. 그리고 실경의 외형에 꽤 가까운 영상을 볼 수 있을지 모른다. 그렇지만 실재의 만물상 형상을 영상 기계를 이용하여 작고 좁게 담아냈다고 하더라도, 그것은 실재가 아닌 축소

내금강 비로봉

의 허상에 불과한 것이다. 소폭의 제한된 인화지라는 공간에 찍힌 압축본을 보고 똑같다는 생각을 한다는 것은 앞에서 언급한 것처럼 모순이요, 억지요, 자기만족일 뿐이다.

　실제로 만물상 전체의 산색은 어느 누구도 모를 눈 깜짝할 순간에 바뀌
고, 시시때때로 변덕을 부리는 일이 다반사이기 때문에 그 속내를 예측하
기가 아주 어렵다고 한다. 그리고 어제·오늘의 빛깔이 뚜렷이 다르고,

지난달과 이번 달의 모습이 확연히 구별되며, 지난 계절과 시방의 계절이 바뀔 때마다 분명히 새롭게 변한다고 한다. 시시때때로 옷을 갈아입기 때문에 그토록 수많은 변형의 만물상 모습을 모두 담을 수는 절대로 없는 것이다. 한 번 찍으면 변함없는 반영구적인 찰나의 영상 예술이 사진이나 동영상이라는 것을 우리는 잘 알고 있다. 그렇게 변화무쌍, 천변만화, 천태만상인 만물상의 모습을 손바닥 만 한 종이에 모두 담아 두었다고 생각한다는 것이 얼마나 어리석고 무지막지한 발상인가? 그 까닭은 곰곰이 생각하면 금세 알 수 있지 않을까?

만물상을 느릿하게 응시하면 우주의 축소판처럼 보였다. 만물상은 말 그대로 온 세상의 모든 만물을 그려서 넣듯이 그 형상을 만들었다는 뜻이다. 그렇기 때문에 만물의 집대성을 우주로 생각한다면 앞에서 표현한 우주의 축소판이라는 말은 그 신빙성을 더하게 되는 것이다. '만물상', '만물초(萬物肖)'라 불리고 있는 그 명명의 근거가 분명한 사실에 있었고 남달라서 좋았다. 나는 그것이 만물상만의 매력이라고 생각했다.

만물상 맨 꼭대기 첨예한 산등성이는 억지로 빚은 게 확실했다. 얇은 종이를 꺾이지 않을 때까지 최대한으로 꺾고, 또 구겨 눈에 잘 보이지 않을 때까지 구긴 뒤 그걸 다시 뽀족하게 구부려서 칼끝처럼 날카롭게 만들어 놓은 것이 분명했다. 나란히 내려온 평행선은 거의 없었다. 좁게 내려오거나 넓게 올라가면서 바위의 모든 면을 각 지게 만들어 놓은 것이리라. 좁고 긴 직 삼각형 같기도 하고, 길쭉하게 짜부라진 네모꼴 같기도 하고, 뽀족한데 날이 떨어져 나간 표창 같은 마늘모꼴 같기도 했다.

앞으로 기울여 튀어나오게 하고, 후비듯이 문지르고 들쑤셔 파고 들어가게 하고, 아래로 내 던져 깨진 날카로운 유리 날처럼 만들어 놓았다. 누가 보아도 만물상은 확실히 지금 막 쨍하고 깨어진 빙렬(氷裂)의 연속된 중첩이 분명했다. 살얼음판 얼음 조각의 금간 자국처럼 그 날카로움이 너무나 선명했다. 빙기옥골(氷肌玉骨) 미인의 얇고 날카로운 초승달 눈썹 끝이었다. 자동차 창유리를 망치로 내려쳐서 깨지고 일그러진 날카로운 유리 파편같이 섬뜩했다. 경천동지할 천둥소리가 울리기 전, 장마의 여름밤 검은 하늘을 날카로운 빛줄기로 사정없이 가르면서 번득이는 번개의 갈기갈기 찢어진 불빛이었다. 그 징그럽고 몸서리 쳐지는 톱날 같은 불혀가 예리하게 갈라지고, 또 갈라져 있었다. 여러 갈래로 날카롭게 찢어진 번갯불 그 광선을 불규칙하게 포개고, 여러 번 거듭 포개어 놓은 것처럼 그 균열이 또렷하게 드러나 보였다. 참으로 그 신묘함에 놀라 할 말을 잊고 말았다. 그리고 그 범접할 수 없는 거룩함에 경외감을 느끼지 않을 수 없었다.

금강산 모든 봉우리와 바위들은 다 그렇게 뾰족하고 날 서있고 유별나게 부서져 있었다. 이것은 평범하고 예사로운 일이 확실히 아니었다. 아주 특별한 경우라고 인정할 수밖에 없었다. 그 중에서도 만물상은 그 끝이 이 세상 그 어떤 산봉우리보다 더 예리하고 더 선명하고 뚜렷하게 쭈뼛거렸다. 누구든지 이 만물상을 보는 순간 이 땅위에서 금강산 만물상만큼 곱고 화사하고 눈이 부시게 아름다운 산봉우리와 산색은 없을 것이라고 생각 할 것이다. 또렷또렷한 날선 흰 바위들 마다 서릿발 같은 기가 팍팍 서있어 소스라치게 놀라게 함은 물론, 몸을 오싹하게 하고 몸서리마저 쳐질 정도로 기막힌 경승이 드러나고 있었다.

산중턱에 늘어서 있는 흰 살구 빛 바위들은 그 크기가 모두 제각각이며 닮은 것은 하나도 없었다. 바위색도 모두 다르고 모양도 전혀 딴판이었다. 놓인 자리도 생김새도 전부 제 맘대로였다. 이렇게 만물상의 주변 경관이 확연히 서로 다르게 나타나는 것은, 온 세상 모든 만물의 모양을 다 다르게 만들려는 욕심이 바로 현실이 되었기 때문이었다. 그래서 사람들은 만물의 모든 형상을 압축해 놓은 이곳을 '만물상' 또는 '만물초' 라고 말하는 것이다.

어떤 곳에서는 아침 이슬이 방울져서 뚝뚝 떨어지는 것 같은 수로(垂露)

벼랑도 보였고, 어떤 곳에서는 유명한 서예가가 묽은 먹을 듬뿍 적셔 흰 화선지 위에 쿡 내려찍은 듯한 묵직한 암벽선질이 보이기도 했다. 먹으로 태점을 찍어도 그냥 찍은 것이 아니었다. 서로가 완벽에 가깝게 어우러지게 찍혀 있었다. 꼭 필요한 자리에 놓여있는 돌들이 모두 천연의 무난한 정원석이요, 불가사의한 수석 작품들이었다. 산의 쏠림을 막기 위해 꼭 필요한 자리에 말뚝 박듯이 꽂혀 있는 쐐기 바위도 많았다. 실물과 꼭 닮은 형상의 커다란 바위들은 저들만의 얘기를 정겹게 나누고 있었다. 맨땅에 있다 해도 조형적 가치와 미적 의미가 뛰어 날 터인데, 솔숲이 가득 우거진 겨울 산의 늘 푸른 솔 색과의 조화는 그 비경을 더욱 배승하게 함을 금방 느끼게 했다.

만해 한용운 선생은 금강산을 보고 어떻게 느꼈을까? 선생의 시,《금강산》에 나오는 시 한 구절을 음미하고 싶다.

만 이천 봉 무양(無恙)하냐 금강산아!
너는 너의 님이 어디서 무엇을 하는지 아느냐?
너의 님은 너 때문에 가슴에서 타오르는 불꽃에
온갖 종교, 철학, 명예, 재산, 그 외에도 있으면 있는 대로
태워버릴 줄을 너는 모르리라.

너는 꽃에 붉은 것이 너냐?
너는 잎이 푸른 것이 너냐?
너는 단풍에 취한 것이 너냐?
너는 백설에 깨인 것이 너냐?

나는 너의 침묵을 잘 안다.
너는 철모르는 아이들에게 종착 없는 찬미를 받으면서

시쁜 웃음을 참고 고요히 이쓴 줄을 나는 잘 안다.

우리들이 쉽게 자각하지 못하지만 외관과 내면은 처음부터 둘이 아니었다. 눈에 비친 금강산의 아름다운 봉우리들과 빛깔은 시적 화자의 마음속으로 녹여 들어와 의식이 되고, 곧 이어 이념이 되었고, 시화(詩畵)가 되었다. 그리고 생각으로 변하여 새로운 제 3의 금강산의 모습이 되고, 두뇌 속에 담은 유에스비(USB)가 되었다. 나는 또 그렇게 만물상을 관조하는 것으로 그치지 않고 이미지화 시키고 있었다.

만물상의 무더기 소나무 숲은 여기저기 많았다. 군데군데 바위를 비집고 자라는 외톨이 소나무도 많았지만, 많은 소나무들이 무리를 지어 군락을 이루고 있는 곳도 여럿이었다. 누가 와서 빼내가기 전에는 여기서 나서, 여기서 살다, 여기서 죽고, 여기서 알몸으로 수백 년을 지켜내다 산속으로 되돌아가는 그들이다. 그토록 끈질기고 은근하기 만한 소나무들인데, 어찌 경외감을 느끼지 않을 수 있겠는가? 보는 것조차도 언감생심 송구스러울 따름이었다.

예로부터 '천의무봉(天衣無縫)'이라는 말이 있지 않은가? 천사들이 입는 옷에는 마름질이나 바느질하지 않아 솔기가 없다는 뜻이다. 가위로 마름질하지 않았으니, 박음질할 필요가 또한 없을 터. 만물상은 그 천사가 걸친 거룩하게 하늘거리는 가사(袈裟)였다. 그렇다면 그 천사는 어떤 빛, 무슨 사연의 옷감을 걸쳤을까? 갑자기 길쌈하고 베 짜는 아낙네 곧, 직녀의 환영이 떠올랐다.

이 천의는 직녀가 무념무상의 상태에서 부티끈으로 부테허리에 질끈 메고서 짠 인고의 거룩한 헝겊이었다. 그 깁 속에는 속된 생각이 자리할 틈이 없었다. 이성으로 판단하고 헤아려 짠 깁이 아니었다. 그녀는 베틀 위에 올라 한참 동안 자신의 삶을 돌아보았다. 찰나의 짧은 시간이었다. 그리고 무념의 멍한 시간이 느리게 흐른 뒤 자기의 신세처럼 복잡한 그 많

만물상 근경

은 날실인 잉앗실을 한 올 한 올 잉앗대에 빼곡하게 걸었다. 미리 준비한 꾸리에 씨실을 엉키지 않게 돌려 감아 북 속에다 넣고 베틀 날실 위에 묵직한 북을 올려놓았다. 그러고 나서 바디를 찰카닥 찰카닥 몇 번 친 뒤에

베틀신 신 끈을 힘지게 당겼다. 도투마리에서 풀린 날실은 잉앗대를 지나 씨실이 감긴 북을 만나고 다독거리는 바디를 거쳐 헝겊이 짜여 갔다. 그리고 말코엔 인고의 헝겊이 해시계 그림자 바늘 돌듯 느리게 감겼다.

여인은 가난에 찌든 저주스런 운명의 세월을 날실과 씨실로 여기고 한 길 한 길 짜 나갔다. 까만 밤으로 물들인 실로 아무런 생각 없는 무상의 얼 빠진 상태에서 옷감을 짜 나갔다. 어제도 없었을 테고, 오늘도 있지 않은 그리고 앞날에도 올 것 같지 않은 무의식의 시간이 오락가락 교차하며 뒤 섞여 흐르고 있었다. 넋이 빠져나간 몽환의 세계였다. 이성의 예리한 판 단이 자리할 틈이 없었다. 이제로부터 헝겊은 쑥돌이 달아지듯이 천천히 말코에서 엉기듯이 포개져 감기었다.

흰 창호지 쪽문 밖이 숨어들 듯 뿌예지고 있었다. 그녀는 게슴츠레한 눈 으로 여명을 흘기듯 바라보고 베틀에서 비로소 내려왔다. 다시 베 앞에 앉 아 달아빠진 무딘 손으로 한 올 한 올 한숨과 함께 물들여 곱게 베를 말았 다. 지루한 풀벌레 소리마저 잦아진지도 오래 되었다. 한 여름 짧은 밤, 희어진 이 한 밤을 지새운 가냘픈 아낙이 베틀에서 매무시한 옷감이 바로 천의였다. 천사가 걸쳐야할 천의는 바로 이 여인, 직녀가 짠 옷감이었다.

여인은 어제 하루 종일 밭맬 때 입었던 그 흑 물은 치마와 저고리를 입 은 채로 집 베개 돋워 베고 잠깐이나마 눈을 붙였다. 이렇게 하루가 시작 되기 바로 전에 하루가 겨우 마감되었다. 누구를 원망할 것도 그럴 필요 도 없었다. 그냥 그렇게 살아갈 따름이었다.

삐걱거리고 가년스러운 베틀을 차마 떠나지 못한 채 숙명으로 여기고 살아온 직녀의 바디치는 소리에 접동새 저 마저도 놀라 지친 길고 긴 밤 이었다. 천의는 그 아낙의 여린 손끝이 빚은 완벽한 깁 매무새 그대로였 다. 시작도 없고 끝도 없는 하늘이 빚은 천연의 헝겊, 그렇게 빛나는 흰 깁이었다. 그것은 바느질이 전혀 필요 없는 천연의 순수함 그대로의 옷감 이었다. 아름다운 모습을 극대화시켜 표현한 구절이라 생각은 했지만도, 맞는 말이라는 생각에는 지금도 변함이 없다.

진정으로 만물상은 천사의 하늘거리는 옷자락이었다. 곱고 투명한 흰 비단을 공그르고 멋진 빛의 베를 덧대어서 기워 놓은 화사한 옷자락이었

다. 비천하는 천사의 몸에 걸친 순수의 하늘거림이 온 하늘을 덮고 있었
다. 휘날리며 감치는 천의의 갈라진 치맛자락 사이로 선녀의 곱디고운 허
벅지 하얀 속살이 살포시 드러나 보였다. 그 백옥 같은 번쩍임이 눈부실
뿐만 아니라 눈마저 휘둥그러지게 밝았다. 온 누리 남정네들을 혹하게 할
관능미의 절정을 이루고 있었다.

바람결 따라 팔랑거리며 천사의 새 하얀 옷자락 위에 사뿐히 내려앉은
만물상! 그 숨 멎을 듯한 황홀한 승경이 내 눈에 가득 펼쳐졌다. 영화의 한
장면처럼 은근히 사라지고 다시 서서히 오버랩 되어 드러났다간, 또 슬며
시 스러져 갔다. 나의 마음은 이내 평상심을 잃고 말았다. 몽환의 흐릿하
고 투명한 흐름만이 내 마음 위로 고요한 운행을 지속하고 있었다. 이 절
경의 산수가 내 생애 오늘까지 한 번도 느끼지 못했던 감동적인 오르가즘
을 여러 번 느끼게 하였다. 아주 은근하게 침묵처럼, 그리고 멈춘 듯이 느
리게 움직이면서 말이다. 이렇기 때문에 사람들은 우리 모두를 이 만물상
근처에 얼씬도 못하게 막아섰던 것은 아닐까? 옴짝달싹 못하고 서있는 내
가 보였다. 오관이 양초처럼 녹아져서 형태도 없이 문드러져 버린 볼품없
는 나였다. 더 이상 말할 필요가 없었다. 이 정도의 표현만으로 만물상의
진면목을 다 묘사했다고 생각하고 흡족해 한다면 얼마나 다행한 일일까?

산상의 돌길을 따라 나는 발길을 옮겼다. 내딛는 발자취를 따라 만물상
의 얼굴도 조금씩 변해 갔다. 그리고 새롭고 신비한 감칠맛 나는 요리를
멈추지 않고 연신 더해 주었다.

만물상은 한 폭의 화사한 비단 옷자락을 걸치고 현란하게 춤추는 녹의
홍상 기녀의 자수나삼(紫繡羅衫)이었다. 소매는 다소곳하게 살포시 접고,
가는 허리 휘두르며 눈부신 하늘을 마음껏 날면서 춤추는 순백의 나비 빛
깔 비단 노방(露紡)이었다. 진귀한 보석들, 그러니까 금강석을 비롯하여
비취, 마노, 사파이어, 자수정, 루비, 벽옥 등을 있는 대로 모아서 청홍 색
실에 꿰놓은 치렁거리는 보석 다발의 눈부신 흔들림이었다. 러시아 작곡

가 차이코프스키의 발레 《백조의 호수》에 등장하는 청순한 백조 오데트가 희고 짧은 '튀튀'라는 발레복을 입고 비상하는 춤사위였다. 그러니까 화사한 듯 요염하게, 봄 나비처럼 우아하며 전설처럼 신비롭게, 눈부신 치마 레이스가 농염하게 나풀거리는 하늘나라의 춤사위였다. 만물상은 지금 이 순간에도 그 비단 옷자락의 너울거림이 양이 차지 않아서, 또 차려 입으려고 비단실을 옥 바늘귀에 꿰고 있는 것은 아닐까? 지상 최대의 산정에서 펼쳐진 춤의 축제요, 세상 어디에서도 볼 수 없는 화려한 드레스자락 휘날리는 빛나는 향연이었다.

그 밑에서 천의를 떠받들고 있는 짙푸른 솔숲이 푸른 잎사귀를 엮어 요란한 띠를 이루고 한 아름 꽃받침의 묶음을 만들어 놓았다. 연록과 심록을 섞어서 칠해 놓은 수채화 작품이요, 은회색의 유화물감으로 초대형 화폭을 가득 메워 놓은 서양화 작품이었다. 바위와 솔이 천연의 극치를 이루면서 파노라마처럼 흥건하게 예서제서 그들만의 춤사위를 펼치고 있었다. 사람의 얼굴에 깔린 잔주름이 노숙함의 상징으로 보일는지 몰라도, 이 곳 만물상에서 바위를 잘게 갈라놓은 잔주름은 암벽미의 최극상 화장임을 확실히 깨닫게 해 주었다. 이건 그들만이 꾸미는 짙은 산의 치장인 동시에 인증을 위한 증물(證物)이 되어 있었다.

만물상 왼편으로 눈을 돌렸다. 그곳에는 곧게 서서 우람한 자태로 만물상 왼쪽 자락을 지탱하는 바위들뿐이었다. 앙칼지고 쌀쌀맞은 성낸 얼굴로 부드러움이 전혀 없었다. 칼로 저며 놓은 듯 주름으로 온통 구겨져 있었다. 하나님께서 이 세상을 창조하실 때 순간의 영감으로 최고의 걸작을 만들려는 의도가 깔려있었던 것은 아닐까? 그 때 하나님께서는 땅에서 막 솟구쳐 나온 마그마가 채 굳기도 전에 화풀이라도 하듯이 사정없이 쥐어짜고, 흔들어 구겨서 뭉개고, 접어 제쳐 내리쳤다 다시 펴 놓았나 보다. 바위면 바위, 봉우리면 봉우리, 곧은 선이라고는 전혀 찾아 볼 수 없었다. 덧없는 세월을 저 기상으로 남아 있었다면 닳고 닳을 법도 하건만, 어찌 그리도 변함없는 몸짓으로 멈춰서 연신 보는 이의 눈초리를 흔들어 대고 있는가? 애달픈 손짓으로 누굴 향하여 간절히 애원하는 듯한 기운이 가만히 앉아 있는 나를 더욱 들쑤셔 놓았다.

만물상의 모든 봉우리들과 형상바위, 누워있는 암벽들, 아무런 까닭 없이 산꼭대기에 콱 꽂혀 번듯하게 서있는 입석들, 뭉뚱그리고 우직하게 절벽에 기대어 서있는 통 바위들, 닮은 것이라고는 단 하나도 없었다. 하지만 생각만은 한 결 같이 하나였다. 모두가 한 마음으로 어우러지는 필하모닉 오케스트라처럼 통일된 생각과 의지가 분명히 모든 바위들과 봉우리에 이어지고 있었다. 소통하고 배려하며 정겨운 이야기들을 그득그득 담아내고 있었다.

천선대에서 바라보는 만물상은 신선들만이 찾아와 자기들의 잔치 상을 차리고, 그들만의 자연의 성찬을 실컷 즐기다가, 잠깐 볼 일 보러 자리를 비워둔 무주공산의 텅 빈 잔치마당이었다. 나 같은 필부가 볼 때에도 이것은 분명 천상에서만 맛볼 수 있는 수륙진미 그득한 상차림이었다.

이곳 만물상에서 말을 해서는 안 된다. 아니, 할 말이 있을 수가 없었다. 해야 할 말이 너무 많아 그 말의 실타래를 엉키지 않게 풀어줄 영감이 도무지 떠올릴 수가 없었다. 만물상은 자기만의 주술로 보는 이로 하여금 할 말을 잃게 하는가 보다. 어떠한 말과 글로써 내 눈앞에, 내 가슴에, 나의 모든 생각에 가득 펼쳐진 이 장엄한 광경을 표현할 수 있을까? 만물상의 실체 앞에 그저 그냥 가만히 입 벌리고 있을 따름이었다. 그대로 멈춰서서 전혀 움직이지 않고, 가만히 있는 것만이 만물상을 제대로 조망하는 올바른 자세이리라.

한참의 시간이 흘렀다. 겨우 나의 호흡과 맥박이 정상의 상태로 돌아왔다. 몇 번의 숨 고르기 동작을 마친 뒤 나는 펜을 꺼내들었다. 남들은 괴성을 지르고 탄성을 지르며 감탄의 표현을 다하고 있지만, 나는 말없이 내 앞에 펼쳐진 최극상의 자연 성만찬을 내 느낌대로 깔겨 써 내려갔다. 펜

만물상 운해

을 잡은 손이 떨렸다. 주변의 다른 물상들은 고요하기만 했다. 우리들이
평소에 비경이라 말하는 바로 그 절대 가경이 천선대에서 바라보는 만물
상이었다. 이 곳 천선대에서 바라보는 만물상만이 최고의 경승이며, 천선
대는 유일한 만물상의 조망 장소라고 가이드는 흥분하며 어제처럼 또 되
새김질하고 있었다.

　무슨 말이 필요한가? 심재 선생이 종각 옆에서 경영하는 중국차 전문
찻집《끽다거(喫茶去)》가 생각났다. 찻집의 이름은 '그냥 차나 마시고 가'

라는 뜻이란다. '끽다거'의 이야기 속에는 차에 대한 의미심장한 뜻이 담겨 있었다. 한 길손이 여러가지 차를 구하기 위하여 노승의 선방을 들러 차에 대하여 이런저런 궁금한 것을 물어 보았다.

"'명(茗)'은 무엇이고 '다(茶)'는 무엇이고 '명다(茗茶)'는 무엇입니까?"

"'끽다거(喫茶去)'."

'여러 말 말고 차나 마시고 조용히 떠나가'. 노승은 물어보는 중생을 물끄러미 바라보며 이렇게 말했다고 한다. '끽다거'라고 야무지게 나무랐다는 고승의 재미있는 사연을 들려주면서, 심재 형도 나에게 '끽다거'라고 말하며 특유의 웃음을 띠고 얄궂게 놀려댔다. 그러면서도 더운 차를 작은 찻잔에 연신 따라주었다.

무슨 글을 쓴다는 거야? 웬 감상문이야? 어떤 말로 설명하겠다는 거야? 그냥 보고 지나가! 가다보면 알게 되고, 알게 되면 깨닫게 되는 거야! 이렇게 타이르는 말이 더 적합할 것이라고 생각했다. 하지만 나는 지금 이 순간에 감격을 조금이라도 담아가야 했다. 얼마나 기다렸던 금강산 탐방이란 말인가? 얼마나 힘겹게 올라왔던 천선대에서의 만물상 조망이란 말인가? 이 오름의 진정한 의미를 그대들이 알기는 하는가? 다시 또 올 기회가 찾아올 지도 모르고, 다시 온다 하여도 만물상과의 첫 대면의 황홀경을 거듭 체험하기는 어려울 것으로 생각되었다.

만물초(萬物肖)의 다른 얼굴

　우리 일행들이 전망대에 모두 힘들게 올라왔다 다 내려가고 있지만 나는 한참 동안 천선대에 남아있었다. 앞에서 잠깐 언급했지만 처음 만물상을 본 순간의 감흥과 그 화려하고 빛나는 자태 그리고 최후의 만남이 될지도 모를 이 귀한 해후의 의미를 무엇인가에 남기고 싶었다. 그래서 내 머리를 스치고 지나가는 여러 가지 단상을 하나씩 정리하며 적어보기로 마음을 먹었다. 물론 힘들고 어려울 것은 뻔한 일이겠지만.

　만물상은 거의 다 화강암으로 이뤄진 바위산이었다. 천선대에 서서 멀리 바라보노라면 그것은 마치 밝은 등불처럼 환했다. 겨울 햇빛을 받으면서 더욱 희고 밝게 그리고 또렷하게 그 모습을 드러내고 있었다. 환하게 튀어나온 바위들을 더욱 희게 만드는 것은 움푹 파인 어두운 바위 주름과 수 없는 빛깔로 돋아 보이게 점점으로 칠해진 온갖 색 바위들과 여기저기 흩어져 검푸른 빛을 띤 금강 솔 수풀 띠 때문이었다. 평면의 바위와 절벽으로만 펼쳐졌다면 이렇게 눈에 확 띄게 아름다울 수는 없을 것이다. 밋밋하게 깎아질러 웅혼한 기상을 느낄 수 있어도 영묘하고 휘황한 풍광은 느낄 수 없을 것이다.

　빛의 '상대성 원리'가 이 곳 만물상에서도 어김없이 적용되고 있었다. 물론 빛은 관측의 수단이지 관측의 대상은 아니라는 것을 우리들은 잘 알고 있다. 그래서 우리는 빛을 이용하여 사물을 관측할 수 있는 것이 아닌가? 가장 알맞게 빛의 파장을 조절하여 비추고 있기 때문에 어둔 곳은 움푹 파여 깊게 보였고, 밝은 곳은 더욱 도드라져 보였다. 그리고 그림의 평면묘사의 기법으로 공간 투시도법 곧, 원근법을 적절하게 적용하였음은 물론 기기묘묘하게 얽어놓아 완벽한 조화를 이루어 놓았다.

시선(詩仙)으로 추앙하는 두보(杜甫)의 한시 오언절구 앞 구절이 떠올랐다.

江碧鳥逾白 (강벽조유백)
山靑花欲燃 (산청화욕연)
파아란 강물 위 날아가는 흰 물새 더욱 희오.
푸르른 산 빛 사이사이 불타는 진달래 붉은 꽃빛!

수많은 돌과 바위들이 흰 이빨처럼 드러나는 것은 만물상의 가장 아름다운 교태요, 뭇 사람들을 휘어잡는 매력이었다. 일반적으로 겨울의 솔빛은 회색빛이 더해져 여름처럼 뚜렷하게 보이지 않는 경우가 많지만, 만물상의 솔빛은 밝은 노랑의 바위들이 더욱 밝게 받쳐주어 명암의 조화가 효과적으로 발휘되고 있었다. 보색의 관계여서 더욱 뚜렷하게 보였다.

갈라진 바위 결은 대부분 좌와 우의 수평 구조와 상과 하의 수직구조로 이뤄져 있었다. 그리고 좌우 경사면을 따라 가늘고 길게 부서져 있었다. 가로로 잘게 깨어져 달리는가 하면 세로로 가파르게 갈라져 내려오고 있었다. 빗금 치듯이 급하게 뭉개지는 듯하다가도 부드럽고 원만한 둔부를 형성하여 서로가 서로를 감싸듯이 호응하며 흘러내리고 있었다. 모나면서 원만하게, 강하면서 부드럽게, 예리하면서 포근하게, 극과 극의 대립이 아닌 상반된 감성을 자제하면서 기막히게 어우러져 있었다. 이것이야말로 '상칭(相稱)의 균제미'가 아니고 무엇이겠는가?

나의 첫눈에 비친 만물상은 겨울이어서인지 화강암의 환함과 솔빛의 푸

황홀한 만물상 가을 단풍

르름이 적절하게 짜 맞춰진 조화미 그 자체였다. 경기도 안성은 방자 유기그릇으로 유명한 고장이다. 얼마나 잘 맞게 만들었기에 '안성맞춤'이라는 말이 생겼을까? 만물상은 '안성맞춤'이란 말과 같이 수암(樹巖)의 완벽한 어울림이었다. 세상에서 그 어떤 산이 이 보다 더 아름다울 수 있

을까? 나는 비교적 중국 여행을 많이 하였고 오대양 육대주를 다녀 봤지만, 금강산만큼 완벽한 아름다움으로 사람의 마음을 설레게 하는 산은 보질 못했다. 세상 모든 산의 아름다움을 모두 모아놓은 승지요, 가경이요, 절경이요, 절승이요, 비경이요, 환상이었다.

온 누리의 모든 산은 그대로 거기에 있어 아름다운 것이다. 변함없이 억겁의 세월을 딛고 한 얼굴로 서 있기 때문에 좋은 것이다. 그런 산을 비교한다는 것 자체가 의미 없는 일일 것이다. 하지만 이 땅에 무수한 산이 있는 바에야 어찌 견주는 것을 잘못이라 하겠는가? 이 산을 오르고 나면 금세 또 다른 산에 오르고 싶은 걸 어쩌란 말인가? 거기서 비교가 되고 호불호(好不好)가 결정되는 것이다. 어차피 자기 혼자 견주고 자기만이 좋다고 생각하는 산을 오르겠다고 한다면 말릴 필요가 있겠는가? 그저 막연히 좋아하든지, 빠져서 외골수가 되든지, 그것은 내가 상관할 바는 아니다. 잠시 나의 심사를 정리하여 본 것 뿐 그 이상도 그 이하도 아니었다. 나의 금강산 짝사랑은 못 말릴 정도로 깊이 빠져버렸다. 그냥 좋은걸 어떻게 해. 우리 시대의 가수 김세환이 부른 유행가 제목 《좋은 걸 어떡해》가 떠올랐다.

이참에 온 누리 산들의 품평회를 한 번 열어 보기로 했다.

세계의 지붕이라 일컫는 히말라야 산맥의 에베레스트산(네팔 이름으로는 사가르마타, 티베트 이름으로는 초모롱마, 8848m)과 K2봉(높이 8611m이며 현지 이름으로 답상, 초고리라 부름), 그리고 팔천 미터 급 열네 좌 연봉들과 칠천 미터에서 육천 미터를 넘는 우뚝한 산들을 보자. 그 빙설의 웅장한 모습이 세상 어디에도 없는 장관이 가득하다. 그렇지만 그곳에는 이국적 분위기와 웅장함을 많이 느낄 수 있지만 섬세하고, 화사하고, 인정미 넘치는 색감이나 다정함은 없다.

유럽 한 가운데에서 여러 나라를 걸치고 있는 만년설로 뒤덮여 있는 알프스 산맥의 연봉들, 몽블랑(이탈리아 말로 몬테 비앙코, 4807m)을 필두로, 몬테로자, 바이스호른, 마터호른, 웅푸라우 등의 산봉우리는 웅장하고 신령스럽기 그지없다. 그러나 초록의 빛과 다양한 나무들과 어울릴 문제의 바위들은 많지 않았다.

북아메리카의 최고봉 메킨리산(에스키모의 이름은 드날리, 6194m)은

일 년 내내 설산만 보이고, 록키 산맥의 앨버트산과 연봉들, 그리고 그랜드캐넌은 웅건함에서 타의 추종을 불허하지만, 산다운 다양성과 조화로운 면에서는 이 금강산만 못하다.

아프리카 대륙의 한 가운데 적도 상에 홀로 우뚝하게 서 있는 만년 설산 킬리만자로산(스와힐리어로 '번쩍이는 산'의 뜻, 5895m)은 열대 우림과 엄동설한의 동토를 동시에 느낄 수 있는 산이다. 그 엄청난 위용과 만년설에 경탄을 금할 수 없지만 산이 산으로서 간직한 아름다움과 그 산속에 숨겨진 묘한 매력이 많아 보이지 않았다.

남아메리카에서, 아니 서반구에서 가장 높은 산으로 알려진 아콩카과산(원주민 말 케추아어로 '경외할 만한 산'의 뜻, 6959m)과 그와 버금가는 오호스델살라도산과 메르세다리오산, 우아스카란산 등은 만년 빙설로 경이롭고 신비롭지만, 밋밋한 산비탈과 단조로운 나무들이 많아서 아름답다라느니 보다는 높고 크다는 느낌이 많은 산들이었다.

대양주에서 가장 높은 산은 뉴질랜드 남섬의 쿡산(마오리족 말로 아오랑기, 3754m)이다. 그리고 그와 버금가는 테즈먼산을 들 수 있는데, 모두 산악미보다는 다양한 수목으로 우거진 높고 큰 산으로 여기는 산들이었다.

동양에서의 산에 대한 조건은 여러 가지의 까다로운 조건을 만족 시켜야만 말 그대로 명산(名山)이 될 수 있다. 천하에 자랑할 만한 명산이 되기 위해서는 다른 산에 없는 여러 가지 조건을 갖추어야 한다는 말이다. 먼저 경외감을 불러일으킬 험준한 산세와 깊고 오묘한 골짜기가 있어야 하고, 변화무쌍한 산 등허리와 울창한 숲을 품은 다양한 바위가 서로 어우러져야 한다. 다음은 유리알 같이 맑은 계곡물과 함께 급한 낭떠러지에 구색 맞춰 떨어지는 폭포도 있어야 하고, 수많은 봉우리들이 서로 어울리면서 뫼 기슭 곁에는 우묵한 골과 광활한 바다가 이어져 있어야 그 가치가 배승하는 것이다. 그리고 벼랑 끝에 외다리를 딛고 아슬아슬하게 서 있는 암자가 한 둘 쯤은 반드시 어울리게 있어야만 폼 재는 산이 될 수 있다. 그 외에도 눈과 비, 구름과 안개, 내와 이슬, 바람과 공기가 모두 제 자리에서, 제 역할을 다할 때에만 진정으로 남부러울 명산이 되는 것이다. 이런 복잡하고 까탈스러운 조건을 완벽하게 갖춘 산이 있기나 하겠는가? 아마 이 지구상에는 없을 듯싶다.

그러나 저 높은 창공에서 독수리눈을 부릅뜨고 자세히 한반도 태백준령을 굽어다 보아라. 반도 한 허리에 한 뫼 봉오리가 숨죽이며 고요히 터 잡고 있는 산자락이 또렷이 보일 것이다. 이제까지의 모든 조건을 완벽하게 갖춘 산, 그 조건을 채우고도 남는 금빛의 산이 그 곳에 자리 잡고 있을 것이다. 그렇다. 그 곳엔 금강산이 분명히 있었다. 세상의 모든 사람들이 다 와 보면 그 해답을 금세 찾게 될 것이다. 책에 수록 된 화보나 광고 사진, 그 알량하고 어줍지 않은 입 자랑을 통해 들은 전언으로는 금강의 진면목을 결단코 알 수 없다. 그 형언하기 어려울 정도로 아름답고 기가 콱 막히게 빼어난 금강산을 어떻게 남을 통해 들어서 알 수 있으리오? 단 한 번만이라도 와서 봤다면 그 매력을 조금이나마 알게 되고 그 자태에 매료되고 말 것이다. 아니 그냥 중독되거나 탐닉(耽溺)되고 말 것이다. 그래서 한 번 왔던 사람들은 금강산을 못 잊어 또 오고, 또 보고, 거듭거듭 와서 보고, 느끼고 가는 것이다. 이토록 사무치게 사모할 연인을 시도 때도 없이 찾아오고 언제든지 보고 싶을 때 만날 수 있을까? 곁에 두고 보기가 이렇게 쉬워서야 귀하고 참다운 연인이라 할 수 있을까? 하지만 모든 사람들을 대할 때 변하지 않고 사랑하는 사람으로 대하는 이 금강산, 그 광폭의 가슴에 나는 그저 놀랍고 좋기만 했다. 우리들이 변하였을 뿐 금강은 그대로였다. 내가 변하지 않고 끝까지 이 금강을 사랑할 수 있길 바랄 뿐이다.

중국에는 명산이 많다. 인공인 듯한 자연미의 극상 계림(桂林) 이강(漓江)의 십만이 넘는 봉우리들, 만년설 흩날리며 인간의 접근조차 하락하지 않는 샹그릴라의 흰 봉우리들, 천연의 빼어난 교태와 섬세하고 화려한 보

옥류담

석으로 가득한 황산(黃山), 웅장하고 건강미 넘치는 종교적인 성지로서의
태산(泰山), 웅숭하게 치솟은 봉우리의 경이로움과, 흰 빛의 깎아지른 천
길 낭떠러지가 지천으로 널려 있는 화산(華山), 산안개 산허리에 걸치고
신비의 묘경을 우아하게 드러내는 숭산(崇山), 장엄한 암벽과 골체미, 웅

건한 폭포가 장관인 운대산(雲臺山), 형형색색의 물 빛을 담은 호수와 분수처럼 흩어지는 온갖 폭포로 가득한, 선계의 실경 산수화 구채구(九寨溝), 신선의 고향으로, 산과, 물과, 나무가 한데 어우러져 천상 세계를 이뤄 놓은 장가계(張家界)·원가계(袁家界) 그리고 천문산(天門山), 숨어 내려와 훔쳐보다가 산신도 부러워했다는 운무로 차지게 버무려진 절승 무이산(武夷山), 산안개 짙게 드리우고 고즈넉하게 구름 걸친 도교의 본산 아미산(峨尾山), 그리고 태항산(太行山), 여산(廬山), 형산(衡山) 등 모두 다 대단한 산악미를 자랑하고 있지만, 실제로 접근해 보면 하나의 커다란 특징만을 보일 뿐 모두를 두루 갖춘 산은 아니었다. 그 어디에도 금강산이 품고 있는 내금강, 외금강, 해금강 삼일포 그리고 이곳 만물상처럼 규모가 적절하고 다양한 볼거리를 주는 곳은 없었다. 사실 비교할 수 없는 아름다움이 금강산에만 있었다. 화려하고 황홀한 장관을 연출하는 천선대에서의 만물상 조망은 내 평생 잊지 못할 내 마음속의 암각화였다. 아니 언제라도 꺼내어 보여줄 수 있는 내 마음 속의 비(碑)와 갈(碣)이 되어 있었다. 긴긴 세월이 흐른다 해도 내 흉중에 각인된 이 풍광은 마모되거나 사라지지 않을 것이다. 이건 어느 누구에게라도 알리고 싶은 자부심이요 자랑이 될 것이다.

한참 보고 있노라니 만물상의 움직이는 듯한 바위 표정이 살아서 꿈틀거리고 있었다. 금강산의 산세는 크게 둘로 나뉜다.

하나는 남성적 근육질이 꿈틀대는 골체미(骨體美)다. 만물상을 필두로 칼끝과 같은 집선봉과 채하봉 주변의 수많은 봉우리들이 그렇다. 바위 주름이 주는 눈부시게 빛나는 화려함과 날카롭게 번쩍이는 예리함으로 가득 차 있다. 또 다른 하나는 여성적 요염함이 하늘대는 우아미(優雅美)다. 비로봉을 중심으로 옥녀봉과 월출봉 등 부드럽고 원만한 계곡과 봉우리를 말한다. 내금강의 수줍은 듯한 능선이 펼쳐주는 산세의 느긋함과 새 빨간 단풍으로 단장한 화사하고 곱고 여유로운 몸매가 일품이 아닐 수 없다.

세상에서 가장 아름다운 것을 하나 고르라면 이 금강의 여태(女態)가 아닐까? 탄복의 외마디 소리가 절로 터져 나왔다.

요염한 자태를 고이 숨긴 채,
흰 천으로 둔부를 억지로 가리고
슬며시 엉기듯 다가선 그 고운 너울이여!

만물상은 외금강의 여러 핵심 절경가운데 하나일 뿐더러 금강산에서 그어떤 봉우리나 계곡보다 특별나게 아름다운 풍광이었다. 우리들이 이미다 알고 있고, 앞에서 언급하여 재탕·삼탕한 느낌이 들었지만 다시 질문해 보았다. '왜 만물상이 그렇게 아름다울까?' 그 대답은 바위들의 동적인 표정이라고 말할 수 있을 것이다. 일반적으로 모든 산은 산꼭대기로 올라갈수록 뾰족해진다. 전형적인 뫼 산 자 '山'과 같이 산형을 이룬다. 그리고 날카로운 뾰족탑처럼 산을 오르면 오를수록 좁아지고 마침내 한 사람이 서있기도 어려운 정도의 꼭대기를 만들게 된다. 하지만 금강산에서 절승으로 알려진 만물상, 상팔담, 천선대, 안심대, 《망양대》 이러한 곳들은 모두 정상이 아니요 수평으로 이어지는 중간 능선일 뿐이다. 그렇기 때문에 만물상도 천선대에서 한눈으로 볼 수 없는 횡으로 긴 파노라마를 형성하고 있는 것이다.

천선대는 만물상을 가장 잘 조망할 수 있는 좋은 장소이면서 만물상의한 부분이었다. 그러니까 만물상 안에서 만물상 안을 보고, 만물상 밖에서 만물상 안을 보고, 만물상 안에서 만물상 밖을 보고, 만물상 밖에서 만물상 밖을 보는 기이한 현상이 이곳 만물상 안과 밖에서 일어나고 있었다.

만물상을 가까이서 바라보면 암벽의 불규칙한 주름과 바위의 자연스러운 갈라짐이 선명하게 돋아 보였다. 마치 산수화가의 솜씨로 예술작품을 빚듯이 그려놓은 지극히 자연스런 자잘한 벼랑, 거친 마애, 수많은 초형

금강산 일우

(肯形)의 바위, 다듬어지지 않은 다양한 산봉우리들을 볼 수 있다. 그런데 만물상의 중턱의 바위들과 산등성이의 암벽들은 한 결 같이 어느 한쪽으로 쏠리어 무엇인가 전하려는 자세를 취하고 있다. 약속이라도 했는지 그 끝이 일정한 방향을 가리키고 있다. 그것은 보는 이로 하여금 움직이고 있

는 듯한 착각을 일으켰다. 그 대표적인 봉우리가 집선봉과 만물상이다. 실재로 금강의 모든 봉우리는 우리의 마음을 흔들고 뒤집어 놓으려는 듯이 자기 나름대로의 한 곳으로 쏠리는 특징을 가지고 있었다.

우리 눈이 착시현상을 일으켜서 움직이는 것처럼 보이겠지만, 천선대에서 바라보면 만물상의 산등성이는 한 가운데의 봉우리를 향해 두 손을 합장 하듯이 봉우리 끝이 모아지고 있었다. 이것은 정지된 물체가 움직이는 듯한 착각을 일으키는 기이한 경관이었다. 오직 금강산에만 있는 암벽의 표정이었다.

어느 산과도 닮지 않은 모습이 만물상의 가장 큰 특징 가운데 하나였다. 이렇게 멀리서 만물상을 바라보고 있노라면 바늘처럼, 송곳처럼, 칼날처럼, 창끝처럼, 도끼날처럼, 붓끝처럼 뾰족하고 예리한 그 서슬에 질려 내 가슴은 시퍼렇게 멍들어 가고 있었다.

금강산에 있는 바위와 절벽과 봉우리들의 바위 주름 특징은 무엇일까. 그곳엔 모두가 다 다른 억지가 없는 천연의 조화와 자연스럽고 아름다운 어울림이 있었다. 그곳엔 함부로 정해진 흐름이 없었다. 제 맘대로 튀려하지만 억누르는 절제가 있었다. 그들만의 완전한 푯대를 향하여 그렇게 한 것이다. 그 뭐 봉오리들의 모아진 생각의 결론이 만물상이었다.

부드럽다가도 뾰족하고 뭉툭하다가도 날개의 깃털처럼 산들산들 움직였다. 움푹 파인 계곡 속에는 소나무 숲이 비밀을 간직한 채 웅크리고 숨어 사람의 시선을 그리로 유도했다. 살짝 고개를 좌우로 돌리면 불규칙한 바위선이 보였고 톱날처럼 거친 날이 허공을 찌르듯이 번뜩였다. 곳곳이 벼랑으로 그 깊이가 수십 길이나 되었다. 아래에서 보면 그 끝이 보이지 않았고, 위에서 보면 계곡의 깊이를 알 수가 없었다. 어느 곳 하나 마음 놓고 오를 수 없었고 가까이 접근할 수 없는 곳이 이곳 천선대와 만물상의 사이에 있는 대협곡이었다. 협곡을 가로질러 갈 필요는 없었다. 가로질러 갈 수도 없었다. 그렇게 가려는 사람이 있을 리 없었다. 그곳에 가면 만물상의 한 부분은 될지 몰라도, 만물상을 볼 수는 없기 때문이었다.

바위의 주름은 산세의 가장 중요한 요소로서 큰 볼거리가 될 수 있다. 만물상은 조물주가 의도적으로 잘게 그리고 날카롭게 부숴놓은 것이 분명했다. 산수화를 그릴 때에 붓을 잘게 쪼개어 그려보면 수십 개의 가는 선이 바위주름이 되면서 골체미를 이루게 된다. 그것도 부족하면 아예 화선지를 짓이겨서 찢을 듯이 구긴 다음 담묵·농묵을 섞어 갈필의 붓 등으로 그어대면 예측 못한 선질이 나타나게 된다. 그렇게라도 해야 조금은 자연스럽게 표현할 수 있지 않을까?

내가 석곡실(石曲室)에서 하석(何石) 선생을 사사할 때의 이야기다. 1984년 이른 봄날이었다. 나는 고암 이응노 화백의 조카며느리인 다화(茶話) 이혜자 여사의 초청으로 압구정동 현대아파트에 자주 가곤 하였다. 이 집에는 고암 이응노 화백의 열두 폭 병풍 두 질이 있었는데, 하나는 《내금강산도》였고, 다른 하나는 《외금강산도》였다. 다화 여사는 이 《내·외금강산도》열두 폭 병풍 두 질을 우리들에게 보여 주는 걸 자랑으로 여겼다. 나는 크게 놀라지 않을 수 없었다. 병풍의 규모도 규모려니와 내금강·외금강의 구석구석을 샅샅이 뒤지듯이 실경하여 섬세하고 예술적인 기법으로 완벽에 가까운 동양화 산수도로 재현해 놓았기 때문이었다. 나는 그 금강산 병풍을 보고 입을 다물 수가 없었다. 이 엄청난 대작 앞에 나는 넋을 잃고 말았다. 망부석이 되어 버렸다. 동양화를 전공한 친구들이라면 얼마나 놀랐을까? 가히 짐작이 갈 만했다.

우리는 그 집에 여러 차례 갔었는데 다화 여사는 갈 때마다 맛있는 음식을 대접해 주었다. 아마 갈비찜과 아구탕으로 기억되는데 엄청 맛이 있었다. 그러나 우리가 이 집에 간 속셈은 이 집의 벽에 걸린 이응노 화백의 그림을 보는 것과 두 질의 12폭 《내·외금강산도》를 보려는 것이었다. 자주 가서인지 엄청 크고 거추장스러워서였는지 애걸복걸해야 보여주었다. 그 그림을 볼 때마다 감흥이 유별났다. 금강산의 만물상은 바로 이렇게 그리는 것이로구나 하는 생각이 들었다. 말쑥한 미인의 에쓰 라인 몸매에 희고 미끈한 각선미, 그리고 찐한 화장으로 번쩍거리는 얼굴은 《내금강산도》였다. 그리고 강인한 선질과 굳센 준법으로 남성미를 자랑하는 훤칠한 보디빌더의 울퉁불퉁한 근육질은 《외금강산도》였다. 이 둘을 대조적으로 기막히게 그려놓았다. 실재의 금강산과 만물상을 자세히 못 보더라도, 가을 단풍이 절정인 화려한 추경 금강산과 만물상을 볼 수 있어 좋았다.

만물상은 일만 가지 곧, 모든 형상의 바위나 봉우리가 있는 곳이라는 뜻이다. 만물상 배경에는 이토록 잘게 부숴놓은 바위주름이 많았다. 그 주름이 풍우에 시달리고 부서지고, 깨어져서 만들어진 형상들이라고 말할 수 있을 것이다. 이 절승들은 자연이 손수 빚은 것들이었다. 그렇기 때문에 억지나 거스름이 없는 천연의 모습들로 가득 채워져 있는 것이다.

앞에서 잠깐 언급했듯이 만물상을 글이나 말로 표현한다는 것은 매우 어리석은 행동가운데 하나일 것이다. 같은 생김새의 바위나 봉우리, 절벽이나 입석, 어느 것 하나 똑같이 생긴 것이 없고 수 만 가지의 바위가 모두 다 달라서 그려낼 재간이 없기 때문이다.

아까부터 나는 망부석이 되었다. 물끄러미 이 엄청난 웅자 앞에 말없이 서서 만물상을 바라보았다. 아무런 생각 없이 먼저 봉우리 끝부분 능선의 선조(線條)를 살펴보았다. 이것은 높낮이가 너무나 복잡하고 날카로운 완전한 꺾은금그림표였다. 그것도 아주 변화가 무쌍한 꺾은금그림표였다. 소리의 변화가 무한하고, 소나타처럼 가락의 흐름이 너무나 빠른 교향곡 필사본 악보와 같았다. 이렇게 복잡한 산 그림은 없었다. 어떻게 해야 이토록 완벽한 그림을 그릴 수 있을까? 우리들이 건강검진을 하려고 큰 병원에 가면 여러 가지 검사를 하게 된다. 심폐기능을 살펴보려고 심전도검사를 하고나면 심장박동이라든가 호흡의 주기를 시간의 경과함에 따라 꺾은금그림표로 표현한 검사결과 용지를 받게 된다. 아마도 만물상은 거친 숨소리를 내면서 뛰는 응급환자의 심장 박동, 맥박의 흐름과 너무나 흡사하다는 생각이 들었다.

흐릿한 여명만이 무섭게 드리운 새벽녘이나, 흐릿하고 붉그스름한 저녁 햇살이 금방 지워져 버린 초저녁에 산길을 걸으면 그 능선의 흐름은 완전히 다른 딴 세상으로 변해 있음을 느낄 수 있다. 그것은 흑과 백의 대립

금강산 계곡 단풍

이 뚜렷한 초대형 인화지에 현상한 흑백 사진이었다. 밝음과 어둠의 구분이 너무나 분명하게 갈리어 섬뜩함을 느낄 정도로 두렵게 다가왔다. 그리고 날카로운 능선이 나의 온몸에 소름을 끼치게 했고, 오싹하게 했고, 무섭게 다가왔다. 정말 치가 떨릴 정도로 무서웠다.

이제 나는 혼자서 멀찍이 서서 내 눈앞에 펼쳐진 만물상의 형세를 머릿속에 그려보았다. 먼저 수채화 물감을 붓에 촉촉하게 적셔 순지 위 아래로 흔들면서 옆으로 색칠해 나갔다. 불규칙한 화폭의 색대(色帶)가 나타났다. 푹 퍼진 느낌이 아닌 날카롭고 깔끔하며 선명한 군무가 거칠게 펼쳐졌다. 화폭을 가득 메우고 울컥울컥 속을 뒤집어놓는 산봉우리, 산허리를 꼭 끼고 버티는 솔숲의 군락, 산 아래를 굽어보고 감싸 안는 활엽수들의 넉넉한 배려, 이제 내 마음에는 만물상 큰 그림 바탕이 완성 되었다.

잠깐 숨을 고르고 나서 가뿐하고 경쾌한 기분으로 눈을 지그시 감았다. 순간 만물상을 그리는 화판 위에서 화가의 붓질하는 모습이 오버랩 되어 나타났다. 화가는 영감을 떠올리며 물감을 칠해 나갔다. 그의 빠르고 거친 붓 터치야말로 이 만물상을 가장 잘 표현할 기법일 것이다. 이것은 자연의 화판 위에 펼쳐진 태양 빛의 신비롭고 오묘한 창출이었다. 빛의 위대하고 숭고한 잔치자리였다. 창공을 향해 솟구치는 곧은 빛줄기 '레이저 쇼'였다. 빛의 성찬을 마음껏 그리고 옹골지게 즐기고 있었다.

이어서 바위의 흰색 띠와 솔숲의 녹색 띠가 중첩되게 칠해지고 있었다. 참치부제(參差不齊)를 이루며, 불규칙하게 간격을 유지하면서 일필휘지로 터치하고 있었다. 단순한 빛깔의 띠가 아닌 완전히 혼용되고 일치된 하나의 화판이었다. 위로는 하늘만큼 아래로는 땅만큼 가늠하기 어려운 커다란 화판이었다. 솔숲 띠의 푸른색 속으로 흰 바위가 섞이고, 바위의 눈부시게 빛나는 흰 살 속으로 짙푸른 솔숲이 박혀 들어갔다. 산 중턱의 빛이 띠가 되었다가 섞여버려 어디론가 없어지고, 거대한 걸게 그림이 되었다간 다시 좁은 띠를 이루는, 숨이 턱 턱 막히게 아름다운 수묵 산수화의 거친 변화를 연출하고 있었다. 자연의 웅장한 파노라마가 나에게만 생중 계 되고 있었다. 지금 바로 내 눈 앞에서 말이다.

이제까지는 평면 화폭 위에서 이뤄진 동양화 예술 작업이었다. 그 다 음은 다가오기도 하고 물러가기도 하는 요철의 기막힌 천연부조를 위한 빛의 콜라주 작업이었다. 돋을새김으로 다가오는 흰 바위는 그 빛이 더 욱 희어 돋쳐 보였고, 움푹 파인 곳의 바위는 어두운 빛이 덮여 흐릿하고 거무데데하게 보였다. 왈칵 돋아나온 솔숲은 화사한 백록의 부드러움이 가득했다. 바위와 바위 사이에 숨어 있는 그늘진 솔숲은 검푸른 빛이 가 득 고여 있어 무섭고 시름겹게 보였다. 빛깔도 상대적으로 희고 밝고를 거듭하면서 진화하나 보다. 먼 산 주름이 크게 보이면 바위가 마치 갈라 져서 홀치어 맨 것처럼 보였다. 산 주름이 모시 실 같이 가늘게 보이면 감침질 한 듯이 야무진 다변의 얼굴로 보이거나, 금세 또 다른 모습으로 바뀌었다.

저기에 짙푸른 솔숲이 있으니, 여기엔 바위를 두어야지. 여기엔 큰 바 위가 있으니 저기에는 입석을 세워야지. 산 밑엔 둥근 바위가 있으니 봉 우리엔 뾰쪽 바위를 두어야지. 이렇듯 철저하게 계획하고 계산하는 원리 적인 조형의 아름다움이라기 보다는, 숱한 세월 흐름 속에 자연 스스로도 모르는 사이에 온전하게 이뤄놓은 산수화 신품의 경지였다. 이 그림이야 말로 완벽에 가까운 자연미의 무한 가극(佳極)의 경치요, 어긋남이 없는 완전한 조화요, 거스름이 전혀 존재하지 않는 옛 벗이라고 말할 수밖에 없 었다.

먼발치에서 입체적으로 드러난 만물상의 원근미를 느껴보았다. 만물상 은 동상이몽의 인간관계처럼 서로가 서로를 물끄러미 바라보면서도 엉뚱 하게 그리고 전혀 다르게 억만년을 내려왔을 것이다. 그렇지만 한 마음이 되어 어느 한 곳을 향해 함께 달려갈 듯한 응집력을 보여주고 있었다. 모 든 바위 끝에 인정(人情)이 있다면 그들은 어디론가 함께 모이려고 휘달려 가는 공동의 일체감이 분명했다.

하나의 꼭짓점인 산꼭대기를 향해 올라가는 것처럼 보이지만, 자세히 살펴보면 그들이 향한 꼭짓점 곧, 모임 점은 하늘 중간에 모아져 있었다. 그러니까 모든 바위들은 이등변삼각형처럼 밑변은 넓고 윗변은 약간씩 좁아지는 형국으로 저 하늘 가운데의 한 모임 점을 향해 그들이 어디에 있든지 휘달려 나아가고 있었다. 곧게 뻗은 긴 바위 주름선이 길게는 몇 백 미터에서 짧게는 몇 십 미터까지 복잡하게 그어대고 있지만 그들의 생각은 하나였다. 봉우리들의 생각과 뜻은 분명 그들의 신앙심이었다. 종교적인 신앙심이 아니고서야 어찌 이런 경승을 이뤄놓을 수 있겠는가? 이쯤이면 나의 상상도 퍽이나 엉뚱한 곳으로 기울어 있음을 어느 누구라도 느낄 수 있으리라.

한편으로는 신령한 생각을 가지고 두 손바닥을 기도할 때처럼 손을 합하여 하늘을 향해 경배하는 만물상, 그 거룩하고 경건한 자태에 어찌 내 고개가 수그러지지 않고 그저 뻣뻣이 서서 바라볼 수만 있겠는가? 성스럽고 구별된 거룩한 모습이 눈에 밟혀 왔다. 두 손을 모았어도 내가 볼 때는 얇고 넓은 손등 쪽이 아닌 좁고 긴 두 손바닥이 일자로 보이는 측면 곧, 포갠 손바닥의 두께로 보이는 부분이었다. 다른 방향으로 머리를 돌려서 살펴보아도 모두 다른 하늘을 향하여 간절하게 기도하는 합장의 모습이었다. 수많은 인생들이 합심기도를 드리고 있었다. 이쪽저쪽으로 자기 나름대로의 소원을 비는 손끝의 간절함이 겸손의 자태와 함께 가슴 가득 고여 있었다. 또 한 번 신앙의 깊은 경지에 다다랐음을 느끼게 해 주었다.

떨어뜨린 고개를 슬며시 그리고 느리게 들어 올렸다. 고요한 산 기운만이 산허리를 휘감고 돌았다. 내 가슴이 벅차 왔다. 손끝마저 저려왔다. 눈 앞이 흐려지고 있었다. 깊고 깊은 산속에 웬 종교적인 신앙심이 일어나는 것일까? 가까이 보이는 곳에는 인생의 뒤안길에서 쓴 맛 단 맛 다 맛보고 험한 삶을 살아오신 외할머니의 굳은살 박힌 거친 손바닥처럼 갈라진 채

선면(扇面) 만물상

로 모아져 있었다. 조금 멀리 떨어진 곳은 중년의 젊은 여인이 자녀들의 앞길을 위해 간절한 기도를 올리려고 합장한 듯하고 서럽도록 겸허한 손등으로 보였다. 그리고 저 멀리 흐릿한 손끝은 소원을 다 이룬 사람들의 합장으로 감사의 뜻이 감격으로 변화되어 울부짖는 듯 보였다. 이젠 모든 근심, 걱정, 염려, 불안, 불신, 갈등, 의심 등이 모두 사라지고, 화목, 평화, 사랑, 기쁨, 환희, 감사, 송축의 거룩한 마음으로 변화되었다. 만물상은 평생을 희생만 하신 우리 부모님들의 인자하고 성결한, 그래서 달아 얇아진 바싹 마르고 온통 갈라진 거룩한 손바닥으로 보였다.

산 밑의 솔숲을 지나 만물상 끝 봉우리 능선을 향해 눈을 들어보았다. 조물주의 신묘한 솜씨로 하늘 중간에서부터 파내려온 골 주름이 제각각이었다. 길게 쭉 밀어서 파 내린 홈이 있는가 하면, 단숨에 짧게 파놓은 모난 홈도 있고, 잠깐 동안에 도끼로 찍어내 긁힌 듯이 보이는 얕게 파인 주름의 홈도 있었다. 그리고 조각칼 옆 날로 풀 베듯이 바위를 날린 면도 꽤 많아 보였다. 양쪽 옆면을 널찍하게 쳐내고 앞면은 좁다랗게 깎고 그 다음 뒷면은 억지로 날리다 잘못하여 거듭 파인 것이 분명한 바위면도 있었다. 단 하나라도 닮은꼴이 전혀 없는 모두 다 다른 저마다의, 제 맛대로의 얼굴이었다. 어떤 곳은 수직으로 곧게 선 절리처럼 보였지만 실수로 파인 곳마저 그 모습 그대로 아름답기만 했다. 이것은 만물상에서나 느낄 수 있는 놀람경이 아니고 무엇일까? 그리고 이 천연의 극치는 언제까지, 어디까지 이어진다는 말인가?

　벼랑의 날선 줄기도 다양하지만 움푹움푹 파인 골 주름은 더욱 아름답게 보였다. 하지만 세상의 모든 일은 상대적일 수밖에 없다. 들어간 곳이 있어야 나온 곳도 돋아 보일 터, 숨어서 남을 돋보이게 하는 희생의 아름다움으로 밖에 볼 수 없었다. 어찌 보면 제 낯을 드러내지 않고 숨어 살아온 우리 겨레의 얼과도 합치된다는 생각을 해 보았다. 이렇듯이 만물상은 숨겨진 모습도 너무 많고 감춰진 이야기도 넘치도록 그득했다. 산 능선마다, 골짜기마다, 웅덩이마다, 폭포마다, 입석과 벼랑마다 얽혀 있는 사연도 헤아릴 수 없을 정도로 주저리주저리 걸쳐 있었다. 그에 더하여 뜻 모를 명칭들과 얼토당토않은 사연, 근거가 희박한 주석 또한 수도 없이 여럿이라는 사실을 깨닫게 되었다.

　나는 만물상을 보면서 왜 사람들은 만물상을 올라가지 않고 만물상을 멀리서 보면서 만물상을 노래하고 경탄하고 감격해 하는가? 처음에는 이해가 가지 않았다. 나는 뒤늦게야 그 까닭을 알 게 되었다.

　만물상은 산이면서도 산으로 부르지 않기 때문에 다른 여러 각도와 방향으로 올라가는 코스가 많았다. 자주 오르는 길로는 오봉산 코스, 서지봉 코스, 상 관음봉 코스, 온정령 코스, 상등봉 코스, 망양정 코스, 내금강 코스 등을 들 수 있다. 하지만 어느 누구도 앞에서 말한 등산 코스로 만물상을 올라서 그 느낌을 말하거나, 산행 중간의 신묘한 경치를 노래한 사람은 하나도 없었다.

전망 좋은 천선대에서 바라보는 만물상도 진경의 완상이지만, 가까이 다가가서 바라보고 그 속속 들이를 파헤쳐 보는 것도 전혀 의미가 없는 일은 아닐 것이다. 만물상의 진면목을 보기 위해서는 만물상 속으로 들어가서 그곳의 날선 능선 위에서 서서 제 얼굴의 만물상을 보아야 하고, 기형의 바위 위에 서서 제 낯바대기를 보아야만 제대로 볼 것만 같았다. 수 만가지의 도형을 이루는 준(皴) 곧, 바위주름을 지척에서 보거나 코 닿을 정도로 가까이서 보는 것도 좋을 것 같았다. 만물상 거친 바위를 손으로 더듬으면서 촉감으로 느끼는 것 또한 전혀 의미가 없지 않을 것이라는 생각마저 들었다.

그러나 그것은 잘못된 생각이었다. 그 까닭은 만물상 속에서는 만물상을 제대로 볼 수 없기 때문이었다. 다시 말해 만물상 속에 들어가면 제 몸속의 체취를 똑똑히 느낄 수는 있어도 제 낯을 빤히 볼 수 있는 거울이 없기 때문이었다. 만물상에서 만물상을 볼 수 없다는 것, 보려고 하지도 않는다는 것, 자기의 몸을 언제나 바르고 정확하게 바라볼 수 없는 상황, 이것은 분명 모순이었다. 그리고 그것은 만물상에서만 느낄 수 있는 이상야릇하고 얼토당토않은 상황이었다.

서로의 모습을 보기 위해 만물상에서 천선대를 보고, 만물상에서 《망양대》를 보고, 만물상에서 동해안 명사십리를 보면, 또 다른 아름다움이 그 안에 다 담겨있을 것처럼 보였다. 그러나 한 사람도 그렇게 하지를 않았다. 금강산 관광객 모두는 천선대에서 서쪽 만물상을, 《망양대》에서 동쪽 만물상과 동해의 명사십리를 보려고 올라왔다. 그리고 《망양대》에서 내

금강 쪽의 골격이 부드럽고 원만한 비로봉과 그 연봉들을 차례로 관망하려고 오르는 것이 이제까지의 통상적인 만물상 등반 요령이었다.

왜들 그렇게 했을까? 그렇게 한 특별한 이유가 있는 것인가? 물론 사진작가들이 금강산 만물상을 다큐멘터리로 만들기 위해 직접 만물상에 올라가서 사진을 찍거나, 동양화가가 산수화 기법으로 그렸을 때에는 그럴 수 있을 것이다. 그렇지만 만물상에서 바라본 천선대나 만물상 위에서 바라본 《망양대》라는 제목의 사진이나 그림은 한 번도 본 적이 없다.

만물상은 참말로 도도했다. 강한 자존감만으로 똘똘 뭉친 옹고집장이였다. 그야말로 자만심으로 그득한 뫼 봉오리가 만물상이었다. 이렇게 우월감으로 꽉 찬 산봉우리가 세상에 또 있을까? 그래서 만물상은 이렇게 범인의 범접을 꺼리고 스스로 피땀 흘리며 어렵게 올라와야만 얼굴을 드러내고 그리고 나서 한쪽 얼굴만 겨우 보여주는가 보다.

내가 나에게 이렇게 물었다. 그래 와서 보니 어떻더냐? 세상 그 어느 곳에도 없을 법한 천하의 절경이더냐? 그저 바라만 볼 수 있어도 좋더냐?

나는 나에게 이렇게 대답했다. 절세가색의 미인이어선지 넋이 빠져버렸다고. 최고의 팔등신 미녀 산 색시여서 만물상에 눌러앉아 살고 싶었다고. 그들이 그토록 교만한 것도, 자만한 것도, 거만한 것도 모두 용서 받을 수 있을 것이라고.

미인론(美人論)

　나는 이러한 현상에 대해 남다른 생각을 하고 있었다. 그것은 바로 나만이 간직하고 있는 '미인론'이다. 아는 사람이 볼 때에는 말도 안 되고 어줍지 않은 궤변일지언정 늘어놓고 싶다. 나는 친구에게 나의 미인에 대한 생각을 말하기 시작했다. 거창하게 '미인론'이라고 할 것도 없다. 만물상 앞에서는 달리 표현할 방법이 없어 그냥 몇 자 적어 마음을 다스려 보자는 의도로 시작한 일이다. '우의(愚意)'라는 생각이 들었다.

　모든 남자들은 미인과 사귀고 싶어하고 사랑하고 싶어하고 평생 동거하고 싶어한다. 그러나 어느 누구에게도 미인이 되기 위한 조건이나 객관적인 기준 따위는 없다. 따라서 대단히 자의적인 해석일 뿐이다. 그 남자의 기준에 맞는 여자여야만 미인이 되는 것이다.

　미인은 자기의 생각으로 되는 것이 아니다. 모든 사람들이 시인하고 공감해야만 하며, 그에게 미인이라는 절대성을 부여할 때, 비로소 미인이 될 수 있는 것이다. 미인 스스로 미인이라고 주장한다고 미인이 되는 것은 결코 아니다. 자신이 자기를 미인으로 여기고 미인이라고 규정하고 산다면 그것처럼 촌극은 없을 것이다. 세계 십대 미인 선발 앙케이트에서 일곱 번째 미인으로 자기 마누라를 뽑았다고 하지 않던가?

　인류 역사에서 절대적인 미인들이라는 여인들이 어떻게 살았고, 어떻게 생을 마쳤는가를 생각해 보았는가? 한 결 같이 미인들은 상상을 초월

천화대

하는 사악한 권세를 휘두르고, 형언하기 어려운 부귀영화를 누리며, 하늘
을 찌를 듯한 교태와 자만으로 살았던 여인들 이었다. 그러나 그들의 종
말은 비참하고 추하며, 비굴하고 불쌍하게 생을 마감했다. 당명황(唐明
皇)의 총애를 받아 인간이 누릴 수 있는 영화를 다 누렸던 양귀비(楊貴妃)
는 말년 반란 중에 벌판에서 추잡한 몰골로 허둥대다 잡혀 죽었다. 줄리
어스 시저와 안토니우스와의 세계적 사랑에 빠져 서양의 역사를 바꿔놓
았던 클레오파트라를 보라. 그녀도 모든 것을 잃고 독사 병에 손을 넣고
스스로 목숨을 끊었다. 세상에 둘도 없는 천하절색의 미모를 자랑했던 여
인 우희(虞姬)도 초 패왕 항우(項羽)의 뜨거운 사랑과 만인의 부러움을 받

고 살았다. 하지만 그녀 또한 초나라의 멸망과 함께 자기 사랑의 《초전검》으로 자결하고 말았다.

그런데도 모든 여인들은 미인이 되고 싶어 하면서 살아가고 있다. 미인은 자기 얼굴이 조금이라도 더 예뻐질 수만 있다면 모든 방법을 총동원하여 뜯어 고치고, 집어넣고, 줄이고, 세우고, 두들기고, 문지르는 짓을 서슴지 않는다. 그것도 모자라 억지로 웃음을 웃어가며 갖은 교태로 다른 사람들로부터 인증 받으려 한다.

미인은 자기가 자기를 보기 위해 살아가는 것이 아니고 남들에게 자기를 보게 하려고 애쓰는 존재이다. 그래서 철저하게 꾸미고 가꾸는 것이다. 미인은 자기의 얼굴과 몸의 아름다움을 위해서라면 어떠한 희생도, 투자도, 손실도 마땅하다고 생각하고 감수한다. 모든 것을 바쳐서 얼굴을 꾸미고, 몸매를 가꾸고, 피부의 부드러움을 위해 손질해대는 것이다.

미인은 사랑하는 남자로부터 사랑을 잃는 순간 모든 것을 잃어버렸다고 생각한다. 사랑 외에는 아무 것도 없다고 여기기 때문이다. 사랑만 있으면 되는 것이다. 사랑을 위해서라면 심지어 목숨마저도 초개처럼 버린다. 그래서 미인은 자기가 천수(天壽)를 누리지 않는다 해도, 자기의 생명이 젊어서 끝나 요절한다 해도, 슬퍼하거나 두려워하지 않는 것이다. 미인으로서의 아름다움이 죽음보다 더 가치가 있다고 여기기 때문이다. 자기 인생의 절정에서 생을 끝내려 하는 것이다. 그렇기 때문에 미인은 혼자서 살아갈 수 없는 존재인 것이다. 진정 자기를 사랑해준 남자와 함께 기꺼이 생을 마감하는 것마저도 괘념하지 않는다. 실재로 인류 역사상 모든 미인들은 그렇게 생명까지도 가볍게 불사르고 죽지 않았던가?

미인은 자기 주변이 위태롭다 하여도 겁을 내지 않는다. 모든 문제를 미인의 얼굴과 몸매로 해결할 수 있다고 믿기 때문이다. 미인은 무서운 남자를 만나도 두려워하거나 겁내지 않는다. 아무리 사나운 남자일지라도 적대감이 없기 때문에 자기의 아름다움을 보면 금방 하인처럼 변하기 때문이다. 미인에게 두려워하는 것이 있다면 나이 드는 것과, 잔주름 생기는 것과, 늙어가는 몰골과, 그의 몸의 황폐함과, 그로 인하여 사랑이 식어가고 있다는 사실일 것이다.

미인은 다른 미인의 존재를 인정하지 않는다. 저 혼자만 미인이기를 간절히 소망한다. 왜냐하면 다른 미인의 존재는 곧, 나의 미모의 가치를 떨어뜨리고 미인이 될 수 없게 만들기 때문이다. 미인은 모든 관심이 자기에게 쏠리기만을 원하고 혼자서만 그것을 자랑으로 여긴다.

미인은 여러 남자를 동시에 사랑하지 않는다. 한 남자만을 사랑한다. 왜냐하면 그 남자가 세상에서 가장 강해서 모든 문제를 해결해주는 사람이라고 생각하기 때문이다. 그렇기 때문에 미인이 사랑하는 남자는 세상 어디에도 없는 절대적 능력의 소유자이어야 하는 것이다.

미인은 자기가 사랑하는 남자가 세상에서 가장 강할지라도 자기 이외의 미인을 사랑하는 것을 절대로 용납하지 않는다. 시기와 질투로, 자만과 오기로, 냉정과 표독함으로 모든 경쟁자들을 무기력하게 만드는 것이다. 수단과 방법을 다 동원하여 혼자만이 사랑받고 인정받기를 원하는 것이다.

위의 조건에 맞는 여인이 몇이나 되겠는가? 실제로 있기는 하겠는가? 나의 이런 생각도 알고 보면 미인을 거느리지 못한 채로 살고 있는 자기 콤플렉스요, 자괴감을 가리려는 어쭙잖은 결과인지도 모를 일이다. 아마 그렇게 생각하는 것이 더 맞는 판단일 것이다.

산으로 말하면 만물상이 천하절색 미인인 셈인데, 천선대 주변을 맴 돌면서 만물상을 바라보면 과연 미인이라는 말이 맞는다는 생각이 들었다. 만물상! 그 화려한 몸매를 휘황한 옷자락으로 휘감고 천하절색의 가인(佳人)이 되어 거들먹거리는 화상이여! 너의 그 빛나는 얼굴은 어떻던가? 세상의 가장 진귀한 화장품으로, 온갖 빛깔의 색소로, 상상을 초월하는 도구를 사용하여 꾸미고, 그리고, 바르고, 파내고, 닦아내고, 붙이고, 비비고, 분지르고, 두드려서 빚어낸 것이 아니던가? 누구를 위한 몸부림이란 말인가? 그대는 진정 온 누리의 인생들을 휘어잡고 된통으로 흔들어 대는 미인인 것이 분명하리라!

쓴 웃음만 나왔다. 이렇게 온 땅위에 혼자서 구별된 모습이 만물상이고 보면 모두가 좋아 어쩔 줄 몰라 하는 것이 당연한 일일 것이다. 그렇건 저렇건 나는 만물상이 좋은 걸 어떡하란 말인가?

잠깐 사이 산정의 개운한 바람이 내 낯을 스쳤다. 나는 쪽빛 하늘을 우러러보았다. 그리고 물끄러미 고개를 떨어뜨리고, 만물상 뫼 밑의 골을 멍하니 굽어보았다. 나는 선채로 이 자리에 망부석이 되어 있었다. 저 머언 먼 하늘 끝으로 홀로 외로이 떠난 내님을 찾아 나선 넋이 빠진 사내처럼 우두커니 서 있었다. 한낮의 볕은 말없이 흐르는 씻긴 산 공기와 띠구름을 솜사탕 녹이 듯 은은하게 밀어내며 바라보고 있었다. 나는 갑자기 피식하고 쓴 웃음을 지으며 썽글거렸다. 그리고 텅 빈 마음에 금방 그 웃음을 집어넣었다. 쓴웃음은 약이 되었다. 금세 내가 아까 서 있던 나로 변하여 바로 서 있었다.

안심대 (安心臺)

만물상 코스 초입에서 처음 만났던 만물초의 형상들은 말 그대로 '엿장수 맛보기'였다. 절부암(折斧巖)을 지나면서 그 섬뜩하고 날선 바위 단면을 보고나면, 금강산 만물상의 모든 바위들이 얼마나 기기묘묘한가를 어느 정도 예측할 수 있었다. 실재로 다들 그렇게 느끼고 그런 경지에 이른다고들 말했다. 첫 만남에서 느꼈던 기개와 정감과 심연의 아름다움을 실감하고 나면, 만물상 각 부분 경치의 경이로움이 처음 같지 않음을 느끼게 될 수밖에 없었다. 첫 인상에 비하여 많이 무뎌진다고나 할까?

그 까닭은 무엇일까? 그 해답은 의외로 간단했다. 사람들은 원래 여러 놀라운 형상을 보고나서 새로운 초형을 만나면 흡사하다는 선입견으로 머리에 가득 차게 된다. 그리고 그러려니 하면서 반복되고 있다고 인지하게 된다. 마치 자신이 앞의 일을 이미 잘 알고 있는 것처럼 나도 모르게 무의식 속에서 인식하게 되는 것이다. 다시 말하면 '만물상을 보면 엄청난 감동을 줄 것이다'라는 기대감이, 곳곳의 절경을 보면서 약간은 만성이 되어, 새로운 초형을 볼 때마다 처음 느꼈던 그 느낌만 못하다고 생각하기 때문이다. 곧 느낌의 정도가 점점 여려지는 '감동 체감 현상'이라고나 할까?

그렇지만 실제로 그렇지 않은 부분도 있었다. 돌계단과 철제사다리를 오르다 살짝 곁눈질로 특이한 봉우리를 훔쳐보면 이제까지 안정 되었던

가슴은 다시 벌렁거리며 흥분 되었다. 그리고 그 자리에 그냥 석등처럼 멈춰 서서 한참을 바라보고 나서야 그 자리를 떠날 수 있었다. 바로 이런 현상들은 만물상만이 가진 숨겨진 신통력이요, 매력이요, 마력이었다.

이제 만물상과의 이별의 시간이 다가왔다. 산 아래로 내려가야만 한다. 아쉬워도 가야한다. 서운함 때문에 마음이 저려왔다. 뿌리치고 싶었다. 자꾸 뒤를 돌아보면서 무거워진 발걸음을 옮겼다. 반절은 뒷걸음질 치면서 차마 떨치고 하산 길로 접어들었다. 언제 다시 올까? 다시 올 수는 있는 것일까? 봄·여름·가을·겨울 네 번 와봐야 할 텐데. 왠지 걱정이 자꾸 앞섰다. 괜히 하는 걱정이겠지만. 착잡한 마음은 어느새 비감(悲感)으로 바뀌어 있었다.

천선대에 올랐던 길을 다시 한참을 되돌아 내려가면 만물상 초입 버스 정류장으로 내려가는 길과 《망양대》로 올라가는 갈림길에 다다르게 된다. 이곳은 마치 말안장이 놓인 것처럼 생겼기 때문에 '안심대'라고 불러지고 있지만 실상은 지쳐서 올라온 나그네들의 마음이 편안해지기 때문에 붙여진 이름이리라.

조금 뒤에 오를 《망양대》 또한 만물상의 다른 모습을 볼 수 있는 곳이다. 천선대와 같은 관망대여서 많은 사람들이 지나치지 않고 오르는 곳이다. 그냥 내려가는 사람들도 많지만 생각이 있는 사람들은 어김없이 다시 오르고 있었다.

금강산에서 들을 수 있는 가장 흔한 말은 무엇일까? 나를 기준으로 생각해 봤다. '와– 정말 장관이다', '야! 기가 막히다', '세상에 이럴 수가', '정말로 최고의 절경이다', '야– 정말 아름답다', 어디 가서 이런 경치를 볼까' 등의 말이 아닐까? 만약 서양 사람들이 와서 본다면 제일 먼저 터지는 함성은 무엇일까? 그것은 '오 마이 갓!(Oh my god!)'일 것이다. 내 주위에서 여러 탄성을 많이 들어서 그런지, 이렇게 생각하는 나의 뜻이 무리가 아니라는 생각이 들었다.

만물상에 올랐던 사람들은 한결같이 두 가지 상반된 느낌을 토로했다. 하나는 산의 자태가 우아하고 고결하여 명산의 모든 조건을 다 갖추었으며, 조화롭고 화사하여 보면 볼수록 아름답다고 생각한다는 점이다. 다시 말해 여성답다고 여긴다는 점이다. 그리고 다른 하나는 엄청나게 날카롭고 섬뜩함이 가득 차 있는 바위들, 형언할 수 없이 많은 영묘한 초형, 웅혼하게 뻗쳐오르는 산세, 끝없이 펼쳐진 다 다른 얼굴의 봉우리들이라고 생각한다는 점이다. 다시 말해 남성답다고 여긴다는 점이다. 모순 같은 두 가지 특징을 다 아우르고 있는 금강산 만물상! 그래서 사람들마다 비경이요 절경이라고 경탄해 마지않는 것이다. 한편으로 뭇 사람들의 감탄에 대하여 이런 생각을 해 보았다. 예리하여 소름끼치는 날선 바위의 갈라짐의 많고 적음이 명산 절경으로서의 자격 곧, 산의 아름다움을 평가하는 기준이 되기 때문은 아닐까?

힘든 산행이 극에 달했다고 생각하는 시점에서는 반드시 미모가 빼어나고 절묘함을 가득 품은 연인 곧, 만물상의 한 자락과 나란히 가게 해 주어 산행의 고통을 덜어주었다. 그리고 또 다른 초형들이 등장하여 그 형상에 대한 해석을 분분하게 해주었다. 산세가 좋으면 산행 길은 악에 바친 듯이 고약하고, 험한 산세를 타고 올라가면 엉뚱하게 전에 볼 수 없는 첨봉의 경이로움이 나를 반갑게 맞아주었다. 그리고 하얀 바위벽의 들쑥날쑥한 엇물림이 가지런하지 않은 채로 치밀한 아름다움을 선물로 주었다. 이제껏 넋 없이 휘둘릴 정도의 놀라운 경치로 나를 흥분시켜 놓고, 여기 안심대에 와서는 마음의 평안을 말하라고 하니, 어느 장단에 맞춰 춤을 추어야 할지 마음이 심란했다. 나는 아직도 흥분이 가라앉지 않아서 가슴이 얼얼하고 정신이 어질어질 하기까지 했다. '혼미함이 빨리 가셔야 할 텐데' 라고 뇌까리면서 하산 길을 재촉했다.

만장천에서 가져온 금강산 생수를 여러 모금 마셨다. 처음은 차가운 물이었지만 이젠 시원한 물이라느니 보다는 미지근한 물로 변해 있었다. 천

세존봉

선대에서 마음껏 누렸던 만물상의 기가 막힌 경관을 또 다른 곳에서 그 진
면목을 거듭거듭 볼 수 있다니, 힘든 생각보다 기대감이 앞섰다. 《망양대》
또한 영화 《트랜스포머》에서처럼 미인으로 변신하여 나를 또 유혹하기 시
작했다.

　천선대에서의 만물상 관망은 내 평생 잊지 못할 값진 추억이 될 것이라
고 나는 확신하며 내려왔다. 다음에 기회가 있어 이곳 천선대에 다시 오

른다면 오늘의 감격스런 정취를 똑같이 느낄 수 있을까? 속단하건데 그렇지 못할 것이라는 생각이 들었다.

만물상은 봄·여름·가을·겨울 어느 계절이 와도 한결같은 경탄과 감동을 느낄 수 있는 산이었다. 계절이 문제가 되는 산은 아니었다. 네 철 모두 그 나름대로 서로 다른 계절의 아름다움을 간직하고 있었다. 그리고 모든 계절에 걸맞은 경치로 우리들 가슴을 놀라게 하고 있는 것이다. 난생 처음 만난 한겨울 만물상, 오늘 처음 올라서 느껴보았던 이 흥취는 세상 어떤 산 오름과 비교할 수 없을 것이다. 버금은 갈지 몰라도 온전히 같은 느낌은 결코 아닐 것이다. 그렇기 때문에 첫 번째가 중요한 것이다. 내 주변의 웬만한 사람들은 첫사랑을 못 잊고, 몰래 숨어서 그리워하며 방황

옥류동에서

하지 않던가? 오늘 처음 만난 만물상은 나의 첫사랑이 되었다. 그리고 영원한 변할 수 없는 나의 끝 사랑이 될 것이다. 비록 나만이 느끼는 짝 사랑일지는 모르지만.

얼마 안가서 안심대에 도착했다. 왼쪽으로 《망양대》 올라가는 길이 갈라져 나타났다. 가까스로 온 몸 다해, 힘겹게 올라간 천선대에서 나는 나의 모든 기운을 다 소진하고 말았다. 내려올 때는 정상적인 몸으로 내려오질 못하고 엉금엉금 기어서 아기작거리며 산길을 내려와야 했다. 걸어서 내려왔다느니 보다는 천선대에서 미끄럼을 타고 내려왔다는 표현이 더 적합할 것이다. 구르듯이 내려오기도 하고 몸을 던져 계단 몇 개씩 건너 뛰기도 하면서 겨우 안심대에 이를 수 있었다. 안심대에 와서 '참 위험했었구나' 하는 생각이 덜컥 들었다. 땅바닥에 털썩 주저앉아서 내려온 길을 올려 쳐다보고서야 깨달을 수 있었다.

나는 처음에 너무 힘이 들어 천선대에만 오르고 《망양대》 오르는 것을 생략하기로 마음먹었었다. 하지만 그럴 수는 없었다. 내려오다가 마음을 고쳐먹고 다시 또 동해 쪽 《망양대》를 향하여 올라갔다. '천선대는 만물상을 가장 잘 볼 수 있는 곳이지만 천선대에서 보이지 않는 동녘 만물상 한 자락과 동해안 절승은 《망양대》에 올라가야만 볼 수 있다' 라고 가이드가 설명해 준 어제 일이 떠올랐다. 나는 울며 겨자 먹기로 어쩔 수 없이 올라가야만 했다. 중간에 그만 둘 수 없었다. 지치고 고단한 몸을 이끌고 다시 오르기로 마음을 먹었다. 그렇지만 한참을 내려오다가 다시 가파른 산길을 거듭 오른다는 것은 결코 쉬운 일은 아니었다.

정오가 다 되었다. 배도 몹시 고프고, 목도 마렵고, 다리는 저려오고, 심신이 지칠 대로 지쳐 있었다. 그러나 천선대에 오르는 길보다는 쉬운 편이었다. 평탄한 흙길도 있고, 오르막 돌짝길도 있고, 내리막 산 비탈길도 있어 지루하지는 않았다.

망양대 (望洋臺)

으슥하고 깊은 산골답지 않은 양지 녘 한 모롱이를 돌아들었다. 바로 앞에 비교적 널찍한 흙길이 나타났다. 집채만한 바위가 우뚝하니 가로막고 서서 반갑게 나를 맞았다. 오던 길을 조금 내려오다 동해 바다 쪽을 향하여 한참을 올라챘다. 몇 걸음 뒤에 우리들이 익히 아는 수묵화에 등장하는 괴석 군이 나타났다. 《망양대》였다. 어느새 다 올라온 것이다.

《망양대》 주변의 집채만한 바위들은 겸재 선생이 금방 먹을 갈아 큰 붓에 찍어 일필로 그려나간 것이 분명했다. 주위의 선돌들은 어둡고 묵직했다. 힘지게 붓질을 하다가 머무르는 순간 먹물이 화폭에 뚝뚝 떨어져 번져 나가고, 거무튀튀한 반점이 어지럽게 뒤섞인 괴석이 나타났다. 까칠까칠한 얼룩 바위들이 금세 여기저기 생겨났다. 잠깐 사이에 그곳엔 거친 먹빛의 준수한 입석들이 즐비하게 늘어섰다. 장정들 키 두 질은 됨직한 건장한 바위들도 그려졌다. 이곳 《망양대》 또한 천선대처럼 또 다른 절승이 겸재 선생의 붓질로 펼쳐지고 있었다.

동해 쪽 해변 벼랑을 타고 흐물흐물 올라오는 해무(海霧)가 쉬지 않고 거듭 거듭 이 《망양대》를 스치며 지나쳤다. 이곳에 바다 안개가 밀려와 산을 가리면 신선이 나타날 듯 몽롱한 선경이 펼쳐졌다. 그리고 고요와 함께 침잠의 석기시대로 빠져들게 했다. 한동안 시간이 정신없이 흐른 뒤에야, 비로소 《망양대》는 빛나는 태양과 함께 제 모습을 드러냈다. 소스라치게 놀랄만한 절경이 생성과 소멸을 반복하고 있었다. 해무가 걷히면 보이고 드리우면 사라지는 영상 쇼가 여러 번 거듭하여 일어났다. 세상에 없는 진풍경이 이곳 《망양대》 산정에서 일어나고 있었다. 산이 움직이고 있었다. 집채 보다 큰 바위들이 구름에 흘러가고 있었다. 이건 웅장한 아이맥스 초대형 스크린 영상이었다.

《망양대》에 오르자마자 동해안 쪽으로 눈을 돌렸다. 동해안이 지척으로 가까이 내려다보였다. 잠자리비행기를 타고 보는 것처럼 짜릿했다. 눈 아래에 동해의 푸른 바다가 아득하게 펼쳐지고, 밝은 웃음을 띤 명사십리(明沙十里)의 하얀 모래의 해안선이 활짝 핀 메밀 꽃밭처럼 새하얗게 번쩍이고 있었다. 노(北)와 새(東) 쪽에서 불어오는 바닷바람에 저려서인지 간기가 아직도 가시지 않고 엉기어, 밝은 백양목 흰 깁처럼 그 모래 빛에 버무려져 눈이 부실 지경으로 고왔다. 숨이 턱까지 찰 정도로 찬란하고 눈이 휘둥그레질 정도로 황홀한 승경이 펼쳐지고 있었다.

쉴 틈 없이 불어제치는 바다 안개가 흰 솜뭉치같이 커다랗게 뭉쳐져서 수레바퀴 돌듯 구르면서 포근하게 내 가슴으로 안겼다. 발끝에 닿을 듯한 산 밑에 흰 모래 백사장이 안개가 흘러 지나간 자리에 흐릿하게 나타났다. 이곳이 바로 해송과 해당화로 이름난 그 명사십리 바닷가가 아니던가? 지금은 겨울인데도 내 마음엔 이미 솔 내와 해당화 꽃향기가 《망양대》와 명사십리 바닷가에 그득 넘쳐흐름을 느끼고 있었다. 내도드라진 사구(砂丘) 위의 해당화 숲에선 감미롭고 들큼한 꽃 내음이 흰 파도의 물거품을 잡아당기며 휘돌고, 언덕진 바닷가 해송 숲에선 말끔한 솔 내음이 코끝을 송곳으로 후비듯이 찔러왔다.

옛 선비들의 글에서만 보았던 동해의 파란 물빛과 흰 모래톱이 사이좋은 오누이처럼 길게 늘어서 있었다. 정다운 담론이 오가는 정겨운 광경이 펼쳐지고 있었다. 흰 파도소리, 그건 흐릿하지만 분명히 알아차릴 수 있는 사연이 담긴 소근대는 목소리였다. 먼 바다에서는 검푸른 잔물결이 물

제1《망양대》입석 사이로 보이는 내금강

비늘처럼 반짝이고, 그 너머 수평선에는 흰 구름이 솜사탕처럼 몽글몽글 일어나고 있었다. 누가 보아도 천변만화, 변화무쌍, 천하제일의 명승임에 틀림없으리라.

한겨울 한낮의 햇빛은 줄기차게 뿜어내는 음악 분수처럼 멋진 가락이 되었다. 그리고 너울너울 춤추는 운무가 되어 《망양대》를 향하여 흰 머리를 대들 듯이 디밀어 이내 부딪치고 있었다. 얇게 그늘진 두 바위의 틈이 큼직하고 모로 길게 뚫려 있었다. 나는 이동식 촬영기가 되어 있었다. 숲속의 밤을 샅샅이 찍을 수 있는 적외선 카메라였다. 장면이 살같이 스치고 지나갔다. 솔가지와 선돌 위에 구름 그림자 스치는 소리가 신부의 긴 치맛자락 끌리는 소리로 들렸다. 천선대와는 사뭇 달랐다. 바위 절리도 천선대에서 보는 예리하게 날선 바위와는 달랐다. 부드러운 듯 듬직한 바위선이 석축을 한 것처럼 곱게 줄지어 포개져 있었다. 헐겁게 갈라진 돌짬 사이로 눈부시게 밝은 햇빛이 쏟아지고 있었다. 빈 하늘을 올려보았다. 눈이 부셨다. 어릴 적에 해를 보고 난 뒤에 까맣고 맹한 상복(喪服) 같은 영상이 다가오듯이 나의 시력은 일시 정지 되어 버렸다. 어릴 적 얄궂은 동심이 순간 내 마음에 일었다. 빨려들 듯이 몸을 날려 돌짬에 눈을 갖다 댔다. 그것은 햇빛을 가려준 길쭉한 망원경이었다. 그토록 두 손에 쥐고 보고 싶었던 쌍안경이었다. 바다 쪽 만물상이 또렷이 보일 때까지 뚫어지게 바라보았다.

전망대 주변은 가파른 급경사였다. 계곡과 봉우리 중턱에는 점처럼 박혀있는 소나무 숲이 검버섯이 핀 것처럼 푸르죽죽하고 거무튀튀하게 보였다. 육중한 선바위들은 무질서한 듯 보였지만 그 나름의 질서를 갖추고 있었다. 서로를 훑어보면서 《망양대》 주위를 맴돌며 어울리게 줄지어 서서 망부석처럼 우리를 지켜주고 있었다.

《망양대》 바로 밑 낭떠러지 끝에 서서 몸을 구푸려 동해 바닷가 절벽 쪽을 바라보았다. 조금은 위험하겠다는 느낌이 들었다. 오른 손으로 외톨박이 소나무를 붙잡고 왼손으로는 울퉁불퉁한 바위를 밀며, 황새목을 쭉 늘여 빼고 급경사를 굽어보았다. 작은 봉우리들이 급한 경사면에 착 달라붙어 있었다. 나뭇잎이 거의 없는 담갈색의 잡목들은 마치 흐린 안개처럼 능선과 계곡을 물들이고 있었다. 자리는 험해도 자연스럽고 편안하게 보이는 정든 친구들이었다. 그래서 사람들은 소나무가 여기저기서 가로막고 서있는 《망양대》주변을, 그 어울림이 다른 곳과 구별 된다고들 말하는 것이 아닐까?

돌출된 해안선의 모래톱을 바라보고 있노라니 찌들었던 피로감이 한 순간에 풀어졌다. 명사십리 금빛 해변 곁에 몇몇의 작은 둥둥 섬은 외로운 채로 떠있었다. 쪽빛 바다의 흰 파도 속에 꽂혀있었다. 거듭 너울거리는 옷깃 한 자락에 박힌 고려청자의 흰 상감이었고, 엷고 푸른 실 비단 위에 수를 놓은 고운 십자수였다. 마치 보석 장식처럼 빛나고 현란했다. 내 머리 위로는 솔가지가 짓누르고 있었다. 지근의 솔가지와 저만치 떨어진 곳의 봉우리들, 멀리 뵈는 돌출 해안선과 섬들이 원근의 조화 속에 그 고운 빛의 황홀경을 또 다시 연출하고 있었다.

《망양대》에 오르는 사람들이 나에게 '왜《망양대》를 찾는가?'라고 물어본다면, 나는 이렇게 말할 것이다. 먼저 《망양대》는 천선대에서 볼 수 없었던 만물상의 동해 쪽 부분을 가장 잘 볼 수 있는 곳이라고. 다음에는 푸른 동해 먼 바다와 발아래 펼쳐진 명사십리 바닷가 모래밭의 아름다움을 느낄 수 있는 곳이며, 울창한 바다솔 수풀과 빽빽한 해당화 숲을 관망할 수 있는 가장 좋은 곳이라고. 그 다음에는 제1, 제2, 제3《망양대》가 있어 이 곳 저 곳에 있는 각양각색의 형용할 수 없는 바위와, 절벽과, 암석을 볼 수 있는 좋은 장소라고. 끝으로는 외금강 끝자락에서 내금강 쪽, 그러니까 비로봉을 비롯한 집선봉, 세존봉, 채하봉, 일출봉 등을 먼발치에서 한눈에 볼 수 있는 최적의 조망 장소라고.

비교적 여유롭고 완만한 비탈길을 타고 바위틈에 꽂혀 서있는 노송들이 대견하게 보였다. 금방 떨어져 내릴 것 같은 커다란 바위들이 위태롭게 서 있었다. 비집고 들어갈 틈도 없는 악산 바위 숲 꼭대기에 노송이 웬 말인가? 어떻게 살아 왔을까? 과연 살 수는 있는 것인가? 그리고 이 바위산에서 비가 온들 얼마나 오며 그 빗물이 고이기는 할까? 바위틈 어디에, 어떻게 물을 간직한단 말인가? 바로 그것이 기적이다라는 생각이 들었다. 한편으로 생각하면 뿌리가 바위틈 사이로 길게 내려 그 좁은 홈에 고인 수분을 마신다고 생각할 수밖에 없을 것이다. 온통 바위로만 이뤄진 금강산, 더욱이 만물상에는 나무보다 바위가 더 많았다. 솔숲이 있다하여도 듬성듬성 외톨박이들이 모여 만든 성근 소나무 숲들뿐이었다. 외롭게 자라 안쓰러운 나무들이었다. 그리고 주변의 얼마 안 되는 잡목들만이 모여 앉아 꿋꿋이 산 밑을 지키고 있을 따름이었다.

실오라기 한 가닥만 걸친 소나무의 저항이 애처로웠다. 우리가 떠나면 외로이 서있을 저 고송(孤松)의 간절한 소망은 무엇일까? 다시 만날 날의 기다림일까? 그리움일까? 사무침일까? 아니면 다시 찾아오겠다는 나와의 굳은 약속일까? 그 외솔 마음속에는 쉽게 말 못할 서러운 사연이 있을 것만 같았다. 이건 엉뚱한 나만의 낭만이며 짝사랑이리라.

항아리 같은 바위가 둥글게 서있는 《망양대》의 골팬 바위틈이 이제야 다른 분위기로 다가왔다. 항아리 위의 뚜껑이 있는 자리에 송곳같이 뾰족한 바위가 너무나 새삼스럽다. 듬성듬성 암벽 주름사이로 사람들이 찡겨서서 사진도 찍고 《망양대》의 묘미를 만끽하고 있었다.

· 한 모롱이를 돌아들면 나무로 깎아 만든 듯한 판석이 고른 두께로 세워져 있는 바위 숲이 보였다. 마치 건축자재를 쌓아놓은 듯했다. 검푸르고 둔탁한 바위 하나가 새끼 반달곰이 되어 아무 의미 없이 《망양대》를 걸터앉아있었다. 그 곁엔 여느 금강 계곡에서도 볼 수 있었던 키 작고 앙칼진 소나무가 어김없이 그 자리를 지키고 있었다. 홀쭉한 배가 등가죽에 들어붙어 있는 상태로 수호신이 되어 서있었다. 하나도 아닌 여럿이서 말이

다. 눈 아래 펼쳐진 내금강의 부드러운 구름 능선이 층층으로 포개져서 한 층 더 다가와 보였다. 얼굴을 살짝 숨긴 비로봉 산정이 궁금한 듯 눈을 지긋이 깔고 우리를 훔쳐보고 있었다. 이렇게 멀리서 보면 부드러워도 그 속에 들어가 보면 또 다른 바위들이 각양각색으로 여기 외금강에서처럼 즐비할 것이다. 똑 같은 광경은 아닐지라도 큰 차이 없이 또 다른 묘경을 지어 보여 줄 것이 분명하리라.

　세 곳의 전망대 주변을 다 돌아보면 굵직한 정원석 바위들이 흙벽돌 쌓아 놓듯이 정갈하게 포개져 있었다. 석재 설치 미술가가 힘들여 조각 작품을 새겨서 불규칙하게 새워 놓은 것이 분명했다. 서로 기대고 서로 끌어안고 서있었다. 좁은 등산로 옆에는 널찍한 바위에 철주를 끼워 난간을 만들어 멀리 동해를 조망할 수 있도록 만들어 놓았다. 안쪽으로 눈을 돌렸다. 내금강의 부드럽고 풍만한 앞가슴이 드러났다. 너그러움을 자랑하듯 여러 겹으로 끝없이 중첩되어 연정의 으늑함을 더하고 있었다.

　발아래를 내려다보는 순간 까마득하고 아스라한 골짜기에서 실낱같은 속세의 말소리가 들려오고 있었다. 나는 솔깃하여 인정스레 귀를 기울여 들어보았다. 쏘곤거리는 소리가　내 마음을 평안하게 바꿔 놓았다. 깊은 산 속에 함께 있다는 것이 너무나도 좋았다. 말소리의 내용이나 말한 사람이 누구인지 알 필요가 없었다. 그저 사람소리가 들린다는 것이 좋았다. 생소하면서도 반가워서 좋았다.

　나는 숭엄한 자태로 내 가까이 서있는 바위를 기대고 작은 목소리로 속삭이듯 옛 이야기를 나누었다. 그리고 소나무를 어루만지면서 끝없는 심연의 대화를 나누었다. 그들의 독백도 몰래 훔쳐 들어보았다. 남다른 정감이 숨어 있었다. 한 많은 삶의 하소연을 더듬을 수 있었다. 험하게 다가올 앞날을 걱정하는 한숨 소리도 들어 보았다. 나는 《망양대》 구경을 잊은 채 우두커니 서있었다. 나의 소진한 기력은 좀처럼 회복되지 않았다. 현기증이 났다. 머리가 어질거렸다. 높은 곳에서만 느끼는 호사스런 현기

제2 망양대

증이 졸음처럼 찾아 왔다. 고개를 돌렸다. 먼 바다가 다시 보고 싶었다. 명사십리의 해당화도 보고 싶었고, 흰 모래톱에 거친 이빨을 드러내고 가쁜 숨을 몰아쉬는 흰 파도도 보고 싶었다.

누구든지 《망양대》에서 동해를 바라본다면 맨 먼저 가슴이 뻥 뚫리고 시원해짐을 느낄 수가 있을 것이다. 막힌 기가 금방 툭 터졌다. 답답한 마음이 휑하게 비어지는 느낌이 들었다. 명사십리가 내 발아래 펼쳐지고 자잘한 봉우리들이 군데군데 널어져 있었다. 그 언저리엔 잎 떨어진 갈색의 잡목이 무리를 지어 서있고, 띠처럼 드리워진 파란 금강송 숲이 희끗희끗한 바위들 틈 사이에서 서로 얼굴을 비벼대며 어우러져 있었다. 줄기가 온통 벗겨져 흰 속살 드러낸 백년을 견딘 듯한 고목이 안쓰러웠다.

높새바람을 맞아 지쳐 서있는 한 그루 소나무는 비로봉 쪽으로 외롭게 기울어 서있었다. 금강에 대한 그리움일까? 정겨운 《망양대》를 지키려는 오랜 벗과의 굳센 약속일까? 아니면 지친 나그네를 위한 정겨움의 발로일가? 여하튼 이 한 그루 고송이 주는 느낌은 구만 리 장공을 휘저으며 날고 있는 붕새처럼 헤아리기 어려웠다.

명사십리는 흰 무명 깁을 바닷가에 곱게 그리고 길게 펼쳐놓았다. 파도가 쉬지 않고 푸르게, 또 푸르게 적셔 주었다. 전생의 연인이었나 퍽도 다정하게 보였다. 지금은 2월 초순, 봄은 아직 저만치 있는데, 활짝 핀 해당화 꽃잎이 내 마음 속에서 벌써 하늘거리고 있었다. 막 달여 분청 다기에 따라놓은 명다(茗茶)의 다사론 김이 피어오르고 있었다. 맑은 다향이 해운에 실려 은근하게 금세 산정을 넘어 흘러갔다. 기다리다 지쳐선지 어디론지 끝자락을 살째기 숨기며 흩어지고 있었다.

해송이 울처럼 겹겹이 둘러친 명사십리는 천혜의 비경을 간직한 바닷가였다. 신선이 놀다 갔음직한 《망양대》에서 나는 눈을 부릅뜨고 명사십리를 응시하고 있었다. 답답한 가슴은 후련한 마음으로 바뀌고 있었다. 꽉 찬 가슴이 휑하니 비워졌다. 그리고 흔쾌한 기운이 그 속을 그득 채워지고 있었다. 나도 모르게 소망의 부푼 꿈이 망망한 동해와 함께 벅차게 밀려오고 있음을 느낄 수 있었다.

새파란 물결이 넘실대는 동해 바다, 그 망망대해 앞에 서 있는 나는 《선녀와 나무꾼》의 전설 속으로 빠져들고 있었다. 이곳 만물상 《망양대》에 오면 누구나 선녀가 되고 나무꾼이 되었다. 실제로 나도 나무꾼과 선녀의 주인공으로 변해 있었다. 하늘의 옷자락이 없어 하늘에 오르지 못하고,

헤어진 옷을 걸친 채로 《망양대》 바위 위에서 끝없이 애곡하는 나무꾼이 되어서 말이다. 나무꾼은 천의를 몰래 빼돌려 입고 하늘로 내뺀 독한 맘 품은 선녀 아내가 혹여 보내 줄지도 모를 그 옷을 기다리고 있었다. 한편으로는 아내가 선녀인 것을 의심도 했을 것이다. 그리고 원망도 했을 것이다. 심지어 술에 취해 악다구니를 쓰며 욕설도 많이 내뱉었을 것이다. 그렇지만 선녀 아내를 포기할 수는 없었다. 그리고 길고 긴 한 많은 세월을 보내면서 선녀를 기다렸다. 그토록 인고의 세월이 흐른 후 나무꾼은 사랑스런 선녀 아내와 딸 선녀들을 만날 수 있었다. 그리고 선인이 되어 네 식구 두레박을 함께 타고 하늘로 올라갔다. 그 즈음 내 맘에서 나무꾼과 선녀의 러브스토리는 잠시 자리를 비웠다.

한없이 겹쳐진 능선의 희미함과 끝없이 펼쳐진 파도의 물빛 사이에서 나 자신의 앞날을 더듬어 보고 있었다. 애처롭더라도 그 나무꾼의 기다림이 부러웠다. 그 남정네의 심정으로 나는 이곳에 마냥 서있었다. 나는 한참 동안 영문을 모른 채로 시간의 흐름을 멈추게 해놓고, 이곳 《망양대》 꼭대기에서 숨죽이며 판소리 《춘향가》 《쑥대머리》를 읊조리고 있었다. 지난날과 오늘, 앞날의 영상이 서로 고차하면서 클로즈업 되면서 나타났다간 사라지고, 사라졌다간 다시 나타나고를 반복하고 있었다. 이 몽롱하고 꿈 결 같은 시간이 한동안 지속 되었다. 이것은 분명 나도 믿어지지 않는 나의 마음 속 깊은 곳에서 이는 잔잔한 물결이었다. 나는 한동안 도무지 말을 뱉을 수가 없었다.

망양대 (望洋臺) 에서 하산

명사십리가 있는 동해 바다 쪽과 만물상 동녘 끝자락 외금강 쪽을 한 자리에 서서 한꺼번에 관망할 수 있는 가장 좋은 곳은 《망양대》였다. 아울러 내금강 쪽 비로봉 주위 연봉들마저도 덤으로 볼 수 있는 최적의 장소였다. 갖가지 산의 진수성찬을 모두 그리고 고르게 맛볼 수 있는 최상의 산정 누각이었다. 두 말 할 것 없이 명당인 것만은 분명했다. 동해 쪽 바위에 걸터앉아 저 망망대해를 마냥 바라보면서 무념무상, 무장무애, 무중력의 평정 상태에 머무르고만 싶었다. 하지만 주변의 가경이 나를 그냥 놔두겠는가? 어쩔 수가 없었다. 더 있고 싶었지만 아쉬운 마음을 접고 다른 곳을 향해 내려가기로 마음먹었다.

《망양대》에 있는 세 개의 전망대 모두 등산객이 몰려서 북새통이었다. 나는 맨 끝 부류에 속해서 조금 덜 했지만 그 끝자리마저도 번잡한 시골 장터였다. 사람이 몰리기도 했지만 올라와선 내려갈 줄 모르니 더욱 많게 느껴졌으리라.

나는 기운이 거의 없어 후들거리는 발걸음으로 휘청거리며 내려오고 있었다. 《망양대》에서 한참을 쉬어서인지 노근함은 많이 가시었다. 조금 나아진 것도 사실이지만 내 몸 하나 지탱하기조차 힘든 상황이어서, 나는 식은땀을 훔쳐내며 굽어진 산길을 내려오고 있었다. 시장기가 삽시간에 몰려왔다. 네 시간이 지날 동안 요기한 것이 전혀 없었으니 배고픈 건 당연한 일이었다.

널찍한 바위 길을 돌아드니 사람 키 몇 길 되는 병풍바위가 북풍을 막아주었다. 나의 추레한 모습을 가려주는 모퉁이 길가에 털썩 주저앉았다. 여기서 간식을 먹어 두어야 산을 내려갈 수 있을 것 같았다. 산에 올라오기 전에 넣어두었던 초콜릿과 연양갱을 이 곳 바위 곁에서 먹기로 마음을 먹었다. 나와 같이 올라 온 일행 중에서 내 곁에 있는 사람은 아무도 없었다. 나 혼자 내려가고 있었다.

길섶에 주저앉은 채로 배낭에 깊숙이 숨겨둔 초콜릿을 꺼내 들었다. 추운 날씨라 딱딱해졌다. 반절을 뚝 잘라 먹으려고 무릎에 놓고 힘을 콱 주어 때렸다. 아뿔싸! 큰일이 벌어졌다. 순간 나는 감당하기 힘든 엄청난 사태를 맞고 말았다. 갈라진 초콜릿 삼분의 이가 내 손에서 떨어져 나가 길 옆 절벽으로 떨어지고 있는 것이 아닌가? 나는 순간 너무 놀라고 기가 막혀 허리를 굽혀 배구선수가 슬라이딩하듯이 초콜릿 조각을 잡으려 몸을 날렸다. 그 때 내 눈에 나타난 것은 아스라이 떨어지는 천 길 낭떠러지였다. 산안개 낀 흐릿한 골자기가 내 눈에 들어 왔다. 갑자기 망원렌즈를 통해 클로즈업 되면서 잡목이 박혀있는 절벽이 눈에 들어왔다. 계속 굴러 떨어지는 초콜릿은 초 가실 찬바람에 쭈그러든 대추 크기만큼 작게 보였다. 초콜릿은 점점 멀어져 가고 있었다. 나는 이토록 위험한 지경인 줄 의식하지 못했다. 순간 겁이 덜컥 났다.

나는 모든 것을 포기하고 엎드렸던 몸을 세우고 고단한 몸을 일으켰다. 내 몸을 들여다보았다. 앞가슴은 흙먼지로 더럽혀져 있었다. 손에는 초콜릿 대신 한 움큼의 바싹 마른 떡갈나무 잎이 쥐어져 있었다. 속이 상했다. 나는 절벽을 향해 나뭇잎을 흩뿌려 버리고 쓸쓸한 웃음을 지며 툴툴 옷에 묻은 흙과 먼지를 털었다. 잠깐 사이였지만 아찔한 광경이었다. 내 품에 있는 나머지 삼분의 일의 초콜릿은 잃어버린 것에 대한 상실감을 상쇄시키고도 남았다. 넋을 잃을 만큼 달고 오묘한 맛을 더해 주었다. 기가 막히게 맛난 보약이었다. 이것은 분명 꿀맛보다 더 달콤하고 감칠맛 나는 간식거리였다.

이젠 연양갱 하나 만이 남았다. 놀란 가슴을 쓸어내리고 조금 길을 옮겨서 연양갱을 먹기로 마음먹었다. 억울하고 안타까운 실수를 한 이 자리에 있기가 싫었다. 재수가 옴벌레 붙은 이곳을 무조건 떠나고 싶었다. 조금 전의 아픈 추억을 뒤로하고 터덜터덜 걸어 내려왔다. 얼마 안 되는 간식거리였지만 아까운 것만은 사실이었다. 다시 먹을 일을 생각하니 머리가 어지럽고 식은 땀나는 현상은 금세 사라져 버렸다. 조금은 힘이 솟아나서 발걸음도 아까보다 조금은 가벼워졌다. 인기척은 전혀 없었다. 모두 내려간 것은 아닐 텐데 라고 생각하면서, 이제 남은 연양갱 하나를 먹으러 자리를 정하고 조심스레 앉았다. 그 순간 뒤에서 인기척이 들려왔다.

"여보세요! 여보세요!"

뒤에서 누군가 나를 부른다. 나이 든 남자의 목소리였다. 다 죽어가는 개미소리였다.

"뭐 좀 먹을 것 없을까요? 배가 고파 쓰러질 것 같아요!"

"물 밖에 없는 데요"

"그럼 물이라도 한 모금만 주시면 안 될까요?"

"물 정도야 드릴 수 있죠."

상 관음봉

　　나는 배가 너무 고픈 나머지 그만 거짓말을 하고 말았다. 만물상의 말
할 수 없는 고된 등반길 이 지친 나그네에게 어느 누가 먹을 것을 달랜단
말인가? 사실 달라한들 줄 수가 있겠는가? 그렇게 요청하는 것은 무례한

행동이라고 다들 말할 것이다. 그렇지만 마음 속 한쪽 구석에서 바늘로 잘게 찌르는 것 같은 느낌이 감지되었다. 시간이 지날수록 점점 더 세게 가슴이 저릿저릿해 옴을 느낄 수가 있었다. 이 일을 어쩌랴? 이건 가슴을 쑤시는 고통이 아니었다. 내 양심을 패는 경고의 신호였다. 순간 《신약성경》에 나오는 선한 사마리아 사람의 비유가 떠올랐다. 예수님께서 물끄러미 웃으시며 나를 바라보시고 계셨다. 한없이 인자한 얼굴이셨다. 나도 주님을 바라보았다. 이어서 주님을 향해 미소를 지어 보였다. 나는 비로소 제정신이 든 것이다. 나는 순간 말을 더듬거리면서 억지로 말을 건넸다. 너무 부끄러웠다. 그건 뒷사람의 귀에 들릴까 말까한 쥐 숨넘어가는 가냘픈 목소리였다.

"잠깐 기다려보세요. 제 배낭 안에 뭔지 먹을 것이 있는지 모르니까요."

"없으시면 관두세요."

"아니에요. 있을 것 같기도 해요."

이제는 입장이 바뀌었다. 그는 거절하고 있었고 나는 주려고 설득하고 있었다. 우스꽝스런 해프닝이 벌어지고 있었다. 나는 이제 배가 고프지 않았다. 나보다 더 어려운 등산객을 위해 나의 일부라도 주어야할 입장이 되었다. 그 사람은 입이 완전히 헐어 있었다. 흰 거품을 내뱉어서인지 입주위가 하얗게 서리가 내려 있었다. 거칠고 틀어진 입술은 흐릿하게 타원형을 그려놓고 있었다.

난 마음이 아팠다. 그는 응급환자였다. 나는 모든 생각을 계곡에 부려버렸다. 나에게 남은 오직 하나의 식량, 연양갱 하나를 그 사람에게 주기로 마음먹었다. 나는 곧바로 배낭에서 연양갱을 꺼냈다. 그리고 기진맥진한 그 친구에게 건네주었다. 친절하게 껍질까지 벗겨서 주었다. 그 친구는 마파람에 게눈 감추듯이 순식간에 먹어치웠다. 나는 물끄러미 그 친구의 얼굴을 바라보면서 그의 얼굴이 정상으로 회복되는 과정을 생중계로 보고 느낄 수가 있었다. 나는 물병에 물이 얼마나 남았는지 모르지만, 얼마쯤의 물도 함께 주어 마시게 하였다. 나는 선한 사마리아 사람으로 변해 있었다.

그 친구는 언제 허기져서 쓰러질 번하였느냐는 듯이 멀쩡한 상태로 회복되었다. 나는 엄청나게 큰 충격과 함께 짜릿한 희열을 느꼈다. 내가 먹고 기운을 차리는 것 보다 훨씬 마음의 배부름을 느낄 수 있었다. 어디서 그런 힘이 솟아났을까? 우리는 함께 지쳤지만 서로 이런 저런 얘기를 나누면서 힘들이지 않고 내려올 수가 있었다. 예로부터 '받은 은혜 반드시 잊지 말고, 남에게 베푼 것 절대로 기억하지 말라 (受恩莫忘, 施惠無念)' 라는 말이 있다. 나는 겨우 연양갱 하나 준 것 가지고 지금까지 기억하고 있으니 소인배는 분명 소인배인가 보다. 부끄럽고 창피하다는 생각이 들었다.

내려오는 길은 오르는 길보다 힘들지 않았다. 다만 다리의 힘이 풀어져 건드렁 건드렁 흔들거렸다. 힘 빠진 다리를 겨우 추스르며 내려가야만 했다. '하산할 때 다리가 풀리면 넘어지기 쉽다' 며 그 친구가 나를 위로해 주었다. 주변에 신기한 바위와 절벽, 봉우리와 입석들이 있어도 쳐다볼 겨를이 없었다.

시간이 많이 지났다. 12시 전까지 내려오도록 약속 되어 있었다. 우리 앞에도 뒤에도 하산하는 사람들은 거의 없었다. 한낮이지만 시한의 따사로운 햇빛은 진땀을 많이 흘린 우리들에게 덥다는 느낌마저 들게 하였다.

나랑 같이 내려온 이 친구는 성동구에 있는 어느 중학교에서 근무하는 교사였다. 이 친구는 인정을 느끼면서 가슴이 더워졌는지 이런저런 얘기를 나에게 많이 했다. 우리는 혼자서 살아갈 수 없는 존재들이다. 그래서 우리는 남을 도와야 한다. 힘에 겨워도 도와야 한다. 힘이 부치도록 도와야 한다. 남의 남이 내가 될 수 있기 때문이다. 그렇게 해야만 내가 어려울 때 남이 나를 도와줄 수 있는 것이다. 내가 어려워 힘들어할 때 남의 도움으로 회복되고 소생된다면, 이것이야말로 진정 사람 사는 세상에서 참

개골, 천하절승 개골산(전각)

된 사랑의 그림이 아닐까? 나는 작은 것을 통하여 깊은 생각과 함께 큰 깨달음을 느낄 수가 있었다.

나는 산을 내려가면서 만물상에서 느꼈던 그 충격에 가까운 감격을 되새김질하고 싶었다. 고등학교 졸업반 2학기 졸업고사 총 정리하듯 말이다. 질긴 한우 힘줄을 곱씹으면서 그 구수한 맛을 거듭 느끼는 것처럼 말이다.

실비단 같은 안개 살짝 걸친 금강산은 신선의 세계임이 분명했다. 어느 구석을 둘러보아도 사람이 손 덴 흔적이나 억지가 없는 산이었다. 아마 뭇 산 가운데 어설프거나 소홀함이 전혀 없는 산 하나를 가린다면 그것은 바로 이 금강산일 것이다. 사람의 생각대로 가장 아름답고 좋은 것만을 가려서 만들어 놓은 산이었다. 사람이 살기 위해서가 아닌 그냥 바라보기만을 위하여 화려하게 꾸며 놓은 산이었다. 인간의 영혼 속에 품고 있는 이상향을 지순(至純)한 마음으로 거리낌 없이 빚어놓은 온전히 닮은 형상들이었다. 그렇다. 완벽의 화려함이 모든 봉우리와 골짜기에 가득한 뫼 부리가 바로 금강산이요, 만물상이었다.

금강산 깊숙한 곳, 그 숨겨진 어느 한 자락을 뒤져서 꼼꼼히 살펴보아도 아름답지 않은 곳은 하나도 없을 것이다. 거룩하고 늠름한 봉우리마다, 모두를 품어주는 골짜기마다, 얼굴이 제각각인 폭포마다, 우뚝하고 믿음직한 절벽마다, 온갖 초형의 바위마다, 층으로 모여 자란 수풀마다, 철 따라 옷 가려 입는 나무들마다, 아무 때나 곱게 수놓는 철부지 풀 한 포기에 이르기까지 그 얼굴들이 다 다르게 번쩍번쩍 빛났다. 그래서 금강산은 아름다운 것이다. 순식간에 우리네 마음속을 확 뒤집어 놓는 흥분제 같은 산이었다. 잦아진 맹한 우리 마음을 들쑤셔놓고 단숨에 확 빨아들이는 블랙홀이었다. 어디 남의 가슴을 설레게 하는 일이 그리 쉬운 일이라던가? 이제 만물상을 내려가면 무엇을 그리며 살까? 걱정이 앞섰다. 기우였으면 좋겠지마는,

금강산의 내로라는 수많은 봉우리 중에서도 인간이 꿈꾸는 이상 곧 '이데아'의 세계에 가장 가까운 뫼 봉우리는 만물상일 것이다. 만물상은 현실적으로는 존재하지 않는 이상의 나라인 '유토피아'의 세계로 꿈속에서나 볼 수 있는 이상향이었다. 파라다이스의 환영(幻影)에서만 존재할 수 있는 산자락이었고, 무릉도원의 가상현실이 실재의 상황으로 탈바꿈한 신기한 변화물이었다. 허상이어서 갈 수 없고 만질 수조차 없는 환상의 환타지의 세상, 마음속으로만 느낄 수 있고 혼백이어야 알아차릴 수 있는 피안의 저 너머가 만물상이었다. 구름위에 떠있는 최극 가경, 온전한 심리 상태로는 알아볼 수 없는 몽롱한 낙토(樂土)요, 그냥 이상일 뿐 오고 갈 수 없는 평안의 세계 샹그릴라였다. 실혼한 사람이 정신이 몽롱 상태에서 시원한 물이 흐르는 것처럼 보이는 허상 곧, 사막의 신기루이며, 사람이 죽고 난 뒤 영혼만이 들어갈 수 있는 천상의 낙원이었다.

우리가 막연히 하는 말이 있다. 이 땅 어디에 영원한 낙원이 있겠는가? 그건 인간이 바라는 그냥 짐작만하는 소망일뿐이리라. 고대 그리스어인

헬라어에 '유토피아(Utopia)'라는 말이 있다. 이 말은 환상의 세계를 이르는 말로서, '세상 어느 곳에도 없는 곳'이라는 뜻이다. '실재로는 없고 환상으로만 존재하는 세계'라는 뜻을 담고 있다. '유토피아' 그것은 현실에 존재하지 않는 이상향의 세상, 실현 불가능한 꿈, 도달할 수 없고 상상 속에서만 있을 것 같은 허구일 뿐인 것이다.

그러나 여기 조물주가 만든 예술로서의 만물상은 지금 내 앞에 실존해 있는 꿈의 동산이요, 금방 이뤄진 실물 신기루의 세계요, 눈앞에 실제로 펼쳐진 무릉도원의 굴레요, 내가 발을 딛고서서 보고 있는 샹그릴라의 선계요, 직접 만지고, 이성으로 깨닫는 이데아의 세상이라고 말해야 옳을 것이다.

무슨 말로도 그 어떤 그림이나 글로도 표현할 수 없는 뫼 봉우리가 만물상이었다. 온갖 미사여구로 그 수려함을 표현해본다지만 가당치도 않은 일이리라. 만물상의 진정한 아름다움을 설명하기 위해서 모든 예술장르에서 달려들었지만 어느 누구도 성공하지 못했다. 그냥 자기만족일 뿐이었다. 그렇게라도 해야 조금 맘 편히 다가설 수 있지 않을까 해서 시도한 시험작업일 뿐이었다. 모든 표현 기법을 한데 모아 설명하더라도 '미흡(未洽)'이라고 지적하기보다는 '불급(不及)'이라고 표현하는 것이 더 타당하리라는 생각이 들었다. 양에 차지 않았지만 조금이라도 내 마음이 편해지려고 내가 원하는 기준에 맞춰 자상하게 늘어놓아 보았다. 이런 생각은 나뿐만이 아닐 것이다. 만물상을 단 한 번만이라도 와 본 사람이라면 이런 생각을 다 하고 돌아갈 것이 확실하기 때문이다.

순수와, 정화와, 고갱이로 뭉친 가장 깨끗한 산세, 화사하게 부서지는 백수나삼을 걸친 고결한 옷매무시, 진귀한 화장품으로 마음껏 치장한 뫼 봉우리, 예측 못할 형상의 바위들이 즐비한 만물초(萬物肖), 황홀함이 온통 어려 있는 몽환의 세계, 번득이는 암벽과 빼어난 입석들이 완벽을 이루는 산마루, 모자람이 전혀 없고 모든 것을 다 갖춰 속인으로서는 범접하기 어려운 뫼 날과 골의 조화. 이런 절승의 필요충분조건을 다 갖춘 곳이 금강의 이 만물상인 것이다.

만물상! 우리와 같은 범인들마저도 감격하게 하고, 놀라게 하고, 흥분 시키고, 사정없이 흔들어 놓는 절대적 존재인 뫼 부리였다. 아! 금강산의 만물상! 그대는 진정 한 편의 스펙터클한 헐리우드 블럭버스터 액션 영화 의 긴장된 장면들이었다. 그리고 초대형 3D 입체 스크린에 비친 유니버 설의 카오스 세계였다.

만물상은 부리 잡힌 종기처럼 뾰족하고 곱살한 봉우리가 있는가 하면, 포악한 악어 등줄기처럼 거칠고 날선 봉우리도 많았다. 산 중턱에 둔탁하 게 생긴 얼룩덜룩한 회색빛 바위 덩어리의 기세가 우리의 마음을 요동치 게 하고도 남았다. 그것도 지루해서인지 잔주름, 큰 주름 뒤섞여 봉우리 끝을 향해 사정없이 갈기갈기 찢어놓았다. 바늘귀처럼 좁디좁은 바위 주 름으로 인하여, 골짜기마다 전혀 다른 분위기를 연출하고 있었다.

가는 실선으로 그린 불규칙한 꺾어진 능선이 중첩되어 근경은 근경대로 원경은 원경대로 끝없이 포개져서 제 역할을 다하고 있었다. 진하던 산 주 름 빛이 점점 연해지고, 또렷하던 산의 기세가 멀어질수록 흐려지고 있었 다. 이젠 산 기운마저 내 눈에서 여리어져서 아득하게 먼 하늘 끝을 향해 가물가물하리만치 없는 듯 이어지고 있었다. 이렇게 형언키 어려운 산 자 태가 금강산 봉우리들이요, 만물상 주변의 초형들이었다.

봉우리 사이에도 간간이 서있는 금강 소나무 숲 띠는 꼭 있어야 할 그 곳에 서있었다. 좌우로 꽉맞는 크기로 간드러지게 그려진 솔숲, 그 잘록 한 허리가 선경을 더 선경답게 만들어 주고 있었다. 망나니의 녹슨 칼날 등처럼 무디어지고 거칠게 고추 세운 추봉(錐峰)의 기세는 하늘을 찌를 듯 이 드세게 보였다. 눈을 돌려 실 같은 산길이 희미하게 보이는 산등성이 쪽을 바라보았다. 금방이라도 수염이 허연 신선이 뒷짐 지고 나타나서 말 없이 서성거리며 헛기침하는 인기척이 들릴 듯이 정겨웠다.

오늘은 해맑은 겨울이어서 또렷한 산이 더 선명하게 보였다. 얇은 한낮의 산안개 띠가 몇 잎 남지 않은 적갈색의 잡목들을 스치며 흘러갔다. 여기 있는 벼랑, 저기 굽은 산등성이, 저만치 혼자 있는 골과 여울에서 풍겨오는 만물상의 산 내음이 맑디맑고 고왔다. 이것은 난생 처음 맡아보는 순결한 내음이었다. 정적 속에서 울려오는 작은 말소리도 산울림과 어우러져 귀가 막힐 정도로 청아하게 들렸다. 환상적인 아름다움을 간직해서인지 기막히게 고운 산울림을 빚어내고 있었다. 이렇게 금강의 만물상은 대자연의 또 다른 최고의 음향 예술 작품을 연출하고 있었다. 조형미의 완벽함과 오감을 만족하게 하는 은근한 산 내음, 음향 효과의 극치를 이룬 이곳 만물상 앞에서, 또 다시 시각 · 후각 · 청각 · 미각 · 촉각의 흡족한 느낌을 또 다시 만끽하고 있었다. 이토록 환각적인 몽롱한 광경을 보고, 만지고, 듣고, 맡는다는 것은 나에게 엄청나게 큰 행복이었다. 그리고 내가 이렇게 많은 안복을 누리고 있음이 자랑스러웠다.

산비탈의 암벽은 요철이 지나칠 정도로 심하게 드러나고 있었다. 새하얀 주름진 바위와 회색 빛 주름 봉우리들이 천연의 조화를 이루고 있었다. 산밑은 암회색 바위의 둔부들이 떡 버티고 서 있었고, 뒤태가 듬직한 조랑말 엉덩이처럼 두리넓적하여 의젓하게 보였다. 그 속에 끊어질듯 말 듯 점점으로 이어져 외롭게 서 있는 소나무 숲의 검푸른 빛이 청량감을 주었다. 이들은 천혜의 절경임을 증명이라도 하듯 자랑처럼 우쭐대고 서있었다.

금강산을 표현할 아주 적절한 그리고 꼭 알맞은 말과 글과 그림은 이 세상엔 없다. 단언컨대 온전하게 묘사할 예술은 이 세상엔 진정 없다. 이건 내가 내린 단호한 결정이다. 어느 누구도 말하지 말라. 그냥 보고 지나가라. 그곳에 그냥 있는 존재일 뿐이라고 생각해라. 그 자리에 그냥 있어도 그대로 아름다운 자연이요, 저만치 비껴 있어도 자연의 아름다운 극치요 가경이니까 그 자리에 그냥 놔둬라. 이토록 자연 그대로의 아름다운 모습을 긴긴 세월 오롯이 간직하고 있었으니, 세상에서 가장 구별되고 거룩한

비 온 후 금강 계곡

기품이 아니고 무엇이랴?

금강산의 만물상! 만물상의 천선대! 동해가의 《망양대》여!

이곳은 세상의 그 어떤 곳보다 확연히 구별되는 거룩한 땅이었다. 이곳은 분명 삶과, 현실과, 꿈과, 이상이 대자연 속에서 조화롭게 빛나는 천연의 절정이었다. 어제와 오늘과 앞날이 어우러져 하모니를 이루는 무흠(無欠) 순수의 최 정점이었다. 시공을 초월한 초자연적인 형이상학적인 세계였다. 그리고 이곳 금강의 만물초 위에 서 있는 나, 내 마음속 의식과 일치하는 선계 속의 속세요, 속세 밖의 선계였다.

온정리(溫井里) 온천

　평상시 우리 몸이 뻐근하거나 근육이 쑤셔 거동에 불편을 느끼면 우리의 몸과 정신은 한 순간에 모든 일을 할 수 없게 된다. 그리고 치료를 받기 위해 병원에 입원을 하거나 건강 검진을 위해 병원을 찾게 된다. 우리들은 모든 계획과 일정을 잠시 멈추고 건강을 위해, 기력을 회복시키기 위해, 모든 힘을 한 곳으로 모으게 된다. 일반적으로 지나치게 운동을 심하게 하거나 무리해서 일을 처리하다 보면, 우리의 몸은 견디지 못하고 힘들어 눕게 된다. 심하면 병원에 가겠지만 그렇지 않고 견딜 만 하다면 우리들은 우선 사우나의 따끈한 욕조에서 몸을 덥히면서 누워서 아무런 생각도 하지 않고 휴식을 취한다. 한참 동안 쉬면서 여유로운 시간을 보내면 피로도 풀리고 건강도 회복되는 경우를 종종 보게 된다.

　만물상에서의 무리한 등산은 나에게 몸살에 가까운 고단함을 안겨주었다. 나는 곧바로 피로를 풀기 위해 무거워진 몸을 이끌고 온정리 위쪽에 자리한 금강산 사우나로 올라갔다. 입욕권을 받고 들어가 탈의실에서 옷을 대충 정리한 뒤 수건 한 장을 걸치고 탕 안으로 들어갔다. 밝고 환한 한 겨울 오후 내금강 쪽 불규칙한 칼등 능선은 하늘 끝에서 드리운 선녀들의 사다리로 보였다. 흑 녹색의 거친 봉우리 군이 한 눈에 들어왔다. 남서쪽 채하봉, 문필봉이 보이는 창문에서는 오후의 화창한 햇살이 폭포수처럼 쏟아지고 있었다.

널찍한 탕 내부에는 열 평 정도의 열탕이 있고 그 옆에 냉탕과 온탕, 기포 수중 안마 탕, 인공 폭포 등이 자리하고 있었다. 나는 간단하게 샤워를 마친 뒤 열탕으로 몸을 쑥 밀어 넣었다. 온 몸에 찌들었던 노근함이 일시에 사라지면서, 피곤이 확 풀어지고 있는 느낌이 들었다. 지그시 감은 눈 주름 위로 이슬이 촉촉하게 맺혀 얼굴 볼을 타고 흘러내렸다. 견딜 수 있을 만큼 간지러웠다. 약 한 시간 쯤 흘렀다. 몸이 축 늘어질 정도로 더워졌다. 더운 기운이 입을 통해 증기기관차 연기처럼 뿜어져 나왔다. 나는 열탕과 냉탕을 번갈아 가면서 온천욕을 실컷 즐겼다.

욕탕 밖에는 노천 욕을 즐길 수 있도록 정원을 꾸며 놓았고, 그 정원 사이사이 도랑을 이어놓아 뜨거운 물이 시냇물처럼 상시 흐르도록 만들어 놓았다. 엄동설한의 추운 겨울, 금강산 속에서 알몸으로 한데서 목욕을 즐길 수 있다는 것이 신기했다. 참 좋은 세상이 되었다. 시도 때도 없이 사시사철 약수 온천욕을 즐길 수 있는 세상이 열린 것이다. 제철이 아닌 아무 때나 와서 약수로 물 맞고, 약수를 먹고, 약수로 안마하고, 약수로 몸을 씻을 수 있어서 좋다는 생각이 들었다.

예로부터 온정리는 온천과 약수로 유명한 곳이었다. 조선의 세조대왕은 악창을 치료하기 위해 이곳 온정리 온천에 와서 여러 날 온천물로 악창을 치료 했다는 기록이 있다. 물론 병을 고쳤다는 확실한 기록은 없다. 그러나 많은 사람들이 불치병을 치료하기 위해 이곳에 와서 약수를 마시고 온천욕을 하여 질병에 많은 도움이 되었다는 기록은 많이 있다. 아픈 곳이 없어지고 몸과 맘에 다 좋으니 찾아오는 것이 아닐까? 물의 질이 좋고 나쁘고를 떠나서 몸에 노폐물이 금방 빠져나가는 단방약과 같은 효험이 나타나고 있었다. 이러쿵저러쿵 남 얘기 할 것 없다. 내가 지금 이곳 금강산 온천에서 그 효과를 직접 체험하고 있지 않은가?

북녘 땅 온천에 대하여 난 잘 모른다. 내가 알기로 남녘 땅에도 온정리 온천에 못지않은 수질이 좋은 온천은 많이 있다. 내가 직접 찾아 물을 맞

온정리 전경

은 온천도 여러 곳이 있다. 중학교 수학여행 때 단체로 들러 잠깐 몸에 찍
어 발랐던 유성온천, 신혼여행 가서 즐겼던 해운대 백사장 곁의 동래온
천, 형제남매 모두 모여 우애를 다짐했던 부곡하와이온천, 물이 미끌미끌
해서 우리 가족 네 식구가 자주 가서 쉬었던 수안보온천, 새해가 되면 꼭
들렀던 설악산온천, 집 근처에 있어 금방 갔다 올 수 있는 이천온천, 게르
마늄이 많고 수질이 부드럽기로 소문난 지리산온천, 계곡에 천막을 치고

노천탕을 만들어 놓고 자연과 함께 즐기는 덕구온천, 직장에서 회식하고
잠깐 들렀다 오는 온양의 아산온천, 그 외에도 새로 개발한 전주의 죽림
온천, 화산온천, 도고온천, 변산온천 등 그 수를 헤아리기 어려울 정도로
많이 있다.

각종 미네랄이 풍부하고 광물질이 많이 함유된 온정리 온천은 우리나라
를 대표하는 온천 가운데 하나였다. 남과 북이 분단된 뒤에 왕래가 없어

온천에 대한 정보나 자료는 전혀 없었다. 금강산 관광이 시작되면서 《주/현대아산》에서 새롭게 온천을 대대적으로 개발하고, 현대적인 시설을 갖추어 오늘의 현대판 금강산사우나가 만들어진 것이다. 누가 뭐라 해도 잘 만들었다는 생각이 들었다.

노천탕 옆에는 건식 사우나와 증기로 덥히는 핀란드식 사우나가 나란히 있었다. 취사선택하여 한증막과 증기욕을 동시에 즐길 수 있도록 시설을 갖추어 놓았다. 솔직히 시쳇말로 서울 강남의 여느 사우나와 견주어도 전혀 뒤질 것이 없을 정도로 완벽에 가까운 온천 사우나였다. 성혁 형은 옆에서 몸을 탕 속에 잠기도록 담그고 매우 흡족한 표정을 지으며 온천욕을 한껏 즐기고 있었다. 자라목을 하고 미동도 없더니마는 '느낌이 좋으면 몸에도 좋은 거야' 라고 입술이 떨리게 내뱉으며 말로 거든다. 어떻든 간에 수질은 내가 이제까지 경험해본 어떤 온천보다 좋았다. 부드럽고, 미끈거리고, 감칠맛 나고, 촉촉한 아주 좋은 온천장이었다.

나는 노천 사우나를 즐기면서 외금강의 첨봉들과 내금강의 연봉을 바라보았다. 그리고 금강산의 또 다른 매력에 푹 빠져 들었다. 멀리는 여인의 몸매처럼 은근하게 불룩한 내금강 연봉들과, 하늘을 가로 질러 달리는 듯한 집선봉이 턱 밑으로 뚫어지게 내려다보고 있었다. 모든 능선이 또렷이 보였다. 가까이는 외금강 해안가의 봉우리들이 지근의 거리에서 다정하게 친구처럼 다가와 있었다.

노천탕에서는 뜨거운 물을 바닥에 흐르게 하여 머리는 차갑고 몸은 뜨거운 표리부동한 감각을 느끼게 해주었다. 금강산의 산 기운을 온몸으로 느껴보는 특이하고 야릇한 느낌의 사우나 온천욕이었다. 양손을 쳐들고 알몸으로 금강산의 정기를 받는 다는 것이 왠지 몸이 좋을 것만 같았다. 한편으로 쑥스럽기도 했지만 그러려니 생각하고 지나쳐버렸다.

금강산사우나는 예로부터 있었던 온정리 전통 온천이 아니었다. 앞에서 언급한 것처럼, 최근 금강산 관광이 열리고 여행 일정이 개발되면서

《주/현대아산》에서 만든 남측 모델의 온천 사우나였다. 산행으로 지친 관광객들의 피로를 풀어주고 새로운 힘과 기를 공급받는 단기 회복 프로그램인 셈이었다.

온천 사우나를 마치고 밖으로 나왔다. 온천 로비엔 남측 최고의 사진작가 이정수 선생의 《금강산 사진전》이 열리고 있었다. 전면 수직 벽에 걸린 현수막이 휜칠했다. 이정수 선생은 북측 당국의 허락 아래 금강산에 10년 동안 체류하면서 봄·여름·가을·겨울의 사계절을, 그리고 내금강·외금강·해금강·신금강 구석구석을 주도면밀하게 촬영하여 수많은 금강산 사진 작품을 만들었다고 한다. 그리고 다양하고 멋진 사진첩과 함께 초대형 사진 작품들을 액자로 멋들어지게 꾸며 전시하고 있었다. 문외한인 내가 볼 때에도 탄성이 나올 정도로 훌륭한 사진전이었다. 작품은 마흔 점 가까이 되었지만, 어느 것 하나 소홀하게 다룬 작품은 없었다. 선생이 사진으로 표현한 이 업적은 먼 후대까지 커다란 영향을 미칠 것이 분명하리라.

그 옆 선물 코너에는 금강산과 관련된 선물을 저렴한 가격으로 팔고 있었다. 우리는 전시장 옆에 있는 찻집에 들러서 전통 차 한 잔씩을 마시기로 했다. 나는 대추차를 시켰는데 오래도록 은근한 화톳불에 달이고 우려서인지 아주 깊은 맛이 마음속까지 스미는 약차였다. 성역 형은 인삼차를 시켰는데, '이제까지 한 번도 이런 깊은 맛이 나는 차는 마셔본 적이 없어' 하면서 칭사를 거듭 해댄다. 몸도 더워졌고 기분도 상큼해 졌다. 우리는 저녁을 먹기 위해 식당으로 자리를 옮겼다. 식당에는 먼저 온 일행들이 가득 차 있었다. 떠들면서 웃으며 약간 늦은 저녁을 즐기고 있었다. 우리는 생선회를 시키고 간단한 초밥을 곁들여, 북한 산 약술인 들쭉술과 함께 푸짐하면서도 여유로운 시간을 보냈다.

호텔에 돌아온 시간이 일렀지만 우리 방 사람들은 모두 피곤하여 드러눕자마자 골아 떨어져 버렸다. 어제와는 달리 코고는 소리가 요란했다.

그 소리 색깔도 다 달랐다. 나도 코를 골지만 드르렁거리는 소리가 야단이었다. 너무나 대근한데도 오늘 밤은 잠이 잘 오지 않았다.

내일 여행 일정이 궁금했다. 가이드가 헤어질 때 알려준 것은 아침 식사 후에 《신계사》에 들러 천년고찰을 살펴본 뒤에 평양 모란봉기예단의 서커스 공연을 관람하고, 점심식사를 마친 후 남녘땅으로 돌아가는 일정이었다. 밤이 깊었는데도 잠이 오질 않아 걱정이었다. '억지로라도 잠을 자야 할 텐데'라고 뇌까리는 사이에 나도 모르게 스르르 몽중지객이 되고 말았다.

신계사(神溪寺)

간밤엔 잠을 설쳤다. 새벽잠을 까까스로 깨우고 이러나 한데로 나섰다. 새벽 공기가 차갑게 얼어 있었다. 새벽안개가 금강 해변에 자욱했다. 김처럼 흐르는 안개가 바닷바람에 밀려 온정리 쪽으로 손사래를 저으며 날아가고 있었다. 어슴푸레한 장전항 앞 바다가 드러났다. 허공을 크게 휘저어 기지개 몇 번 켜고 나니 오므라들었던 몸이 쭉 펴졌다. 사방이 쥐죽은 듯 고요했다. 침묵만이 고요한 새벽 바다를 싸늘하게 덮고 있었다. 금강산 해수욕장 해안선을 따라 걸었다. 아득히 멀리 사람들 몇이 나보다 먼저 나와 걷고 있었다. 깔끔한 새벽 기운이 온몸을 감치고 싸매어 주었다. 질세라 문필봉·수정봉·대자봉이 슬며시 안개를 비껴 얼굴을 드밀고 교태를 부리며 미소를 지으며 다가왔다.

겨울 새벽 바다 금강산 해수욕장은 몹시 을씨년스러웠다. 그렇지만 그렇게 유명한 금강산 속의 봉우리들을 끼고 금강산 해변을 걷는다는 것은 예삿일이 아니었다. '추위 따윈 대수롭지 않게 여기면서 여행하리라'라고 마음먹고 왔기 때문에 도리어 상쾌하고 흡족했다. 날 위로하듯 맑고 상큼한 바다 공기가 내 몸을 살포시 감치면서 연하게 감싸 주었다. 나는 철없는 아이 곧, 철부지가 되어 버렸다. 걷고 뛰며 이리저리 향방 없이 허둥대며 걷고 있었다. 나는 행복했다. 필설로 형언키 어려운 행복감이 내 몸을 온통으로 감싸고 있었다. 이른 봄 황새기 얼큰한 조림처럼 짭조름한 갯

내가 밀려왔다. 행복한 마음은 이렇게 주변의 현상이나 조건에 아무런 관련이 없다는 사실을 오늘에야 깨달았다.

모임 시간이나 출발 시간이 늦으면 낯부끄러운 꼴을 당하기 때문에 난 서둘러 식당으로 들어갔다. 아침식사는 한식이었다. 집에서 먹는 것과 다를 것이 없었다. 밥과 된장국 찌개와 반찬 몇 가지가 아침 식단의 전부였다. 그렇지만 야채로 끓인 된장국 맛은 일품이었다.

아침 식사를 마치고 《온정각》으로 나가는 버스에 올랐다. 오늘 오전 일정은 《신계사》를 돌아보는 것과 모란봉기예단 관람과 면세점 쇼핑인데, 비교적 여유롭게 보낼 수 있는 코스였다. 마음은 편안하고 느긋했다. 모든 게 만족스러웠다. 서두를 필요가 없으니 조급한 마음은 자리 잡을 틈이 없이 평안했다. 사람들의 움직임이 금강산에 온 이래 가장 나른하게 보였다. 긴장감이 풀어질 대로 풀어진 축 처진 모습들이었다. 그렇지만 고단하거나 대근한 기색은 전혀 없었다. 온화하고 넉넉한 기운만이 온정리에 그득그득 넘쳐났다.

금강산에는 옛날부터 절이 많고, 암자가 많고, 봉우리가 많고, 골이 많고, 폭포가 많고, 솔이 많고, 전설이 많고, 약수가 많기로 유명했다. 그중에서도 절과 암자가 여타 산에 비하여 유별나게 많았다. 산등성이와 골짜기 할 것 없이 구석구석 터 잡고 있는 암자가 팔만 구 암자나 있었다니 그저 놀라울 따름이다. 금강산에 있는 큰 절로는 《유점사(楡岾寺)》, 《장안사(長安寺)》, 《신계사(神溪寺)》, 《표훈사(表訓寺)》, 《정양사(正陽寺)》 등을 꼽을 수 있는데, 모두 신라 시대에 창건한 오래된 천년 고찰들로 한국 불교계를 대표할 수 있음은 물론, 고승 대덕들도 많이 배출한 유서 깊은 사찰들이었다.

우리들이 이름만 들어도 금방 떠오를 유명한 스님들도 많았다. 민족사에 빛나는 업적을 이룬 저명한 고승으로는 사명대사(四溟大師) 유정(惟政)과 서산대사(西山大師) 휴정(休靜)을 꼽을 수 있다. 이 두 분의 고승들은

유점사 (6.25 전란으로 모든 전각은 소실되고 절터만 남았다)

임진왜란과 정유재란 비롯하여 나라의 어려움을 당할 때마다 풍전등화의
위기에서 나라를 건진 위대한 호국 영웅들이었다. 실제로 임진왜란은 물
론 병자년 호란(胡亂) 때에도 고승들은 우국충정의 일념으로 불일 듯 일
어났다. 스스로 벗어날 수 없는 누란의 위기에 처한 나라를 건진 승병들
의 아지트가 되는 곳이 바로 이곳, 금강산의 고찰들이었다. 결국 대부분
의 절들이 임진왜란과 정유재란, 정묘 · 병자 양 호란 그리고 6.25 전쟁으
로 인하여 전각들 모두가 소실되었고, 오직 가람 터 주춧돌 흔적만 남아
있을 뿐이라고 가이드는 혀를 차며 살짝 귀띔 해 주었다.

　인적마저 뜸한 첩첩산중에서 살벌하게 대치하고 으르렁거리며 싸울 무
슨 원한이나 사연이라도 있었단 말인가? 천하절승 안에서 전쟁이라는 폭
거가 있었다는 것이 그저 불쾌할 따름이었다. 제멋대로지만 미끈하게 자

란 천연의 미인송과 묵묵하고 담담한 미소로 길손을 맞는 입석들 그리고 이 골물 저 골물 합수하여 흘러내리는 계곡물 앞에서 총질로 인한 피해가 웬 말인가? 자비를 염원하는 독경 소리만 낭랑하게 들리는, 적막감만 넘치는 절간에 포탄으로 인한 포화란 무슨 말인가? 창검을 모아둔 병고가 있는 것도 아니요, 군량미를 쌓아 둔 군창을 숨긴 것도 아니요, 병사들이 은거하고 법당을 엄폐물 삼아 저항한 것도 아닐 텐데, 왜 그들은 천년 고찰의 문화재에 감히 불을 지를 수 있었단 말인가? 왜(倭)나, 호(胡)나, 그 누구도 가릴 것 없이 몰상식함을 뛰어넘어 천인공노할 만행중의 만행이 아니고 무엇이란 말인가?

만 가지로 병화(兵禍)를 형상화한 영상이 내 좁은 가슴을 쉴 틈 없이 교차하며 찔러대고 있었다. 지나가는 길손의 마음을 무겁게 짓누르며 서럽게 눈시울을 적셔 주고 있었다. 이것이야말로 한 많은 겨레의 피 맺힌 슬픔이요, 정 많은 배달겨레만이 겪어야 했던 숙명적인 사건이 아니고 무엇이란 말인가? 내 가슴만 속절없이 타들어 갔다.

예로부터 전해 내려오는 말들을 들어보면 금강산에서 가장 큰 절은 유점사였다고 한다. 《유점사》는 금강산 모든 사찰의 본산이 되는, 천오백 년을 훨씬 넘긴 거찰이었다. 1466년 조선의 세조 대왕이 악창을 고치려고 행차하여 이 절을 들렀고, 중건을 명하여 가장 큰 절이 되었다고 전한다. 강원도 민요 《정선아리랑》에 가사가 나온다는 것은 강원도를 대표하는 거찰로서, 금강산을 대표하는 사찰로서, 그 유명세가 대단했다는 증거가 아니고 무엇이랴?

금강산은 큰 절도 많지만 암자가 유독 많다고 전해지고 있다. 마의태자께서 일생을 마칠 때까지 거처했던 지옥문 안의 영원암(靈源庵)을 비롯하여, 마하연암, 보덕암, 도솔암, 장경암, 관음암, 안양암 등의 암자가 유명하다. 이 외에도 우리가 많이 들었음직한 암자들이 그 수효를 헤아릴 수 없이 많이 있다. 얼마나 많았으면 강원도 민요에까지 그 수효와 내용이 담겨 있을까? 국민들로부터 가장 사랑 받고 있는 민요《정선 아리랑》의 멋들어진 한가락을 어디 한 번 들어 보자.

아리랑 아리랑 아라리요.
아리랑 고개로 나를 넘겨주오.

강원도 금강산 일만 이천 봉, 팔만 구 암자,
유점사 법당 뒤에 칠성단을 더듬고,
팔자에 없는 아들 딸 낳아달라고
석 달 열흘 노구에 정성을 말고
타판객리 외로이 난 사람.

아리랑 아리랑 아라리요
아리랑 고개로 나를 넘겨주오.

민요 창으로 유명한 국악인 김영림씨의 구슬프고 애처로운《정선 아리랑》가락이 시방 내 귀에 쟁쟁거리며 들리고 있었다. 내 가슴 속 애간장이 다 녹아 문드러져 내려앉고 있었다.

흰 수염처럼 흩뿌린 서릿발 길을 서걱서걱 밟으며 최근에 복원한《신계사》를 들렀다. 폐허로 변한 가람 터는 지난날의 영화가 어떻든 처량하기 그지없었다. 예전에는 금강산을 대표할 수 있는 엄청나게 큰 가람이었지만, 지금 그 웅자는 간 데 없고 초라함에 놀란 한숨만이 그 자리를 메우고 있었다. 내가 찾았을 때에는 대웅전 한 채 만이 덩그렇게 서 있을 뿐 거찰의 흔적은 찾아볼 길이 없었다. 그것도 남측 불교 한 종파인 조계종의 도움으로 대웅전만을 중건하였기 때문에 안타까움을 더하게 하였다. 달랑 건물 하나뿐인 지금의《신계사》, 외롭고 쓸쓸함만이 너른 절터를 채우고

신계사 석탑

있었다. 《신계사》는 물론 금강산 모든 사찰의 완전한 복원이 속히 이루어
질 것을 기대하며 발길을 법당 쪽으로 옮겼다.

　절 마당 한쪽에 외로이 서있는 《신계사》안내판을 굽어다 보았다. 이 사
찰은 신라 왕조 법흥왕 5년(519년)에 보운(普雲)대덕이 창건하였고, 여러
차례 중건을 거쳐 금강산 4대 사찰이 되었다는 기록이 전해오고 있다. 특
히 조선 왕조 때에는 《대웅전》과 《만세루》를 중심으로 열다섯 채의 크고
작은 전각을 거느린 거찰이었다고 적혀 있었다. 옛날 신문이나 잡지에 실
린 《신계사》를 배경으로 한 흑백 사진을 보면 《대웅전》 앞에는 삼층 석탑
이 무겁고 과묵하게 서있고, 두툼하고 자비로운 보살 표정을 한 천년 바

위도 있었다. 그 옆《만세루》뒤편으로는《칠성각》과《대향각》등의 건물이 배치되어 있고 금강산의 여러 봉우리들과 울창한 솔 수풀이 서로 잘 어우러져 그 기품을 한껏 높여 주고 있었다. 그러나 6.25 민족상잔으로 인하여 모든 전각은 소실되었고, 애꿎은 삼층 석탑만이 우직하게 홀로 남아 오늘에 이르고 있다. 어언 일흔 해 가까운 세월이 흘렀다. 이것은 분명 까마득하게 모르고 지낸 무심한 세월의 흐름이었다.

《신계사》에 얽힌 온갖 사연과 모든 내막을 하늘은 다 알고 있을까? 흘러가는 저 흰 구름만 이 사연을 아는지 모르는지 무심코 지나치고 있었다. '오늘도 알아 챌 사람 하나도 없나 보다' 라고 미리 포기한 듯, 너른 가람을 굽어보고 묵묵히 근심스런 표정으로 흘러가고 있었다.

비로봉 꼭대기를 향한 일념으로 추녀 끝을 고추 세웠던《신계사》《대웅전》, 그 의연하고 서슬이 시퍼렇던 웅자는 이제 온 데 간 데 없었다. 실제로 찾을 길이 전혀 없었다. 듬직하고 튼실하던 석탑의 고색창연함도 잊힌 계절이 되었고 옛이야기가 되고 말았다. 더구나 보살들이 석등 뒤에 숨어서 속 터놓고 소곤거리며 마음을 전했던 정겨움도 다 지워져 버리고 없었다. 경내 구석구석에서 한 많은 신세를 한탄하거나 하소연했던, 그 모든 정담을 훔쳐보던 석등의 앙증스런 자태도 흔적 없이 사라진 지 오래 되었다. 하릴없는 흰 구름만이 산마루에 턱을 괸 채 걸터앉아 쉬는 듯 마는 듯 꾸벅이며 졸고 있는 여유로운 아침나절이었다.

옛 절터를 떠올렸다. 산속에 자리하고 있어서일까? 인간의 손길을 멀리해서일까? 산속 고즈넉함의 절조일까? 아니면 절간을 세워 두고 송림 속에 그리고 벼랑으로 에워 싸 조화를 완벽하게 고려하여 완성한 극치일까? 이 모두가 아득하게 흘러간 먼먼 옛 영화일 따름이리다. 이제는 오랜 세월 동안 묵혀서 빛이 바랜 추억이 되어있을 뿐이었다. 다만 우리들의 기억 속을 더듬으며 기력 없이 오갈 뿐, 아무것도 없는 텅 빈 쓸쓸함뿐이었다. 속절없는 세월만이 바람과 함께 휑하니 빈 가람(伽藍)을 메우고 있었다.

《신계사》 중건 계획은 이렇게 이뤄졌다. 지금으로부터 약 십여 년 전의 일이다. 빈 가람을 안타깝게 생각했던 주변의 관심 많은 사람들에 의해 《신계사》 복원사업이 추진되었다. 드디어 2004년에 이르러 《대한불교조계종》과 《주/현대아산》측 그리고 북측의 《조선불교도연맹》이 공동으로 힘을 합하여 오늘의 《대웅전》을 복원하였다. 그리고 내가 겨울 설봉산 관광을 마치고 집으로 돌아온 후 2007년 11월에는 《명부전》을 비롯한 《만세루》 등 몇몇의 전각이 복원되어 오늘에 이르고 있다. 나는 대웅전 복원 뒤에 새로 건축한 전각들을 직접 보지는 못했다. 참으로 늦은 감이 있지만 얼마나 다행스러운 일인지 나도 모르게 안도의 한숨이 절로 나왔다.

《신계사(神溪寺)》의 절 이름에 얽힌 전설도 우습다. 《신계사(新溪寺)》의 원래의 이름은 신라(新羅)의 국호를 따라 쓰려고 새로울 '신(新)'자를 썼는데, 후에 귀신 '신(神)'자로 바뀌었다고 한다. 전설에 따르면 《신계사》의 절터 앞에 흐르는 시내의 이름은 신계천이었다. 해마다 많은 연어 떼가 모천회귀 본능으로 시내를 따라 올라왔다고 한다. 많은 사람들이 연어를 잡기 위해 몰려들었다. 그 결과 절간 앞에서는 연어를 굽거나 찌개를 끓여 먹는 볼썽사납고 보기 민망한 장면들이 연어가 돌아올 때마다 벌어지곤 하였다. 대덕 보운은 살생을 금하는 불교의 교리를 따라 신통력을 발휘하여 연어 떼가 올라오지 못하게 하였다. 이때부터 이 절의 이름은 새로울 '신(新)'자를 귀신 '신(神)'자로 바꾸어 《신계사(神溪寺)》로 바꾸어 부르게 되었다고 한다. 연어를 굽는 흰 연기와 쓰디쓴 연어의 탄 내음이 법당의 향 내음과 향연을 대신할 수는 없었을 것이다. 살쪄 찾아온 연어의 포동포동한 살점이 스님들의 보시가 될 수는 없었을 것이다. 연어 지지는 비릿한 냄새와 진한 양념의 자극은 심산의 고승을 참을 수 없게 만들고도 남았을 것이다. 그것은 견딜 수 없는 고문 중의 고문이었을 것이다. 전설도 전설이려니와 살생을 금하는 불도의 교리이고 보면, 금기의 이치를 갖추는데 더 큰 의미를 두어야 하지 않을까?

그다지 넓지 않은 절터는 얼고 녹고를 반복하면서 《대웅전》 뒷마당은 서릿발에 들떠서 푹신한 솜이불처럼 부풀어져 있었다. 서걱거리는 법당 계단 밑 텅 빈 뜨락은 푹신한 담요 같기도 하고, 검버섯 핀 할아버지 얼굴처럼 얼룩져 희끗희끗하게 무늬 져 보였다. 그리고 살짝 녹은 부푼 황토빛 큰 마당은 독벌레에 물려 시퍼렇게 멍들고 퉁퉁 부르튼 장딴지 같았다. 우리 일행은 절 앞마당을 가로 질러서 《대웅전》 계단으로 부산하게 올랐다. 푸석푸석하게 언 땅이어서 조심스럽게 발 앞부리로 살짝살짝 즈려밟고 걸어갈 수밖에 없었다. 모든 사람들이 마당 서리 밭을 슬며시 내딛으며 조심스럽게 걸었다. 서리 마당에 서리 으깨지는 소리가 엇박자로 들리면서 요란하게 경내를 휘돌며 메아리쳐 들려왔다.

지은 지 얼마 안 된 새 건물이어서인지 진한 송진 내음이 코끝을 스치고 흘러갔다. 그것은 마치 절 마당을 얇게 드리운 저녁안개 끼듯이 은근하게 퍼져 있었다. 법당 뒤 쪽의 울창한 송림에서 풍기는 생솔 내음과 서로 마주쳐 더욱 진하게 후각을 자극했다. 칠한 지 얼마 안 된 단청은 온전한 편이 아니었다. 화장발이 잘 받지 않는 시골 색시 거친 낯꼴처럼 얼룩진 곳도 더러 보였다. 그다지 많지는 않았지만,

훤칠한 《대웅전》의 현판이 내 눈에 들어왔다. 서예에 관심이 많은 나는 글씨의 서체를 유심히 들여다보았다. 글씨 쓴 사람의 서체와 필력을 말하지 않더라도 명품으로 보이지는 않았다. 유명 서예가가 쓴 것이 아닌 대충 써놓은 것이 분명했다. 하지만 글씨를 써서 현판으로 걸었으면 될 일이지 그게 뭐 대단하고 중요한 일이라던가?

법당 안은 사람이 살지 않아서인지 이사 간 빈집처럼 휑하게 내둘려 찬바람만 내부를 휘돌고 있었다. 을씨년스러움을 금세 느낄 정도로 법당 안은 썰렁했다. 나는 대웅전 토방을 조심스럽게 디디면서 법당 주위를 한 바퀴 돌아보았다. 그리고 《신계사》는 말할 것도 없고, '세상의 모든 것은 번성하는 때가 있으면 쇠퇴하는 때가 반드시 찾아오는구나' 라는 생각을 떨칠 수

가 없었다. '화무는 십일 홍이요, 달도 차면 기우나니라' 라는 민요 가락이 빈말이 아니라는 생각이 들었다. 그것이 비단 개인 뿐 만 아니라 가정이든, 집단이든, 국가든, 왕조든 세상의 어떤 조직도 예외일 수는 없다. 속된 세상을 거쳐 왔던 흥망성쇠의 역사적 흐름은 깊은 산중이라해도 비켜갈 수는 없었나 보다. 불가의 경전 가운데 하나인 《마하반야바라밀다심경(摩訶般若婆羅蜜多心經)》에 기록된 말이 떠올랐다.

색즉시공(色卽是空)이요, 이 세상 모든 물상은 텅 비어 없는 것이요
공즉시색(空卽是色)이라, 텅 비어 없는 것이 곧 이 세상의 물상이어니

『세상의 모든 물상은 다 텅 비어 있는 것처럼 아무것도 아니다. 있고 없고가 무슨 가치가 있겠으며 알고 모르고가 무슨 의미가 있겠는가?』

《신계사》 중창 과정에서 보여 주었던 것처럼 지금부터 우리네 한겨레는 대화와 교류, 평화와 화해, 자유와 번영만 넘실대는 통일 시대를 준비해 나가야만 한다. '남과 북의 나뉨은 먼 앞날에 닥칠 한겨레의 영광을 위해 예비해 놓은 튼실한 돌계단이었노라' 라고 말들을 하게 하자. 따라서 앞으로 남과 북이 타협과 관용, 배려와 이해, 호혜와 소통의 정신으로 함께 살아가려고 애를 쓴다면, 그 어떤 어려운 일들도 극복하고 세계의 민족들 위에 우뚝 설 날이 반드시 올 것이다. 이러한 굳센 믿음은 나만 가진 것이 아닐 것이다. 온 겨레의 가슴 한 가운데에 언제부터인가 붙박이로 자리하고 있었을 것이다. 내가 혼자 중얼거리고 서있는 사이에, 나는 《신계사》 가람 터에 신령한 정기와 얼이 내끼듯 가득 고여 있음을 감지할 수 있었다. 그리고 그 기운은 밖으로 은근하게 홍무처럼 흘러가고, 해질녘 노을처럼 편만하게 너른 하늘 위로 퍼져 올라가고 있었다.

평양 모란봉기예단

나는 어릴 적부터 서커스를 좋아했다. 어른이 된 지금도 마찬가지다. 아슬아슬한 줄타기와 각종 귀여운 동물들의 앙증맞게 웃기는 재롱 연기는 생각만 해도 즐거웠다. 몸매를 종이처럼 구기고 줄였다 폈다 하는 배우들의 신체묘기는 불가사의한 일이라 여길 정도로 신기했다. 그 중에서도 우스꽝스러운 피에로의 크고 빨간 코와 방울달린 모자와 알록달록한 옷차림은 어린 나의 호기심을 사로잡기에 충분했다. 언제나 마지막으로 등장하여 익살스런 말씨와 재치 있는 연기로 시종일관 우리들의 배꼽이 빠지도록 웃겼다. 그리고 발로치는 북소리와 함께 그의 몸동작은 참으로 갓볶아 짜온 참기름 냄새처럼 고소하고 재미있었다. 나는 지금도 더 없이 즐거웠던 그 시절만의 나의 풍속화를 여태껏 잊지 않고 떠올리며 살아가고 있다. 그리고 가끔씩은 그 멋들어진 장면들을 가슴 판에 그리고, 흐뭇한 마음이 가득한 웃음을 지으며 흡족한 추억에 잠기곤 한다.

옛날 서커스는 대부분 민족의 명절 설날이나 대보름날 그리고 추석날이 다가올 즈음에 동구 밖 한가한 빈터에서 허름한 국방색 천막을 치고 공연하는 경우가 많았다. 서커스단이 오면 온 동네는 축제가 열릴 것처럼 들떴다. 한마디로 말하면 여러 날 이어서 벌이는 신바람 나는 잔치 마당이

모란봉 기예단 문화회관

어서 더 그랬나 보다. 골목길 담벼락은 사랑방이었다. 온갖 벽 종이 뗀 자
국으로 너저분한 자리 위에 요란한 문구의 서커스 광고 벽지가 덕지덕지
발라졌다. 거기엔 원색적인 문구가 가득했다. 십여 장을 겹치게 붙여 바
른 서커스 광고판에는 공연 일정이라든가, 배우들의 주요 연기 장면, 그
리고 관객을 동원하려는 충동적으로 문구들이 빼곡하게 들어 차 있었다.
종이도 그렇지만 인쇄도 원색적이었고 약간은 조잡하다는 생각이 들었다.
그러나 그 때는 그것이 그렇게 좋게 보였다.

  우수꽝스러운 복장을 한 피에로의 노방 선전 북소리는 무척 시끌벅적했
다. 수십 명의 꼬마 손님들이 졸랑졸랑 그 뒤를 따랐다. 두-웅 두-웅 울
리는 큰 북소리는 우리 어린 애들 혼백을 사정없이 흔들어 놓았다. 귀청
떨어지게 쳐대는 커다란 북의 쿵쿵 울림을 우리들은 마냥 좋아했다. 그토
록 가슴이 여린 우리네 어린 동심을 뒤죽박죽으로 들쑤셔놓고, 잔뜩 흥분

시켜 놓고선 돌아다녔다. 그리고 그 들뜬 기분은 여러 날 동안 지속되었다. 참으로 그리운 옛일이었다. 이제는 되찾기 힘든 아름답고 아련한 기억이 아닐까?

서커스를 관람하려면 가장 큰 문제가 입장권이었다. 돈도 없거니와 부모님은 우리들의 서커스 구경에는 전혀 관심이 없었다. 시간을 빼앗는 귀찮은 존재쯤으로 여기고 계셨다. 집안 어른들 그러니까 외삼촌과 이모, 고모님과 작은아버지들께서 오셔야 겨우 사촌동생들과 함께 서커스 구경을 할 수 있었다. 생각하면 할수록 그 때가 그립다. 다시 올 수 없어서 그렇겠지만 그 추억이 나를 언제나 기쁘고 신나고 했고, 즐겁게 했다. 초등학교 다니던 어릴 적, 그 시절에 일어났던 서커스와 관련된 모든 사연들이 새록새록 떠올랐다. 아! 지우고 싶지 않은 아득한 옛날의 깨소금같이 고소한 추억이여!

내가 어른이 되기 전 중학교와 고등학교 시절은 극장의 영화가 판을 치던 시대여서 서커스 구경은 좀처럼 접할 수 없었다. 어쩌다가 독일서커스단이나 미국서커스단이 오면, 학교에서는 전교생이 수업을 멈추고 단체로 관람했던 일이 생각난다. 감칠맛 나는 갖은 양념처럼, 볶은 들깨 빻는 냄새처럼 고소하기만 했고, 질리지 않고 느껍지 않은 지난날의 추억들이었다. 그러다가 내가 어른이 되어 가정을 꾸리면서부터는 아이들의 눈높이를 위해 영화나 서커스를 많이 보여주었다. 특히 순회 공연하는 서커스는 놓치지 않고 거의 다 보여주었다.

요즈음에는 해외에서 방한하여 공연하는 서커스단도 많다. 중국《상하이서커스단》, 캐나다《태양의서커스단》, 러시아《모스크바서커스단》, 그리고 북측《평양모란봉기예단》까지 짧게는 한두 해, 길게는 오륙 년 정도 걸러서 공연이 이뤄지고 있다. 하지만 내가 이십 년 동안 중국 여행을 다니면서 서커스는 나에게 커다란 놀라움 거리가 되지 못했다. 왜냐하면 해마다 중국 여행을 다녔는데, 가는 곳마다 한두 개의 서커스를 볼 수 있었기 때문이었다. 북경에서는 서커스단만 해도 10개가 넘는다고 한다. 나는 어림잡아 다섯 종류의 서커스를 보았다고 생각된다. 일반적으로 중국 서커스는 묘기를 펼치는 일이 많고 대담한 것 보다는 아기자기하고 재미난 묘기를 연출하는 측면이 많았다.

　예로부터 중국은 서커스로 유명한 나라다. 특별히 《북경서커스》는 기가 막힐 정도로 재미있는 연기가 많고, 화려하면서 예술적인 측면이 많았다. 그중에서도 유별나게 놀랄 만한 장면은 서커스와 경극과의 접목이었다. 그것은 바로 전통적인 요소를 현대적으로 혼합하여 서커스 공연예술로 승화시킨 경우였다. 《상해서커단》은 굵직한 연기가 특징인데 뭇사람들의 시선을 사로잡기에 충분했다. 예를 들면 크고 둥근 통에 열 대의 오토바이가 들어가서 쉬지 않고 빙빙 도는 묘기를 들 수 있다. 과학적이고 수학적인 계산으로 이뤄진 최첨단 기계 연기였고, 현대의 첨단과학을 응용한 환상적인 연기로서 자랑할 만했다. 상해에도 북경처럼 여러 개의 서커스단이 있는데 여행할 때마다 우리들에게 별난 즐거움을 선사하곤 했다.

　그렇다면 오늘날 우리나라에서의 서커스 형편은 어떠한가? 말하기가 부끄러울 정도로 형편없는 수준이라고 생각 된다. 아니 서커스의 맥이 거의 끊어져가고 있다고 보는 것이 정확한 표현일 것이다. 다른 나라들은 유명한 서커스단이 있어 전 세계를 누비면서 각종 특출한 연기를 펼치고 있다. 더 나아가 영화나 연극과 함께 무대 공연으로 자리 매김할 정도로 발전에 발전을 거듭하고 있다. 우리나라의 유일한 서커스단인 《동춘서커스단》은 인원도 장비도 부족하고, 특히 관객이 늘어나지 않아 재정 형편이 어려워지고 있다고 한다. 얼마 안 되는 기부금으로 그 명맥을 겨우 유지하고 있다고 하니 참으로 안타까운 일이 아닐 수 없다. 다행한 것은 최근 들어서 후원자가 많이 늘고, 정부의 지원도 많아져 한 시름 놓을 듯하다고 하소연 하는 것을 방송에서 들었다. 그 이후로 해를 거듭할수록 더욱 출연진도 많아져 제 2의 전성기를 맞고 있다고 한다. 참으로 다행한 일이 아닐 수 없다.

내가 이곳 금강산에 와서 서커스를 보기 전에 영화로 북측 《평양모란봉기예단》의 연기를 본 일이 있었다. 공중 그네 타기는 세계최고의 경지에 이르고, 기계체조와 같은 연기들은 전 세계에서 으뜸가는 수준이라고 했다. 서울에 와서 공연한 적도 있는 이렇게 유명한 기예단의 연기를 북녘 땅 금강산에서 볼 수 있다니, 나는 감개무량하지 않을 수 없었다.

《온정각》 서커스 공연장은 둥근 돔형으로 되어 있고 크고 웅장했다. 장충체육관처럼 둥글게 지어진 서커스 전용 공연장은 내부도 높고 여러 가지의 복잡한 모든 시설을 다 갖추고 있었다. 출입구에서 무대 쪽으로 내려가는 계단이 있고 정면에 상설무대가 널찍하게 자리하고 있었다. 2층 오른쪽에는 부라스 밴드가 자리하고 있었다. 그들은 공연 상황에 따라 적절한 효과음으로 배우들이 자연스럽게 연기할 수 있도록 도와주고 있었다.

구수한 평양말씨로 얘기하는 사회자의 인사말과 함께 공연은 시작되었다. 북측의 서커스는 《평양모란봉기예단》이 세계 최고의 경지이기 때문에 기예단의 배우들은 모두 인민배우로 우대하고 있다고 한다. 얼마 전에는 남북정상회담 전후로 이 서커스단이 서울에서 공연한 적도 있었다. 이렇게 남과 북이 자주 왕래하고, 평화의 무드가 조성되며, 정신적으로 하나가 되다 보면 머지않아서 평화 통일을 위한 문제가 하나씩 풀리게 될 것이다. 근자에 더없이 따뜻한 화해의 분위기가 계속되고 있다. 이 얼마나 고무적인 일이란 말인가?

서커스 연기가 끝날 때마다 박수와 탄성이 이어졌다. 역시 세계 최고 수준임을 알 수 있었다. 여러 명이 펼치는 봉 타기 묘기는 세계서커스대회에서 우승하였다고 한다. 8인조인지 7인조인지, 공중 그네타기 연기는 상상을 초월하는 세계최고의 수준으로 타의 추종을 불허하는 묘기였다. 쇼가 마무리 되어 갈 즈음 피에로가 등장하였다. 우스꽝스러운 몸짓과 만담으로 청중들을 자지러지게 실컷 웃겼다. 그러다가 갑자기 슬픈 표정을 지으며 얼굴 앞에 다가와서 우리들을 울리기도 하였다. 시쳇말로 우리들을 가지고 놀았다. 우리들은 천진한 어린 아이가 되어 마냥 즐겁게 박수를 쳐 댔다. 두 시간 가까이 공연되는 서커스는 시종일관 긴장과 기대와 즐거움 속에서 신나게 진행되었다.

나는 서커스를 좋아하기 때문에 세상의 모든 근심 걱정을 다 잊고 그 속에 몰입해서 박수를 열심히 쳐대며, 재미있는 시간을 보낼 수 있었다. 우리 일행들은 나란히 앞쪽에 앉아서 담소를 나누며, 웃으며 재미나게 구경을 하였다. 모든 공연이 화려하게 끝나고 밖으로 나왔다. 아직도 서커스 열기가 식지 않았나 보다. 사람들은 야단스럽게 북측 서커스단에 대해 입에 침이 마르도록 떠들어대고 있었다. 시끄러웠지만 그다지 역겹지는 않았다. 나도 함께 그 속에 동참했으니까.

귀경 길

이별의 시간은 다가오고 있었다. 옛말에 '화자정리(會者定離)요, 거자필반(去者必反)'이란 말이 있다. 이 말은 '만남은 헤어짐을 정해 놓은 것, 지금 떠나가지만 반드시 되돌아온다'는 뜻이다. 이 세상에선 이별이 없을 순 없다. 서로 만났기 때문에 반드시 헤어지는 것이다. 유한의 존재는 언젠가 헤어지고 없어지게 된다. 만남은 헤어짐을 약속한 것이요, 헤어짐은 또 다시 만남을 예약해 놓은 것과 같다. 헤어진다고 해서 지나치게 서러워하거나, 만난다고 해서 지나치게 기뻐할 필요가 없다. 그러려니 하면서 살아가는 것이 가장 바람직한 일이 아닐까? 그렇게 생각한다고 하더라도 헤어질 때마다 느끼는 감정인데 이별은 언제나 우리 마음을 서글프게 만든다.

점심을 먹고 나서 우리 일행은 남녘땅으로 가는 버스에 올랐다. 며칠 안 되는 일정이었지만 떠나려니 서운한 마음이 앞섰다. 금강산을 향하여 떠날 때 집 앞에서의 느낌과 똑같은 감정이 다시 일고 있었다. 떠도는 나그네의 서글픔처럼 이상야릇한 느낌이 가슴팍으로 콱콱 밀려왔다. 하지만 그걸 어쩌겠나? 다시 가야지. 또 다른 일정이 나를 기다릴 텐데. 이별 앞에서 내 눈에 비친 금강의 산 빛이 새롭게 보였다. 참말로 아쉬웠다. 더 머무르고 싶었다. 추운 한겨울인데도 마음만은 훈훈했던 금강산 유람이어서 좋았다.

온정리 풍경

　버스는 말도 없이 느릿느릿 북녘 땅을 떠나고 있었다. 양쪽에 늘어선 가는 철사로 엮어 만든 녹색 울타리를 문지르면서 서운한 양, 아쉬운 양 서서히 떠나고 있었다. 《온정각》에는 우리를 배웅하기 위해 《주/현대아산》 직원들이 한 줄로 늘어서서 두 손을 크게 흔들며 간절한 마음으로 정중한 인사를 계속하고 있었다. 매일 육백 명에서 팔백 명 정도가 이곳 금강산에 와서 구경을 한다니, 그 인원의 뒤치다꺼리도 만만치 않았을 것이다. 수많은 단상과 감격적인 환영(幻影), 따사로운 감상을 가슴 깊숙이 묻어 두고 우리네의 온정리에서의 이별은 그렇게 막이 내리고 있었다.

　휴전선을 향하여 약 20여분 쯤 달렸다. 낙타봉 바로 옆에 있는 북측 출입국관리사무소가 나타났다. 북에서는 낙타봉을 '구선봉(九仙峰)'이라고 부른다. 낙타의 커다란 몸집이 남과 북이 왕래하는 도로에서 약 1.5km 옆에 떨어진 작은 호수에 그림자를 드리우고 누워있었다. 얌전하게 굽어

보는 태도가 늠름한 것인지 바보스런 것인지 알 수는 없지만, 아무런 근심이나 걱정 없는 커다란 낙타 한 마리가 엎드려 우릴 굽어보고 있었다. 물론 낙타봉 허리에는 크고 작은 바위들이 얼굴의 흰 점처럼 널려있었다. 금강산 여타 봉우리들과 같이 날선 바위나 웅장하고 중후한 암벽은 없었다. 하지만 예외 없이 금강산 산세의 특징을 그대로 담고 있어 여전히 아름답다는 생각이 들었다. 북녘 땅으로 넘어올 때도 느꼈지만, 안타까운 것은 주위에 나무가 거의 없는 벌거숭이 산이라는 점이었다. 군사작전 때문이건, 경제적인 이유건, 기후적인 이유건 간에 좋지 않아 보였다. 너무나 삭막하고 처량하다는 느낌마저 들었다.

지금이 겨울이어서 더욱 그렇게 느꼈겠지만, 휴전선 근처의 산봉우리들은 모두 큰 나무나 수풀이 전혀 보이지 않았다. 황량한 광야나 메마른 사막처럼 보였다. 달리 생각하면 경계를 강화하기 위한 수단으로, 전방을 관측하기 쉽게 하려는 고육지책으로 보이기도 하였다. 실제로 민둥산을 유심히 살펴보았다. 작은 나무를 자르거나 땔감으로 쓰려고 흩어진 나무조각을 여럿이서 줍는 아주머니들 모습이 멀찍이서 눈에 띌 정도로 뚜렷이 보였다.

휴전선 울타리를 넘어서 남쪽으로 건너오면 딴 세상이었다. 남쪽은 세상에서 가장 잘 먹고, 잘 입고, 잘 자는 사람들이 살고 있다. 북쪽으로 넘어가면 세상에서 가장 못 먹고, 헐벗고, 못 사는 사람들이 살고 있다. 하나의 울타리 안에서 두 형제가 극과 극의 환경에서 살아가고 있는 것이다. 어찌 가슴이 메어지지 않겠는가? 우리 한민족은 한 핏줄로 이어져 내려온 배달겨레이다. 그런데 왜 이렇게 오랜 세월을 가슴앓이 하면서 살아가야 하는가? 진정 함께 살아갈 수는 없는 것인가? 우리는 이별의 슬픔을 숙명으로 여기며 살아가야만 하는 겨레란 말인가? 이것이 이 겨레의 진정한 운명이란 말인가? 이제 얼마 있지 않으면 남북이 분단 된 이후로 칠십 해를 맞이하게 될 것이다. 다시 말해 모든 것이 회복되는 희년(稀年)이 돌아오는 것이다. 나는 먼 데 하늘 끝을 혼자서 훔쳐보았다. 그리고 더워진 가슴을 쓸어내리면서 격랑으로 요동하는 마음을 겨우 가라앉혔다.

산 밑에는 몇 안 되는 민가가 있었다. 군인들의 숙소 같은 곳도 있었다. 연병장에는 한낮의 축구를 즐기는 군인들의 몸놀림이 한가롭고 여유롭게 보였다. 감호에는 물결도 일지 않았다. 맑은 유리 거울 면처럼 윤기가 나며 미끄러워 보였다. 물 한 방울이라도 호수 면에 떨어지면 지척에서 들릴 듯이 고요한 시간이 흘렀다. 남북의 삼엄한 경계와는 달리 금강산 주변은 이토록도 편안하고, 고요하고, 느긋하게 그들만의 시간을 보내고 있었다.

북측 출입국관리사무소에 버스가 도착했다. 확성기에서는 북측 특유의 노래 소리가 귀청이 떨어지게 들려오고 있었다. 검열을 받으려는 우리 일행은 조별로 늘어서서 검열을 대기하고 있었다. 출국 수속은 입국 수속보다 까다롭지 않았다.

"구경 잘 하셨쌉네까?"

"예, 잘 했습니다."

"워디가 제일 좋았쌉네까?"

"다 좋은데요, 만물상이 가장 아름다웠습니다."

"안녕히 가시라우요."

간단한 인사말 속에 우리가 지구상에서 유일한 분단국가라는 사실을 또한 번 깨닫게 되었다. 입국할 때는 《반갑습니다》라는 환영의 노래가 계속 신바람 나게 흘러나오더니, 떠날 때는 《안녕히 잘 가세요》라는 이별의 노래가 구슬프게 흘러나왔다. 바닥이 포장되지 않은 자갈밭이어서 사람들이 움직일 때마다 짜그락거리는 자갈 굴러가는 소리가 귀청이 떨어질 듯이 요란하게 들렸다. 나는 소지품을 주섬주섬 챙기고 제 7 호 버스에 올라 탔다. 이 버스는 북방한계선을 거쳐 휴전선을 넘어 동해선도로 남북출입사무소까지 운행할 것이다.

우리 배달겨레가 갈라서서 갈등과 다툼을 계속한 지 올해로 60년이 넘었다. 이제 몇 달 지나면 육십 주갑을 맞게 될 것이다. 이제 십년이 지나면 또 칠십 번째의 해 고희(古稀)가 찾아올 것이고, 또 그렇게 예년처럼 아무런 의미 없이 한 해가 거듭 지나갈 것이다. 갑자기 《구약성경》의 희년이 떠올랐다.

《구약성경》〈레위기〉25장 8절에서 10절의 기록에 따르면 '희년(稀年)'이라는 제도에 대하여 상세하게 기록 되어있다.

『너는 일곱 안식년을 계수할지니, 이는 칠 년이 일곱 번인즉 안식년 일곱 번 동안 곧 사십구 년이라. 〈중략〉 너희는 오십 년째 해를 거룩하게 하여, 그 땅에 있는 모든 주민을 위하여 자유를 공포하라. 이 해는 너희에게 희년이니 너희는 각각 자기의 소유지로 돌아가며, 각각 자기의 가족에게로 돌아갈지며, 그 오십 년째 해는 너희의 희년이니 너희는 파종 하지 말며 스스로 난 것을 거두지 말며,』〈후략〉

이 기록에 의하면 희년의 기간은 50년이라고 규정하고 있다. 그리고 희년에 행하는 거룩한 일들을 상세히 기록하고 있다. 희년에는 모든 구속된 사람들에게 자유를 공포하며, 세상의 모든 것이 제 자리로 돌아갈 수 있다고 규정하고 있다. 노예들의 지위가 회복되어 자유인이 되고, 가족들에게로 돌아갈 수 있으며, 조상의 재산을 저당 잡혔던 사람들은 재산을 돌려받을 수 있었다. 희년은 회복의 기쁨이요, 제자리로 돌아가는 원상복귀였다. 희년을 우리 형편에 맞게 풀어쓰면 허물과 잘못을 용서하고, 부조화의 관계가 회복되고, 소멸과 파멸에서 부활하며, 협박과 속박에서 자유롭고, 짓누르는 채무를 탕감 받고, 증오와 갈등을 포용으로 감싸고, 이별의 슬픔 속에서 해후하며, 분열의 고통에서 화합의 환희를 맛보고, 원하지 않은 분단에서 통합과 통일을 이루는 것이라 쓸 수 있을 것이다.

지금 남과 북 우리 모두에겐 희년이 필요하다. 왜 우리 겨레에겐 희년이라는 제도가 존재하지 않은가? 왜 우리는 그렇게 잘 알면서 분열의 오물을 툴툴 털어내지 못하고 있는가? 이웃 사랑이 넘치는 겨레가, 동정심이 온 누리에서 가장 가득한 민족이, 남의 일이라면 만사를 제쳐두고 내 일처럼 베풀기 좋아하는 배달겨레가, 유별나게 눈물이 많고 서럽게 살아왔던 한 피붙이들이, 왜 그렇게, 무엇 때문에, 언제까지나 이렇게 헤어져 원수처럼 살아가야 하는가? 참을 만큼 참아왔다. 이제 모두 다 지쳤다. 세월이 원수만 같다. 누가 누구를 원망한단 말인가? 원망할 마음이라도 남아있는가? 듣기 민망할 정도의 저주의 말은 왜, 무엇하려 지껄인단 말인가? 나는 이런 상황을 정말 참담한 현실로 받아들이고 있다.

　우리 배달겨레의 살길은 이 겨레가 스스로 찾아야 한다. 갈라진 겨레가 하나 되는 일은 그 어떤 일보다 우선해야 한다. 혜안(慧眼)으로 바라보고 반드시 그 해결책을 모색해야 한다. 기필코 가장 좋은 길을 찾아내야 한다. 조금이라도 더디 말고 하루속히 기발한 묘안을 만들어내야 한다. 남과 북이 하나가 되기 어렵다면 왕래라도 맘대로 할 수 있게 하고, 아무 때나 오가게 하며, 어디든지 갈 수 있게 하고, 누구든지 만날 수 있게 해야 한다. ‘왜 그렇게 하느냐’고 묻지도 말고 따지지도 말자. 하나 되는 길이라면 무조건 인정해야만 한다. 그래서 서로 정겹게 얘기를 나누고, 힘들면 거들어 주고, 어려우면 도와주고, 부족하면 채워주어 오천 년 동안 한 겨레임을 온 누리에 보여주어야 한다. ‘퍼주기냐’, ‘무조건이냐’, ‘못 믿겠다’, ‘누가 먹는 건데’ 따위의 비아냥거리는 쓸데없는 넋두리는 제발 그만하자.

　원래 상생은 나보다 상대방을 이해하면서 시작되는 것이다. 상대를 알지 못하면서 무엇을 돕고, 얼마를 주고, 언제까지 안아준단 말인가? 나는 이 금강산 관광이 분단이라는 물 막음의 보(洑)를 트는 계기가 되길 간절히 바라고 있다. 조금씩 다가가자. 다투면서라도 빈 가슴을 보이자. 오해

천화대(天花臺) 연봉

와 불신은 차근차근 떨쳐 버리자. 볏단을 형과 동생이 서로 많이 주기 위해 밤새워 날랐다는 정겨운 형제우애의 이야기를 듣지 못하였는가? 그 내용은 교과서에만 수록된 관념적인 내용에 불과하단 말인가? 배운 것 따로, 행하는 것 따로, 생각하는 것 따로, 그러니까 우리들은 삼중적인 인격의 소유자들이었단 말인가? 속이 터진다. 숨이 가빠온다. 가슴이 타들어 간다. 이 겨레의 마음이 황량하다는 생각이 들었다. 그 알량한 자존심이 문제였다. 다른 나라에겐 후하고 너그럽게 대하고, 배달겨레인 제 동포에겐 평생 웬수처럼 경계하고 쌀쌀맞게 대하는 태도가 과연 옳은 일인가? 이제는 모든 체면과 염치와 도리 따위는 철사 줄로 꽁꽁 묶어 깊은 동해 바다에 내던져 버려야 한다. 지내놓고 보면 아무 것도 아닌 것을, 쯧쯧쯧 혀를 찰 수밖에 없는 하릴없는 일이라는 것을, 우리 모두는 반드시 알아야만 한다.

'구선봉(九仙峰)'이라고도 부르는 낙타봉을 바로 옆에 두고 있는 이곳은 헛기침만 해도 금세 메아리가 되어 귓속말로 소곤거리며 돌아왔다. 호수 앞 둑길은 안온하고 으늑한 쉼터의 분위기로 넘쳐났다. 비록 세계에서 가장 팽팽한 긴장감이 상존하는 이곳이지만 오감으로는 전혀 느낄 수가 없어 좋았다.

옛날 이십여 년 전에 학생들과 함께 설악산 수학여행을 왔었다. 《통일전망대》에서 망원경으로 보았던 희미한 낙타봉과 감호를 여기서 곁에 두고 볼 수 있다니, 이것이 감격이 아니고 무엇일까? 망원경으로 흐릿해 보이는 해금강과 낙타봉을 보고 '나 금강산 봤다'라고 팔짝팔짝 뛰면서 자랑하던 일이 떠올랐다. 쓴 웃음이 나왔다.

비록 어설프지만 금강산의 중요한 절경을 나름대로 꼼꼼히 살피고 돌아온 나를 뒤돌아보았다. 이어서 시작과 끝을 생각해 보았다. 실제로 금강산 관광은 낙타봉에서 시작되었다. 산의 형상도 다른 곳하고는 사뭇 달랐다. 비교적 순순한 산세를 이어가다가 온정리에 다가가면 산세는 급변하여 전혀 딴판의 세계로 바뀌었다. 이곳 휴전선 남과 북에 양다리를 걸쳐 놓은 낙타봉도 여느 금강산 봉우리들과 다름이 없었다. 이곳저곳에 미끈한 흰 바위와 기암괴석이 보석처럼 많이 박혀 있었다. 그렇다고 금강산 내부 묘경처럼 특이한 산형은 아니었다. 우뚝한 봉우리를 힘지게 세워두고 의젓하게 굽어보는 낙타봉이 대견하다는 생각이 들었다. 튼실하고 의연한 낙타봉, 나하고 금방 정이 들고 말았다. 그 까닭은 옛날 우리 서로가 한반도의 등줄기 끝, '새 터' 곧, '동녘 땅'《통일전망대》에서 그리고 한 울 안 이곳 감호 이불 속에서 2박3일 동안 살 부비며 씨름하고, 꺼드럭거리며 살아 왔기 때문이리라.

한낮의 산길에서 군인들이 경계를 서며 우리 일행을 굽어보고 있었다. 남북으로 왕래하는 철망이 쳐진 길 양쪽에는 일정한 간격을 두고 모자를 뒤로 휙 넘겨 쓴 군인들이 한가롭게 경계근무를 서고 있었다. 그러니까 막혀있는 휴전선 지역을 세로로 꿰뚫은 4km의 도로 양쪽으로 철망을 쳐 외부와의 접촉을 전혀 못하게 감시하고 있었다. 오직 하나 뿐인 혈관 곧, 대동맥을 지키는 셈이었다. 삼엄하다는 생각이 전혀 들지 않았다. 초병의 날카로운 눈초리는 찾아 볼 수 없었다. 옆집 아저씨의 정겨운 눈빛이었다. 마음이 편안해서 좋았다.

가이드의 마지막 해설이 이어졌다. 이번 여행은 예전과 달리 비교적 편했고, 안내원들의 대하는 태도가 부드러웠고, 반갑고도 살갑게 대해주었다고 가이드는 설명했다. 내가 생각하기에도 그렇다는 생각이 들었다. 묻는 말에도 엉뚱할 정도로 친절하게 대답해 주었고, 심지어 자기들의 궁금한 생각을 나에게 물어보는 경우도 많았다. 특히 남자 경비원들은 사복 차림으로 생글생글 웃어대면서 의미 있는 말은 던지곤 하였다. 나는 생각했던 것보다 훨씬 유연해진 그들의 어색한 태도에 이상야릇한 느낌을 받았고, 나도 모르게 화들짝 놀라곤 하였다.

우리 일행을 태운 버스가 다시 휴전선에 접어들었다. 북방한계선에 다다랐다. 북으로 넘어올 때처럼 아무런 인기척도 없었다. 산새도 쉬어가리만치 냉기만 가득 찬 이 곳, 거의 칠십 년 동안을 끊어져버려도 좋다고 여기며 팽팽한 줄을 서로 당기고 있었다. 유사 이래 이처럼 질긴 동아줄이 있었던가? 칼날 같은 긴장감이 최고조로 흐르고 있었다. 그런 곳을 마음 편하게 남쪽에서 만든 버스로 남녘 사람들이 아무런 제지나 막힘이 없이 지나가고 있는 것이 신기하기만 했다. 묘한 감정이 내 머리를 스쳤다. 그 어디에서도 느끼지 못했던 서러운 감정이 밀려왔다. 다른 나라를 여행 할 때 느끼지 못했던, 마음속 깊이 저려오는 서글픈 느낌이었다. 이것은 북쪽 나라를 여행하는 나그네가 저녁놀을 보면서 느끼는 쓸쓸한 노스틸져의 정감보다 더 처절한 기분이었다. 여행자의 객창감이 아닌 이성으로 깨닫는 성찰의 의분이었다. 낭만의 정분이 손톱만큼이라도 자리할 수 없는 남·북의 대립 현실이 섧기만 했다. 그것은 오랜 세월 동안 묵은 구슬픈 정나미였다.

육십년을 헤어져 살아온 남북 이산가족의 피맺힌 절규의 삶이 떠올랐다. 너무나 잔인하고 비굴한 사람들이란 생각이 들었다. 진정 이렇게 밖에 할 수 없었던가? 이 어찌 구슬프게 내뱉는 넋두리라고 폄하할 수 있는 상황이란 말인가? 이것은 분명 애절하고 간절한 피 맺힌 애원이었다. 공허한 하늘을 바라보았다. 원망의 한숨이 거듭 새어 나왔다. 조금은 개운해짐을 느낄 수 있었다. 나는 조금만 답답해도 한숨만 쉬어대는 필부에 불과한 사람이며, 심혈관 환자의 습관의 한계를 벗어나지 못하는 소인배의 한 사람인가 보다. 당장의 편안함만 추구하는 인순고식(因循姑息)한 사람이 아니고 무엇이란 말인가? 이처럼 임시방편이요, 미봉지책에 불과한 깊은 한숨을 온 겨레가 합심해서 한 번 쉰다한들 이 난제가 해결 될 수 있을까? 어림 반 푼어치도 없다는 생각이 들었다.

우리를 태운 스무 대의 버스는 꼬리에 꼬리를 물고 이곳 북녘 땅을 아쉬움 남긴 채 떠나고 있었다. 십여 분 쯤 지나서 휴전선 한 가운데의 나눔선인 군사분계선에 다다랐다. 정적 속에서 긴장감이 여전히 흐르고 있었다. 이곳 휴전선은 정월 대보름날 줄다리기처럼 당기기만 하는 고집불통의 굵은 밧줄이었다. 두 이념의 못된 관계, 그 줄의 중심이 비무장지대〔DMZ〕가 아니던가? 하지만 마음만 잠깐 바꿔 먹으면 자동차로도, 걸어서도, 마음 놓고 오갈 수 있는 곳이 아니던가? 그런데 왜 이렇게 닫아만 놓고 살아왔던가? 멍든 내 가슴은 여러 번 갈기갈기 찢어지고 말았다. 숨이 턱턱 막히고 갑갑했다. 이제는 지긋지긋하다는 생각 밖에 다른 어떤 감정도 떠오르지 않았다. 이 잘난 배달겨레가 지은 최고의 걸작(?)인양 거들먹거리는 양태가 우스꽝스럽고 멍텅구리 같다는 생각이 들었다. 이건

동해안 소나무와 백사장

자랑거리가 결단코 될 수 없었다. 그것은 숫기 좋게 언죽번죽 구는 바보들의 행진이었기 때문이리라. 휴전선 곧, 비무장지대〔DMZ〕 안에는 나무들만이 무성했다. 원치 않은 보호로 무성하게 웃자란 나무들이 하늘 높은 줄 모르고 뻗쳐오르고 있었다. 계곡엔 차가운 겨울 시냇물이 흐르고, 물고기들은 살 어름 장 밑에서 둔하게 헤엄쳐 놀고 있었다. 야트막한 냇가엔 육십 년 넘게 사람의 발길을 허락하지 않아 즐번한 모래톱만이 금가루처럼 밝게 빛났다. 외로운 듯한 뭇 산새들만이 키 큰 나무 꼭대기에서 메아리 없는 울음을 울고 있었다.

휴전선은 철새들의 천국이었다. 철새들 말고 텃새들은 '휴전선이 대수야?' 라고 비아냥거리듯이 제 맘대로 넘어갔다가 다시 넘어오고 있었다. 둥지는 비무장지대[DMZ]에 틀고 먹이는 남과 북 아무데서나 구했다. 저 텃새들이 부러웠다. 사상이나 감정 따위는 모두 떨치고, 남녘·북녘을 넘나들며 여유로운 삶을 마음껏 즐기고 있었다. 짝짓기도, 부화도, 새 보금자리를 만드는 것도, 둥지를 떠나는 것도 제 맘대로 철따라 이뤄지고 있었다. 우리 인간들보다 훨씬 낫다는 생각이 들었다.

어느덧 비무장지대[DMZ] 한 복판 중앙 분계선에 도착했다. 사흘 전 넘어왔던 그곳에 표지 목은 그대로, 그렇게 넘어져서 썩고, 힘없이 쓰러진 채로 꽂혀 있었다. 우리 겨레의 심장을 쪼개는 파멸의 말뚝들! 우리 손으로 언제 뽑아버릴지? 아니다. 뽑기만 하고 버리지는 말자. 이 썩은 말뚝을 통일 박물관에 전시하고선, 그날의 아픔을 회억할 날이 속히 오길 바랄 뿐이다. 휴전선 4km의 폭은 겨우 이십 여분 만에 통과하고 말았지만 나의 가슴속엔 무겁고 답답한 마음으로 가득했다. 그리고 이 마음은 오래토록 고여 있을 것이다. '가슴의 피' 같은 갑갑한 통증이 내 염통 속을 사정없이 긁어내리고 있었다. 나의 눈엔 어느새 눈물이 고여 있었다. 눈물은 나의 눈을 난시로 만들어 버리고 말았다. 나무들이 울퉁불퉁하게 보였다. 흘러가는 구름이 흐리멍덩하게 보였다. 이곳을 지나갈 때 느꼈던 서러운 정감이 또 나를 울리고 있었다. 슬프다 하여도 울음을 보일 수 없고, 좋다 하여도 웃음을 드러낼 수 없었다. 이 동족상잔의 비극이 언제 쯤 끝나고 마음 놓고 노래 부르며 가슴 활짝 펴고 오갈 수 있을까? 한 핏줄의 겨레로서 서로 등을 두드려 주고, 겨드랑이를 부추기고, 힘든 일 거들어 주며, 아픈 곳을 만져 주고, 가려운 곳을 긁어 줄 그 날이 언제 올는지? 나그네의 좁은 가슴엔 비탄을 읊조리는 구슬픈 운율만이 애절하게 흐르고 있었다.

왼쪽 동해 바다를 보았다. 노상 보는 바다였지만 그 쪽은 경계선이 없었다. 일상의 생각이 미치지 못하는 '자유지대' 였다. 텅 빈 해안선이 을씨년스러웠다. 겨울바다의 추억이 서릴 자리가 없었다. 휴전선에서의 대립으로 파인 골과 갈등으로 인해 바다도 이내 낭만을 잃었다. 젊음을 잃어버린 지 오래 되었고, 추억마저 하늘 끝으로 멀리멀리 내던져 버렸다. 해변의 백사장이 아름다우면 뭐하나? 그냥 바닷물이 밀물과 썰물을 따라 밀려왔다 밀려갈 뿐이었다. 의미 없는 되풀이일 뿐이었다.

적막의 이 휴전선 바닷가의 해송 사이사이로 빼곡하게 천막을 치고, 알록달록한 비치파라솔 펴고, 마음껏 바닷가를 거닐며 해수욕을 즐길 수 있는 날이 언제쯤 올는지? 젊은이들이 아슬아슬하게 노출시킨 쭉쭉 빵빵한 몸매를 거들먹대며 해변을 지나치는 날은 올는지? 으스름한 달빛을 맞으며 밤바다에서 연인과 함께 통기타를 신나게 치면서 끈적끈적한 웃음을 주고받을 날은 과연 올는지? 번뜩이는 흰 파도 소리를 들으며 아이돌 그룹 《GOD》《방탄소년단》 그리고 걸 그룹 《핑클》《소녀시대》가 금빛 모래 무대에서 뭇 사람들을 현혹시키는 군무를 펼치며 노래를 부를 날은 진정 올는지? 모든 사람들이 모여 뛰기도 하고 마구제비 춤도 덩실덩실 밤새워 추면서 한껏 낭만에 젖어 실컷 즐길 날은 올는지? 어느 것 하나 확실한 것이 없다는 것이 요즘의 남과 북의 현실이 아니던가? 그 날을 어찌 알 수 있을까마는, 그 때를 진정으로 모르니 답답한 가슴만 칠 밖에.

우리 일행이 동해선도로 남북출입사무소에 도착한 시각은 오후 2시 30분이 막 지날 즈음이었다. 겨울인데도 한낮의 햇살이 눈부셨다. 잠깐 사이의 느낌이었지만 주변 분위기가 북측과는 사뭇 달랐다. 타임머신을 타고 외계를 다녀온 듯했다. 과거로의 여행을 마치고 금방 돌아온 기분이었다. 달라도 너무 달랐다. 북측과 남측의 출입관리사무소 주변 분위기는 하늘과 땅 사이처럼 다르게 느껴졌다. 어리둥절하기까지 했다. 미봉책으로 만든 북측에 비해 남측은 반영구적으로, 아니 통일시대 이후까지 염두에 두고 지은 건물들이었다. 북측의 텐트 천으로 꿰맨 포장식의 칸막이 사무실은 임시방편이었다. 잠깐 동안 쓰고 버릴 양으로 만든 입막음용이였

비무장지대[DMZ] 동쪽 해안 (멀리 금강산 구선봉이 보인다)

다. 어찌보면 이것은 잔꾀라고 밖에 볼 수 없었다. 모두가 급하게 만들어 대충 가리고 쓰겠다는 눈가림용 얼렁뚱땅 만든 미봉책의 막사들이었다. 그들의 생각처럼 그렇게 창문에 드리운 커튼을 열어 제치듯이 금세 천막을 걷어내고, 탁 터놓고 함부로 다니게 만들면 얼마나 좋을까? 그것이 진정 나만의 단순한 요구사항일까? 아니면 나만이 느끼고 있는 지나친 낭만일까? 몽상일까?

기다리기 싫어서 밖으로 나왔다. 답답해서 견딜 수가 없었다. 고기 덩어리를 씹지 않고 삼킨 것처럼 가슴팍이 콱 막혀왔다. 환한 한데를 보았다. 휑한 앞마당이 눈부시게 넓었다. 화단은 물론 주변 조경도 잘 꾸며 놓았다. 수목들도 미끈하게 잘 가꿔 놓았다. 포장이 잘된 길바닥의 도로 표지선도 또렷했다. 사무실 앞 출입문은 자갈길을 걷던 임기응변의 눈가림이 아니었다. 튼실하고 깨끗하게 지은 건물들이었다. 사무소의 규모도 제법 높고 크게 잘 지어 놓았다. 정부에서 기획하고 《주/현대아산》이 마음먹고 제대로 마련한 현대식 건물들이었다.

동해선도로 남북출입사무소에 우리 일행이 일시에 들이닥쳤다. 그 넓은 공간이 빼곡했다. 하지만 우리 일행은 모두 다 질서 있게 순번을 기다리며 차례로 검색대를 통과해 나갔다. 인천공항에서 출입국 수속을 받을 때와 분위기가 너무나 흡사했다.

버스 정류장엔《주/현대아산》에서 마련한 관광버스가 질서정연하게 나란히 늘어서 있었다. 우리 일행을 서울까지 날라줄 고마운 준족들이었다. 나는 버스에 올라 왼쪽의 망망대해의 푸른 물빛과 흰 물보라를 일으키며 부서지는 파도를 바라보았다. 버스는 송림사이로 난 포장도로를 따라 질풍처럼 내닫기 시작했다. 산세는 이내 바뀌어 있었다. 금강산의 이미지를 이곳에서는 전혀 찾아 볼 수가 없었다. 기암괴석으로 꽉 찬 산 능선과 계곡, 하늘 맞닿은 절벽과 폭포 그리고 금강 솔 우거진 산허리와 봉우리는 온 데 간 데 없고, 평범한 산골의 촌스런 풍경으로 대체되어 있었다. 부드러운 야산과 가을걷이를 마치고 방치해 놓은 말라빠진 배추와 무·잎 따위가 여기저기 널려져 있었다. 참깨 들깨의 마른 줄기와 고춧대가 겨울 밭의 쓸쓸함을 더해 주고 있었다.

휴전선을 살짝 걸친 동해 그러니까 거진항 주변의 마을들은 언제나 활력이 넘쳐났다. 그들의 주된 사업은 어업이었다. 배타고 먼 바다에 나가서 고기를 잡고, 그 고기를 팔고, 다시 그물을 정비하는 일련의 반복 과정 속에서 분주함으로 늘 활기가 넘쳐났다. 틈틈이 팔고 남은 생선은 소금에 절여 젓갈을 만들어 두었다가 숙성 되면 여기저기 소문내고 팔았다. 때깔 좋은 생선은 잘 손질하여 맑은 해풍에 건조 시킨 뒤 차곡차곡 쌓아두었다가 필요한 손님들에게 내다 팔기를 계속해 왔다. 물론 짭짤한 수입이 보장되는 알짜배기 고기잡이요, 두꺼운 지갑으로 가슴팍이 두툼해지는 건포 팔기 사업이었다.

우리 일행을 실은 버스가 어업공판장에 정차했다. 선물을 사게 하려고 들렀다고 한다. 각종 말린 생선과 젓갈이 산처럼 쌓여있었다. 간도 알맞고 감칠맛 나는 젓갈들이었다. 바싹 말린 생선과 큰 입을 쫙 벌린 건어물들이 먹음직스럽게 히죽거리며 웃고 있었다. 대구포를 비롯하여 오징어, 황태, 문어, 양미리 등 동해안 생선이 주종이었다. 크고 작고, 빛깔이 좋냐 나쁘냐에 따라서 값이 천차만별이었다. 나는 젓갈을 파는 곳으로 가보았다. 오징어젓, 굴젓, 낙지젓, 조개젓 등의 젓갈이 다양하고 푸짐하게 준비되어 있었다. 나는 아내에게 줄 낙지젓 하나와 오징어 두 축을 샀다. 값은 저렴한 편이었다. 주인아줌마가 맛보기로 오징어 뒷다리 두 개를 주었다. 이빨이 쏙 빠지게 질겼다. 그래도 입안에서 우러난 오징어 그 짭조름하면서도 꼬린 내 나는 감칠맛의 육즙이 입안에서 죽죽 흘러 목구멍으로 숨 가쁘게 넘어갔다.

쇼핑을 마친 뒤 우리 일행은 서울을 향해 바삐 내달렸다. 남측 고성항을 휘돌아 나와 이승만 전 대통령 별장을 비롯하여 북측 김일성 주석과 남측 이기붕 씨의 별장이 있는 화진포의 아름다운 바닷가를 지적에 두고 손님처럼 달렸다. 아야진 어항의 해변 낭떠러지에 흰칠하게 걸터앉은 《천학정(天鶴亭)》, 간성 해변 대숲 가에 높다랗게 치솟은 《청간정(淸澗亭)》을 바라보며 동해안의 멋을 한껏 만끽하면서 달려 나갔다. 오른쪽엔 '취업사관학교'라는 생뚱맞게 커다란 널판때기 광고판이 흰칠하게 걸려있었다. 동명을 응시하는 경동대학교의 멋들어진 캠퍼스가 손에 닿을 듯이 가깝게 다가왔다.

버스는 캔싱턴리조트를 스치면서 속초시 외곽도로를 따라서 설악산 쪽으로 방향을 틀었다. 미시령의 이정표가 멀리서 클로즈업 되어 왔다가 스치듯 빠르게 지나갔다. 버스는 의젓하게 그리고 쉬지 않고 달려갔다. 속초시 외각을 막 벗어나자 설악산 울산바위가 넙죽 절하듯이 큰 몸체를 드러내고 우리를 맞아주고 있었다. 역시 설악산은 금강산에 버금가는 명산이구나 하는 생각을 떨칠 수가 없었다. 석양을 등에 진 울산바위는 지는

3.8선

해 역광을 받아 눈이 부시게 빛났다. 금빛으로 누렇게 물든 울산바위는 해처럼 밝았다. 하나의 바위가 그렇게 클 수는 없었다. 볼 때 마다 장관이라는 생각이 들었다. 가히 놀랄만한 자태였다. 누구나 그 숭엄한 웅자를 본다면 놀라지 않을 수 없을 것이다.

얼마 전 이른 봄날 교직원들과 함께 설악산 콘도에서 하루 묵었던 기억이 떠올랐다. 달빛에 젖은 은빛의 울산바위가 앞으로 넘어질 듯이 웅장하게 떠 있는 광경은 꿈속에서나 볼 수 있는 선경 중의 선경이었다. 그 때 느꼈던 영상이 또 다시 피어올랐다. 해거름 판 사그라지는 햇빛에 물 들은 금빛 찬란한 울산바위가 뒷걸음치면서 빙그레 웃으며 반기는 이 정경은 평생토록 잊기 어려운 승경일 것이다. 한 밤에 비친 달빛이 해질녘 햇빛으로 바뀌었을 뿐 거의 동일한 광경이었다. 금강산 못지않은 절경이 이곳 설악산에도 많구나 하는 생각을 다시 해보았다.

옛날 미시령 길은 위험하고 자동차 운전하기가 힘들기로 유명한 산악도로였다. 하지만 최근 들어 터널을 뚫고 직선 도로를 만들어 서울과 속초

사이의 차량 운행 시간을 엄청나게 단축시켜 놓았다. 구불구불 고갯길이 직선으로 내리 뻗어 있으니 시간 단축은 당연한 일이었다. 옛날 같았으면 서울을 출발하여 다섯 시간 쯤 걸려 속초에 도착했었다. 하지만 요즈음은 세 시간이 채 안 걸린다고 한다. 이건 대단한 변화가 아닐 수 없다.

미시령 고갯길을 넘은 것도 잠깐, 어느덧 소양강이 눈앞에 나타났다. 다리를 건너 소양강 휴게소에서 이른 저녁식사를 했다. 한 장소에서 먹기엔 너무 사람이 많아 두 구역으로 나눠서 식사를 했다. 반찬은 맛깔스럽고 깔끔했다. 그리고 싱싱한 채소도 많이 나왔다. 나는 된장국을 세 그릇이나 비웠다. 거의 다 된장국을 두 그릇 이상 비웠다. 고향 음식이 그리워서인가? 아내의 얼굴이 떠올랐다. 아내는 내가 된장국을 좋아하는 것을 언제나 못 마땅하게 여겼다. 소금을 많이 먹으면 건강에 좋지 않다는 것이 그 이유였다. 물론 나의 건강을 생각해서 한 말이지만 들을 때 마다 서로 다른 성격으로 부딪쳤다. 하지만 고마운 마음이 더 앞서, 나는 늘 참고 잘 적응하면서 지내고 있다.

소양강 다리를 건너 조금만 더 내려가면 광복과 함께 나뉘었던 38선이 나타난다. 북녘으로 올라갈 때 느낌보다 그 감정은 훨씬 누그러져 있었다. 인간사에서 '선(線)'이라 이름하고 그어 놓은 것들은 모두 인간의 탐욕으로 빚어진 것들이 많다. 어느 고대 사회에 경계선이 있었던가? 같이 농사 짓고, 네 것 내 것이 없이 소·말·양·염소·낙타 등을 섞어 기르면서 살지 않았던가? 이제 우리가 살고 있는 이 시대는 점점 그 나뉨과 분열의 환경으로 변해 갈 것이다. 그리고 삶의 경계선이 인터넷으로 말미암아 무너져 살벌한 세상으로 변해 갈 것이다. 아이티 산업이 바로 그 예이다. 컴퓨터 게임 중독이 또 다른 예이다. 실제로 컴퓨터에 들어가서 인터넷을 열면 세상의 모든 정보가 그 속에 다 있다. 없는 것은 거의 없다. 없는 것이 있다면 원래 모습으로 되돌리는, 순기능으로 조절하는 그 기능만은 없다. 이것이 문제인 것이다. 물론 좋은 점도 무진장으로 많은 것 또한 사실이다.

이번 금강산 여행도 인터넷을 보고 많은 내용을 알아보고 확인하지 않았던가? 남북의 문제도 컴퓨터의 새로운 기능처럼 어렵게 꼬여있지 않은가? '그냥 편하고 쉽게 생각하면 어떨까' 라는 생각을 해보았다.

어느덧 우리 일행을 태운 버스는 홍천을 지나 양평과 양수리를 스치듯 지나고 있었다. 한강이 나타났다. 한강은 겨레의 대동맥이요 젖줄이었다. 팔당호에 반사되어 비친 은물결이 눈부셨다. 멀리 검단산의 검은 그림자가 길게 늘어지고, 팔당호의 검은 물결 위에 흰 철새들의 더욱 희고 고왔다. 어디로 분주하게 날고 있을까? 북에서 날아오는 철새이거니 생각하니 또 다른 의미로 내 가슴에 다가왔다. 나도 북녘에서 금방 내려왔는데 새들도 거기서 막 넘어왔나 보다. 철새들이 날아가면 금세 저녁으로 변할 것이다. 이제 저녁 놀 밖에 보이지 않는 서녘 하늘은 은은한 황혼으로 붉게 물들고 있었다. 어둠이 내리고 있는 팔당대교 저 멀리 미사리 끝자락을 바라보았다. 키 큰 나무에 깃들려는 철새들도 바쁘게 숨어들고 있었다.

겨울 저녁은 서둘러서 숨 가쁘게 바삐 찾아왔다. '해 지고 달뜨면 밤이 된다' 는 말이 맞았다. 먼 옛날의 동화 한 편이 생각이 났다. 긴 꿈을 꾸다가 깨어난 아이처럼 정신이 몽롱했다. 이제 새로운 삶이 또 우리들을 번다하게 몰아세울 것이고, 바쁜 일정에 쫓기면서 또 다른 삶이 시작되겠지. 하지만 바쁜 일상일지라도 가쁜 삶을 잠시라도 잊기 위해 긴 심호흡으로 마음을 가다듬으며 살아가야겠다. 여행은 나의 짜증나고 찌든 심정에 언제나 커다란 위안을 선물로 주었다. 나의 이번 여행도 또 그렇게 한 자락의 작은 행복을 안겨주고 끝나가고 있었다.

우리가 타고 온 버스는 지친 모습을 보이지 않았다. 길고 긴 금강산 여행길 숨 가쁘게 내달던 친구들이었다. 힘차게 그리고 줄기차게 달려왔던 고단한 줄 모르는 동무들이었다. 지칠 법도 하련마는 불평 한마디 내뱉지 않고 꿋꿋한 맘으로 앞만 보고 달려온 참으로 고마운 옛 벗들이었다. 버스들은 한참을 숨을 고른 후에 필당대교를 단오 날 《광한루(廣寒樓)》 그

금강산 찾아가자 일만이천봉
볼수록 아름답고 신기하구나
철따라 고운옷 갈아입는 산
이름도 아름다워 금강이라네 금강이라네

금강산 보고싶다 다시또 한번
맑은물 굽이쳐 폭포이루고
갖가지 옛이야기 가득지닌 산
이름도 찬란하며 금강이라네 금강이라네

강소천 선생님의 동시를 갈을 김기동쓰다

네 박차듯 너끈히 올라챘다. 긴 한숨을 몰아쉬는 듯 거친 엔진의 숨소리 곧, 쇠 부딪기는 굉음을 내지르고 나서 서서히 속력을 올리고 있었다. 난 잘 모르지만 버스도 사람처럼 트림을 하나보다.

아차산에 마주쳐 울린 경적의 공명된 메아리는 아직도 힘이 넘치는 듯 자랑처럼 들려왔다. 그리고 소리의 물결을 지으며 연거푸 뱉어내고 있었다. 그것은 이른 봄날 소리로 된 아지랑이의 여린 흔들림이었다.

넓은 한강 미사리 미끈한 둑길엔 긴 그림자가 밀려오고, 얼굴에 중무장한 자전거 나들이꾼들의 여유로운 하이킹 흐름이 미끄러지듯이 흘러가고 있었다. 한겨울을 살짝 비낀 시한인데도 춥지 않은가 보다. 무쇠다리로 굴리는 반복이 그냥 강하게 보이지만 시름이 없어선지 넉넉하게만 보였다.

느긋하고 여유로운 휴식, 호수만 같았던 평온한 마음, 넉넉하기만 했던

2박 3일의 여정이었다. 이제 내 마음을 그렇게 행복하고 몽롱하게 만들었던 여수(旅愁)의 콩깍지가 하나씩 슬그머니 벗겨지고 있었다. 현실을 떠나 비켜섰던 환영(幻影)의 거품이 걷히는 순간이 다다르고 있었다. 여행은 언제나 나를 기다리게 하고, 설레게 하고, 도취하게 만들어 놓고 이렇게 훌쩍 떠나가는가 보다.

껄쩍지근한 마음으로 창밖을 근심스럽게 바라보았다. 순간 진동으로 바꿔놓은 핸드폰이 무릎위에서 떨렸다. 가벼운 떨림이었지만 종아리 저려오듯이 감지되고 있었다. 그것은 꿈과, 낭만과, 행복과, 이상의 영롱함을 무참히 부수는 분쇄기의 전율이었다. 아니 소리 없는 괴성으로 고막을 찢는 파열음이었다. 몸서리쳐질 정도로 소름끼치는 알레르기 반응이 일어났다. 지금 당장 아스라한 모든 단꿈을 끝내려는 괘종시계 알람의 불친절한 악다구니였다.

나는 휴대폰 소리가 빚어놓은 새로운 삶의 경계선에 서 있었다. 이제 분주하고 숨 막힐 듯한 그리고 고단하고 대근한 일상이 시작되리라. 이 진동은 분명 그 시작을 알리는 첫 기별일 것이다. 물론 나에게는 참말로 불청객이었다.

팔에서 힘이 쭉쭉 빠져나가고 있었다. 백로 절기에 함초롬히 아침 이슬 맞은 벼처럼 축 늘어지고 있었다. 장맛비 맞아 축축해진 물빨래같이 처졌다. 언제나 나는 여행 끄트머리에서 이렇듯 묘한 감정을 느껴오곤 했다. 이토록 한참의 시간이 흐른 후에 난 일상의 삶으로 되돌아갈 것이다. 오늘도 마찬가지였다. 막힘이 없이 매끄럽게 이어지려면 해결 방법은 단 하나 밖에 없다. 감로(甘露)를 마시면 된다. 그러면 언제 그랬느냐는 듯이 금세 말갛게 회복될 것이다.

판권소유

금강에살으리랏다

- 겨울, 개골산에 살으리 -

초판발행일 2019년 7월 1일

저 자 김기동
주 소 서울특별시 강동구 고덕로131, 105동 1401호(강동롯데캐슬퍼스트아파트)
T E L 010-7315-2005 (구입문의)
E-mail nonginart76@naver.com

발행처 (주)이화문화출판사
발행인 이홍연 · 이선화
 등록 제300-2004-67호
 주소 서울시 종로구 인사동길12 대일빌딩 310호
T E L 02-732-7091~3 (구입문의)
F A X 02-725-5153
홈페이지 www.makebook.net

인쇄처 이화문화사
 주소 서울시 종로구 인사동길 23, 305호(인사동, 동일빌딩)
T E L 02-722-7418 (구입문의)

I S B N 979-11-5547-399-3 (03810)

값 30,000원